Und mitten im Sommer die Liebe

Susanne Fletemeyer, geboren 1967 in Bad-Pyrmont, erschafft sich mit dem Erfinden von Geschichten den perfekten Gegenpol zu ihrem Beruf als technische Redakteurin. Wenn sie nicht gerade Bedienungsanleitungen schreibt, erweckt sie leidenschaftlich gern skurrile Charaktere auf dem Papier zum Leben. Sie lebt mit ihrer Familie in der Region Hannover.
www.fletemeyer.net

SUSANNE FLETEMEYER

Und mitten im Sommer die Liebe

ROMAN

emons:

Bibliografische Information der Deutschen Nationalbibliothek
Die Deutsche Nationalbibliothek verzeichnet diese Publikation in der Deutschen Nationalbibliografie; detaillierte bibliografische Daten sind im Internet über http://dnb.d-nb.de abrufbar.

MIX
Papier | Fördert gute Waldnutzung
FSC® C083411
FSC
www.fsc.org

Umschlaggestaltung: Nina Schäfer unter der Verwendung der Motive von shutterstock.com/V. Schneider, shutterstock.com/Viktoriia Drobotova
Gestaltung Innenteil: DÜDE Satz und Grafik, Odenthal, nach einem Layout von Nina Schäfer
Lektorat: Marit Obsen
Druck und Bindung: CPI – Clausen & Bosse, Leck
Printed in Germany 2024
ISBN 978-3-7408-2026-8
Roman
Originalausgabe

Ein weißer Riss
Ein neuer Morgen
Wir gingen mit der Welt

Nur manchmal
malt ein Traumtier mir

Dein Gesicht zurück

Maja Loewe

1

Pharrell Williams' geschmeidige Stimme mit seinem Wohlfühl-Hit »Happy« drang aus den Kopfhörern. Luisa versuchte, ihren Lauftakt dem Song anzupassen. Aber sie hatte das Tempo unterschätzt, und die euphorisierende Wirkung ihrer Gute-Laune-Jogging-Playlist wollte nicht zünden. Wenigstens war in der Eilenriede um diese Zeit kaum etwas los. Nicht mehr lange, und die athletischen Läufer mit ihren Hannover-Marathon-Shirts würden den Stadtwald entern. So wie sie sich vorwärtsschleppte, wären ihr deren mitleidige Blicke sicher.

Anfangs hatte sich das Laufen ihrer alten Joggingrunde noch leicht angefühlt. Doch schon nach kurzer Zeit hatte sie vor Anstrengung zu schnaufen begonnen, und wie es sich anfühlte, leuchtete ihr Gesicht in der Farbe von gekochtem Hummer. Kein Wunder, dass ihre Kondition im Keller war. Schließlich hatte sie in den letzten Monaten kaum mehr das Haus verlassen. Aber damit musste endlich Schluss sein.

Sie hatte sich lange genug mit Arbeit betäubt, sich nach den anstrengenden Tagen in ihrer Kleintierpraxis erschöpft auf das Sofa verkrochen und oft nicht einmal mehr die Energie aufgebracht, sich etwas zu essen zu machen.

Die Jogginghose rutschte ihr wieder auf die Hüftknochen; Luisa zog das Band fester zusammen und verknotete es erneut. Sie musste sich unbedingt Laufsachen in kleinerer Größe besorgen. Mit dem Unterarm wischte sie sich den Schweiß aus den Augen, konzentrierte sich auf ihren Atem und Herzschlag, fand ihren Rhythmus. Der Druck, der auf ihr lastete, seit sie sich dazu entschlossen hatte, Eriks Wohnung auszuräumen, ließ nach.

Als der Waldrand jedoch näher rückte und der Lkw mit dem Logo des Antikhändlers zwischen den Bäumen auftauchte, machte sich wieder das wunde Gefühl bemerkbar, das sie heute zeitiger als sonst aus dem Bett getrieben hatte. Irritiert sah sie auf die Uhr. Sie waren beinahe eine Stunde zu früh da.

Eigentlich hatte sie nach der Laufrunde duschen, frühstücken und dann ruhig und gefasst dem Abtransport von Eriks Möbeln zusehen wollen. Aber jetzt parkte der Lkw bereits vor ihrem Haus in der Einfahrt.

Ihr Haus. Dass die zweistöckige Gründerzeitvilla mit der stuckverzierten Fassade und den hübschen Bogenfenstern nun tatsächlich ihr gehörte, fühlte sich noch immer surreal an. Luisa zog ihr Haargummi fester, strich sich eine Strähne aus der verschwitzten Stirn, überquerte den Radweg und dann die Straße.

Die Türen des Lastwagens standen offen. Im Außenspiegel sah sie, dass zwei Männer im Führerhaus saßen und frühstückten. Ein dritter lümmelte mit ausgestreckten Beinen auf der Bank im Vorgarten und blätterte in der Hannoverschen Allgemeinen. Anscheinend hatte er ihre Schritte auf dem Kies gehört, denn er ließ die Zeitung sinken und zog die Beine ein. Es war der Chef des Ladens. Der Mann, der Eriks Möbel bei dem Rundgang durchs Haus taxiert hatte wie ein Viehhändler. Er faltete die Zeitung zusammen, stand auf und eilte ihr entgegen.

»Frau Loewe, da sind Sie ja.« Mit seiner Pranke zerquetschte er beinahe ihre Hand. »Entschuldigen Sie, dass wir früher als ausgemacht aufkreuzen. Wir hatten in der Nähe eine Besichtigung, die kürzer dauerte als erwartet. Also, wenn es Ihnen nichts ausmacht, können wir sofort loslegen.«

»Klar. Kein Problem.« Luisa quälte sich ein Lächeln ab.

Sie führte die Männer in den ersten Stock, in das lichtdurchflutete Wohnzimmer von Eriks Wohnung, dessen Mittelpunkt der runde Tisch bildete. Wie oft hatte sie hier den Abend mit ihm bei einem Glas Wein ausklingen lassen? Sie sah ihn förmlich dasitzen, wie er sich zurücklehnte und ihr ein letztes Mal zuprostete. Die schweren Kelche, aus denen sie getrunken hatten, waren nun in Kisten verstaut, die Vitrine an der Wand neben dem Fenster war leer.

»Die Lampe auch, oder?« Der Antikhändler deutete auf den opulenten Kronleuchter, der über dem Tisch hing.

Luisa nickte mechanisch, obwohl sie sich auf einmal nicht mehr sicher war. Dabei hatte sie Eriks Begeisterung für die üppig mit Glasornamenten bestückte Leuchte eigentlich nie geteilt. »Genau. So war es ausgemacht«, murmelte sie.

»Du holst die Leiter aus dem Wagen und baust den Kronleuchter ab – aber vorsichtig«, sagte der Händler zu einem seiner Helfer. Er wandte sich wieder an Luisa. »Dafür müssten wir kurz den Strom abschalten.«

Sie zeigte ihm, wo der Sicherungskasten war. »Brauchen Sie sonst noch was? Ich würde gerne rasch duschen und mich umziehen.«

»Machen Sie ruhig, wir kommen schon klar«, antwortete er.

Luisa nickte ihm noch einmal zu, dann lief sie die Treppe zu ihrer Dachwohnung hinauf. Als die Eingangstür hinter ihr zuschnappte, lehnte sie sich von innen dagegen und schloss für einen Moment die Augen. Atmete. Doch das Ziehen in ihrem Bauch ließ sich nicht vertreiben.

Unter der Dusche kamen ihr erneut Zweifel. War es richtig, Eriks Möbel, die er sorgsam ausgesucht und arrangiert hatte, wegzugeben? Dieses Haus und die Einrichtung spiegelten seine Persönlichkeit wider. Und zum Teil war das auch ihr Zuhause gewesen. Panik stieg in ihr auf.

Mit noch nassen Haaren stürmte Luisa in Eriks Wohnung und rannte beinahe in die zwei Helfer hinein, die gerade versuchten, den Kronleuchter, ohne anzuecken, durch die Tür zu bugsieren. Doch sie bekam auf einmal keinen Ton heraus. Stumm trat sie zur Seite, ließ die Männer durch und folgte ihnen die Treppe hinab nach draußen.

Der Chef stand auf der Ladefläche, breitete eine graue Decke über der Vitrine mit den floralen Schnitzereien aus und sicherte sie mit Gurten. Daneben erkannte Luisa die geschwungenen Beine der Esszimmerstühle mit den Klauenfüßen. Er nahm den Kronleuchter von den beiden Helfern entgegen und verstaute ihn weiter hinten im dunklen Inneren des Wagens.

Luisa atmete tief durch. Sie durfte nicht länger in der Vergangenheit festhängen. Ein Jahr, drei Monate und neun Tage lang lebte sie nun ohne ihren Lieblingsmenschen. Noch immer führte sie in Gedanken eine Strichliste, auf der sie die Tage zählte. Aber das half ihr auf Dauer nicht weiter. Und wie sollte sie Erik loslassen, umgeben von seinen Möbeln, die sie ständig an ihn erinnerten? Wenn sie schon aus der Dachwohnung nach unten zog, dann musste sie ihren eigenen Stil finden.

Der Antikhändler drückte auf einen Knopf und fuhr auf der Ladefläche stehend abwärts. »So, wir haben es bald.«

Luisa nickte nur.

Mit einem Mal spürte sie eine Hand auf ihrer Schulter. Sie hatte Rosie nicht kommen gehört. Jetzt sorgte die Nachbarin allein schon mit ihrer Erscheinung dafür, dass sich Luisas Stimmung hob. Wie üblich ragten Rosies Haare grauen Federn gleich aus einem gemusterten Tuch im Ethno-Stil, das sie sich um den Kopf geschlungen hatte und das zu ihrer leuchtend bunten Schlabberhose passte. In der schweren Zeit, in der Eriks Zustand sich immer weiter verschlimmert hatte, und auch später im Hospiz, war die ältere Frau für Luisa eine Stütze gewesen. Mehr noch – sie war zu einer echten Freundin geworden.

Ein Blick in Luisas Gesicht reichte Rosie offenbar, um die Situation zu erfassen. Sie legte ihr den Arm um die Schultern und drückte sie kurz an sich. »Luisa, Darling. Du tust das Richtige.«

»Das ist das letzte Teil«, rief einer der Helfer. Er und sein Kollege trugen den zierlichen Sekretär mit den gedrechselten Beinen aus dem Haus.

»Halt, stopp!« Luisa eilte auf die beiden zu. »Der bleibt hier.«

Die Männer setzten das Möbel auf dem Treppenabsatz ab.

»Nicht den Schreibtisch, das hatte ich von Anfang an gesagt.« Ihre Stimme zitterte.

»Richtig. Den wollte ich auch gar nicht. Allein schon weil er nicht aus Nussbaum ist wie die anderen Stücke.« Der Händler sprang vom Lkw. »Tragt das Ding wieder hoch«, wies er seine Leute an, woraufhin die beiden leise murrend kehrtmachten.

»Hatte mich auch schon gewundert«, meinte einer der Männer. »Wie es sich anhört, ist noch irgendwas in den Schubladen.«

Der Sekretär stand wie vergessen mitten im leer geräumten Wohnzimmer. Die Möbelpacker schienen ihn mit Absicht dorthin gestellt zu haben, wo er von der Morgensonne beleuchtet wurde. In dem leeren Raum wirkte das zierliche Möbelstück nahezu verletzlich.

»*Oh dear*«, murmelte Rosie hinter ihr. »Wie leer das alles ist.«

»Erik hat immer gesagt, dass jedem seiner Möbel eine Seele innewohnt, weil sie alt sind und die Geschichten der Menschen in sich tragen, von denen sie benutzt wurden«, sagte Luisa. Sie ging über das knarrende Parkett zum Fenster und zog die Vorhänge zu. Nun fiel das Licht nur noch gedämpft ins Zimmer, und sie hatte nicht mehr das Gefühl, alle Welt würde sie dabei beobachten, wie sie in Eriks Allerheiligstes eindrang. Sie wusste, dass dieser Gedanke Unsinn war. Trotzdem fühlte es sich schäbig an, in seiner Privatsphäre herumzuschnüffeln.

Mit den Fingerspitzen fuhr sie über das Holz des Sekretärs, das in einem warmen Braunton schimmerte und nun auch Eriks Geschichte in sich barg, sofern man seiner Theorie Glauben schenken wollte. Sie erinnerte sich noch genau, wie begeistert er gewesen war, als er den Schreibtisch vor Jahren in einem Antikladen gefunden hatte.

»Na, wenn das mal kein Schmuckstück ist«, hatte er geschwärmt, sich hingehockt und sanft über die gedrechselten Beine gestrichen. Vermutlich hätte er jeden noch so überteuerten Preis dafür bezahlt, wenn sie ihn damals nicht gebremst und den Verkäufer heruntergehandelt hätte. Selbst sie hatte bemerkt, dass der Sekretär zwar aussah wie aus Mahagoni, vermutlich aber aus dem weicheren Erlenholz war. »Er heißt Ernesto«, hatte Erik im Brustton der Überzeugung verkündet. »Und er ist ein Outlaw, aber ich mag ihn.«

Ernesto war das einzige Möbelstück, dem Erik einen Namen gegeben hatte. Das hatte er nur bei Gegenständen getan, zu denen er auf Anhieb eine besondere Verbindung spürte. Den Toyota Kombi, den sie sich geteilt hatten und den Luisa immer noch fuhr, hatte er La Toya getauft, und sein Fahrrad Gernot. Die Erinnerung entlockte ihr ein Lächeln. Doch das Bild ihres vor Begeisterung und Vitalität strotzenden Freundes wurde abgelöst von dem hohlwangigen Erik, der matt im Hospiz in seinem Krankenbett lag und kaum noch den Kopf aus den Kissen heben konnte.

»Hör zu«, hatte er sie nur wenige Tage vor seinem Tod gebeten. »Wenn das hier vorbei ist …« Er hatte angestrengt geschluckt und eine Pause machen müssen. »In Ernestos rechter Schublade, da liegt ein Brief für dich.« Sie hatte nach seiner Hand gegriffen, die sich erschreckend zerbrechlich anfühlte, und sich zu ihm herabgebeugt, um ihn besser verstehen zu können. »Warte ein paar Monate, bis du bereit für neue Abenteuer bist. Dann lies ihn. Und versprich mir, dass du kein Feigling sein wirst«, hatte er geflüstert. Und nicht lockergelassen, bis sie es ihm versichert hatte.

Die rechte Schublade. Luisa zögerte. Dann gab sie sich einen Ruck. Es war Zeit, endlich herauszufinden, was er ihr darin hinterlassen hatte.

Die Lade verkantete leicht, sie musste beim Öffnen etwas daran ruckeln, um sie ganz herauszuziehen. Als sie den Inhalt sah, lachte sie leise auf. Eriks Kritzelhefte. Wenn er nicht gerade ein Stethoskop oder eine Spritze in der Hand gehalten hatte, dann einen Stift, mit dem er in einem seiner Hefte Gedanken oder Gedichte notiert, vor allem aber gezeichnet hatte. In solchen Augenblicken war er vollkommen in sich versunken gewesen.

Luisa nahm das oberste Heft und blätterte darin. Sie hatte

immer bewundert, wie schnell und sicher er seine Umgebung skizzieren konnte. Besonders die Tiere waren ihm gelungen. Dieser Berner-Sennen-Welpe zum Beispiel blickte sie so lebendig an, als wollte er ihr gleich freudig übers Gesicht lecken.

»Krittlhefta!« Rosies Ausruf riss sie aus ihren Gedanken. Ihre Nachbarin fluchte über den Zungenbrecher und lachte. »Das werde ich wohl nie korrekt aussprechen können.« Sie trat näher. »Er war ein echter Künstler, unser Erik, und ein Wortakrobat.«

Luisa nahm weitere Hefte aus der Schublade und stapelte sie auf der Ablage.

»Suchst du was?«, fragte Rosie.

Ganz unten stieß Luisa auf ein mit ihrem Namen beschriftetes Kuvert. Ein dicker, gepolsterter Umschlag.

Rosie riss die Augen auf. »Hast du das gewusst?«

»Ja. Bislang hatte ich nur nicht den Mut …« Luisa versagte die Stimme. Während sie sich abwandte und die Tränen wegblinzelte, drückte sie Rosie den Umschlag in die Hand. »Ich hol mal ein Messer.«

»*Nonsense*, das geht auch ohne«, meinte Rosie, der die Neugierde ins Gesicht geschrieben stand. Sie schob ihren Daumen unter die Verschlussklappe. »Soll ich?«

»Okay«, flüsterte Luisa, woraufhin Rosie den Umschlag mit Schwung aufriss.

»Bitte schön.« Sie gab ihr das Kuvert zurück und sah ihr forschend in die Augen. »Willst du das lieber allein lesen?«

Luisa schüttelte den Kopf. »Lass uns in die Küche gehen.«

»Gute Idee«, meinte Rosie. »Da gibt es wenigstens noch Sitzmöbel.«

In der Küche zog Luisa den Brief aus dem Umschlag und sank damit auf einen Stuhl. Sie faltete die Seiten auseinander, legte sie auf den Tisch und strich sie glatt.

»Ich braue uns erst mal einen Tee«, hörte sie Rosie sagen. Man kann Bier brauen, aber keinen Tee, hätte Luisa sie normalerweise verbessert. Doch heute nickte sie nur abwesend.

Mit den Fingerspitzen ertastete sie die Abdrücke des

Kugelschreibers im Papier, als bräuchte sie Beweise, um zu begreifen, dass der Brief wirklich echt war. Eriks vertraute Schrift brachte sie aus der Fassung. Sie hatte ihn immer damit aufgezogen, dass er sich endlich eine Arzt-Klaue angewöhnen sollte, anstatt verspielte Kringel über die Umlaute zu malen.

Hinter ihr klapperte Rosie mit Geschirr, ließ Wasser laufen, aber das nahm Luisa nur noch am Rande wahr. Während sie las, hörte sie Eriks Stimme in ihrem Kopf.

Liebe Luisa,
wenn du diesen Brief liest, sehe ich die Radieschen längst von unten. Die Zeit rennt mir davon, dabei gibt es vieles, was ich dir am liebsten noch zu Lebzeiten sagen möchte. Aber der passende Moment kommt vielleicht nie, und wenn doch, dann verstreicht er womöglich ungenutzt, während ich nach Worten ringe. Und wer weiß, wie lange ich überhaupt noch dazu fähig sein werde.

Die Buchstaben verschwammen. Luisa wischte sich über die Augen, blinzelte und las weiter.

Das Schicksal hat uns zusammengeführt, Luisa, daran glaube ich ganz fest. Ich erinnere mich noch genau, wie wir uns vor beinahe siebzehn Jahren in der Uni kennengelernt haben. Wie verloren du gewirkt hast und gleichzeitig so entschlossen. Ich habe sie sofort gespürt, diese besondere Verbindung zwischen uns, und obwohl wir nie darüber gesprochen haben, glaube ich, dass es dir ebenso ergangen ist. Du und ich, wir waren von Anfang an ein Team. Du und Hannah, ihr wart meine Familie. Zusammen bildeten wir ein Dreigestirn – da kam so schnell keiner dazwischen.
Aber eben dieser »Loewe-Hofmann'sche Kosmos«, wie Hannah es mal genannt hat, war vermutlich der Grund dafür, dass du all die Jahre allein geblieben bist. Ich weiß, was du jetzt denkst: Ich war nicht allein, ich hatte

ja dich. Ja, auch Freundschaft kann Liebe im Herzen tragen. Aber zu einer erfüllenden Partnerschaft gehört doch nicht nur geistige Nähe, sondern auch körperliche Anziehung. Ich meine Sex, Luisa. Verdreh jetzt bitte nicht die Augen. (Und keine Sorge: Was das betrifft, bin ich im Gegensatz zu dir auf meine Kosten gekommen. Alles musstest du nun doch nicht von mir wissen. Davon abgesehen, bin auch ich ohne festen Partner geblieben, das ist wahr. Aber nur weil mir der Mann fürs Leben, bis kurz vor Schluss, verflixt noch mal nicht begegnen wollte.)

Jedenfalls hat unsere verschworene Gemeinschaft ganz bestimmt abschreckend auf jeden Mann gewirkt, der sich für dich interessiert hat. »Erik hat einen festen Platz in meinem Leben. Und das wird sich nie ändern«, hast du immer gleich klargestellt. Wahrlich nicht das, was die Kerle von dir hatten hören wollen. Und welcher Hetero-Mann kommt schon damit klar, dass die Tochter der Freundin deren schwulen Freund als Vaterersatz adoptiert hat? Noch dazu habe ja auch ich mich wie eine Glucke aufgeführt, der keiner gut genug für ihre Mädchen ist. Vielleicht weil ich trotz allem Schiss hatte, euch zu verlieren. Denk nur an diesen Chemielaboranten, der nach dem gemeinsamen Weihnachtsessen das Weite gesucht hat, oder an den Kerl, der sich am Ende als homophob entpuppt hat, und dessen Name mir entfallen ist. Ich gebe zu, ich war nicht unschuldig daran, dass er sich nie wieder gemeldet hat.

Jetzt, da ich am Ende meines Lebens angelangt bin und Bilanz ziehe, drückt mich mein Gewissen. Aber vielleicht kann ich es wiedergutmachen – sofern du mich lässt. Und damit nähere ich mich unweigerlich dem Kern meiner Botschaft. Stell dir einfach vor, ich würde dir gegenübersitzen und mich noch ein wenig räuspern und winden, ehe ich dir fest in die Augen sehe und ohne Umschweife zur Sache komme: »Luisa, ich habe in meinem

Bekanntenkreis nach Singles gesucht, die zu dir passen könnten. Bitte bleib sitzen und hör mir zu.«
Ja, du hast richtig gelesen. Und auch wenn du gerade drauf und dran bist, diesen Brief zu zerknüllen und in die Ecke zu werfen: Lies ihn zu Ende. Bitte.

Luisas Hand krampfte sich um die Seiten. Aber sie las weiter.

Okay, Luft holen und langsam wieder ausatmen. Vielleicht hat dein Blick die Steckbriefe schon gestreift, die ich mit in den Umschlag getan habe, und du ahnst bereits, worauf das Ganze hinausläuft. Ich präsentiere dir eine Handvoll äußerst attraktiver Singlemänner, jeder für sich ein Unikat. Und ich möchte, dass du alle Vorbehalte über Bord wirfst und dich mit ihnen triffst. Natürlich kann ich dir keine Garantie für Sympathie oder gar Zuneigung geben. Das kann schließlich niemand vorhersehen, und es muss auf Gegenseitigkeit beruhen. Vielleicht liege ich sogar komplett daneben, und du zeigst mir mal wieder charmant den Vogel. Aber sieh es einfach als eine letzte Herausforderung an, die ich dir hinterlasse. Ja, Luisa, hiermit fordere ich dich heraus. Ich möchte, dass du dich mit allen fünf Männern triffst und unvoreingenommen versuchst, sie kennenzulernen. Vergiss dabei nicht, dass der erste Eindruck durchaus täuschen kann. Du musst einfallsreich und findig vorgehen. Clever, wie Rosie sagen würde. Und das bist du. Schon immer gewesen. Zeig der Männerwelt, welch wundervolle, warmherzige und kluge Frau du bist. Wer weiß, vielleicht findest du unter den Kandidaten tatsächlich den Richtigen. Und wenn nicht, dann versuch wenigstens, Spaß zu haben. Ich wette mit dir, Luisa, dass am Ende etwas Gutes dabei herauskommen wird, wie auch immer das aussehen mag.
Ich wünsche dir, dass du den Mann findest, den du so sehr begehrst, dass es wehtut. Der dich respektiert, wie

du bist. Der zu dir hält, egal was kommt, und dich mit allen Schwächen und Wunderlichkeiten liebt bis ins Mark. Und der dich zum Lachen bringt. Denn du weißt ja: Wer vor lauter Lachen versuchen muss, wieder Luft zu bekommen, tut das selten allein.
Versuche, jeden Tag etwas zu tun, was dich oder jemand anderen glücklich macht. Ich hoffe, dir gelingt beides. Schiebe nichts mehr auf, denn das Leben kann morgen schon vorbei sein.
Sei kein Feigling, Luisa. Stürz dich ins Leben!

In Liebe
Erik

»Das kann nicht dein Ernst sein«, flüsterte Luisa, nachdem sie sich einigermaßen wieder gefasst hatte. Wie Erik es vorausgesehen hatte, spürte sie den starken Impuls, den Brief zu zerknüllen und die fünf Steckbriefe gleich mit. Aber dann erklang sein leises Lachen in ihrem Kopf. Beinahe konnte sie ihn vor sich sehen, wie er den linken Mundwinkel zu seinem schiefen Erik-Grinsen verzog und ihr zuzwinkerte.

»Warum sind die tollsten Kerle eigentlich immer hetero?«, hatte er ihr oft zugeraunt, wenn ihm ein attraktiver Mann über den Weg gelaufen war.

»Warum sind die Besten eigentlich immer schwul?«, hatte sie jedes Mal geantwortet und ihn spielerisch in die Seite geboxt. Er hatte sie sanft zurückgestupst.

»Löwchen, wenn ich jemandem einen Ring an den Finger stecken würde, dann dir. Aber leider gibt's in der Kiste nachher nicht mehr als kuscheln.«

Luisa gab sich einen Ruck und legte die fünf Blätter in einer Reihe vor sich hin. Unwillkürlich musste sie schmunzeln. Mindmaps. Natürlich. Schon in der Uni hatte Erik seine Notizen in bunten Kreisen und Verästelungen erfasst. Wann immer er etwas plante, wie etwa Ausflüge, die er im Urlaub unternehmen wollte, zeichnete er eine Mindmap. Einmal hatte er sogar den Einkaufszettel für seine Geburtstagsfeier auf diese Art erstellt. Das zentrale Thema stand in der Mitte des Blattes, während er die Schlüsselworte, die damit zu tun hatten, ringsum anordnete und durch bunte, schlangenförmige Linien damit verband. Bei den Steckbriefen bildete die Mitte jeweils ein handtellergroßes Foto des potenziellen Dating-Kandidaten, das Erik farbig umrahmt hatte. Strahlenförmig davon abgehende Verästelungen enthielten weitere Informationen, manchmal in Form kleiner Zeichnungen oder Symbole. Wie etwa ein schelmisch grinsendes Alpaka oder ein Windsurfer, der mit straff geblähtem Segel über Wellen raste.

»Was ist das?« Rosie stellte zwei dampfende Tassen ab und griff nach einer der Seiten. Sie zog sich einen Stuhl heran und setzte sich neben Luisa. »Hat er dir seine Männersammlung vermacht?«

»So kann man es auch nennen«, grummelte Luisa.

»Typisch Erik.« Rosie schmunzelte. »Immer für eine Überraschung gut.« Sie tippte mit dem Finger auf eins der Fotos. »Schicke Jungs. Nur was soll das Ganze?«

Wortlos reichte Luisa ihr den Brief.

Rosie bewegte beim Lesen lautlos die Lippen. Wie immer zeichneten sich ihre Empfindungen eins zu eins auf ihrem Gesicht ab, weshalb sie vermutlich eine lausige Pokerspielerin abgegeben hätte. Schließlich ließ sie den Brief sinken und sah Luisa mit feucht schimmernden Augen an. »Komm her«, sagte sie mit erstickter Stimme, beugte sich vor und drückte Luisa gegen ihren ausladenden Busen.

»So ein Spinner«, brach es aus Luisa hervor, während ihr die Tränen übers Gesicht liefen.

»Aber ein liebenswerter«, meinte Rosie. Sie löste sich von ihr und zog schniefend die Nase hoch. »Ich denke, wir sollten einen ordentlichen Schuss Rum in den Tee geben.« Mit diesen Worten schob sie den Stuhl zurück, erhob sich und öffnete schwungvoll einen der Hängeschränke, aus dem sie tatsächlich eine Flasche zutage förderte.

Luisa deutete auf die Teetassen und die Flasche mit der

braunen Flüssigkeit. »Wo hast du das alles eigentlich hergezaubert? Hattest du die Küche damals nicht komplett ausgeräumt?«

Rosie kippte einen kräftigen Schluck Rum in jede Tasse. »Ich hatte so eine Ahnung«, sagte sie leichthin.

»Unglaublich.« Luisa starrte sie an. Rosie hatte sich nach Eriks Tod um die Entsorgung der Lebensmittel aus Vorratskammer und Kühlschrank gekümmert und die Dinge in ihrer praktischen Art mal wieder vorausgesehen.

»Was?« Rosie erwiderte ihren Blick. »Man weiß schließlich nie.« Sie schraubte die Flasche zu und stellte sie ab. »Außerdem verderben Tee und Rum nicht. Und jetzt lass mal sehen, die Männer.« Sie beugte sich über die Steckbriefe und fuhr mit dem Finger über einzelne Verästelungen, auf denen Erik nicht nur Alter, Beruf und Kontaktangaben notiert hatte, sondern auch Hobbys und Vorlieben, Charaktereigenschaften und was ihm sonst noch wichtig erschienen war. »Männerlandkarten«, murmelte sie. »Interessant.«

»Warum zum Teufel glaubt Erik, dass diese Typen zu mir passen könnten? Besonders gut kann er sie doch nicht gekannt haben. Sonst wäre ich dem einen oder anderen schon mal begegnet«, ereiferte sich Luisa.

»Er wird sich schon was dabei gedacht haben«, meinte Rosie bloß.

Luisa schnaubte abschätzig. »Es ist, als hätte er mich mit fünf Euro in einen Gemischtwarenladen geschickt, damit ich mir was Schönes kaufe.« Aufgebracht schob sie die Steckbriefe auf dem Tisch hin und her. »Ein Kunsthistoriker, ein Yogalehrer, ein Steuerberater, ein Banker, der sich als Surflehrer auslebt«, sie beugte sich über das Blatt mit dem Schmunzel-Alpaka, »und ein Landschaftsgärtner mit einer Alpaka-Zucht.«

»Der scheint immerhin schon mal tierlieb zu sein«, warf Rosie ein.

»Na, das ist ja wohl auch das Mindeste!« Luisa hob in einer hilflosen Geste die Arme und ließ sie kraftlos wieder fallen. »Soll ich die jetzt etwa abtelefonieren, so nach dem Motto:

Hallo, mein verstorbener Freund meint, Sie könnten mein Traummann sein. Deshalb sollten wir uns kennenlernen?«

Rosie zog die Stirn kraus. »*Well* … vielleicht nicht ganz so direkt.«

Luisa sprang auf, raffte die Papiere zusammen und schob sie weit von sich. »Kommt überhaupt nicht in Frage!«

»*Calm down*, Luisa.« Rosie schob ihr eine der Tassen zu. »Trink erst mal …«

»… deinen Tee und atme«, beendete Luisa den Satz und ließ es zu, dass die Freundin sie sanft zurück auf den Stuhl drückte.

Sie pustete über die heiße Oberfläche und nippte vorsichtig. So wie es roch und schmeckte, war der Schuss Rum etwas kräftiger ausgefallen als gewöhnlich.

»Sieh mal, Darling«, gurrte Rosie in einem Tonfall, als würde sie einem trotzigen Kind gut zureden. »Klar ist das irgendwie *spooky*. Aber schau: Du hast dich die ganze Zeit um Erik gekümmert, ihn begleitet – bis zuletzt. Und seitdem arbeitest du wie besessen in der Praxis, ohne auch nur einmal Atem zu schöpfen. Jetzt bist du eben mal dran. Überleg mal: Wie lange warst du nicht mehr aus? Ich finde, ein kleines Abenteuer kann dir nicht schaden. Und wer weiß, vielleicht springt ja tatsächlich der Mann fürs Leben dabei raus. Erik wollte sicher nur …«

Luisa setzte hart die Tasse ab, was Rosie abrupt zum Schweigen brachte. »Ich kann das nicht. Und ich weiß auch gar nicht, ob ich überhaupt einen Mann will!«

Mitten in ihren Gefühlsausbruch hinein schrillte die Praxis-Klingel. Es hörte sich an, als wollte jemand den Klingelknopf in der Wand versenken. Anscheinend scherte sich der Tierbesitzer nicht darum, dass die Praxis heute geschlossen war. Luisa war jedoch froh über die Unterbrechung, die es ihr ermöglichte, dieser absurden Situation zu entrinnen.

»Sicher ein Notfall!« Eilig stand sie auf, schob sich an Rosie vorbei und rannte die Treppe hinab.

Vor der Tür stand Frau Drechsler. Die alte Dame war in Tränen aufgelöst und hielt ihren Dackel im Arm. Blutiger Schleim tropfte dem Hund aus dem Maul.

»Ich weiß, Sie haben heute eigentlich keine Sprechstunde, Frau Loewe, aber können Sie sich mein Minchen bitte trotzdem ansehen? Ich glaube, sie hat irgendwas im Maul oder vielleicht einen Giftköder gefressen.«

»Kommen Sie.« Luisa trat zur Seite und ließ die Frau herein. Rosie, die ihr gefolgt war, hatte schon den Schlüssel vom Haken genommen und sperrte die Verbindungstür zur Praxis auf.

»Wir sind die übliche Runde Gassi gegangen. Da war sie noch ganz munter und hat mit Stöckchen gespielt. Und ich meine, an dem Baum, wo sie immer ihr Häufchen macht, lag etwas im Gras«, erklärte die Hundebesitzerin. »Kann sein, dass sie das gefressen hat.«

»Wie lange ist das her?« Luisa führte Frau Drechsler in den Behandlungsraum, wo diese den Hund auf den Untersuchungstisch setzte.

»Eine Stunde vielleicht. Als wir zu Hause waren, wollte sie nichts von ihrem Lieblingsfutter. Und dann fing sie an zu würgen und zu sabbern und kaute auf irgendwas herum. Sie wollte sich partout nicht ins Maul gucken lassen. Da habe ich Angst gekriegt und bin sofort zu Ihnen.« Das Gesicht der alten Dame war vor lauter Aufregung gerötet und glänzte vor Schweiß. Kurzatmig streichelte sie ihren Hund.

Luisa zog sich Handschuhe an, öffnete vorsichtig den Fang des Hundes und zog die Lefzen zurück. »Ich glaube nicht, dass sie Gift gefressen hat. Eher hat sie sich einen Splitter eingefangen.«

Tatsächlich kam es relativ häufig vor, dass sich Hunde beim Spiel mit dem Stöckchen verletzten. Ein geworfener Ast konnte bei der Landung im Boden stecken bleiben und zur tödlichen Gefahr werden. Luisa kannte Fälle, bei denen sich der Hund beim Vorwärtsstürmen ein spitzes Ende in den Hals gerammt hatte.

»Gottogott.« Frau Drechsler atmete schwer und stützte sich auf dem Untersuchungstisch ab.

»Ist Ihnen nicht gut?«, fragte Luisa besorgt.

»Nur ein bisschen schwindelig. Es ist ja so schwül heute.« Frau Drechsler zog ein Taschentuch hervor und tupfte sich den Schweiß von der Stirn.

Hilfesuchend sah Luisa Rosie an, die abwartend in der Tür lehnte.

Rosie verstand sofort. »Kommen Sie. Ich hole Ihnen ein Glas Wasser, und dann setzen Sie sich ins Wartezimmer. Nicht dass Sie uns hier noch aus den Latschen kippen.« Sie hakte die alte Dame unter und führte sie behutsam aus dem Raum. »Keine Sorge. Ihr Minchen ist in besten Händen.«

»Danke dir.« Luisa wandte sich wieder ihrer Patientin zu. Der Verdacht mit dem Splitter bestätigte sich. Sie ertastete eine Verdickung, und als sie ins Maul leuchtete, konnte sie deutlich die Stelle ausmachen, wo der Splitter in die Schleimhaut eingedrungen war. Sie tätschelte der Dackeldame die Flanke. »Tja, Minchen. Sieht ganz so aus, als müsstest du ein Nickerchen machen.«

Luisa hatte das etwa zwei Zentimeter lange Holzstück problemlos im Ganzen herausholen können. Nun schlief die Hündin in einer der Tierboxen ihre Narkose aus. Mit der Pinzette nahm Luisa den Splitter und deponierte ihn in einem Plastikbeutel, holte ein Schmerzmittel aus dem Medikamentenschrank und ging damit über den kleinen Flur zum Empfangstresen, wo sie eines der Medikamententütchen mit der Dosierung beschriftete. Da die Tür zum angrenzenden Wartezimmer nur angelehnt war, konnte sie deutlich die Stimme von Frau Drechsler hören, die sich mit Rosie unterhielt. Offenbar ging es der alten Dame besser.

»Dass Dr. Hofmann so früh von uns gehen musste …«, hörte Luisa sie sagen. »So ein feiner Mensch. Ich bin viele Jahre mit meinen Hunden zu ihm gekommen. Als er damals meine Gigi einschläfern musste, da war er so nett und einfühlsam.«

»Ja, das war er«, stimmte Rosie zu.

»Ich habe es ihm so gegönnt, dass er und die Frau Doktor … also …« Sie senkte die Stimme. »Ich will ja nicht indiskret sein, aber stimmt es, dass sie und er … ich meine, ich habe gehört, die beiden hätten kurz vor seinem Tod noch geheiratet?«

Luisa, das Tütchen in der Hand und bereit, die Tür zu öffnen, erstarrte. Sie hatte geahnt, dass sich die Leute über ihre Heirat das Maul zerreißen würden. Angesichts der Situation hatten Erik und sie kein großes Aufheben darum gemacht. Daher war es ihr ein Rätsel, woher die Frau überhaupt davon wusste.

Rosie murmelte etwas, das Luisa nicht verstand.

»Oh«, machte die Drechsler. »Dabei dachte ich eigentlich, dass der Herr Doktor andersherum …« Sie räusperte sich bedeutungsvoll. »Na, Sie wissen schon.«

»Nein, eigentlich nicht«, antwortete Rosie betont unschuldig.

Luisa beschloss, dem Verhör ein Ende zu setzen. Schwungvoll drückte sie die Tür auf. »So!«, rief sie aufgekratzt. Sie hielt das Plastiktütchen mit dem blutverschmierten Holzstück hoch. »Da haben wir den Übeltäter.«

Nachdem die Hündin aus der Sedierung aufgewacht und, noch leicht wackelig auf den Pfoten, ihrer Besitzerin übergeben worden war, erklärte Luisa der alten Dame, wie oft und in welcher Dosierung sie dem Tier das Schmerzmittel verabreichen sollte. »Und in nächster Zeit nur Weichfutter.«

Als sich endlich die Tür hinter Frau Drechsler und ihrem Dackel schloss, atmete Luisa auf. »Wenn das so weitergeht, komme ich zu nichts«, sagte sie zu Rosie.

»Ab morgen übernimmt doch deine neue Partnerin. Da kannst du dich ganz auf die Renovierung konzentrieren.« Ihre Nachbarin hob warnend den Finger. »Und lass dich bloß nicht davon abhalten, nur weil du meinst, unentbehrlich zu sein. Das Mädel kriegt das sehr gut allein hin!«

Luisa nickte. »Regine ist ein echter Glücksfall. Ich bin so froh, dass ich sie für die Praxis gewinnen konnte.«

»Auf Dauer hättest du das alles nicht allein stemmen können. Irgendwann bricht sie mir noch zusammen, hab ich im letzten Jahr oft gedacht.« Rosie nestelte an ihrer Frisur und zog das Tuch enger. »Ich geh dann mal rüber. Sag Bescheid, falls ich dir noch irgendwie helfen kann.«

»Mache ich.« Luisa umarmte die Freundin.

»Und überleg dir die Sache mit den Männern«, raunte Rosie ihr ins Ohr.

»Ganz sicher nicht«, gab Luisa zurück.

»Ein Abenteuer könnte dir aber nicht schaden, am besten ein erotisches.« Leise glucksend machte sie sich von ihr los und winkte ihr im Weggehen noch einmal zu. »Vorsicht, Löwchen. Den Wunsch eines Sterbenden unerfüllt zu lassen, bringt Unglück.«

Löwchen. Das war eindeutig unfair. Rosie verwendete Eriks Kosenamen doch nur, um seinem Wunsch Nachdruck zu verleihen und ihr ein schlechtes Gewissen zu machen.

Ihr Handy erinnerte sie mit einem Piepsen an den Termin bei Dr. Grießbach. Während sie in aller Eile die Praxis aufräumte, hatte Luisa immer noch Rosies Stimme mit dem amerikanischen Akzent im Ohr. »Vorsicht, Löwchen.«

Eriks Raunen mischte sich darunter. »Versprich mir, dass du kein Feigling sein wirst.«

2

Luisa schwang sich auf ihr Fahrrad und machte sich auf den Weg zur Lister Meile, wo Gabriele Grießbach ihre Praxis hatte. In der Nachmittagshitze brachte der Fahrtwind kaum Kühlung, und so war sie dankbar, einen Großteil der Strecke im Schatten der Eilenriede zurücklegen zu können. Ein Kleinkind auf einem winzigen Fahrrad schlingerte ihr entgegen, dahinter fuhr die Mutter, allzeit bremsbereit und damit rechnend, dass ihr Nachwuchs sich langmachte. Luisa schmunzelte. Als ihre Tochter noch klein gewesen war, hatten sie vermutlich ein ähnliches Bild abgegeben. Doch nicht lange, und Hannah war so rasant davongeflitzt, dass sie Mühe gehabt hatte, sie einzuholen. Einmal war Erik der Kleinen hinterhergejagt und hatte sie nur noch kurz vor knapp daran hindern können, aus dem Stadtwald auf die verkehrsreiche Straße zu fahren. Beobachter hielten ihn damals sicher für ihren Vater. Und für Hannah war er das in vielerlei Hinsicht auch gewesen. Luisa lächelte bei der Erinnerung. Das Kleinkind war Geschichte, ihre Tochter längst flügge. Die Neunzehnjährige verbrachte gerade ein Auslandsstudienjahr in San Francisco.

Am Lister Platz stieg Luisa ab und schob ihr Rad durch die Fußgängerzone. Bis zu ihrem Termin hatte sie noch etwas Zeit. Sie war extra etwas früher losgefahren, um beim Bäcker für einen Snack Halt zu machen. Das Mittagessen hatte sie wegen der Dackeloperation verpasst, aber seit Hannah in Amerika und sie für sich allein war, hatte sie ohnehin wenig Ambitionen zu kochen. Sie sah auf die Uhr, die in der Bäckerei an der Wand hing, und rechnete nach. In San Francisco war es jetzt fünf Uhr morgens.

Sie kaufte sich einen Kaffee und ein belegtes Brötchen, setzte sich damit nach draußen und beobachtete das Treiben in der Fußgängerzone, als sie im Augenwinkel eine vertraute Bewegung wahrnahm. Ging das etwa schon wieder los? Genervt schloss sie die Augen, zählte bis zehn und hoffte inständig, dass er verschwinden würde. Aber als sie die Augen wieder öffnete, sah sie Erik immer noch neben sich sitzen. Trotz der Hitze trug er Jeans und seinen Lieblingspullover, den dunkelblauen mit dem Rautenmuster, mit dem er immer wie aus der Zeit gefallen gewirkt hatte. Luisa wusste inzwischen, dass sie nicht verrückt war. Ihr Puls beschleunigte sich zwar, wenn sie diese Visionen von ihm hatte, aber sie verfiel nicht mehr in panische Schnappatmung. »Betrachten Sie diese Begegnungen als Geschenk«, hatte Dr. Grießbach ihr geraten. »Bleiben Sie gelassen. Werten Sie nicht.« Angesichts des Briefs, den sie am Morgen gefunden hatte, fiel Luisa das heute allerdings verdammt schwer.

Sie hielt die Luft an und kniff die Augen fest zusammen. »Lass mich in Ruhe«, befahl sie ihm in Gedanken. Als sie langsam ausatmete und die Lider hob, hatte sich Eriks jenseitiges Echo in Luft aufgelöst. »Na also. Geht doch.« Schnell leerte sie den lauwarmen Kaffee, stand auf und knallte das Tablett in die Geschirrabgabe. Dann schloss sie ihr Fahrrad auf und schob es weiter bis zur Praxis, wo sie es mit fliegenden Fingern ankettete. Aufgewühlt, wie sie war, kam ihr der Termin bei der Psychotherapeutin ganz gelegen.

Gabriele Grießbach hatte sich auf Depressionen, Angststörungen und Trauerbegleitung spezialisiert.

Ich bin ich, aber ich bin nicht, wie ich war.
Ich werde nicht sein, wie ich war, aber ich werde sein.

Der Spruch an der Wand im Wartezimmer begrüßte Luisa, vertraut wie ein alter Bekannter.

Mittlerweile war sie froh, dass sie Rosies Drängen nachgegeben hatte. »Ihr Deutschen meint immer, dass ihr alles selbst hinbekommt. In den Staaten zum Beispiel ist es völlig normal, dass man sich Hilfe bei einem Psychotherapeuten sucht«, hatte sie gesagt und Luisa so lange genervt, bis diese sich schließlich widerwillig auf dieses Psycho-Ding eingelassen hatte.

Sie setzte sich auf einen der Plastikstühle in frischem Therapie-Grün, das mit der pastelligen Wandfarbe harmonierte. Sicher hatte Gabriele Grießbach bei der Farbgestaltung ihrer Praxis eine stimmungsaufhellende Wirkung im Sinn gehabt. Luisa überlegte, ob sie bei der Therapeutin auch Tipps zur Raumgestaltung einholen konnte, als auch schon die Tür des Behandlungszimmers geöffnet wurde.

»Bis in zwei Wochen«, verabschiedete die Ärztin den Patienten, der vor ihr dran gewesen war. Ein hochgewachsener, hemdsärmeliger Typ, dem die braunen Haare lockig in die Stirn fielen. Luisa stutzte. War das nicht der Wirt des Lindener Bistros »Chez Oliver«? Sein Blick blieb ebenfalls kurz an ihr haften, und sie meinte, auch in seinen Augen Erkennen wahrzunehmen. Er nickte ihr knapp zu, dann verschwand er eilig im Treppenhaus. War ihm die Begegnung mit ihr peinlich gewesen? Ehe Luisa weiter darüber nachdenken konnte, wurde sie in den Therapieraum gebeten.

Sie nahm in einem der Korbstühle Platz, die um einen runden Tisch angeordnet waren. In dem lichtdurchfluteten Raum mit den weißen Wänden und dem honigbraunen Parkettboden gab es neben der Sitzgruppe ein locker gefülltes Bücherregal und einen Schreibtisch aus hellem Holz, auf dem ein Laptop stand. In einer Ecke sprudelte ein Keramik-Zimmerbrunnen. Ein dezenter Duft nach Vanille lag in der Luft.

Gabriele Grießbach schenkte ihr unaufgefordert von dem Kräutertee ein, den sie immer vorrätig hatte, und schob ihr die Tasse zu. Sie gab einem stets das Gefühl, als wäre man bei einer Freundin zu Besuch, der man alles erzählen konnte. Eine Freundin allerdings, die kein Blatt vor den Mund nahm, die nachbohrte und Fragen stellte, die bisweilen wehtun konnten.

Die Therapeutin setzte sich ihr gegenüber und lehnte sich entspannt zurück. Graue Strähnen durchzogen ihre Haare, die sie zu einem Dutt aufgesteckt hatte. Ihre hagere Gestalt steckte in Capri-Jeans und Bluse, an den Füßen trug sie makellos weiße Gesundheits-Clogs. »Wie geht es Ihnen heute?«, fragte sie mit dem breiten rheinländischen Einschlag, der Luisa sofort für sie eingenommen hatte.

»Bis heute Morgen ging's mir noch ganz gut«, antwortete sie. »Aber dann wurden Eriks Möbel abgeholt. Ich bin das jetzt nämlich angegangen, das mit der Renovierung. Die nächsten sechs Wochen habe ich frei.«

»Prima.« Gabriele Grießbach hob ihr Klemmbrett und notierte sich etwas. »Wie geht es Ihnen damit?«

Luisa zuckte mit den Schultern. »Ich weiß nicht. Es fühlt sich irgendwie an, als würde ich ihn verraten. Ich meine: Eriks Einrichtungsstil war so sehr mit seiner Persönlichkeit verbunden. Das alles wegzugeben …« Sie knetete ihre Hände. »Das fällt mir doch schwerer, als ich gedacht habe.«

»Dass es schmerzt, von Dingen Abschied zu nehmen, die Sie mit Erik verbinden, ist ganz normal.«

»Ich weiß. Und er hätte es ja auch so gewollt. Das hat er mir erst neulich …« Sie verstummte.

Die Grießbach beugte sich vor. »Hatten Sie wieder diese … Begegnungen?«

Luisa senkte den Kopf und nickte. Es fiel ihr immer noch schwer, über Eriks Erscheinungen zu sprechen. »Ich dachte eigentlich, das hätte aufgehört.«

»Durch den Verkauf der Möbel haben Sie sich verstärkt mit ihm beschäftigen müssen. Daher taucht er vermutlich wieder auf«, meinte Gabriele Grießbach.

Luisa verzog das Gesicht. »Aufgetaucht ist heute Morgen noch etwas ganz anderes. Das hier hatte er in seinem Schreibtisch für mich deponiert.« Sie holte Eriks Brief aus ihrer Umhängetasche, legte die Steckbriefe der fünf Kandidaten nebeneinander auf den Tisch und erklärte in knappen Worten, was es damit auf sich hatte.

Gabriele Grießbach musterte Luisa über den Rand ihrer Brille hinweg. »Und das ist nicht einfach nur Kokolores?«

»Er hat das definitiv ernst gemeint.«

Die Psychotherapeutin zielte mit dem Kugelschreiber auf sie. »Was, glauben Sie, hat Erik dazu bewogen? Was wollte er damit bezwecken?«

Luisa klopfte auf den Brief. »Er schreibt, dass er ein schlechtes Gewissen hat. Er hat geglaubt, dass ich seinetwegen auf eine erfüllende Partnerschaft verzichtet habe. Aber das ist Blödsinn. Es kam bloß nicht der Richtige, das ist alles.«

Gabriele Grießbach wiegte den Kopf hin und her. »Sie mögen das so sehen, doch er kann es anders empfunden haben. Jedenfalls lag ihm Ihr Glück am Herzen, denn sonst hätte er sich nicht so ins Zeug gelegt.« Sie schien zu überlegen. »Diese Männer, sind die … äh … gebrieft worden?«

»Inwiefern?« Luisa verstand nicht.

»Na, ob die Bescheid wissen. Oder haben die alle keine Ahnung von diesem, äh …«, sie machte eine ausladende Geste über die Steckbriefe, »… Contest?«

Darüber hatte Luisa noch gar nicht nachgedacht. Vor ihrem geistigen Auge lief ein Film ab, in dem Erik jeden der Männer ähnlich wie beim Geheimdienst anwarb. »Sie meinen, wie diese Schläfer-Agenten? Codewort Luisa Loewe, und die mutieren augenblicklich zum Charmebolzen?« Sie schüttelte sich.

Die Mundwinkel der Therapeutin zuckten. »Kann ich mir ehrlich gesagt nicht vorstellen.«

»Ich auch nicht. Wobei ich Erik gerade so ziemlich alles zutraue.« Luisa ballte die Hände zu Fäusten. »Es sieht ihm ähnlich, sich posthum in mein Liebesleben einzumischen!«

»Sie sind wütend. Was nur verständlich ist. Aber …«

»Wütend ist nicht das richtige Wort«, unterbrach Luisa sie. »Einerseits bin ich gerührt, dass er mir einen solchen Brief hinterlassen hat, sich Sorgen gemacht hat, was aus mir wird. Andererseits scheint er mir nicht zuzutrauen, dass ich es selbst auf die Reihe kriege, einen Mann zu finden. Und er maßt sich außerdem an zu wissen, wer zu mir passt. Ich meine, was fällt ihm ein!«

»Verstehe«, sagte Gabriele Grießbach. »Aber davon mal abgesehen: Wünschen Sie sich denn einen Partner?«

»Ja, irgendwie schon«, antwortete Luisa, ohne nachzudenken. Wo kam das denn auf einmal her?

Die Grießbach schob die Papiere wieder zusammen und gab sie Luisa zurück. »Sie haben die Wahl. Sie können Eriks Vorschläge zerreißen, wegschließen oder meinetwegen verbrennen. Oder Sie lassen sich darauf ein und finden heraus, wohin Sie das führt.«

Das Handy der Grießbach gab Alarm. Sie warf einen Blick darauf. »Unsere Sitzungszeit ist um.«

»Was würden Sie denn an meiner Stelle tun?«, hakte Luisa noch rasch nach.

Nachdenklich sah die Psychotherapeutin sie an. »Wissen Sie, Luisa, ich habe Patienten, die sich noch Jahre später damit herumquälen, eine Chance nicht ergriffen zu haben.«

»Sie meinen also …«

»Jetzt mal von Frau zu Frau«, sagte Gabriele Grießbach ernst und räusperte sich. »Mein Mann hat sich von mir getrennt. Nach dreiundzwanzig Jahren. Es hat eine Weile gedauert, das zu verarbeiten und wieder bereit für eine neue Partnerschaft zu sein. Und nun stelle ich fest, dass ich komplett aus der Übung bin. Heutzutage benutzt man Dating-Apps, über die man nach sogenannten Matches sucht. Ich war auf Ü-40-Singletreffs, auf After-Work-Partys und habe Urlaub in Singlehotels gemacht.« Sie lachte trocken. »Das Ergebnis all dieser Bemühungen war mehr als jämmerlich. Aus dem Meer der alleinstehenden Männer da draußen einmal keine Niete zu fischen, ist quasi ein Lottogewinn! Glauben Sie mir, ich wäre froh, wenn jemand für mich eine Vorauswahl treffen würde. Und zwar kein Computer-Algorithmus, sondern ein Freund, der es gut mit mir meint.« Sie deutete auf die Steckbriefe in Luisas Hand. »Sehen Sie die als Chance. Verabreden Sie sich mit denen. Ganz zwanglos natürlich. Alles kann, nichts muss. Und wenn der Mann fürs Leben nicht dabei ist, dann haben Sie wenigstens Spaß gehabt.« Sie schrieb etwas auf einen Notizzettel und reichte ihn ihr mit einem Augenzwinkern.

»Rezept«, las Luisa. »Fünf Dates im Abstand von mindestens einer Woche.«

Gabriele Grießbach lächelte. »Grübeln Sie nicht. Stürzen Sie sich ins Leben.« Sie begleitete sie zur Tür. »Und halten Sie mich auf dem Laufenden.«

Wie betäubt nahm Luisa den Aufzug nach unten und trat aus dem Haus. Auf der Lister Meile herrschte geschäftiges Treiben. Der Umschlag mit Eriks Brief brannte in ihrer Tasche. Und jetzt gesellte sich auch noch das spontan ausgestellte Rezept ihrer beziehungsfrustrierten Therapeutin dazu. »Sehen Sie es als Chance. Verabreden Sie sich mit denen. Ganz zwanglos natürlich«, äffte Luisa sie leise nach.

Die hatte Nerven. Luisa hatte keine Ahnung, wie sie es anstellen sollte, sich mit fünf ihr vollkommen fremden Männern zu treffen, die nichts ahnend als Luisas potenzielle Beziehungskandidaten eingestuft worden waren. Außerdem war die Grießbach beileibe nicht die Einzige, die verabredungstechnisch komplett aus der Übung war.

Ihr erster Termin bei der Psychotherapeutin kam ihr in den Sinn. Damals hatte sie erwartet, dass sie am Ende der Sitzung mit einem Rezept nach Hause gehen würde. Dass Dr. Gabriele Grießbach ihr sogleich den ultimativen Masterplan in die Hand drückte, der ihr die Trauer um Erik erleichtern würde. Stattdessen hatte sie unzählige Fragen gestellt bekommen und viele endlose Gespräche geführt. Nach und nach war es ihr besser gegangen. Weil die Zeit den Schmerz dämpfte, und weil sie gelernt hatte, in Worte zu fassen, was sie bewegte. Nur hatte sie dabei stets das Gefühl, sich im Schneckentempo vorwärtszubewegen. Heute Eriks Wohnung leer zu räumen, um Platz zu schaffen, war ein großer Schritt in die richtige Richtung gewesen. Jetzt brauchte sie all ihre Kraft, um die Räume mit neuem Leben zu füllen – mit ihrem Leben. Das war kompliziert genug. Sie musste das Haus renovieren und neu einrichten. Dafür hatte sie sich sechs Wochen freigenommen; um sich um die praktischen Dinge zu kümmern, wie etwa die Versicherungen und die Steuererklärung. Da konnte sie nicht auch noch romantische Verwicklungen gebrauchen. Und erst recht keinen besten Freund, der sie aus dem Jenseits heraus verkuppeln wollte.

3

»Machen wir eigentlich Hausbesuche? Komm doch nachher mal in die Praxis.« Regines Nachricht war schon zwei Stunden alt. Luisa ahnte bereits, um wen es dabei ging. Sie trank eilig ihren Frühstückskaffee aus und lief nach unten.

Der Wartebereich war voll besetzt. Luisa grüßte kurz in die Runde und ging dann weiter zum Empfangstresen, wo Manuela saß und gerade einen Termin vergab. Die Tierarzthelferin pustete sich eine vorwitzige Locke aus der Stirn, den Telefonhörer zwischen Ohr und Schulter geklemmt, während sie gleichzeitig tippte. Manuela war der Motor der Praxis, diejenige, die stets den Überblick behielt. Luisa wartete, bis sie auflegte.

»Na, du kannst es wohl doch nicht lassen«, sagte Manuela statt einer Begrüßung und blickte Luisa streng an. »Ich meine mich zu erinnern, dass du Urlaub hast.«

Luisa hob beide Hände. »Ich bin nur hier, weil Regine mit mir sprechen will. Sie fragt, ob wir Hausbesuche machen. Geht es um die Katzen-Lady?«

»Kann sein. Regine war heute Morgen als Erste da.« Sie verzog das Gesicht. »Eine echte Frühaufsteherin.«

»Noch vor Sprechstundenbeginn ans Telefon, also das geht nun wirklich nicht«, scherzte Luisa.

»Neuerdings macht hier sowieso jeder, was er will«, entgegnete Manuela spitz. »Zum Beispiel am Ruhetag Dackel operieren.«

»Ich konnte Frau Drechsler ja schlecht wieder wegschicken.«

»Aber die Rechnung hättest du wenigstens noch schreiben können.«

Luisa grinste. »Das kannst du doch viel besser als ich. Wahrscheinlich hätte ich irgendetwas falsch eingegeben.«

»Auch wieder wahr. Ich habe sie auch schon fertig, geht heute raus.«

»Du bist ein Schatz!«, lobte Luisa. »Ich wüsste wirklich nicht, was ich ohne dich machen würde.«

»Haben wir noch eine Halskrause in Größe L?« Regine bog um die Ecke. Ihre ehemalige Praktikantin in dem roten Arztkittel zu sehen, war für Luisa immer noch ungewohnt. Regine wühlte in einer Schublade. Erst als sie sich mit dem Plastiktrichter in der Hand umdrehte und sich die dunklen Locken hinters Ohr strich, bemerkte sie Luisa. Ihr Gesicht hellte sich auf. »Oh, gut, dass du da bist.« Sie schnitt ein Stück Mullbinde ab und fädelte es geschickt durch die Öffnungen der Halskrause. »Heute früh hat eine ältere Dame angerufen, die behauptet, Erik hätte bei ihr Hausbesuche gemacht. Es ging um eine Katze, die wohl eine eingewachsene Kralle hat. Wir haben sie in der Patientenkartei mit sage und schreibe sechs Tieren. Von Hausbesuchen steht da allerdings nichts. Ich habe ihr gesagt, dass sie das Tier vorbeibringen soll, aber davon wollte sie nichts wissen. Sie meinte, der Herr Doktor sei immer bei ihr zu Hause vorbeigekommen und dass die anderen Katzen bei der Gelegenheit auch gleich geimpft werden könnten. Die Frau machte einen leicht verwirrten Eindruck auf mich.«

Luisa nickte. »Ich weiß schon. Gitte Feldmann, die Katzen-Lady. Die alte Dame kann aus irgendeinem Grund das Haus nicht verlassen. Deshalb die Hausbesuche.«

»Okay.« Regine verharrte unschlüssig. »Ich weiß, du hast Urlaub, und wenn das Wartezimmer nicht voll wäre, würde ich dich nicht darum bitten. Aber kannst du vielleicht …?«

»Kein Problem.« Luisa wandte sich an Manuela. »Suchst du mir die Adresse raus? Dann schaue ich da vorbei.«

»Erik war einfach zu gut für diese Welt«, murmelte Manuela, während sie im Stakkato tippte und mit schmalen Augen auf den Bildschirm starrte. Sie nahm den Hörer vom Praxistelefon und hielt ihn fragend hoch. »Soll ich einen Termin ausmachen?«

»Ja, bitte. Ich könnte im Grunde gleich losfahren.«

Eine Minute später legte Manuela auf. »Du kannst sofort

hin«, verkündete sie knapp, kritzelte die Adresse auf einen Haftzettel und reichte ihn Luisa. »Hast du heute schon was gefrühstückt?«

»Ich hatte einen Kaffee«, antwortete Luisa, während sie die Adresse in ihr Handy eingab. »Wieso?«

»Weil du vor lauter Action gerne mal das Essen vergisst.« Manuela zog eine Schublade auf und schob ihr einen Müsliriegel über den Empfangstresen. »Damit du mir nicht unterzuckerst.«

Luisa verdrehte die Augen, steckte den Riegel aber ein. »Du bist wie eine Mutter zu mir.«

Gitte Feldmann wohnte in Döhren, in einer ruhigen, von Kastanien gesäumten Nebenstraße mit Kopfsteinpflaster. Die Häuser hinter den Backsteinmauern und Jägerzäunen versprühten den maroden Charme der fünfziger und sechziger Jahre. Luisa parkte La Toya am Straßenrand, nahm ihren Tierarztkoffer vom Beifahrersitz und stieg aus.

Die Katzen-Lady hatte immer darauf bestanden, dass ihre Lieblinge von Erik behandelt wurden. Deshalb war Luisa noch nie hier gewesen. Von den Wänden des Einfamilienhauses, in dem die Frau mit ihren sechs Katzen lebte, bröckelte der Putz. Mehr als die Hälfte der Fassade war mit Efeu bewachsen, was das Gebäude noch düsterer erscheinen ließ als ohnehin schon. Der Vorgarten war von Gestrüpp zugewuchert, und zwischen den teils moosbedecken Pflastersteinen auf dem Weg zur Haustür spross Unkraut. Im Näherkommen sah Luisa, wie sich die Gardine hinter einem der Fenster bewegte. Kaum hatte sie geklingelt, wurde die Tür aufgerissen.

Gitte Feldmann mochte um die siebzig sein. Sie musterte Luisa aus lebhaften blauen Augen. »Kommen Sie doch herein. Ich bin ja so froh, dass Sie Zeit für mich und meine Lieblinge haben.« Flink wandte sie sich um und ging voraus. Ihre grauen Haare trug sie zu einem Zopf geflochten, der ihr beinahe bis zur Hüfte reichte. »Ich habe uns einen Kaffee gemacht. Sie mögen doch Kaffee?«, plauderte sie drauflos. »Wenn nicht, kann ich auch einen Tee kochen, ich habe Schwarztee, Pfefferminz und Rooibos.«

Luisa folgte ihr in das Wohnzimmer, wo zwei gelangweilt wirkende Perserkatzen auf dem Sofa lagen. »Nein danke«, lehnte sie ab und schaute sich suchend um. Ein weiteres Tier, eine mehrfarbige Glückskatze, blickte sie von einem Kratzbaum an.

Gitte Feldmann wirkte enttäuscht. »Der Herr Doktor hat immer einen Kaffee mit mir getrunken. Bitte setzen Sie sich doch.«

Nach kurzem Abwägen ließ sich Luisa auf das Sofa sinken. Den niedrigen Tisch hatte Gitte Feldmann mit zwei Gedecken samt Zuckerdose, Milchkännchen und Porzellankanne mit Tropfenfänger bestückt. So etwas hatte Luisa zuletzt bei ihren Großeltern gesehen.

Sie ließ zu, dass die alte Dame ihr einen Kaffee einschenkte. »Welche der Katzen hat denn das Pfotenproblem?«, fragte sie dann.

Gitte Feldmann antwortete nicht. Sie setzte sich ihr gegenüber auf einen Sessel und nippte an ihrem Kaffee. »Die gute Bohne aus Kolumbien. Den mochte der Herr Doktor immer so gern.« Verstohlen wischte sie sich über die Augen. »Als ich erfahren habe, dass er gestorben ist …« Sie verstummte. »Er war immer zur Stelle, egal, was war.«

Luisa entgegnete nichts darauf, sondern wartete geduldig.

Gitte Feldmann räusperte sich. »Wissen Sie – es ist nämlich so. Ich bin seit Jahren nicht mehr aus dem Haus, weil … Also, weil ich nicht kann. Ich kriege Panikattacken, sobald ich den Fuß vor die Tür setze. Die Katzen sind mein Ein und Alles. Letztes Jahr, als Dr. Hofmann so krank war und man mir sagte, dass er nicht zum Impfen herkommen kann, wusste ich erst gar nicht, was ich machen sollte. Zum Glück war kurz darauf meine Tochter zu Besuch, und die hat sie dann zu einem Tierarzt hier in der Nähe gebracht. Wie der hieß, weiß ich gar nicht mehr. Jedenfalls wollte sie nicht extra zu Ihnen in die List fahren. Aber ich halte Ihnen natürlich die Treue.«

»Verstehe«, sagte Luisa und lächelte dünn. »Wobei wir ja normalerweise auch gar keine Hausbesuche mehr machen.« Um die anschließende Stille zu füllen, gab sie Milch in ihren Kaffee und trank einen Schluck. Er schmeckte ausgezeichnet. »Ehrlich gesagt, halte ich nicht viel davon, Tiere zu Hause zu behandeln«, erklärte sie. »Gerade für Katzen ist es wichtig, dass sie sich in ihrem Zuhause sicher fühlen können. Ich dringe ja quasi als Fremde in ihr Revier ein, sie werden eingefangen, festgehalten und behandelt. Das kann für die Tiere sehr belastend sein.«

»Das hat der Herr Doktor auch gesagt.« Gitte Feldmann nickte eifrig. »Deshalb haben wir die Behandlung immer in der Werkstatt durchgeführt. Kommen Sie mal mit.«

Sie führte Luisa über einen langen Flur in einen Nebentrakt, der durch eine Metalltür vom Rest des Hauses abgegrenzt war und von ihr augenscheinlich nicht genutzt wurde. »Mein Mann war Juwelier. Er hatte hier seine Werkstatt und einen kleinen Laden«, erklärte sie und öffnete eine Tür, die in einen quadratischen, schmucklosen Raum führte. Eine hölzerne Werkbank hatte man mitten in den Raum gerückt. »Die Katzen haben hier keinen Zutritt und zählen diesen Raum nicht zu ihrem Revier«, sagte sie. »Warten Sie. Ich hole meine Kelly, die mit der eingewachsenen Kralle.«

Minuten später kehrte Gitte Feldmann mit einer cremeweißen Perserkatze zurück. »Ich habe das erst gar nicht bemerkt, aber gestern hat sie auf einmal blutige Fußspuren hinterlassen.«

Luisa untersuchte die Pfoten der Katze. Tatsächlich war eine der Krallen unverhältnismäßig gewuchert und hatte sich in den Ballen gebohrt. »Kelly ist ja schon ein altes Mädchen«, sagte sie. »Die kriegen es oft nicht mehr geregelt, ihre Krallen selbst kurz zu halten. Sie sollten sich daher eine Krallenschere zulegen und sie regelmäßig stutzen.«

Gitte Feldmann verzog skeptisch das Gesicht. »Auch bei den anderen Katzen?«

»Nein. Normalerweise ist das Krallenschneiden bei Katzen

nicht nötig. Sie benutzen den Kratzbaum und wetzen sie dort ab. Aber manche Katzen werden im Alter etwas faul oder entwickeln ein ungewöhnlich schnelles Krallenwachstum, was für die Tiere zu Problemen führen kann.«

Nachdem Luisa den vorderen Teil der Kralle durchgeknipst und aus dem Ballen gezogen hatte, kürzte sie auch noch die anderen Krallen und spritzte dem Tier ein Schmerzmittel. Zwei Stunden und zwei weitere Tassen Kaffee später hatte sie alle sechs Katzen untersucht und geimpft. Doch Gitte Feldmann wollte sie noch nicht gehen lassen.

»Möchten Sie nicht zum Essen bleiben? Ich könnte rasch zwei Fertiggerichte in die Pfanne werfen«, erbot sie sich eifrig. »Wissen Sie, für mich allein lohnt es sich ja nicht, frisch zu kochen.«

»Nein danke«, sagte Luisa, obwohl sie eigentlich Hunger hatte. Aber die Anhänglichkeit der Frau wurde ihr zunehmend unangenehm. Trotzdem wollte sie noch eine Frage loswerden. »Ich möchte ja nicht neugierig sein. Aber wie kam es eigentlich dazu, dass Sie nicht mehr rausgehen?«, fragte sie, als sie schon an der Haustür angelangt waren. »Sie müssen mir natürlich nicht antworten, wenn Sie nicht wollen.«

Gitte Feldmann winkte ab. »Ich erinnere mich gar nicht mehr so genau. Dieser Zustand dauert einfach schon so lange an. Es fing an, nachdem mein Mann überraschend gestorben war.« Sie zuckte mit den Schultern. »Ich habe mich wochenlang verkrochen, wollte niemanden sehen. Aus Wochen wurden Monate, und anfangs habe ich gar nicht wahrgenommen, wie lange ich nicht mehr draußen war. Damals hatte ich noch einige wenige Freunde, die versuchten …« Verwirrt brach sie ab. »Außerdem war meine Tochter hier und hat sich um alles gekümmert. Um die Beerdigung und all diese Dinge. Sie lebte damals schon in Hongkong, müssen Sie wissen. Nachdem sie zurückgeflogen war, gingen irgendwann die Vorräte zur Neige. Bei so etwas Profanem wie Einkaufen hatte ich die erste Panikattacke.« Ihr Blick wurde abwesend. »Das ist jetzt zweiundzwanzig Jahre her. Ich habe mich damit abgefunden.

Mein Leben ist auch gar nicht schlecht – ich habe meine Katzen, bekomme meine Lebensmittel geliefert, und manchmal besucht mich ein Nachbar. Ich kann mich nicht beklagen.« Sie zwirbelte nervös an ihrem Zopf.

Ein Besuch beim Friseur ist ihr ja auch nicht möglich, dachte Luisa betroffen. »Danke für Ihre Offenheit«, sagte sie und drückte Gitte Feldmann zum Abschied die Hand.

Draußen hatte sie es eilig, Abstand zwischen sich und das Haus zu bringen. Auf der Straße blieb sie stehen und sah zurück. Gitte Feldmann stand am Fenster und winkte ihr zu. Luisa hob ebenfalls kurz die Hand. Ihr Herz hämmerte gegen ihren Brustkorb. Zweiundzwanzig Jahre lang war diese Frau nun schon eine Gefangene ihrer Ängste.

Luisa stieg in ihr Auto, verstaute ihre Tasche auf dem Beifahrersitz. Erst nach drei Anläufen bekam sie den Schlüssel in das Zündschloss. Warum nahm das Schicksal dieser Frau sie nur so sehr mit?

Ihr Magen knurrte hörbar.

Wahrscheinlich war sie unterzuckert und hatte zu viel Kaffee getrunken, was auch das Herzklopfen erklärte. Sie kramte Manuelas Müsliriegel aus der Tasche. Nachdem sie ihn verspeist hatte, ließ das zittrige Gefühl nach.

Sie warf einen letzten Blick auf das Katzenhaus, dessen Gardinen wieder vor die Fenster geschoben worden waren, und fuhr los. Dann wurde ihr mit einem Mal klar, was sie so aufgewühlt hatte.

»Los, raus mit dir. Sonst wirst du noch so wie die Katzen-Lady«, hatte Erik sie ab und an geneckt, wenn sie etwa am Wochenende lieber zu Hause geblieben war, anstatt etwas zu unternehmen. Und nach seinem Tod hatte sie sich in ihrer Trauer wochenlang in ihren vier Wänden eingeigelt. Rosie hatte sie mit Essen versorgt, und auch später, als sie wieder zu arbeiten anfing, hatte es immer wieder Tage gegeben, an denen sie lediglich zwischen Wohnung und Praxis hin- und herpendelte, ohne auch nur einen Fuß vor die Tür zu setzen. Hätte Rosie sie damals nicht des Öfteren mit sanfter Gewalt gezwungen, mit ihr spazieren zu gehen, hätte sie womöglich eine ähnliche Angststörung entwickelt wie Gitte Feldmann.

Gedankenverloren starrte Luisa auf die Straße. Auch ohne Angststörung sah sie ihre Zukunft derzeit nicht gerade in rosigen Farben. Irgendwann würde Hannah fertig studiert haben, endgültig ausziehen und sich ihr eigenes Leben aufbauen. Dann wäre sie allein in einem Haus, das eigentlich zu groß für sie war. Wenn sie nicht aufpasste, verbrachte sie ihre Zeit womöglich weiterhin tagsüber in der Praxis und abends einsam auf dem Sofa. Sie sah sich selbst im Zeitraffer vor sich. Aus Tagen wurden Wochen, Monate und Jahre. Bis sie alt und unansehnlich geworden war. Wollte sie das wirklich?

Nein, auf keinen Fall.

Es lag allein an ihr, dafür zu sorgen, dass es nicht dazu kam. Und wenn sie dazu Eriks absurden Plan durchziehen musste, dann würde sie das eben tun. Davon abgesehen – mit etwas Abstand betrachtet war sie schon auch neugierig auf die Kandidaten. Luisa straffte die Schultern.

Sie würde kein Feigling sein!

4

Am nächsten Tag war Luisa voller Tatendrang. Sie hatte ihr Laufoutfit nach dem Joggen erst gar nicht abgelegt, denn sie würde sowieso duschen müssen, nachdem sie Eriks Wohnung vom Staub befreit und die Fenster geputzt hatte. Als sie den Wischeimer im Wohnzimmer abstellte, bog Herbert um die Ecke.

»Wo bist du denn herumgekrochen?« Luisa schmunzelte. Das Fell des Maine-Coon-Katers wirkte wie ein Staubmagnet, weshalb Hannah ihm kurzerhand den Beinamen »Swiffer« verpasst hatte. Sie hockte sich vor Herbert, strich ihm die Spinnweben von den Barthaaren und kraulte ihn hinter den Ohren. »Was meinst du?«, fragte sie den Kater, der in leises Schnurren ausbrach und sich vor ihr auf den Boden fallen ließ. »Wo stellen wir deine Höhle und den Kratzbaum hin?« Unschlüssig blickte sie sich um.

Erik hatte ein Händchen dafür gehabt, Farben und Formen so zu kombinieren, dass sie miteinander harmonierten. Auch wenn sein altmodischer Wohnstil ihr immer das Gefühl gegeben hatte, aus der Zeit gefallen zu sein, war es bei ihm behaglich gewesen. Sie hingegen schien dafür kein Talent zu haben. Irgendwie hatte sie gehofft, dass eine höhere Macht sie mit Inspiration versorgen würde, sobald die Räume leer waren. Dass sich vor ihrem geistigen Auge wie von Zauberhand ein klarer Plan entfalten würde.

Ein Trugschluss. Es kamen lediglich die alten Bilder von Eriks Wohnung. Sie konnte genau sagen, wo der Tisch gestanden hatte, wo die Vitrine und das Sofa. Sein riesiger Fernseher, den er sich erst vor drei Jahren angeschafft hatte, stand mit dem Bildschirm zur Wand auf dem Boden. Sie hatte beschlossen, ihn zu behalten. Die antiken Möbel waren verkauft. Für alles andere, wie sein Schlafzimmer und die Kleidung, hatte sie eine Firma für Haushaltsauflösungen beauftragt. Erik hatte keine Verwandten mehr gehabt, und so hatte sie einige Erinnerungsstücke, etwa seine Fotoalben, in Kartons verstaut und auf den Speicher geräumt. Fünf Kartons, dieses Haus und jede Menge Erinnerungen waren alles, was von Erik Hofmann blieb.

Bei ihrer ersten Begegnung mit ihm, damals in der Uni, hatte Luisa nicht den Hauch einer Ahnung, wie tief sich ihre Freundschaft einmal entwickeln würde, und sie wäre auch nicht im Traum darauf gekommen, dass sie sich Jahre später in seinem Haus als seine Erbin und Witwe wiederfinden würde.

Nach der Babypause war es ihr schwergefallen, sich wieder auf das Studium zu konzentrieren. Sie war mit gerade mal zwanzig Jahren schwanger geworden, und die wenigen Kontakte, die sie in den ersten zwei Semestern vor der Zwangspause geknüpft hatte, waren nach und nach abgerissen. Inzwischen waren ihr die anderen weit voraus und lebten zudem in einer völlig anderen Realität. Zwar nahmen ihre Eltern Hannah, sooft sie konnten, aber trotzdem fand Luisa nicht in den Lernmodus zurück. Ihre Angewohnheit, das Lernen vor sich herzuschieben, um sich den Stoff kurz vorher in durchgemachten Nächten anzueignen, erwies sich mit Kind als nicht umsetzbar. Kapitulieren kam für sie jedoch nicht in Frage. Daher war es für sie wie ein Wink des Schicksals gewesen, als sie auf das Mentoring-Programm der Uni gestoßen war. Freiwillige aus fortgeschrittenen Semestern sollten Studierenden mit Pflegeverantwortung, etwa Alleinerziehenden, helfen, ihren Studienalltag besser zu organisieren und den Lernstoff zu bewältigen. Luisa hatte sich sofort angemeldet.

Die Studentin, die ihr als Mentorin vermittelt worden war, hatte am Telefon sympathisch geklungen. Aber als Luisa zur vereinbarten Zeit in der Uni am Schwarzen Brett auf sie wartete, war sie nicht aufgetaucht.

Den hochgewachsenen Typen, der neben ihr die Aushänge studierte, hatte Luisa nur am Rande wahrgenommen. Auch er schien verabredet zu sein, denn so wie sie scannte er die

Umgebung mit Blicken und schaute immer wieder auf seine Uhr.

Ungeduldig trat Luisa von einem Bein auf das andere. Sie hatte Hannah bei ihrer Mutter gelassen und versprochen, sie in zwei Stunden wieder abzuholen. Dass ihre zukünftige Mentorin von Pünktlichkeit nicht viel zu halten schien, verhieß nichts Gutes. Dann piepste ihr Handy, und ihre Ahnung wurde zur Gewissheit. Ihr sei etwas dazwischengekommen, stand in der SMS. Es täte ihr furchtbar leid, aber sie habe sich entschieden, das mit dem Mentoring doch nicht zu machen.

»Das darf ja wohl nicht wahr sein«, murrte Luisa.

»Auch versetzt worden?« Der Typ neben ihr steckte sein Handy ein und zog eine Grimasse.

»Sieht ganz so aus«, sagte Luisa. »Ich wollte mich hier mit meiner Mentorin treffen, aber die hat anscheinend kalte Füße gekriegt.« In einer hilflosen Geste hob sie beide Arme und ließ sie kraftlos wieder fallen. Ihr war zum Heulen zumute.

»Echt?« Ein Lächeln schlich sich in seine Stimme. »Was für ein Zufall. Bei mir ist es genau umgekehrt.«

Nun musterte Luisa ihn genauer. Er war ein echter Schlacks, einen halben Kopf größer als sie und besaß eine freundliche Ausstrahlung. Seine grauen Augen hatten einen leichten Silberblick. Im Gegensatz zu den anderen Studenten trug er keine Turnschuhe, und statt des obligatorischen Rucksacks hing eine helle Ledermappe an einem Riemen über seiner Schulter. Man hätte ihn glatt für eine Lehrkraft halten können.

»Erik. Siebtes Semester.« Er strich sich eine Locke aus dem Gesicht und streckte ihr die Rechte entgegen.

»Luisa. Drittes.« Sie ergriff seine Hand.

»Tja, Luisa«, sagte er gedehnt. »Wie ich das sehe, ist die Sache geritzt. Wenn du immer noch einen Mentor willst … Voilà, hier bin ich.«

Herbert fand, dass er genug gekrault worden war. Er lief zu Eriks Schreibtisch, sprang daran hoch und landete federnd auf der Ablage. Dann machte er es sich auf Eriks Kritzelheften gemütlich.

»Nicht da drauflegen.« Mit einem Ruck zog Luisa die Hefte unter ihm hervor. Aus einem ragte etwas heraus. Ein Brief. Der Umschlag war zugeklebt und mit »Für X« beschriftet. Im ersten Impuls wollte Luisa ihn öffnen, aber dann tat sie es doch nicht. Was auch immer Erik diesem X mitzuteilen gehabt hatte, es war nicht für sie bestimmt.

In dem Heft, aus dem sie den Umschlag gezogen hatte, stieß Luisa auf schnell hingeworfene Porträts eines Mannes, der ihr aus intelligenten Augen und mit leichtem Lächeln entgegenblickte. Ob das Mister X war? Luisa versuchte sich zu entsinnen, ob sie den Mann schon einmal gesehen hatte, kam aber zu dem Schluss, dass sie ihn nicht kannte. Hatte Erik Geheimnisse vor ihr gehabt? Da sie ihn nicht mehr fragen konnte, würde sich das Rätsel nur schwer lösen lassen.

Kopfschüttelnd verstaute Luisa die Hefte und den Brief wieder im Sekretär und schob die Schublade mit einem Knall ruckartig zu, was Herbert dazu brachte, beleidigt zu flüchten.

Erneut blickte sie sich um. Wo war ihre Phantasie geblieben? Im Geiste ordnete sie ihre eigenen Möbel im Zimmer an, schob das Sofa, das Sideboard und den Schrank von einer Wand zur anderen. Nichts ergab ein zufriedenstellendes Bild. Resigniert zog sie ihr Handy aus der Tasche. Wenn ihr jemand helfen konnte, dann waren es Martin und Bertram. Die beiden hatten ihre Lindener Altbauwohnung in einer Mischung aus modern und alt eingerichtet. »Klare Linien, gepaart mit Tradition und Gemütlichkeit«, hatte Bertram den Einrichtungsstil genannt, als die beiden sie zum ersten Mal in ihr neues Nest eingeladen hatten.

»Ein Kompromiss«, hatte Martin ergänzt und die Augen verdreht. »Hin und wieder musste ich Bertram in seinem barocken Dekowahn bremsen.«

Luisa musste unwillkürlich lächeln. Wahrscheinlich war die Werbeagentur der beiden deshalb so erfolgreich, weil Bertrams kreative Ader und Martins Pragmatismus eine perfekte Verbindung miteinander eingingen. Sie schickte Martin eine Nachricht. Es dauerte nur Sekunden, ehe er mit einem Foto antwortete. Ein Selfie am Strand, hinter ihm Bertram mit monströser Elton-John-Sonnenbrille und Cocktail in der Hand. »Wir weilen zurzeit in Portugal.«

Richtig, das hatte sie glatt vergessen. »Dann noch einen schönen Urlaub«, schrieb sie zurück.

Frustriert steckte sie das Handy ein, packte den Schreibtisch und schob ihn an seinen angestammten Platz zurück, rechts neben das Fenster. Wobei – gab es angestammte Plätze eigentlich noch? Vor dem Sekretär ließ sich Luisa auf den Boden in den Schneidersitz sinken und schloss die Augen. Das Haus schien immer noch in Eriks Rhythmus zu atmen.

Sie straffte die Schultern und nahm ein paar tiefe, zittrige Atemzüge. Dann stemmte sie sich hoch, trat ans Fenster und blickte in den Garten hinaus, in dem seit geraumer Zeit der Rasen gemäht werden musste. Um den würde sie sich später kümmern. Sie riss das Fenster auf. Draußen war es bereits wärmer als drinnen, dennoch hatte sie das Gefühl, die Luft einmal komplett austauschen zu müssen, um frei atmen zu können.

Von nebenan schallte Rosies aufgebrachte Stimme zu ihr herüber. »Das kann nicht dein Ernst sein, Holger!«

»Das ist mein voller Ernst!«, brüllte Rosies Nachbar zurück. »Wie soll ich sonst verhindern, dass dein Unkraut in meinen Garten wuchert?«

»Jedenfalls nicht mit der Giftspritze!«, zeterte Rosie. »Ich wette, das Zeug verseucht das Grundwasser und ist längst verboten.«

»Dann zeig mich doch an!«, schrie Holger.

»Oje«, murmelte Luisa. Immer wieder prallten die Ansichten des ordnungsliebenden Rentners und Rosies Flower-Power-Mentalität aufeinander. Und heute drohte der Konflikt zu eskalieren.

»Deine blöden Büsche wachsen auch schon wieder auf meine Seite!« Holgers Stimme überschlug sich. Luisa reckte den Hals, aber die beiden wurden von Rosies Haus verdeckt. Als sie hörte, wie eine Kettensäge angeworfen wurde, schloss Luisa hastig das Fenster und eilte die Treppe hinunter. Auf halber Strecke stoppte sie, zögerte einen Moment, lief dann aber zurück und holte den Umschlag mit den Steckbriefen aus der Küche. Wenn sie schon mal drüben war, konnte sie diese Sache auch gleich mit Rosie klären.

Der graue Putz von Rosies Haus aus den fünfziger Jahren war nur noch stellenweise zu sehen. Wein rankte an der Fassade empor, und die Blätter der Pflanze kaschierten vermutlich so manche bröckelnde Stelle. Ihr Mann Jakob, der laut Rosie vor einigen Jahren »in die ewigen Jagdgründe abgehauen« war, würde sich im Grab umdrehen, wenn er das sehen könnte, dachte Luisa belustigt, als sie den verwilderten Garten auf dem Plattenweg durchquerte.

Von Jakobs stets akkurat gepflegtem Rasenstück war nicht mehr viel übrig. Die Ränder der ehemals rechteckigen Fläche waren zwischen wuchernden Blumenrabatten und Buschwerk kaum noch auszumachen, und anstelle von ordentlich getrimmten Grashalmen wuchsen darauf kniehohe Wildblumen. Die Insektenwiesenmischung hatte Rosie im Frühjahr ausgesät; jetzt wehten die Samen auf Holgers Grundstück. Sein Rasen wies scharf gestochene Kanten auf, er wurde nach Plan gestutzt, vertikutiert, gedüngt, und sobald sich ein Löwenzahn oder Gänseblümchen zeigte, rückte Holger der Pflanze mit seinem Unkrautstecher aus dem gut sortierten Geräteschuppen zu Leibe.

Das Geräusch der Kettensäge wurde lauter, aber von Rosie keine Spur. Luisa spähte durch die Büsche über den Zaun. Holger bearbeitete gerade eine Felsenbirne, deren Äste sich auf seine Seite gewagt hatten. Seine drahtige Gestalt steckte in hautengen Radfahrerklamotten, die er nur noch selten gegen normale Kleidung tauschte. Sein Gesicht war rot angelaufen, die Halsschlagader trat pulsierend hervor.

»Holger!«, brüllte Luisa wiederholt über den Zaun, bis er

sie endlich wahrnahm und die Kettensäge ausmachte. »Müsst ihr euch immer so streiten? Man hört euer Gezeter bestimmt bis zum Kröpcke.«

Er legte die Kettensäge ins Gras und wischte sich den Schweiß von der Stirn. »Die alte Hippie-Giftspritze hat angefangen.«

»Na ja, die Giftspritze bist heute ja eher du.« Sie deutete mit dem Kinn auf den gelben Behälter, der auf dem Schotterbeet stand. »Muss das denn wirklich sein?«

»Jetzt fang du nicht auch noch an«, brauste er auf. »Auf meinem Grundstück darf ich immer noch machen, was ich will!«

Luisa seufzte. »Wenn es um Gift geht, gibt es nun mal Grenzen. Da hört der Spaß auf, finde ich.«

»Das wäre überhaupt nicht nötig, wenn sie ihren Garten nicht so verwildern lassen würde. Ihre Unkrautsamen kennen nämlich keine Grenzen! Ich wette, sie hat ihre sogenannte Insektenwiese nur ausgesät, um mich zu ärgern.«

In diesem Punkt gab Luisa ihm insgeheim recht. Sie wusste aus erster Quelle, dass Rosie vorsätzlich ein paar Handvoll Wildblumensamen über den Zaun hatte wehen lassen. Aber das behielt sie tunlichst für sich.

»Wie auch immer«, sagte sie. »Für die Tiere ist Unkrautvernichter überhaupt nicht gut. Was, wenn deine Paula davon krank wird? Die liegt doch gerne mal in den Beeten herum – oder?«

Holger riss erschrocken die Augen auf. »Darüber habe ich ehrlich gesagt nicht nachgedacht.« Suchend blickte er sich um. »Paula, komm zu Papa«, lockte er die Katze, woraufhin das schwarz-weiß gescheckte Tier aus einem Gebüsch hervorschlich und mit freudig hochgerecktem Schwanz auf ihn zulief. Holger bückte sich und nahm sie auf den Arm.

»Am besten lässt du sie heute im Haus«, empfahl ihm Luisa.

»Du hast recht. War vielleicht doch keine so gute Idee mit dem Gift.« Er nickte ihr noch einmal zu und lief eilig mit seiner Katze zum Haus.

»Wo ist Rosie eigentlich hin?«, rief Luisa ihm nach.

Holger drehte sich im Gehen um. »Die ist beleidigt in ihren Schuppen gerannt. Wahrscheinlich reagiert sie sich an einem ihrer wehrlosen Schrottmöbel ab«, rief er, ehe er um die Hausecke verschwand.

»Schrottmöbel«, murmelte Luisa. »Lass das Rosie bloß nicht hören.«

Aus der Werkstatt, die Rosie sich im ehemaligen Werkzeugschuppen im hinteren Teil des Gartens eingerichtet hatte, drang das Brummen einer Schleifmaschine und mischte sich mit dem Gedudel des Radios, das wie immer auf der Fensterbank stand. Seit Rosie in Rente gegangen war, widmete sie sich verstärkt ihrer Leidenschaft, dem Aufarbeiten alter Möbel, die sie vor dem Sperrmüll rettete. Aussortierte Kommoden, Schränke, Tische und Stühle kamen als graue Mäuse zu ihr und verließen den Schuppen nach Rosies Schönheitsbehandlung als Diven in Shabby Chic.

Rosie kniete vor einem ehemaligen Waschtisch, von dem sie die Marmorplatte abmontiert und daneben an die Wand gelehnt hatte, und befreite das Möbelstück von der alten Lackierung. Sie trug einen Blaumann und Schutzbrille, was sie aussehen ließ wie eine Flugzeugpilotin aus den dreißiger Jahren. Als sie Luisa bemerkte, stellte sie den Schleifer aus, richtete sich auf und schüttelte Holzmehl aus ihrem Arbeitsoverall.

»So, jetzt geht es mir besser!«

Anscheinend hatte Holger recht behalten, und Rosie reagierte ihre Wut mit der Schleifmaschine ab.

»Stupid ignorant idiot!« Rosie wies mit der Schleifmaschine in die Richtung von Holgers Grundstück. »Nicht genug, dass er seine Beete mit Schotter füllt. Jetzt sprüht er auch noch Gift auf seine Steinwüste, damit sich bloß kein Leben in den Ritzen ansiedeln kann. Der hat sie doch nicht mehr alle! Und für die Tiere ist das bestimmt auch nicht gut.«

»Darauf habe ich ihn eben auch schon hingewiesen«, erwiderte Luisa. »Ich habe ihm geraten, seine Paula im Haus zu lassen. Ich glaube, das hat ihn dazu gebracht, die Sache mit dem Gift zu überdenken.«

»Ha! Mister quadratisch, praktisch, ordentlich schert sich darum bestimmt einen Dreck. Hauptsache, seine Welt sieht aus wie geleckt.« Rosie warf den Schleifer wieder an und arbeitete mit grimmigem Gesichtsausdruck weiter. »Wahrscheinlich vergiftet er nicht nur seine Katze, sondern auch noch sich selbst mit dem Zeug. Und weißt du was? Das würde ihm nur recht geschehen!«

»Na, das wünschst du ihm doch nicht wirklich. Im Kern ist Holger gar nicht so übel.« Luisa hatte Mühe, den Winkelschleifer zu übertönen.

Rosie stellte das Gerät aus, nahm einen Handfeger und begann, den Waschtisch vom Staub zu befreien. »Ein sturer Esel ist er, nichts weiter.«

»Vielleicht suchst du mal in Ruhe das Gespräch mit ihm. Schließlich seid ihr Nachbarn und müsst noch länger miteinander auskommen.«

»Koexistieren, allenfalls«, räumte Rosie ein. »Der soll mich bloß nicht noch mal fragen, ob ich seine Katze füttere, wenn er wieder auf Radtour geht.« Sie stellte sich breitbeinig hin und imitierte seine zackige Sprechweise. »Alpenüberquerung. Schon zum dritten Mal. Man muss sich schließlich fit halten, in unserem Alter.«

»Fit ist er ja, das muss man ihm lassen«, meinte Luisa neidlos.

Rosie verdrehte die Augen. »Neulich wollte er mich überreden, in seinen komischen Club einzutreten, diesen AD… Dingsbums.«

»ADFC«, warf Luisa ein. »Er engagiert sich für den Ausbau von Radwegen und so was, das ist doch etwas Gutes.«

»Mag ja sein.« Rosie winkte ab. »Aber wenn alle Mitglieder so fanatisch sind wie er, will ich mit dem Verein nichts zu tun haben. Außerdem habe ich bestimmt nicht vor, mich in diese lächerlichen Radklamotten zu zwängen.« Sie legte den Handfeger beiseite. »Man kann schließlich auch in normalen

Sachen Rad fahren, habe ich gesagt, woraufhin er mich von oben bis unten gemustert hat und allen Ernstes meinte, dass ich bei meinen Flatterhosen aber mindestens Hosenklammern bräuchte. Hosenklammern!«

So ganz unrecht hat Holger damit nicht, dachte Luisa und verbiss sich ein Lachen. Rosies Schimpftirade nahm indes noch mehr Fahrt auf.

»Und dann besitzt er auch noch die Frechheit, mich zu fragen, was ich in meinem Schuppen eigentlich so treibe und wer sich meine bunt bemalten Schrottmöbel überhaupt hinstellen würde.« Sie ballte empört die Hand zur Faust. »Der hat doch keine Ahnung, der Hinterwäldler mit seiner Einrichtung in Eiche brutal!«

»Ich finde deine Sachen jedenfalls toll«, sagte Luisa. Sie zeigte auf den Waschtisch und trat näher. »Was für einen Zauber hast du diesem Stück angedacht?«

»Ich weiß noch nicht genau. Es hat noch nicht zu mir gesprochen. Auf jeden Fall ein Anstrich mit Kreidefarbe. Türkis vielleicht. Dann male ich ein paar schöne Ornamente mit der Schablone, und am Ende mache ich ein Wachs-Finish.«

»So ähnlich wie bei der hier?« Luisa strich über eine Kommode, die Rosie bereits zu einer Schönheit im Vintage-Stil mit verspielten Ornamenten und geschwungener Schrift aufgearbeitet hatte. Auf einmal kam ihr ein Gedanke. »Sag mal, kannst du so was vielleicht auch mit Eriks Schreibtisch machen? Ich möchte den zwar unbedingt behalten, aber ich finde, für meinen Neuanfang könnte er ruhig einen anderen Anstrich vertragen.«

Rosie hob skeptisch die Augenbrauen. »Wirklich? Nicht dass du das hinterher bereust. Erik hatte doch richtige Antiquitäten aus Edelholz.«

»Stimmt. Aber nicht der Schreibtisch. Der ist sogar aus Weichholz, glaube ich. Man hat ihn nur in Mahagoni gebeizt und lackiert. Trotzdem hat Erik das gute Stück bald mehr geliebt als seine Edelmöbel. Er hat ihm sogar einen Namen verpasst – Ernesto.«

»Na, dann schau ich mir Ernesto bei Gelegenheit doch mal genauer an und mache dir einen Vorschlag.« Rosie nahm ein Stück feines Schleifpapier und begann, eine Kante des Möbelstücks zu bearbeiten.

»Okay … gut.« Luisa blieb unschlüssig stehen. Sie räusperte sich. »Aber da ist noch was.«

»Ja?«, fragte Rosie gedehnt und schliff seelenruhig über das Holz. »Ich bin ganz Ohr.«

»Ich brauche deine Hilfe. Bei der neuen Einrichtung.«

»Soso«, murmelte Rosie. Sie wechselte auf die andere Seite und arbeitete dort weiter.

»Und außerdem … ich meine, du hast mir ja gesagt, dass ich mich melden soll, wenn ich es mir anders überlegt habe.« Sie zog Eriks Brief hinter dem Rücken hervor und hielt ihn hoch.

Ein Grinsen explodierte in Rosies Gesicht. »Ich wusste es!« Sie richtete sich auf und ließ das Schleifpapier fallen. »Tee? Ich wollte sowieso eine Pause machen!«

Minuten später saß Luisa im Wintergarten des Hauses und sah zu, wie Rosie je einen Schuss Milch aus einem zierlichen Porzellankännchen in die Teetassen goss.

»Man muss die Männer abholen, wo sie sind, nämlich in ihrer natürlichen Umgebung«, verkündete sie und setzte sich Luisa gegenüber.

»Ganz genau.« Luisa verteilte die Steckbriefe auf dem Tisch. »Inzwischen weiß ich auch, weshalb Erik ausgerechnet diese Kandidaten ausgesucht hat.«

»Na, weil die alle hammermäßig aussehen«, meinte Rosie.

»Und weil jeder von ihnen mit etwas zu tun hat, das ich immer mal ausprobieren wollte. Zum Beispiel Surfen, eine Alpakawanderung oder Geocaching«, ergänzte Luisa.

»Ha!« Rosie klatschte vor Begeisterung in die Hände. »Eine Bucketlist mit Männerbegleitung. Genial.«

»Und ich fange mit den Alpakas an.« Luisa nahm den Steckbrief des Alpaka-Züchters vom Tisch. »Alpakadamen sind ganz wild nach ihm«, lautete die rot umrandete Notiz, die Erik neben das grinsende Alpaka geschrieben hatte. Cedric Kamphusen – das war doch mal ein klangvoller Name. Sie mochte seinen leicht verträumten Blick, und außerdem erinnerte er sie an diesen Schauspieler – wie hieß der noch mal?

»Nix da!« Rosie zupfte ihr das Blatt aus der Hand. »Gleiches Recht für alle.« Sie raffte die Steckbriefe zusammen, mischte sie verdeckt unter dem Tisch und hielt sie Luisa wie einen Fächer vor die Nase. »Zieh!«, forderte sie.

Luisa griff wahllos einen heraus.

»Fabian Kestner, dreiundvierzig, Kunsthistoriker«, las sie vor. Der Mann im seriösen Jackett war ein vollkommen anderer Typ als der Alpaka-Farmer. Doch auch er war durchaus anziehend. Gelassen blickte er durch eine markante Brille in die Kamera. Ein leichtes Lächeln umspielte seine Mundwinkel, wohingegen seine dunklen Augen ernst blieben. Ein einziges Foto konnte aber sicher keine Auskunft über den Charakter einer Person vermitteln. »Filmliebhaber, anständig, berufen, intelligent, antik, nebulös«, lauteten die Attribute, die Erik rund um das Porträt notiert hatte. Nebulös – was mochte Erik damit gemeint haben? Sofort sah Luisa etwas Geheimnisvolles in Fabian Kestners Blick.

An einer Stelle hatte Erik eine antike Kommode auf den Steckbrief gezeichnet, über der ein Kronleuchter hing. Darunter stand eine Internetadresse. Luisa zückte ihr Handy und tippte sie in den Browser.

»Er arbeitet in einem Kunst- und Auktionshaus in der Innenstadt«, sagte sie kurz darauf zu Rosie und hielt ihr das Handy hin. Dasselbe Foto wie auf dem Steckbrief war auf der Startseite zu sehen. Erik musste es von dort heruntergeladen haben.

»Hat Erik da nicht mal was ersteigert?«, fragte Rosie.

Luisa nickte. »Diesen großen Kristalllüster, der im Wohnzimmer hing. Er wollte mich immer mal zu einer der Auktionen mitnehmen, aber es hat irgendwie nie gepasst.«

Sie legte den Steckbrief auf den Tisch, wo Rosie ihn neugierig in Augenschein nahm. »Hier steht, dass er sich für Filme interessiert und gerne Filmzitate von sich gibt«, sagte sie. »Da habt ihr noch eine Gemeinsamkeit – abgesehen davon natürlich, dass du mal zu einer Kunstauktion wolltest.«

»Klar, ich bin ein Film- und Serienjunkie, aber Zitate?« Luisa zuckte mit den Schultern.

»Egal. Wenn du ihn beeindrucken willst, solltest du dir schon mal welche überlegen. Gib mal dein Handy.«

Luisa reichte es ihr, woraufhin Rosie auf der Website des Auktionshauses herumtippte. »Na also«, sagte sie munter. »Die nächste öffentliche Auktion ist am Samstag. Da können wir uns unauffällig unters Volk mischen und den Mann live und in Farbe erleben.«

5

Was Rosie unter unauffällig verstand, erfuhr Luisa am Auktionstag. Die Freundin erwartete sie bereits vor dem Haus. Sie trug eine Bluse mit Obstprint, dazu eine weit ausgestellte Hose in Pink. Das Tuch in ihren Haaren leuchtete in derselben Farbe, und die schwarzen Lack-Pumps machten sie mindestens zehn Zentimeter größer, sodass sie Luisa beinahe um einen Kopf überragte. Mit einem Schnalzen öffnete sie ihre kastenförmige Handtasche und holte eine Siebziger-Jahre-Sonnenbrille hervor, die sie sich auf die Nase schob.

Luisa war fassungslos. »Wir gehen zu einer Auktion und nicht zum königlichen Pferderennen nach Ascot!«

Rosie musterte sie von oben bis unten. »Ein bisschen mehr Farbe könnte dir aber bestimmt nicht schaden. Schließlich sollst du einen bleibenden Eindruck hinterlassen.«

»Für den Knalleffekt habe ich ja dich dabei«, sagte Luisa und hakte Rosie unter. »Du bist meine Ankerboje.« Sie strich ihr flaschengrünes Strickkleid glatt. Es war das einzige halbwegs elegante Kleidungsstück in ihrem Schrank gewesen, das inzwischen nicht wie ein Kartoffelsack an ihr hing und lang genug war, um ihre knochigen Knie zu verdecken.

»Immerhin ein Mindestmaß an Sexappeal«, kommentierte Rosie mit Blick auf den seitlichen Beinschlitz. »Trotzdem, ein bisschen mehr Pep …« Sie kramte in ihrer Tasche und zog einen knallroten Seidenschal hervor, den sie Luisa um den Hals wickelte. »Schon besser.« Sie blickte auf ihre mit Strasssteinen besetzte Armbanduhr. »Gehen wir. Sonst verpassen wir noch alles.«

Zwanzig Minuten vor Beginn der Versteigerung betrat Luisa mit Rosie das Auktionshaus.

»Wie läuft so was eigentlich ab?«, raunte Rosie ihr zu.

»Man kann sich die Exponate vorher online oder in einem

Katalog angucken. Für die Auktion kriegt man dann eins von diesen Kärtchen, die man hochhebt, wenn man auf ein Teil bieten will.« Luisa lächelte der Angestellten zu, die den Katalog aushändigte. Nervös zupfte sie ihr Kleid zurecht.

Ein bisschen einschüchternd fand Luisa das Kunst- und Auktionshaus schon, aber es war auch aufregend. Hier gab es alles, was das Sammlerherz sich wünschte. Von Antikmöbeln über Gemälde verschiedenster Epochen bis hin zu Uhren und Schmuck. Erik hatte es geliebt, in Antik-Läden und auf Flohmärkten zu stöbern, und ein paarmal hatte sie ihn auf seinen Einkaufstouren begleitet. Er hatte ein Näschen dafür gehabt, zwischen wertlosem Krempel die besten Stücke herauszupicken. Aber dieses Auktionshaus war eine vollkommen andere Liga. In Vitrinen wurden exquisite Schmuckstücke, aufwendig bemalte Porzellandöschen und filigrane Figuren ausgestellt. Auch prunkvolle Militärorden, die aussahen, als stammten sie aus Kaiserzeiten, entdeckte Luisa. An den Wänden hingen Gemälde in opulenten Goldrahmen, die den Eindruck vermittelten, vor Kurzem noch die Salons und Säle eines Schlosses geziert zu haben, neben modernen Bildern in klaren Farben. Erik wäre hier in seinem Element gewesen, und sicher hätte sie ihn bremsen müssen, damit er in seiner Begeisterung nicht die gesamten Praxiseinnahmen verprasste.

Das eigentliche Objekt der Begierde war allerdings nicht in den Vitrinen zu finden. Suchend blickte Luisa sich um. Die Angestellten des Auktionshauses erkannte man an ihren dunkelblauen Blazern, außerdem trugen sie Namensschilder mit dem Logo des Auktionshauses am Revers. Doch niemand sah dem attraktiven Mittvierziger auf dem Steckbrief ähnlich.

»Die Versteigerung beginnt in zehn Minuten«, erklärte die Dame, die sie registrierte und ihnen ihre Kärtchen mit den Bieternummern aushändigte.

Am Eingang zum Auktionssaal blieb Rosie abrupt stehen. »Da ist er!« Sie wies unauffällig mit dem Kopf in die Richtung.

Luisa erkannte Fabian Kestner sofort an der eckigen Brille, die seinem Gesicht eine gewisse Strenge verlieh. Er stand ganz hinten im Saal, etwas abseits neben dem Auktionspult, blätterte in Unterlagen und sprach leise mit einer Frau, die an einem Laptop saß und gerade ein Headset auf ihrem Kopf befestigte. Als er sich zu der Frau hinunterbeugte, konnte sie sehen, dass sich sein welliges braunes Haar schon lichtete.

Der Saal begann sich zu füllen, das erwartungsvolle Murmeln schwoll an.

»Lass uns Platz nehmen, und zwar möglichst weit vorne.« Rosie hakte sie unter und marschierte mit ihr durch den Mittelgang. Luisa ließ sich einfach mitziehen.

»Wie ist dein Plan?«, raunte Rosie ihr zu, als sie sich an einigen Leuten vorbei in die dritte Reihe schoben.

»Ich ersteigere irgendwas, und danach versuche ich, mit ihm ins Gespräch zu kommen«, erwiderte Luisa leise. Für Letzteres würde sie ihre Improvisationskünste bemühen müssen. Mit gemischten Gefühlen ließ sie sich neben Rosie auf einen Stuhl sinken.

Die Türen des Saals wurden pünktlich geschlossen, woraufhin die Gespräche der Leute abebbten. Gespannte Erwartung lag in der Luft.

»Oh my god!«, wisperte Rosie. »Er ist der Mann mit dem Hammer.«

Fabian Kestner trat an das Auktionspult, griff nach einer Fernbedienung und schaltete einen großen Flachbildschirm ein, auf dem Fotos der sorgfältig in Szene gesetzten Exponate gezeigt wurden. Kurz darauf erklang seine warme Stimme, der man auch mit geschlossenen Augen anhören würde, dass er ein Lächeln auf den Lippen trug. Bei der kurzen Eröffnungsrede bewies Fabian Kestner mit einer scherzhaften Anspielung, dass er Humor hatte. Dann begann er auch schon die Auktion mit dem ersten Exponat – einem Diamant-Solitärring.

»Wie gemacht für einen Antrag.« Rosie gluckste begeistert. Ihre Hand mit dem Bieterkärtchen schnellte in die Höhe.

Luisa knuffte sie in die Seite. »Spinnst du?«

»Schon überboten.« Rosie grinste. »Ich wollte bloß mal probieren, wie sich das anfühlt.«

Der Ring ging an einen glatzköpfigen Herrn in der ersten Reihe. Fabian Kestner hämmerte dosiert auf das Pult. Nicht zu laut, aber auch nicht zu leise. Dezent und unaufdringlich, genauso wie sein Erscheinungsbild. Dunkelblaues Sakko, schlichte Krawatte, gepflegte Hände. Selbst der Siegelring an seinem kleinen Finger passte zu seinem Auftreten und dem Ambiente.

Als Nächstes war eine Taschenuhr aus Rotgold an der Reihe, und während auf den Ring nur verhalten geboten worden war, nahm die Auktion nun Fahrt auf. Fabian Kestner agierte mit lebhaften Gesten. Er war konzentriert und behielt souverän den Überblick. Luisa mochte die Art, wie er jedem Bieter das Gefühl gab, die wichtigste Person im Raum zu sein. Wenn auch nur in der Sekunde, in der derjenige sein Kärtchen hob. »Vierhundert bietet die Dame mit der Nummer fünfundvierzig«, rief er und deutete in ihre und Rosies Richtung. Sein Blick schien einen Moment auf ihr zu verweilen. Doch dann realisierte Luisa, dass er Rosie meinte, die sich offenbar ein Bietergefecht mit einer drallen Matrone lieferte, die rechts außen am Gang saß. Bei fünfhundert lupfte Rosie erneut die Karte, wurde aber sogleich überboten.

»Lange nicht so einen Spaß gehabt.« Rosie kicherte. »Na los! Worauf wartest du?«

»Auf eine Vase«, raunte Luisa. Auf der Suche nach einem Exponat mit möglichst niedrigem Startpreis war sie auf die hübsche Porzellanvase gestoßen und hoffte, dass niemand außer ihr darauf bieten würde. Sie hatte schließlich nicht vor, ein kleines Vermögen für etwas auszugeben, dem sie danach heimlich einen Sprung zufügen musste, um es dann zu reklamieren.

»Vase, okay«, murmelte Rosie und blickte gespannt auf den Bildschirm. »Jetzt!« Sie griff nach Luisas Hand mit der Bieternummer und riss sie hoch.

»Was soll das?«, zischte Luisa und zog die Hand wieder ein, aber zu spät.

»Zweihundertfünfzig, hier vorne.« Diesmal zeigte Fabian

Kestner wirklich auf sie. »Zweihundertfünfzig sind geboten.« Er blickte noch einmal in die Runde. »Keiner mehr? Zweihundertfünfzig zum Ersten, zum Zweiten ... zum Dritten!« Damit ließ er den Hammer auf das Pult niedersausen. »Den Zuschlag erhält die Dame mit der Bieternummer sechsundvierzig.« Er schenkte ihr ein kurzes Lächeln.

»Na also, das hätten wir«, kommentierte Rosie.

Fassungslos starrte Luisa auf den Bildschirm, auf dem eine monströse Keramik in Olivgrün zu sehen war, die aussah, als hätte jemand in einem Wutanfall einen Klumpen Ton an die Wand geworfen, das Material grob zusammengefaltet und eine Vertiefung hineingedrückt. »Brutalismus, sechziger Jahre«, stand darunter. Der Name war offenbar Programm.

»Bist du wahnsinnig?«, wisperte Luisa Rosie zu.

»Wieso? Du wolltest eine Vase. Du hast eine Vase.«

»Aber doch nicht diese«, zischte Luisa.

Sie packte Rosie am Ärmel und hinderte sie daran, womöglich eine Sammlung militärischer Orden aus dem 17. Jahrhundert zu ersteigern.

»Spielverderberin«, maulte Rosie und zog einen Flunsch.

Nach der Auktion stellte sich Luisa in die Schlange der Meistbietenden, bezahlte und nahm ihre in Seidenpapier eingeschlagene Vase in Empfang. »Der hässliche Klumpen wiegt eine halbe Tonne«, beschwerte sie sich bei Rosie. »Vom Preis mal gar nicht zu reden.«

»Ist ja gut.« Rosie hob beschwichtigend die Hände. »Ich hatte halt Schiss, dass du zu lange wartest. Außerdem magst du doch Katzen.«

»Wieso Katzen?«

Rosie schlug den Katalog auf. »Vase in abstrakter Katzenform. Steht doch hier. Moment.« Sie drehte den Katalog, bis das Bild auf dem Kopf stand, und bewegte ihn wie suchend wieder ein Stück zurück. »Mit Phantasie kann man vielleicht Ohren ...«

Luisa hörte ihr nicht mehr zu, denn Fabian Kestner schlängelte sich durch die Gruppe der Meistbietenden und kam auf sie zu. Der Mann hatte schon eine gewisse Präsenz. In seinem Sakko, der Bügelfaltenhose und mit den leicht welligen, nach hinten gekämmten Haaren wirkte er wie ein moderner Gentleman, was perfekt zu einem der Filmzitate passte, die sie sich gemerkt hatte. Sofern sich der passende Moment ergab, konnte sie ihn damit in ein Gespräch über Filme verwickeln.

Sie trat ihm in den Weg. »Entschuldigung. Ich habe eine Frage zu der Ware, die ich ersteigert habe. Oder vielmehr, ich möchte reklamieren.«

»Reklamation?«, fragte er zerstreut. »Dann wenden Sie sich bitte an meine Kollegin an der Warenausgabe.«

»Das habe ich ja schon, aber sie hat mich an Sie verwiesen«, sagte Luisa schnell. Endlich sah er sie an, woraufhin Luisa ihr gewinnendstes Lächeln aufsetzte.

Er lächelte zurück. »Na gut, dann kommen Sie mal mit.«

Luisa und Rosie folgten ihm durch den Auktionssaal in ein Büro mit zwei einander gegenüberstehenden Schreibtischen und vollgestopften Aktenschränken.

»Setzen Sie sich doch.« Er deutete auf eine Sitzecke, bestehend aus einem wuchtigen Chesterfield-Sofa aus braunem Leder und dazu passenden Sesseln. Luisa ließ sich auf die Couch sinken, stellte die Vase auf den niedrigen Tisch und packte sie aus. Aus der Nähe betrachtet wirkte die Keramik noch monströser. Die Oberfläche fühlte sich unangenehm rau an.

»Wie kann ich helfen?« Fabian Kestner setzte sich ihr gegenüber auf einen Sessel. »Ist das Stück beschädigt?«

Rosie, die neben Luisa Platz genommen hatte, ergriff das Wort. »Erkennen Sie die Katze?«

Er sah sie irritiert an. »Das ist eine Vase. Oder nicht?«

»Genau. Vase in Katzenform.« Luisa drehte das Monstrum einmal um die eigene Achse. »Nur kann ich beim besten Willen keine erkennen.«

Er griff nach dem Katalog, der auf dem Tisch lag, und schlug die entsprechende Seite auf. »Nun ja. Der Künstler zeichnet sich dadurch aus, dass er abstrakte skulpturale Gebrauchskeramiken erschafft, deren Thema sich erst auf den zweiten Blick erschließt. Dadurch bezieht er die Vorstellungskraft des Betrachters mit in den künstlerischen Prozess ein.« Er räusperte sich. »Das Feline findet sich bei diesem Exponat erstens in der fellartigen Struktur wieder, und zweitens hat der Künstler hier«, er beugte sich über die Vase und deutete auf eine Stelle im oberen Drittel, »ein Katzenauge verarbeitet.« Er drehte die Vase so, dass Luisa eine kleine Einbuchtung sehen konnte, in die ein reflektierendes Glasauge eingelassen war.

»Aha …«, sagte Luisa gedehnt. »So nach dem Motto: ›Kunst gibt nicht das Sichtbare wieder, sondern macht sichtbar‹?«

Er sah sie überrascht an. »Paul Klee. Ja, das trifft es wahrscheinlich.«

»Na bitte«, meinte Rosie. Sie rückte näher an Luisa heran. »Die Ohren sind gar nicht abgebrochen.«

Die Tür wurde geöffnet. »Hier bist du, Fabian«, sagte eine Mitarbeiterin in vorwurfsvollem Ton. »Du wirst vorne verlangt. Kommst du?« Abwartend blieb sie im Türspalt stehen.

»Moment.« Lächelnd sah er Luisa in die Augen. Seine waren grünstichig und entfalteten eine gewisse Sogwirkung. Aber das lag wahrscheinlich an der schummrigen Beleuchtung. »Haben Sie noch Fragen?«

»Danke, im Grunde nicht. Wobei …« Luisa atmete tief durch. Dies war der Moment, in dem sie ihn nach einem Date fragen sollte. Nur wie konnte sie das, wenn ihr Rosie dermaßen auf die Pelle rückte und seine Kollegin mit ungeduldig wippendem Fuß in der Tür wartete?

»Hat mich sehr gefreut, Frau …« Fabian Kestner erhob sich.

»Luisa«, sagte sie und spürte, wie Rosie ihr diskret einen Tritt verpasste. »Luisa Loewe.«

»Nun sag schon!«, zischte Rosie.

Fragend sah er sie an. »Ja?«

»Hat mich auch gefreut.« Luisa streckte ihm die Hand hin.

Rosie stand auf. »Dann sag ich's halt! Luisa hat dieses Monstrum nur ersteigert, um Sie kennenzulernen. So!«

»Rosie!« Luisa spürte, wie die Röte förmlich in ihrem Gesicht explodierte.

»Wirklich?« Fabian Kestner schaute sie überrascht an. Mit einem amüsierten Lächeln nahm er ihre Hand. Seine fühlte sich warm und vertrauenerweckend an.

»Also, ich, äh …«, stotterte Luisa mit wackliger Stimme. Sie ließ sich von ihm hochziehen, wobei sie seitlich einen Widerstand spürte. Das Lochmuster des Strickkleids hatte sich irgendwo verfangen. Mit eingefrorenem Lächeln zerrte Luisa daran, was bewirkte, dass sich in Hüfthöhe ein Faden löste, der schließlich riss. Erschrocken blickte sie an sich herab. Der Strickstoff ribbelte sich in Windeseile auf. »Oh nein, nein, nein!« Vergeblich versuchte Luisa, die Talfahrt der Maschen mit der Hand zu stoppen. Ihr Gesicht fühlte sich an, als würde es wie eine Hundert-Watt-Birne glühen.

Fabian Kestner zog sein Jackett aus und gab es ihr. »Ziehen Sie das besser an.«

»Danke.« Luisa schlüpfte in die Jacke. Sie reichte ihr nahezu bis zu den Knien, und die Ärmel waren zu lang, aber wenigstens war die Stelle bedeckt, wo sich das Kleid immer weiter auflöste und ihre Unterwäsche zum Vorschein kam. Sie lächelte schief. »Ich hoffe, Sie fühlen sich jetzt nicht schutzlos ohne Ihren, äh, Harnisch.«

»Wie meinen?« Er blickte sie irritiert an.

»Na ja«, erklärte Luisa. »Der Anzug ist schließlich die Rüstung des modernen Gentlemans.«

Sein Gesicht hellte sich auf. »Und die Kingsman-Agents sind die Ritter der Neuzeit«, antwortete er dem Filmzitat entsprechend. »Keine Angst, ich bin zwar Gentleman, aber kein Spion.« Er angelte eine Visitenkarte von einem der Schreibtische, ließ sie in die Tasche des Jacketts gleiten und zwinkerte ihr zu. »Sie können es mir bei Gelegenheit zurückgeben. Aber jetzt entschuldigen Sie mich. Die Arbeit ruft.« Damit drehte er sich um und ging an seiner Kollegin vorbei in den Verkaufsraum.

»Na also!« Rosie zupfte einen grünen Faden aus einer der Nieten, welche die Vorderseite des Ledersofas zierten.

»Du hast doch nicht etwa …« Luisa starrte sie an.

»Diese Sofas sind nun mal gemeingefährlich«, gab Rosie ungerührt zurück.

»Darf ich Sie hinausbegleiten?« Die Mitarbeiterin stand wartend in der Tür, kein Muskel zuckte in ihrem Pokerface.

»Natürlich.« Schnell wickelte Luisa die Monstervase ein, drückte sie sich gegen die Brust und schob Rosie zur Tür.

»Sagen Sie mal, Ihr Chef, der ist doch noch Single, oder?«, fragte Rosie beim Hinausgehen.

Luisa griff nach Rosies Arm. »Komm jetzt!«, zischte sie ihr zu. Peinlicher konnte es kaum mehr werden.

6

Luisa verstellte den Winkel des Bildschirms an ihrem Laptop, damit die Kamera sie besser einfing.

Hannah, noch im Pyjama, blickte ihr leicht verschlafen aus dem Skype-Bildschirm entgegen. In San Francisco war es gerade mal neun Uhr. Sie verzog das Gesicht zu einem herzhaften Gähnen und wuschelte sich mit gespreizten Fingern durch die kurzen Haare, was bewirkte, dass sie nach allen Richtungen abstanden. Dann kniff sie die Augen zusammen, kam näher an den Bildschirm und musterte sie. »Hast du Farbkleckse im Gesicht?«

Unwillkürlich betastete Luisa ihre Wangen. »Ich habe die Renovierung von Eriks Wohnung in Angriff genommen.« Sie hatte den Tag damit zugebracht, Türen und Fenster abzukleben sowie den Fußboden mit Folie auszulegen, und begonnen, die Decke zu streichen.

»Genial.« Hannah strahlte. »Wenn du dann unten eingezogen bist, kann ich bald die Dachwohnung übernehmen.«

»Das ist der Plan.« Luisa rieb sich den schmerzenden Nacken. »Ich bin komplett verspannt und habe morgen wahrscheinlich einen Mordsmuskelkater.«

»Mensch, Mama. Willst du das wirklich alles allein machen? Es gibt schließlich professionelle Malerfirmen.«

»Bis ich einen Maler finde, der nicht erst in drei Monaten Zeit hat, habe ich das längst selbst erledigt«, meinte Luisa. »Und so profane Arbeiten wie Streichen und Tapezieren werde ich wohl noch hinbekommen.«

»Da merkt man mal wieder, wie deine Prägung dich steuert. Aus dir spricht eindeutig Opas Heimwerker-Tick. Du könntest dich von deinen erlernten Verhaltensmustern langsam mal freimachen.«

»Hör auf, mich zu analysieren!«, gab Luisa entrüstet zurück. Seit Hannah Psychologie studierte, mutierte sie unaufhaltsam zu einer jüngeren Ausgabe der Grießbach. »Und ich mache das auch nicht allein. Rosie hilft mir.«

»Dann pass bloß auf, dass sie dir nicht Blümchentapeten an die Wände kleistert.«

»Keine Bange. Erst mal müssen die alten Tapeten runter. Und dann streiche ich am besten alles weiß. Damit kann man nichts falsch machen.«

Hannah stöhnte auf. »Du streichst die Decke und reißt dann erst die Tapeten von den Wänden? Mama – also echt!« Sie reckte den Hals. »Und was ist das eigentlich für ein hässliches Teil da hinter dir? Hast du den Keller ausgeräumt? Oder musst du zum Polterabend?«

»Zum Zerdeppern war das Teil zu teuer«, rutschte es Luisa heraus.

»Ernsthaft? Du hast dieses Monstrum gekauft?«

Luisa druckste herum. »Gekauft nicht, aber ersteigert. Aus Versehen.«

Hannah bedachte sie mit einem tadelnden Blick. »Aus Versehen. Boah, Mama!«

»Das passiert halt, wenn man zum falschen Zeitpunkt die Hand hebt, na und?« Wie peinlich ihr Auftritt im Auktionshaus darüber hinaus noch gewesen war, musste ihre Tochter nun wirklich nicht wissen. Auch von Eriks Challenge würde sie noch früh genug erfahren, wenn sie in wenigen Wochen nach Deutschland zurückkehrte. Wahrscheinlich war die ganze Sache bis dahin sowieso im Sande verlaufen.

»Was wolltest du überhaupt auf einer Auktion?«, fragte Hannah. »Ist das nicht eher was für Leute, die nicht wissen, wohin mit ihrem Geld?«

»Ich … mache gerade lauter Sachen, die ich schon immer ausprobieren wollte«, sagte Luisa. »Zum Beispiel Geocaching. Oder Windsurfen. Da gibt es Kurse am Steinhuder Meer.«

»Windsurfen? Echt?« Hannah blähte die Backen auf. »Ist das nicht längst out? Mittlerweile sind da doch nur noch Kitesurfer.«

»Mag sein. Vielleicht mache ich auch das«, wiegelte Luisa ab. »Erzähl mir lieber, was bei dir los ist. Du wolltest doch unbedingt mit mir skypen. Schon vergessen?«

Hannah wurde schlagartig ernst. Sie knetete nervös ihre Unterlippe. »Versprich mir, dass du nicht böse wirst.«

»Okay …« In Luisas Kopf schrillten sämtliche Alarmglocken. Hatte Hannah vor, das Studium abzubrechen? Hatte sie irgendetwas angestellt? Brauchte sie Geld? »Lass mich raten«, sagte sie. »Du hast dich in diesen umwerfenden Rodeo-Reiter verknallt und dein Studium geschmissen, um auf seiner Farm den Haushalt zu schmeißen. Und ihr habt heimlich in Las Vegas geheiratet.«

»Boah, Mama!« Hannah stöhnte. »Kannst du mal ernst sein?« Ein kleines Lächeln konnte sie sich jedoch nicht verkneifen.

»Du kannst mir alles sagen, das weißt du doch. Also raus mit der Sprache.«

Hannah holte tief Luft, als müsste sie Anlauf nehmen. »Ich habe meinen Vater ausfindig gemacht.« Sie biss sich auf die Lippe und blickte Luisa erwartungsvoll an.

»Puh.« Luisa schluckte schwer. Jetzt ergab es Sinn, dass Hannah ihr Auslandssemester unbedingt in San Francisco hatte verbringen wollen, der Stadt, in der John damals gelebt hatte, und nicht wie ursprünglich geplant in Boston.

»Jetzt bist du doch sauer, oder?«

»Nein«, sagte Luisa. »Ja«, schob sie nach. »Ein bisschen.« Mit einem Mal war es stickig im Zimmer. Luisa schob ruckartig den Stuhl zurück, stürzte zum Fenster, riss es auf, atmete tief ein und zittrig wieder aus.

»Mama?«, hörte sie Hannah fragen. Ihre Tochter klang, als würde sie gleich losheulen.

Luisa nahm sich zusammen und kehrte zum Laptop zurück. »Entschuldige. Das musste ich erst mal verdauen.« Sie rang sich ein Lächeln ab. »Ich wusste nicht, dass er dir überhaupt fehlt. Du hast nie nach ihm gefragt.«

»Weil ich immer das Gefühl hatte, das Thema sei tabu«,

sagte Hannah. »Ich dachte, es macht dich traurig, wenn ich nachfrage. Und dass es Erik vielleicht auch nicht recht ist.«

»Ach, Hannah …«

Sie schwiegen eine Weile.

»Dann lebt John also noch in Kalifornien?« Luisa stellte die Frage mehr sich selbst als ihrer Tochter. Sie war so aufgewühlt, dass sie kaum wahrnahm, wie Hannah nickte.

Es fühlte sich fremd an, seinen Namen auszusprechen. Und nach all den Jahren hätte sie vermutlich sogar Schwierigkeiten, sich sein Gesicht ins Gedächtnis zu rufen, wenn Hannah ihm nicht so sehr ähneln würde.

John war zwei Jahre älter als sie und für ein Austauschjahr nach Deutschland gekommen, als sie im ersten Semester gewesen war. Sie hatte ihn bei einer Feier im Studentenwohnheim kennengelernt und sich Hals über Kopf in ihn verliebt. Als er nach einem stürmischen halben Jahr zurückmusste, hatten sie noch Pläne geschmiedet. »Du könntest nachkommen. Ein Jahr auf dem College in Los Altos Hills weiterstudieren. Ein Platz in unserer WG ist sicher noch frei. Ich regle das für dich«, hatte er ihr versprochen. Sie hatte sich schon über das Auslandsstudienprogramm für Tiermedizin informiert. Doch es war alles anders gekommen. Bereits zwei Wochen nach seiner Abreise meldete er sich immer seltener. Und als sie ihm schrieb, dass sie schwanger war, wechselte er kurzerhand seine Handynummer. Luisa hatte es nicht glauben wollen. Sie war fassungslos. Erst recht, als sie kurz darauf herausfand, dass er unter der Adresse, die er ihr gegeben hatte, nie gewohnt hatte. Von da an war John Williams wie vom Erdboden verschluckt gewesen. Seine Versprechungen – nichts als heiße Luft. Luisa hatte an Abtreibung gedacht, es dann aber nicht über sich gebracht. »Dieser Amerikaner muss sich seiner Verantwortung stellen!«, hatte ihr Vater damals gewettert. »Ich spüre den Burschen auf. Und wenn ich persönlich in die USA fliegen muss!« Doch Luisa hatte nichts davon wissen wollen. John war für sie ein für alle Mal abgehakt.

»Wie hast du ihn gefunden? Williams ist ja nicht gerade ein seltener Name in den USA.«

»Mit mehr Glück als Verstand«, antwortete Hannah. »Ich wusste ja, dass er damals Elektrotechnik studiert hat, und habe an der Uni in Hannover nachgefragt, wo er in den USA eingeschrieben war. Und stell dir vor: Er war an derselben Uni wie ich, bloß natürlich nicht bei den Medizinern, sondern am College für Science and Engineering. Seine Adresse wollten sie mir dort nicht geben, aber ich habe herausgefunden, dass er in einer Studentenverbindung war. Da bin ich hin und habe einen Studenten getroffen, dessen Vater mit ihm studiert hat, und von dem weiß ich jetzt, wo er wohnt«, sprudelte es aus Hannah heraus.

»Aha«, presste Luisa mit kratziger Stimme hervor. »Hast du ihn schon getroffen?«

Hannah schüttelte energisch den Kopf. »Er lebt in Newcastle, das ist ein kleiner Ort nordöstlich von Sacramento«, erläuterte sie aufgedreht. »Sobald die Prüfungen vorbei sind, fahre ich hin.« Sie stockte. »Du hast doch nichts dagegen, oder?«

»Was soll ich sagen?« Luisa bemühte sich um einen aufmunternden Gesichtsausdruck. »Wenn es dir so viel bedeutet, dann mach es. Aber bitte erwarte nicht zu viel.« Er war damals nicht so nett, wie ich ihn dir gegenüber dargestellt habe, ergänzte sie in Gedanken.

»Du bist die Beste!«, rief Hannah. »Ich hab dich lieb.«

»Ich dich auch«, erwiderte Luisa gerührt.

Nachdem sie das Gespräch beendet hatten, blieb sie eine Weile regungslos sitzen. John Williams. Der hatte ihr gerade noch gefehlt. Ein mulmiges Gefühl breitete sich in ihr aus.

Später, als Luisa schon im Bett lag, piepste ihr Handy.

»Mama, dir geht es doch gut, oder?«

»Ja, wieso?«

»Wegen deiner Bucketlist. Windsurfen und so.«

»Was ist damit?«

»Du bist doch nicht krank?«

»Nein, alles in Ordnung. Keine Sorge.«

»Midlife-Crisis?«

»Na hör mal!«

»Wieso? Der Herbst des Lebens fängt mit 40 an.«

»Ich bin aber erst 39!«

»🙂 Gute Nacht!«

Luisa schaltete das Handy aus. Von wegen Herbst des Lebens. Sie befand sich immer noch mitten im Sommer!

7

Nachdem ihr Auftritt mit Rosie im Auktionshaus ein einziges Desaster gewesen war, hatte Luisa nicht wenig Lust, Fabian Kestners Jacke einfach dort am Eingang abzugeben und sich unauffällig aus dem Staub zu machen. Aber der Mann schien interessant zu sein. Außerdem würde irgendein verschrobener Winkel ihres Unterbewusstseins Eriks Geistererscheinung bestimmt so lange heraufbeschwören, bis seine Challenge erfüllt war. Aufgeben war also keine Option. Allerdings hatte sie immer noch keine Ahnung, wie sie Fabian Kestner nach einem Date fragen sollte, ohne aufdringlich zu wirken.

Während sie noch darüber nachgrübelte, ergab sich auf einmal alles wie von selbst. Bereits auf der Straße rannte sie quasi in ihn hinein, und nach ein paar peinlich gestammelten Worten, bei denen er die Tüte mit dem frisch gereinigten Jackett entgegennahm, ergriff er die Initiative.

»Schlagen Sie einen Treffpunkt vor«, forderte er sie auf.

Luisa war so überrumpelt, dass ihr auf die Schnelle nichts Besseres einfiel als Eriks Lieblingsbistro in Linden.

Stunden später hastete sie durch den einsetzenden Regen von der Haltestelle zum »Chez Oliver«. Ausgerechnet. Hoffentlich erinnerte sich der Wirt nicht mehr daran, dass sie ihm erst vor Kurzem in Dr. Grießbachs Praxis begegnet war. Das wäre doppelt peinlich für sie.

Luisa zog die Tür des Bistros auf und versuchte gleichzeitig, den Regenschirm zu schließen, woraufhin sie mit dem störrischen Gestell in der Tür stecken blieb. Fluchend riss sie daran, die Streben knickten um, und sie schaffte es nur mit Mühe, den Schirm ordentlich zusammenzufalten. Als es ihr endlich gelang, war sie beinahe so nass, als wäre sie ohne Schirm unterwegs gewesen.

Die gemütliche Atmosphäre im »Chez Oliver« weckte vertraute Gefühle in Luisa, so als würde sie in eine alte Strickjacke schlüpfen, die sie nach längerer Zeit hinten im Schrank wiedergefunden hatte. Mit klopfendem Herzen blickte sie sich um. Mehrere Tische am Fenster waren besetzt, aber Fabian Kestner konnte sie an keinem davon entdecken. Was vermutlich daran lag, dass sie fünf Minuten zu früh war. So hatte sie wenigstens Zeit, sich zu akklimatisieren.

Unwillkürlich steuerte sie den Wandplatz mit dem Sofa an, wo sie gewöhnlich mit Erik gesessen hatte. »Der Charme eines französischen Straßencafés, vereint mit der Gemütlichkeit von Omas Wohnzimmer«, hatte er bei ihrem ersten Besuch kurz nach der Eröffnung des Bistros geschwärmt und sich mit wohliger Miene ins Polster sinken lassen. Das musste etwa dreieinhalb Jahre her sein.

Abrupt wandte Luisa sich ab und wählte stattdessen einen Tisch nah am Tresen, direkt neben dem chromglänzenden Kaffeeautomaten. Draußen fuhr eine Stadtbahn vorbei. Von ihrem Platz aus, der etwas erhöht lag, konnte sie die Straße ein Stück weit überblicken und sich wappnen. Sie strich sich die feuchten Haare aus der Stirn und suchte in ihren Jackentaschen nach einem Taschentuch, mit dem sie sich das nasse Gesicht abwischen konnte, wurde aber nicht fündig.

»So ein Sauwetter.« Oliver persönlich kam hinter der Theke hervor und reichte ihr lächelnd einen Stapel Servietten.

»Danke.« Hastig tupfte sie sich Gesicht und Dekolleté trocken.

»Lange nicht hier gewesen«, sagte er und nahm ihr das nasse Serviettenknäuel wieder ab.

»Stimmt«, murmelte Luisa. Wobei sie ihn ja erst neulich gesehen hatte – nur eben nicht hier.

Auch in seinen Augen stand die Erkenntnis, aber er blieb gelassen. »Was darf ich dir bringen?«

Sie knetete ihre klammen Finger. »Einen Cappuccino bitte.«

»Auch etwas zu essen?« Er reichte ihr die Karte.

»Danke. Damit warte ich noch, bis meine … Verabredung

da ist.« Sie hatte ihre Stimme nicht unter Kontrolle, sodass ihr am Ende ein Kiekser entwich. Die ganze Sache kam ihr noch immer überaus surreal vor.

Ein Zischen ertönte neben ihr, Dampfschwaden stiegen auf, Kaffeeduft waberte in ihre Richtung. Mit geübten Bewegungen hantierte Oliver am Kaffeeautomaten.

Er beugte sich über den Tresen und stellte den Cappuccino vor ihr auf dem Tisch ab. Ihr fiel auf, wie groß er war, wie weit seine langen Arme reichten. Welche Macke er wohl haben mochte, dass er Dr. Grießbach aufsuchte? Eine Espressomaschinen-Phobie, die ihn täglich bei der Ausübung seines Berufs behinderte? Der Gedanke belustigte sie, doch dann rief sie sich zur Ordnung. Niemand ging zum Spaß zur Therapie. Vielleicht war er depressiv oder hatte einen ebensolchen Verlust erlitten wie sie. Andererseits half es manchmal, die Dinge nicht so ernst zu nehmen.

Luisa nippte an ihrem Cappuccino und spürte, wie Oliver sie verstohlen von der Seite musterte. Auf abstruse Weise fühlte es sich an, als gehörten sie zum selben Geheimbund und checkten einander mit verstohlenen Blicken ab, um herauszufinden, welche Position der andere darin bekleidete. Vermutlich überlegte er gerade, welche Macke sie wohl hatte.

Sie sah auf die Uhr, die über der Durchreiche zur Küche hing. Ihr Date war zehn Minuten überfällig. Automatisch holte sie ihr Handy aus der Tasche, um nachzusehen, ob Fabian Kestner eine Nachricht geschickt hatte. Dann fiel ihr ein, dass sie ihre Nummern überhaupt nicht ausgetauscht hatten. Es gab lediglich diese Verabredung. Hatte er sie womöglich vergessen? Oder war er aufgehalten worden? Luisa beschloss, ihm die akademische Viertelstunde zuzugestehen.

Ein Paar, das am Fenster saß, zahlte. Draußen regnete es immer noch. Als die beiden das Bistro verließen, spannte der Mann seine Jacke schützend über sich und seine Begleiterin. Lachend liefen sie los, hielten sich dicht an der Hauswand und verschwanden aus Luisas Blickfeld. Sie schaute sich nach Oliver um, konnte ihn aber nirgends entdecken. Hinter dem

Tresen stand nun eine junge Mitarbeiterin, die laut dem Schild an ihrem Shirt Zoe hieß, und polierte Gläser. Sie hatte ein ausgesprochen hübsches, ebenmäßiges Gesicht. Ihr weißblondes Haar trug sie kurz und mit Sidecut, das längere Deckhaar war akkurat zur anderen Seite gekämmt. Als sie sich bewegte, blitzte ein winziger Diamant auf ihrem Nasenflügel im Licht der Thekenbeleuchtung auf. Luisa hob die Hand. »Kann ich bitte ein Wasser bekommen?« Erneut blickte sie auf die Uhr. Jetzt waren es schon zwanzig Minuten. Vermutlich sollte sie einfach gehen.

Draußen schwoll der Regen an, wuchs sich zu einem wütenden Stakkato aus. Dicke Tropfen zerplatzten auf dem Pflaster, prasselten auf das Dach, so laut, dass sie erst nicht wahrnahm, dass Oliver neben ihr stand und sie ansprach. »Wo steckt eigentlich Erik? Der war ja schon ewig nicht mehr hier.« Er deutete auf die Wand hinter ihr. »Er hat mal eine Zeichnung hier liegen lassen. Die fand ich so klasse, dass ich sie gerahmt und aufgehängt habe.«

Luisa rutschte auf der Sitzbank zur Seite und wandte sich um. Die mit schnellen Strichen hingeworfene Skizze zeigte zwei Frauen, die an einem der Tische des Bistros saßen und sich unterhielten. Hinter ihnen waren durch das Fenster die Umrisse einer S-Bahn zu erkennen. »Oh«, hauchte sie. Mehr bekam sie nicht heraus. Zu sehr drückten ihr die Tränen die Stimme weg.

»Alles okay?« Oliver sah sie besorgt an.

»Er … Du weißt doch, dass Erik krank war, oder?«

Oliver ließ sich auf den Stuhl ihr gegenüber sinken. »Stimmt. Er hat mal was angedeutet. Ist er etwa …«

Luisa nickte.

Oliver riss die Augen auf. »Das … das tut mir leid. Ich bin so ein Esel!« Befangen rieb er sich den Nacken.

»Schon gut«, sagte Luisa leise. »Konntest du ja nicht ahnen.«

»Oh Mann. Wie lange?«

»Etwas über ein Jahr«, sagte sie.

Er legte ihr kurz die Hand auf den Arm. »Ich nehme das Bild sofort ab, wenn du willst.«

Sie rang sich ein Lächeln ab und schüttelte den Kopf. »Nicht nötig.«

»Kann ich irgendwas anderes tun? – Warte.« Er erhob sich und entfernte sich mit schnellen Schritten.

Luisa blickte erneut auf die Uhr. Fabian Kestner würde nicht mehr kommen, aber das war ihr inzwischen ganz recht. Es war ohnehin eine dumme Idee gewesen, sich ausgerechnet hier mit ihm zu verabreden, wo die Erinnerung an Erik noch so präsent war. Nervös rutschte sie auf der Bank herum. Noch eine Minute, dann würde sie gehen.

Oliver servierte das Wasser und stellte ihr dazu einen Teller hin. Er zwinkerte ihr zu und kümmerte sich dann wieder um seine anderen Gäste.

Auf dem Teller lag ein noch warmes Gebäckstück, das verführerisch nach Zimt, Vanille und Marzipan duftete und mit Puderzucker bestäubt war. Der Klecks Zwetschgenkompott daneben wurde von einer Blüte geschmückt, die essbar aussah. »Das habe ich aber nicht bestellt«, sagte sie, als Oliver mit einem Tablett voll leerer Gläser an ihr vorbeieilte. »Das hier ist nicht für mich«, rief Luisa noch einmal.

Er blieb stehen, beugte sich vertraulich vor und senkte seine Stimme. »Olivers spezielles Soulfood. Als Wiedergutmachung für vorhin. Und das geht natürlich aufs Haus.«

»Aber …« Luisa spürte, wie sie rot anlief. Perplex sah sie ihm nach.

Er verschwand in der Küche und kehrte kurz darauf mit zwei vollen Tellern zurück, die er ein paar Tische weiter einem Pärchen servierte. Auf dem Rückweg warf er einen missbilligenden Blick auf Luisas Teller. »Nun iss schon, bevor es kalt wird.«

Luisa tat, wie ihr geheißen. Als sie den ersten Bissen in ihrem Mund zergehen ließ, schloss sie genussvoll die Augen. Im Nu breitete sich eine wohlige Wärme in ihr aus und vertrieb das wunde Gefühl aus ihrer Brust. Zum ersten Mal bekam sie eine Ahnung davon, wie es sich anfühlte, Kummer oder Frust durch den Genuss von Fett- und Zuckerhaltigem zu kompensieren. Dabei war sie doch eher jemand, der in emotional belastenden Situationen keinen Bissen herunterbekam. Änderte sich das etwa gerade? Nicht dass ihr Gehirn durch diese Erfahrung noch auf Frustessen umschaltete. Egal. Hauptsache, sie fühlte sich besser. Zumal inzwischen offensichtlich war, dass Fabian Kestner sie versetzt hatte. »Danke«, sagte sie zu Oliver, der wieder hinter dem Tresen hantierte. »Genau das habe ich jetzt gebraucht.«

»Gern geschehen. Und sorry noch mal.«

Luisa lenkte ihren Blick nach draußen, wo sich die Sonne auf dem nassen Pflaster spiegelte. »Es regnet nicht mehr«, sagte sie überflüssigerweise. Eine Stadtbahn hielt, und als sie weiterfuhr, stand Fabian Kestner auf der anderen Straßenseite.

»Deine Verabredung?«, hörte sie Oliver fragen, der anscheinend ihrem Blick gefolgt war.

Luisa nickte nervös.

Fabian Kestner eilte über die Straße und wich dabei geschickt den Pfützen aus. In Jeans und Polohemd gefiel er ihr besser als im Anzug. Auch wenn er immer noch etwas steif und altmodisch wirkte, als er jetzt die Tür öffnete und eintrat.

»Tut mir furchtbar leid, aber ich bin im Auktionshaus aufgehalten worden. Ein wichtiger Kunde, da konnte ich nicht weg«, sagte er bedauernd und überbrückte mit langen Schritten den Abstand zwischen ihnen. »Ich hoffe, du wartest noch nicht allzu lange.« Unschlüssig blieb er vor ihr stehen und wusste offenbar nicht, wie er sie begrüßen sollte. Schließlich beugte er sich zu ihr herab und hauchte ihr einen Kuss auf die Wange. Sein Aftershave roch angenehm holzig. Zu ihrem Ärger bemerkte Luisa ein verdächtiges Kribbeln im Gesicht.

»Nicht schlimm«, sagte sie. »Ich habe die Zeit genutzt, um wieder trocken zu werden.« Sie deutete auf den Ständer, in dem ihr zerknickter Schirm steckte. »Als ich herkam, hat es geschüttet, und mein Freund hier war etwas störrisch.«

»Oje.« Er ließ sich auf dem Stuhl ihr gegenüber nieder. »Das hat … äh … deiner Schönheit aber keinen Abbruch getan, wenn ich das sagen darf.«

»Was soll es für dich sein?« Oliver trat an den Tisch und reichte Fabian die Karte.

»Haben Sie einen trockenen Weißwein?«

»Unser Hauswein, ein Riesling, sehr lecker«, antwortete Oliver. »Bio, direkt vom Winzer.«

»Davon nehme ich ein Glas.« Fabian blickte Luisa fragend an. »Und für dich?«

»Dasselbe«, sagte Luisa und war dankbar, dass Oliver mit schnellen Griffen den leeren Soulfood-Teller und die Tasse abräumte.

»Nett hier.« Fabian blickte sich um. »Gemütlich. So rustikal alternativ. Bist du öfter hier?«

»Ab und zu«, sagte Luisa ausweichend.

»Habt ihr schon was zum Essen ausgesucht?«, fragte Oliver, als er den Wein servierte.

Fabian blätterte in der Karte. »Ich nehme das Schnitzel mit Spiegelei und Salat. Und du?«

»Nur einen Salat mit Thunfisch und Ei. Ich habe keinen großen Hunger«, sagte Luisa und gab Oliver die Karte zurück.

»Alles klar.« Er zwinkerte ihr verstohlen zu.

»Also, Luisa, was machst du so, wenn du nicht gerade Vasen ersteigerst?«, fragte Fabian, nachdem Oliver gegangen war.

»Ich bin Tierärztin«, antwortete sie. »Ich habe eine Praxis in der List, eine Gemeinschaftspraxis.«

»Interessant. Mein Vater war ebenfalls Arzt, allerdings Humanmediziner. Er hätte es gerne gehabt, dass ich in seine Fußstapfen trete.«

»Aber du hattest offenbar andere Ambitionen.«

Er nickte. »Ich war schon immer eher der Geisteswissenschaftler, habe Kunstgeschichte studiert und im Bereich Filmwissenschaften promoviert. Aber am Ende bin ich dann doch im Kommerz gelandet.«

»Dann bist du also doch noch ein Doktor geworden, wenn auch anders, als dein Vater es wollte.«

Er verzog den Mund. »Deinen Doktortitel fände er vermutlich beeindruckender.«

»Damit kann ich leider nicht dienen.«

»Wirklich?« Er schien überrascht. »Ich dachte immer, das wäre Standard im medizinischen Bereich.«

»Ich habe eine Tochter, da gab es andere Prioritäten.«

»Ach.« Er beugte sich interessiert vor.

»Sie ist inzwischen neunzehn und macht gerade ein Auslandsjahr in San Francisco«, schob Luisa nach. »Und du? Hast du Kinder?«

»Nein.« Er lachte trocken auf, als wäre dieser Gedanke absurd. »Nicht dass ich keine Familie gewollt hätte. Aber dafür habe ich ehrlich gesagt nie die richtige Frau gefunden.« Er legte den Kopf schief. »Und … der Vater deiner Tochter? Entschuldige, wenn ich dir zu direkt bin, sag es ruhig.«

»Nein, schon gut. Ich habe Hannah allein großgezogen. Komplizierte Geschichte.« Sie nippte an ihrem Wein.

»Voilà, der Salat Niçoise für die Dame und das Schnitzel für den Herrn.« Oliver stellte mit Schwung das Essen auf den Tisch. »Guten Appetit!«

»Das ging aber schnell.« Fabian griff nach der Serviette, entfaltete sie und drapierte sie auf seinem Schoß.

Eine Weile aßen sie schweigend. Dann sagte Luisa: »Bei der Auktion habe ich einen echt peinlichen Auftritt hingelegt, oder?«

Er grinste. »Ich fand euch ziemlich charmant, dich und deine eigenwillige Freundin.«

»Eigenwillig halte ich noch für untertrieben. Rosie ist die skurrilste Person, die ich kenne. Sie kann sehr direkt sein, aber sie hat ein Herz aus Gold.«

»Und? Stimmt es, was sie gesagt hat? Dass du auf der Auktion warst, um mich kennenzulernen?«

»Äh …« Luisa rang mit sich. Sollte sie ihm von Eriks Challenge erzählen? Sie entschied, dass für den Moment eine

Halbwahrheit reichen musste. »Ach, das war bloß mal wieder typisch Rosie.«

Er winkte ab. »Spätestens bei dem Filmzitat hattest du mich.« Mit glänzenden Augen sah er sie an und richtete sich kerzengerade auf. »Wobei mein Steckenpferd eher die älteren Filmklassiker sind.«

8

Rosie fuhr mit dem Spachtel unter die Tapete und riss ein großes Stück von der Wand. »Ach du meine Güte«, sagte sie. »Das scheinen mehrere Schichten zu sein.«

»Dann müssen wir die Prozedur wahrscheinlich mehrmals wiederholen.« Luisa fuhr fort, die gegenüberliegende Wand mit Tapetenlöser zu besprühen.

»Gut, dass ich auf solche öden Arbeiten stehe«, meinte Rosie und nahm die nächste Bahn in Angriff. »Aber wenn ich schon im Schweiße meines Angesichts für dich schufte, erwarte ich im Gegenzug Entertainment in Form von Fakten. Und zwar sehr detailreich!«

»Ich weiß nicht, wovon du sprichst«, antwortete Luisa betont unschuldig.

Das Kratzen des Spachtels wurde lauter. »Ach komm, Luisa! Ich platze vor Neugier. Erzähl endlich. Wie war es mit dem Auktionstypen?«

Luisa stieg auf eine Trittleiter und sprühte oben weiter. »Nett.«

Rosie gab ein verächtliches Geräusch von sich. »Nett ist die kleine Schwester von …« Sie stockte. »Wie hieß das noch mal? Egal. Lass dir nicht alle Würmer aus der Nase ziehen. Erzähl es mir!«

»Also gut.« Im Schnelldurchlauf leierte Luisa alle Fakten über Fabian Kestner herunter, die sie wusste. »Zufrieden?«

Rosie riss an der nächsten Bahn. »Okay. Aber wie war er denn nun? Gab es peinliche Gesprächspausen? Hat er Humor, oder ist er ein vertrockneter Knochen? Ich kann mir zwar nicht vorstellen, dass er ein Langweiler ist, weil Erik ihn ausgesucht hat. Aber am Ende ist der Eindruck ja immer subjektiv.« Sie hielt inne. »Hat er Erik überhaupt gekannt?«

»Ich habe mich nicht getraut, ihn zu fragen.«

»Wegen deiner Schläfer-Theorie?«

»Vielleicht.« Luisa musste grinsen.

»Aber wichtig ist doch – hat es gekribbelt?« Rosie ließ nicht locker. »Du weißt schon. Er sieht dich mit seinen sexy Augen an, und schon ist da dieses Flattern in deinem Uterus.«

»Er roch gut. Heißt es nicht, dass man jemanden gut riechen können muss, um mit ihm zusammen zu sein?«

»Definitiv!«

»Dass wir beide Filme mögen, hat für ordentlich Gesprächsstoff gesorgt. Wobei wir bei den Genres nicht immer auf derselben Wellenlänge sind. Er brennt für alte Filme, hat sogar seine Doktorarbeit über das Thema verfasst.« Sie regelte ihre Stimme eine Oktave tiefer und sagte: »Frag mich was – egal was. Ich weiß alles über Filmklassiker der sechziger und siebziger Jahre.«

»Klingt noch nerdiger, als ich ohnehin schon dachte, wenn ich ehrlich bin«, meinte Rosie.

»Keine Ahnung. Jedenfalls zeigen die im ›Apollo‹ gerade eine Serie alter Filme aus den Sechzigern. Da will er nächste Woche mit mir hingehen«, sagte Luisa.

Rosie hielt beim Tapetenabreißen inne. »Der Junge scheint mir etwas oldschool zu sein. Warum lädt er dich nicht einfach zu sich nach Hause ein? Heutzutage gibt es schließlich Streamingdienste.«

»Aber oldschool ist viel romantischer, finde ich. Und Netflix kann das authentische Kino-Flair nun wirklich nicht ersetzen.«

»Auch wieder wahr.« Rosie kratzte intensiv an einer Ecke herum, bis sich die Tapete von der Wand löste. »Andererseits müsste er so nicht bis nächste Woche warten, um dich wiederzusehen.«

»Er ist den Rest der Woche sowieso unterwegs – er muss irgendwohin, um eine Expertise zu erstellen.«

»Na, dann solltest du deine kostbare Zeit nicht verplempern und schon mal einen der anderen Kandidaten abchecken.« Rosie riss die nächste Tapetenbahn mit Schwung nahezu im Ganzen herunter und ließ sie auf den Boden fallen. Sie strich sich über das schweißglänzende Gesicht. »Puh. Hier herrscht langsam Tropenatmosphäre. Wir sollten eine Teepause machen.«

»Gute Idee. Der Tapetenlöser muss sowieso noch einwirken. Allerdings ist mir eher nach Mineralwasser als nach Tee.« Luisa fischte eine Flasche aus der Kiste, die in einer Ecke des Zimmers stand, öffnete sie und reichte sie Rosie.

»Wollen wir nicht lieber zu dir nach oben gehen?« Ein gewitztes Lächeln schlich sich auf Rosies Gesicht. »Und den nächsten Kandidaten ziehen?«

Ach so. Daher wehte der Wind.

»Der Surferboy!«, rief Rosie begeistert und strich den Steckbrief, den Luisa aus dem Fächer in ihrer Hand gezogen hatte, auf der Tischplatte glatt. »Diese Augen«, schwärmte sie. »Und wie der lächelt! Das pralle Abenteuer!«

»Ich tippe auf Fotofilter, so blau wie die Augen sind«, meinte Luisa. »Und können wir überhaupt sicher sein, dass Erik das Bild nicht aus einem Surfmagazin ausgeschnitten hat?« Sie überflog die Mindmap und lachte ungläubig auf. »Stimmt ja. Er ist im Hauptberuf Bankberater.«

»Welche Bank? Da eröffne ich morgen ein Konto!«, verkündete Rosie trocken.

»Liebenswerter Herzensbrecher«, hatte Erik notiert. »Er wartet auf die Eine, die mit ihm über alle Wellen surft«, stand neben dem schnell skizzierten Windsurfer. Luisa musterte das Foto. Es wollte ihr einfach nicht gelingen, sich den braun gebrannten Zweiundvierzigjährigen mit den sonnengebleichten Haaren, die aussahen wie mit einem Messer gestutzt, in Schlips und Kragen hinter einem Bankschalter vorzustellen. Sein Name hingegen passte eher zum Beruf als zum Hobby. »Man sollte meinen«, sagte sie grinsend, »dass so jemand Nick oder Sandro heißt, aber nicht Heiko Müller.«

Am Surfstrand an der Nordseite des Steinhuder Meers war es an diesem Wochenende voller, als Luisa erwartet hatte, was vermutlich daran lag, dass der Wind weiße Schaumkronen auf das Wasser zauberte. Beste Windverhältnisse, in dieser Jahreszeit eher selten, hatten jede Menge Wassersportler angelockt. Auf dem See wimmelte es bereits von den bunten Drachen der Kitesurfer. Konventionelle Surfsegel konnte Luisa nur vereinzelt ausmachen. Vermutlich war es tatsächlich oldschool, das klassische Windsurfen lernen zu wollen. Sich für einen Kitesurfkurs anzumelden, hatte sie jedoch schnell wieder verworfen, nachdem sie sich Videos über den Sport angesehen hatte. Man stand auf einem Brett, das etwa Snowboardgröße hatte, und wenn man gerade nicht vom Kite über die Wasseroberfläche gezogen wurde, ging man damit einfach unter. Da war Luisa eine solide Planke, auf der man im Notfall paddelnd das Ufer erreichen konnte, wesentlich lieber. Und vermutlich hatte sie auch nur deswegen sofort einen Platz im heutigen Surf-Schnupperkurs bekommen, weil alle Welt lieber das Drachensurfen lernen wollte.

Das Wassersportcenter lag hinter einer Anhöhe und war über eine Treppe erreichbar. Luisa hatte bei der Buchung behauptet, Heiko Müller sei ihr von einem Bekannten als besonders erfahrener Surflehrer empfohlen worden. Wenn möglich, wolle sie den Kurs gerne bei ihm absolvieren. Man hatte ihren Wunsch erfüllen können und sie für den eintägigen Schnupperkurs bei ihm eingetragen.

Mit flatterndem Magen betrat Luisa das Surflokal, wo sich die Teilnehmer treffen sollten. Ausrangierte Surfbretter hingen an den Wänden, das Mobiliar wirkte etwas abgewetzt, aber bunte Farben vermittelten eine lässige Atmosphäre. Am Tresen hatte sich bereits ein Grüppchen versammelt. Luisa gesellte sich dazu. »Ist das hier der Schnupperkurs?«, fragte sie eine junge Frau, die ihre langen blonden Haare gerade zu einem straffen Pferdeschwanz band.

»Genau«, antwortete die Angesprochene. »Ich bin Fiona, und du?«

»Luisa.«

Luisa blickte sich verstohlen um. Sie zählte drei weitere

Teilnehmer. Einen Mann, eine Frau und einen hochgeschossenen Jungen, der etwa vierzehn sein mochte, offenbar eine Familie. Sie trugen bereits Neoprenanzüge, die sich wie eine zweite Haut an ihre Körper schmiegten, und wirkten allesamt recht sportlich.

»So, dann wollen wir mal!«, hörte sie auf einmal eine Männerstimme sagen.

Luisa fuhr herum, und da war er: Heiko Müller, wie er leibte und lebte, in echt. Der muskelbepackte Hüne, den sie erwartet hatte, entpuppte sich als drahtiger Mann im Neoprenanzug mit sehnigen Armen und einem leichten Bauchansatz. Er hatte die Haare zum Zopf zusammengebunden, und seine blauen Augen wirkten durch die Bräune seines Gesichts sogar noch leuchtender als auf dem Foto. Seine Füße steckten in Schlappen. Alles an ihm wirkte lässig, beinahe tänzerisch. Er sprach mit kehliger Stimme, hatte immer ein Lächeln auf den Lippen und erklärte der Gruppe, wie der Tag ablaufen sollte. »Ich mache mit euch etwas Materialkunde, und dann geht's direkt aufs Wasser. Wir wollen die Zeit, die wir haben, möglichst gut nutzen. Braucht jemand einen Anzug?«

Fiona hob zeitgleich mit Luisa die Hand. Sie folgten Heiko nach draußen, wo einige Leihneoprenanzüge an einer Stange hingen. Er suchte einen Anzug heraus und reichte ihn Fiona. »Der müsste passen.« Dann musterte er Luisa von oben bis unten. »Für dich brauchen wir was Kleineres«, sagte er und suchte eine Weile, bis er einen Anzug in Größe 36 fand.

Luisa war froh, dass sie den Badeanzug zu Hause gleich druntergezogen hatte, denn es gab keine Umkleidekabinen. Man zog sich einfach hinter einer mit Stroh ausgekleideten Wand um. Der Anzug war nicht mehr der neueste und roch muffig. Ihn anzuziehen, ging leichter, als sie erwartet hatte, was vermutlich daran lag, dass es ein Modell mit kurzen Ärmeln und Beinen war. Vor Jahren hatte Luisa einmal einen langen Neoprenanzug anprobiert, weil sie wissen wollte, wie sich das anfühlte. Damals hatte sie noch ein paar Pfunde mehr auf den Hüften gehabt und sich wie eine Presswurst gefühlt.

Jetzt zeichneten sich ihre Hüftknochen unter dem Anzug ab, was Luisa als ebenso unangenehm empfand. Sie fühlte sich steif und ungelenk in dem Anzug. Wie bewegte man sich in so einem Ding? Und wie kriegte man den zu?

»Kannst du mir kurz helfen?« Fiona drehte Heiko den Rücken zu.

»Aber klar doch.« Sie hielt ihre Haare hoch, während er mit einer geschmeidigen Bewegung den Reißverschluss ihres Anzugs zuzog. »Perfekt!« Er betrachtete sie anerkennend, woraufhin sich eine feine Röte auf ihren Wangen bildete, legte ihr leicht die Hand auf den Rücken, und ohne weiter auf Luisa zu achten, marschierten die beiden davon.

»Das darf nicht wahr sein«, murmelte Luisa. Bis sie das Band zu fassen bekam, das am Reißverschluss befestigt war, und ihn damit hochgezogen hatte, war niemand mehr zu sehen.

Die anderen warteten bereits am Strand, wo fünf Übungsbretter und bunte Anfängersegel nebeneinander aufgereiht lagen.

»Normalerweise würdet ihr erst einmal lernen, wie man ein Segel aufriggt und all diese Dinge. Aber die begrenzte Zeit im Schnupperkurs verbringen wir lieber auf dem Wasser, damit ihr ein Gefühl dafür bekommt, ob das Surfen etwas für euch ist«, erklärte Heiko. »Ich fixe euch quasi an.«

Fiona kicherte. »Du machst uns süchtig, und dann können wir gar nicht anders, als einen richtigen Kurs zu buchen.«

»Ganz genau.« Er blickte in die Runde. »Für Anfänger wie euch haben wir heute fast ein bisschen zu viel Wind. Und manchmal gibt es hier heftige Böen, die wie aus dem Nichts kommen können. Regel Nummer eins lautet daher: Tut, was ich sage. Keine Alleingänge.«

Eine Stunde später hatte Luisa sich gefühlt hundert Mal auf das Board gehievt und das Segel aus dem Wasser gezogen. Selten war es ihr gelungen, aufrecht zum Stehen zu kommen. Doch es hatte einen Moment reinen Glücks gegeben, in dem sie ein paar Meter weit gefahren war, ehe sie erneut das Gleichgewicht verlor und ins Wasser plumpste. Fiona und die anderen stellten sich längst nicht so ungelenk an wie sie, so jedenfalls ihr Eindruck. Fiona war bereits meterweit entfernt von Luisa auf dem See unterwegs, und sie stand wie eine Eins.

Seit Heiko gezeigt hatte, wie das Aufsteigen für Anfänger ging, bewegte er sich von einem Schüler zum nächsten, um Hilfestellung zu geben. Wobei er Luisa einmal sogar nahegekommen war, wenn auch anders als erhofft. Denn dass er ihr bei ihrem Aufstiegsversuch kurzerhand an den Hintern gefasst und kräftig nachgeschoben hatte, war mehr als peinlich gewesen. Als Luisa endlich mit wackeligen Beinen auf dem Board stand, hatten die anderen applaudiert.

Jetzt dümpelte sie schon seit geraumer Zeit in Ufernähe. Ihre Hände und Knie waren wund vom wiederholten Aufsteigen, sie war erschöpft, und außerdem musste sie mal. »Ich gehe kurz raus«, rief sie Heiko zu, der dicht neben Fiona im Wasser stand und ihr gestenreich etwas erklärte. Anscheinend hörte er sie nicht, und auch die anderen waren so sehr mit sich selbst beschäftigt, dass niemand bemerkte, wie sie ihr Material an Land zog und am Strand ablegte.

Nervös trat Luisa von einem Bein auf das andere. Langsam wurde es dringend. Aber erst musste sie aus dem Neoprenanzug heraus. Sie tastete auf ihrem Rücken nach dem Reißverschlussband, zog hektisch daran, kam jedoch nur bis zu den Schulterblättern. Das Biest klemmte, auch das noch. Verbissen zerrte sie weiter, aber es tat sich nichts. »Mist, verdammter«, fluchte sie, während sie über den Uferweg zur Surfstation rannte. Dort waren nicht nur die Toiletten, sondern hoffentlich auch jemand, der sie aus dem Anzug befreien konnte. Aber sowohl das Bistro als auch der angrenzende Materialbereich war menschenleer. Das durfte nicht wahr sein. Mittlerweile hatte sie das Gefühl, ihre Blase würde gleich platzen. Also zurück zum Strand. Bloß in Bewegung bleiben. Dort angekommen, hatte der Wind noch einmal aufgefrischt. Die anderen waren so weit vom Ufer entfernt, dass niemand sie hörte. Luisas Augen füllten sich mit Tränen. »Geh endlich auf, du blödes Ding!« Verbissen zerrte sie an dem Reißverschluss, aber der bewegte sich keinen Millimeter.

»Kann ich helfen?«, hörte sie auf einmal jemanden fragen. Luisa fuhr herum. Oliver. Wie kam der hierher? Egal. Er war vermutlich ihre Rettung.

»Ich kriege den blöden Reißverschluss nicht auf. Kannst du vielleicht …«

»Klar«, meinte er, trat hinter sie und ruckelte am Reißverschluss herum. »Könntest du aufhören, so zu zappeln?«

»Geht nicht. Meine Blase platzt gleich!«

Er lachte leise. »In dem Fall geh besser ins Wasser und lass es einfach laufen.«

Das konnte nicht sein Ernst sein. Andererseits, wenn sie nicht direkt vor seine Füße machen wollte, fiel Luisa gerade keine bessere Alternative ein.

»Na gut«, presste sie hervor. Während sie ins Wasser watete, brannte sein Blick in ihrem Nacken. Musste er sie bei dieser peinlichen Aktion auch noch beobachten? Das Schilf rechts neben ihr bot notdürftig Deckung. Luisa duckte sich dazwischen und ließ los. Was für eine Erleichterung!

»Alles erledigt?« Der Chef des »Chez Oliver« stand grinsend am Ufer, als sie mit hochrotem Gesicht aus dem See stapfte. Erst jetzt bemerkte sie, dass er einen Hund dabeihatte, einen etwas betagten Labradoodle.

»Ich habe dem Schilf ordentlich Dünger verpasst«, erklärte sie selbstbewusster, als sie sich fühlte.

»Nicht dass du noch schuld daran bist, wenn sich im Steinhuder Meer demnächst eine Algenplage entwickelt«, meinte er lachend.

Luisa prustete ebenfalls los. Mit vor Lachen immer noch bebenden Schultern drehte sie ihm den Rücken zu. »Genug für heute. Ich will nur noch raus aus diesem Anzug, unter die Dusche und nichts wie weg.«

»Still halten«, forderte er und zog mit einem Ruck den Reißverschluss wieder nach oben. »Moment, die Haare«, murmelte er. Luisa spürte seine Finger in ihrem Nacken. Dann, endlich, gelang es ihm, den Reißverschluss langsam zu öffnen.

Luisa atmete auf. »Danke.« Sie drehte sich zu ihm um. »Du bist echt meine Rettung.«

»Gern geschehen.« Er lächelte sie an. Die Sonne spiegelte sich in seinen Augen und ließ sie golden schimmern. Dass er braunäugig war, fiel ihr zum ersten Mal auf.

Sie zog die Schultern hoch und schlang die Arme um ihren Oberkörper. »Und, was treibt dich ans Steinhuder Meer? Hast du heute frei?«

Er nickte. »Zumindest vormittags. Samstags mache ich das ›Chez Oliver‹ erst abends auf. Da besuche ich manchmal meinen Vater und die alte Lady hier.« Er zeigte auf seine Begleiterin.

Luisa hockte sich hin und kraulte der Hündin die Ohren. »Wie heißt sie?«

»Ginger«, antwortete er.

»Hallo, Ginger.« Sie sah zu Oliver hoch. »Dann wohnt dein Vater in Mardorf?«

»Jepp. Ich bin hier aufgewachsen.« Er zeigte auf Luisas Surfmaterial. »Und du? Anfängerkurs?«

»Ich wollte mir einen Kindheitstraum erfüllen. Allerdings sieht die Wirklichkeit doch etwas anders aus, als ich es mir ausgemalt hatte. Ich fürchte, mir fehlt das Talent.«

»Du hast es wenigstens probiert.«

»Stimmt.« Luisa tätschelte der Hündin die Flanke und richtete sich wieder auf. »Was ist mit dir? Kannst du surfen? Ich meine, wenn du doch hier aufgewachsen bist?«

»Mit sechzehn konnte ich es leidlich gut, habe dann aber das Interesse verloren«, antwortete er. »Mein Ding ist eher das Segeln. Früher hatten wir ein eigenes Boot.« Sein Blick schweifte über das Wasser. »Als Jugendlicher wollte ich nur weg von hier, die Welt sehen und was erleben. Heute zieht es mich wieder her.«

Luisa lächelte. »Es ist ja auch wirklich schön hier.«

»Ganz genau. Wenn auch etwas beschaulich.« Mit einer Kopfbewegung wies er auf Heiko, der gerade wieder näher an Fiona heranrückte. »Immer noch der Casanova, was?«

»Du kennst ihn?«, fragte Luisa.

»Heiko? Klar. Wir waren zusammen in der Schule. Wenn er nicht gerade Surfkurse gibt, arbeitet er ganz seriös als Bankberater bei der Sparkasse Mardorf.«

Luisa gab sich unwissend. »Echt? In Anzug und Krawatte kann ich ihn mir gerade nicht wirklich vorstellen.«

Oliver senkte die Stimme. »Er hat eine gespaltene Persönlichkeit.«

Heiko hatte sie entdeckt und watete ans Ufer. »Olli«, begrüßte er Oliver stirnrunzelnd. »Auch mal wieder hier?«

»Jepp. Den alten Herrn besuchen.«

Ein beredtes Schweigen entstand zwischen den Männern, zäh wie Sirup. Anscheinend waren sie nicht gerade die besten Freunde.

Heiko wandte sich an Luisa. »Alles in Ordnung bei dir?«

»Alles gut. Ich brauchte bloß eine Pause«, entgegnete sie leichthin und warf Oliver einen verstohlenen Blick zu. Sie hoffte, er würde Heiko nicht auf die Nase binden, dass der Leihneoprenanzug jetzt zusätzlich ihre ganz eigene Duftnote besaß. Wobei sie sich inzwischen fragte, wie viele Surfschülerinnen es bereits genauso gehalten hatten wie sie. Hoffentlich wurden die Anzüge nach Gebrauch gründlich gereinigt.

»Na dann …« Oliver rief Ginger zu sich und tippte sich grüßend an die nicht vorhandene Hutkrempe. »Man sieht sich.« Im Weggehen drehte er sich noch einmal um. »Falls du wieder Lust auf Soulfood hast, weißt du, wo du mich findest«, rief er Luisa zu.

»Du kennst also Oliver«, stellte Heiko fest.

Luisa nickte. »Und du bist mit ihm zur Schule gegangen?«

»Lange her.« Er blickte Oliver nach, bis er samt Hund um eine Biegung verschwand. »Dann kennst du auch Patrizia, nehme ich an?«

Wer war Patrizia? Ehe Luisa ihn das fragen konnte, ertönte

aus dem Wasser ein spitzer Schrei, gefolgt vom Geräusch eines dumpfen Aufpralls, dann ein Platschen. Fiona war in Ufernähe vom Board gefallen, und das Segel lag auf ihr, aber sie machte keine Anstalten, darunter hervorzutauchen.

»Ach du grüne Neune«, murmelte Heiko und hechtete ins Wasser.

Luisa watete hinterher. »Kann ich helfen?«, rief sie, obwohl er bereits unter das Segel getaucht war und sie nicht hören konnte. Als Luisa die Stelle erreichte, stieß Heiko bereits mit Fiona im Arm durch die Wasseroberfläche. »Was ist passiert?«, fragte Luisa.

Fiona betastete ihren Kopf und verzog das Gesicht. »Der blöde Mast ist voll auf mich gedonnert.« Sie versuchte ein Lächeln, das eher weinerlich ausfiel, und wirkte benommen. Luisa und Heiko wechselten einen Blick. Dann nahmen sie Fiona in die Mitte und führten sie ans Ufer, wo sie ins Gras sank, die zitternden Beine anzog und sich den Kopf hielt.

»Ist dir übel?«, fragte Heiko besorgt. »Nicht dass du eine Gehirnerschütterung hast.«

»Nein, es geht schon wieder«, antwortete sie. »Ich bin nur etwas geschockt.«

»Kümmerst du dich um sie?«, fragte Heiko an Luisa gewandt und wies aufs Wasser. Der jüngste Kursteilnehmer war abgetrieben, saß nun rittlings auf dem Board und winkte. Offenbar war auch er in Schwierigkeiten geraten.

»Klar, kein Problem«, sagte Luisa.

»Dass der Wind ausgerechnet heute Tabula rasa machen muss«, schimpfte Heiko, hechtete erneut ins Wasser und entfernte sich mit kräftigen Kraulbewegungen vom Ufer.

Eine halbe Stunde später hatte er alle seine Schäfchen eingesammelt. »Wir brechen ab«, erklärte er. »Bei den Bedingungen kann ich es nicht verantworten, euch länger auf dem Wasser zu lassen.«

Nachdem sie das Material zurückgebracht und sich umgezogen hatten, saßen sie zum Abschluss im Bistro der Surfschule an der Bar.

»Der Windgott hat es etwas zu gut mit uns gemeint.« Heiko verteilte an jeden einen alkoholfreien Cocktail. »Aber davon abgesehen: Wen konnte ich denn anfixen, sodass er weitermachen möchte?« Er sah auffordernd in die Runde. Der Familienvater hob als Einziger sofort die Hand. Sein Junior bewertete den Coolness-Faktor beim Windsurfen hingegen als zu niedrig. Er wolle lieber Kitesurfen lernen, erklärte er. Die Mutter wollte es sich noch einmal überlegen, und auch Fiona war, nachdem sie Bekanntschaft mit der Schlagkraft des Mastes gemacht hatte, nicht mehr wirklich überzeugt, dass der Surfgott es irgendwann gut mit ihr meinen würde. Als Letztes sahen alle zu Luisa, die sich bisher bedeckt gehalten hatte.

»Manche Kindheitsträume entpuppen sich am Ende als nicht wirklich kompatibel mit dem Erwachsenen-Ich«, sagte sie und lächelte. »Vielleicht probiere ich es einmal mit Segeln.«

Nachdem alle ihren Cocktail getrunken hatten, löste sich die Runde schnell auf.

»Bleibst du noch?«, raunte Heiko ihr zu, während er die Gläser abräumte.

»Ich?« Überrascht sah sie auf.

»Ich würde dich gerne etwas fragen«, sagte er leise. »Ich lade dich zum Essen ein, okay?« Er zwinkerte ihr zu. »Du brauchst nach der Anstrengung bestimmt etwas zwischen die Kiemen.« Er schob ihr eine Speisekarte zu. »Das Essen hier ist super.«

»Okay …« Luisa schlug die Karte auf. »Ich könnte tatsächlich was vertragen«, sagte sie, und als sie es ausgesprochen hatte, merkte sie, dass es stimmte. Ihr Magen knurrte, als wollte er sie dazu bewegen, ein halbes Schwein zu verschlingen. Sie entschied sich für die große Ofenkartoffel mit Kräuterquark und Salat. Heiko verschwand in der Küche, um die Bestellung an den Koch weiterzugeben.

Befangen blickte Luisa sich um. Die Mittagszeit war eigentlich schon vorbei, sodass sie allein im Gastraum saß. Überhaupt schien hier nicht allzu viel los zu sein, was erklärte, warum Heiko anscheinend auch die Bewirtung der wenigen Gäste übernahm. Was er wohl wollte? Er hatte kein Interesse an ihr gezeigt, sodass er sie kaum nach einem Date fragen würde. Oder waren ihre Antennen inzwischen so eingerostet, dass sie die Signale überhaupt nicht mehr wahrnahm? Nein, sicher ging es ihm um irgendetwas anderes. Woher Erik Heiko wohl gekannt hatte? Sie wusste, dass er gern zum Steinhuder Meer gefahren war, weil er den See mochte. Zumindest war er eine Zeit lang oft am Wochenende hergekommen. Ein paarmal waren sie und Hannah dabei gewesen. Erik hatte es gemocht, den Surfern zuzusehen, hatte selbst aber kein Interesse daran gehabt, es zu lernen. Andererseits arbeitete Heiko in der Sparkasse. Es war also gut möglich, dass er ihn von dort kannte. Wobei es eigentlich keinen Sinn ergab. Denn was hätte Erik in der Filiale Mardorf zu suchen gehabt?

Als der Koch, ein vierschrötiger Glatzkopf mit tätowierten Armen, das Essen servierte, seufzte Heiko zufrieden. Er hob sein Bierglas und stieß mit Luisa an. Wobei er ihr direkt in die Augen sah. Keine Bildbearbeitung, stellte Luisa erneut fest. Seine Augen waren so blau wie auf dem Steckbrief-Foto. Aus der Nähe betrachtet wirkte er allerdings älter, besonders wenn er lächelte und sich die Fältchen in den Augenwinkeln vertieften. »Das haben wir uns verdient!«, sagte er.

»Aber echt«, stimmte Luisa zu und nahm einen Schluck von ihrer Apfelschorle. »Was wolltest du mich denn fragen?«

Er druckste ein wenig herum, aber dann rückte er mit der Sprache heraus. »Also, Oliver und Patrizia. Ich habe gehört, die beiden haben sich scheiden lassen. Weißt du darüber was Näheres?«

Luisa schüttelte den Kopf. »Ich kenne Oliver eigentlich nur aus seinem Bistro. Seine Frau habe ich nie getroffen.«

»Ach so.« Er wirkte enttäuscht. »Ich hatte vorhin den Eindruck, dass ihr befreundet seid.«

Schweigend aßen sie. Luisa warf ihm einen Seitenblick zu. Er war ein attraktiver Mann, erst recht mit diesen unglaublich blauen Augen, aber obwohl er dicht neben ihr saß, spürte sie nicht die geringste Anziehung. »Wie war es denn so, in dieser Gegend aufzuwachsen?«, fragte sie, um das Gespräch am Laufen zu halten. Sie hatte Bilder aus Astrid-Lindgren-Büchern vor Augen. Kinder, die an heißen Sommertagen mit herabbaumelnden Beinen auf einem Steg saßen und Mückenstiche zählten. War es hier ähnlich idyllisch zugegangen?

»Ich würde es als behütete Kindheit bezeichnen. Aber später, als Jugendlicher, bist du hier ganz schön weit vom Schuss.«

»Hier kennt wahrscheinlich jeder jeden.« Sie nickte verständnisvoll.

»Das kannst du laut sagen. Olli und ich, wir waren jedenfalls die besten Freunde. Klebten ständig zusammen. Bis Patrizia hierherzog. Das war im letzten Halbjahr vor dem Abi.«

Oje, dachte Luisa. Zwei Männer, eine Frau. Das konnte ja nur schiefgehen.

»Erst waren wir eine Zeit lang als Trio unterwegs. Dann nahmen die Dinge ihren Lauf. Ich war verknallt in sie. Olli war verknallt in sie.« Er machte eine nachdenkliche Pause. »Am Ende hat sie sich für ihn entschieden.«

»Und das war auch das Ende eurer Freundschaft?«

»Olli und ich hätten uns vermutlich auch so aus den Augen verloren. Allein schon weil er weg ist und ich hiergeblieben bin.«

»Patrizia hast du allerdings bis heute nicht vergessen«, sagte Luisa.

»Klingt nach Klischee, ist aber so. Ich meine, das ist zwanzig Jahre her, und trotzdem geistert mir diese Frau immer noch im Kopf herum. Ich habe nie verstanden, warum sie und Oliver geheiratet haben. Sie ist eine verdammt toughe Person, Anwältin und so. Sie wusste schon damals genau, was sie wollte. Wohingegen Oliver ...« Verlegen strich er sich über seinen Dreitagebart. »Du meine Güte. Ich quatsche dich ganz schön zu. Dabei kennst du Patrizia nicht einmal.«

Stille breitete sich zwischen ihnen aus, und sie wandten sich wieder ihren Tellern zu. Erik hatte recht mit seiner Einschätzung, dachte Luisa, während sie ihre Ofenkartoffel zerteilte.

Der erste Eindruck von Heiko Müller täuschte. Oberflächlich betrachtet wirkte er wie der typische Frauenheld. Dabei war er eine treue Seele, einer, der seiner Jugendliebe hinterhertrauerte. Und er trug sein Herz auf der Zunge. Seine Offenheit ihr, einer nahezu Fremden, gegenüber rührte Luisa. Vielleicht sollte sie ihm gegenüber ebenso offen sein.

»Ich muss dir etwas gestehen.« Sie suchte ein Foto von Erik auf ihrem Smartphone und hielt es ihm hin. »Kennst du ihn?«

Heiko beugte sich vor und betrachtete das Bild. »Erik? Na klar kenne ich ihn. Er war eine Zeit lang öfter hier, das ist aber schon 'ne Weile her.« Er sah sie stirnrunzelnd an. »Irgendwer, Xavier, glaube ich, hat mir erzählt, er sei gestorben?«

Luisa nickte. Dann erzählte sie ihm von dem Brief und dass er von Erik als einer ihrer potenziellen Dating-Partner ausgesucht worden war.

»Echt jetzt?« Er sah sie aus großen Augen an. »Du willst mich veräppeln, oder?«

»Was glaubst du, weshalb ich mich für den Surfkurs angemeldet habe? Ich bin nämlich nicht besonders gut darin, fremde Männer einfach so anzusprechen und um ein Date zu bitten.«

Er straffte die Schultern. »Und? Komme ich für dich in Frage?«

Luisa musterte ihn prüfend. »Unansehnlich bist du ja nicht gerade. Ich frage mich also, warum du noch Single bist. Sicher laufen dir die Surfschülerinnen scharenweise hinterher«, sagte sie gespielt nachdenklich.

Er zwinkerte ihr zu. »Und du elfenhaftes Wesen? Warum bist du noch allein?«

»Lange Geschichte.« Sie blickten einander unverwandt in die Augen.

»Verrückt«, sagte Heiko.

»Das kannst du laut sagen«, gab Luisa ihm recht.

»Nichts für ungut«, meinte Heiko. »Ich finde dich echt nett, aber …«

»Ich dich auch«, unterbrach Luisa ihn. »Nur denke ich, gegen Patrizia komme ich nicht an. Oder? Mal abgesehen davon, dass der Funke bei mir auch nicht übergesprungen ist.«

Er lachte. »Dann wäre das ja geklärt.«

Luisa pickte die letzten Bissen von ihrem Teller und leerte ihr Glas. »Sag mal – du hast eben von einem Xavier gesprochen. Wer ist das denn?«

»Ein Surfer aus Hannover. War eine Zeit lang bald jedes Wochenende da, hat zum Quatschen vorbeigeschaut und einen Happen gegessen. Na ja, und als Erik ihm über den Weg gelaufen ist, da hat es sofort gefunkt zwischen den beiden. Das konnte ein Blinder sehen.«

»Du meinst, sie waren ein Paar?«

»Ob sie richtig zusammen waren? Keine Ahnung. Jedenfalls war bald aus irgendeinem Grund Schluss.«

Luisa starrte ihn sprachlos an. Anscheinend hatte Erik doch nicht alles mit ihr geteilt, was ihn bewegte. Unwillkürlich fragte sie sich, welche Geheimnisse er noch vor ihr gehabt hatte. Sie blinzelte. »Kommt er immer noch zum Surfen her? Xavier, meine ich.«

»Selten«, antwortete Heiko. »Im letzten Jahr war er vielleicht zwei, drei Mal hier.« Er verzog bedauernd den Mund. »So ist das meistens mit den Leuten. Eine Zeit lang sind sie begeistert von dem Sport, aber irgendwann kommt das Leben dazwischen.«

Luisa war wie elektrisiert. Sie wusste nicht, was sie sich davon versprach, aber sie wollte unbedingt mit diesem Xavier reden. Vielleicht war er nur eine kurze Affäre für Erik gewesen, vielleicht aber auch mehr. Der Brief, den sie gefunden hatte, fiel ihr ein. »Für X«. Der erste Buchstabe stimmte schon mal. Handelte es sich bei Xavier um Mister X? »Hast du seine Adresse?«, fragte sie.

Heiko verneinte. »Tut mir leid. Ehrlich gesagt kenne ich nur seinen Vornamen und weiß, dass er aus Hannover kommt.«

»Verstehe.« Luisa kramte in ihrer Tasche, fand eine zerknickte Visitenkarte der Praxis. Sie kritzelte ihre Handynummer auf die Rückseite und gab sie ihm. »Wenn er wieder vorbeikommt, kannst du ihm dann bitte sagen, dass er mich anrufen soll?«

Auf der Heimfahrt ließ Luisa diesen ereignisreichen Tag Revue passieren. Ob Erik neben der Challenge für sie noch etwas anderes bezweckt hatte? Hatte er gewollt, dass sie sein Leben außerhalb der Welt, die sie mit ihm geteilt hatte, erkundete?

»Das geheime Leben des Erik H.«, murmelte sie ein wenig ungläubig. Dann kam ihr auf einmal der Mann in den Sinn, der bei Eriks Beisetzung abseits von allen anderen gestanden hatte. Groß, mit sportlicher Statur, gekleidet in einen schlichten schwarzen Mantel. Sein Gesicht würde sie nicht wiedererkennen, sie hatte ihn mehr am Rande ihres Bewusstseins wahrgenommen. Und ohnehin lag die Erinnerung an diesen Tag auf dem Waldbestattungshain und die anschließende Trauerfeier hinter einem alles verzerrenden Schleier. Eine Ansammlung bruchstückhafter, verwischter Bilder. Wahrscheinlich war der Mann aus einem anderen Grund dort gewesen. Vielleicht hatte sie sich ihn auch nur eingebildet.

9

Das Entspannungsbad, das sich Luisa nach dem Surfen gegönnt hatte, war wohltuend gewesen. Gegen den Muskelkater hatte es jedoch nicht geholfen. Sie spürte am nächsten Morgen jeden einzelnen Knochen in ihrem Körper. Noch im Schlafshirt schleppte sie sich in die Küche, löste sich eine Magnesiumtablette auf und trank das Glas in einem Zug aus. Danach schlüpfte sie in ihre Jogginghose, streifte ein frisches Funktionsshirt über und griff nach ihren Laufschuhen. Das Reißen in Armen, Beinen und diversen anderen Körperteilen brachte sie beinahe dazu, ihr wieder aufgenommenes morgendliches Joggen ausfallen zu lassen. Eine Routine zu unterbrechen, und mochte sie noch so neu sein, barg jedoch das Risiko, die Ausnahme zur Regel zu machen. Energisch band Luisa die Schnürsenkel. Schwächeln galt nicht!

Als sie über die Straße lief und in die Eilenriede eintauchte, packte sie der Ehrgeiz. Die übliche Strecke bewältigte sie inzwischen locker. Sie brauchte ein neues Ziel. Am besten eins, wo es Kaffee gab. Das »Chez Oliver«? Warum eigentlich nicht. Luisa gab die Route in ihr Handy ein. Fünf Kilometer sollten zu bewältigen sein, fand sie. Und wenn sie den Rückweg nicht schaffte, konnte sie ja mit der Bahn fahren.

Die Luft war noch frisch, ein Eichhörnchen huschte den Stamm einer Eiche hinauf. Andere Jogger kamen ihr entgegen. Gesichter, die sie inzwischen kannte, weil sie ihre Laufroutine teilten. Doch heute verließ sie den Stadtwald, joggte an dessen Rand weiter am Lister Turm vorbei, wo der Biergarten noch im Dornröschenschlaf lag. Als sie langsam über die Lister Meile trabte, unterdrückte sie den Drang, auf einen schnellen Kaffee an der Bäckerei anzuhalten, in der sie manchmal frühstückte. Olivers Cappuccino war leckerer. So motiviert, lief sie trotz brennender Muskeln weiter. Bald hatte sie ihren Rhythmus gefunden, und ihr Körper schaltete auf Autopilot.

Das Rauschen des Verkehrs am Weißekreuzplatz trat in den Hintergrund.

Sie bog in die Friesenstraße ab, wich zwei Frauen aus, die mit ihren Hunden auf dem Gehweg standen und sich unterhielten. Kurz hatte sie den Eindruck, dass ein zweiter Läufer die beiden auf der anderen Seite überholte. Der Schatten, der auf einmal neben ihr lief, verwandelte sich in Eriks Echo. Das brachte sie aus dem Tritt. »Nicht schon wieder«, presste sie hervor und erhöhte ihr Tempo. Aber natürlich hielt er mit. Trabte wortlos neben ihr her, in seinem alten roten Retro-Jogginganzug mit dem weißen Streifen an der Seite und einem Achtziger-Jahre-Frottee-Stirnband. »Was willst du?«, fragte sie ihn in Gedanken.

»Gegenfrage. Was willst du von mir?«

Ihr Herz pumpte viel zu schnell. Luisa drosselte das Tempo wieder. Nachdem sie ihren Lauf- und Atemrhythmus wiedergefunden hatte, dachte sie: »Xavier. War er eine Affäre, oder war da mehr? Und warum wusste ich nichts von ihm?«

»Bist du etwa eifersüchtig, Löwchen?« Sein Lachen vermischte sich mit den hellen Stimmen spielender Kinder.

»Nein, wieso denn?« Ärgerlich strich sie sich eine verirrte Haarsträhne aus der verschwitzten Stirn. Aber er hatte natürlich recht. Sie war eifersüchtig. Darauf, dass er ein geheimes Liebesleben geführt hatte, in das sie nicht eingeweiht gewesen war. Das war albern und egoistisch, aber sie konnte nicht aus ihrer Haut. »Ein bisschen«, gab sie zu.

Er bedachte sie mit einem traurigen Seitenblick. »Manchmal kommt die Liebe einfach zum falschen Zeitpunkt.« Die Worte waren nur ein Hauch, als hätte der Wind sie ihm von den Lippen gerissen. Und als Luisa um die nächste Ecke bog, war sie wieder allein.

Die letzten Meter zum »Chez Oliver« legte sie gehend zurück, damit ihr Puls sich normalisierte. Als sie vor dem Bistro anlangte, zitterten Luisa die Beine. »Sonntagsbrunch« stand mit Kreide auf der Tafel am Eingang. Das war ihr neu. Sie wischte sich den Schweiß aus dem Gesicht. Draußen war kein Platz mehr frei. So verschwitzt, wie sie war, traute sie sich aber nicht hinein.

»Na, wen haben wir denn da?« Oliver kam mit einem Tablett voller Getränke auf sie zu. Er sah sie belustigt an. »Die Steinhuder Meerjungfrau im Joggingdress. Ich hoffe, der Reißverschluss klemmt diesmal nicht.«

Luisa kicherte. »Nein. Und heute wird auch kein Schilf gedüngt. Was ich an Flüssigkeit im Körper hatte, habe ich längst ausgeschwitzt.« Sie hob die Arme über den Kopf, fasste abwechselnd die Ellbogen und dehnte die Schultern. »Jetzt brauche ich dringend einen großen Cappuccino. Kannst du mir einen nach draußen bringen?«

»Moment.« Er servierte die Getränke und kam zu ihr zurück. »Hier ist gerade alles voll, komm doch mit rein.«

»Ich weiß nicht, so wie ich nach der Rennerei stinke, vergraule ich dir noch die Gäste. Ich trinke schnell einen Cappuccino im Stehen, und dann …«

Er fächelte sich mit der flachen Hand etwas Luft aus ihrer Richtung zu und schnupperte. »Ich rieche nichts.«

Luisa, deren zitternde Beine nach einem Sitzplatz verlangten, lenkte ein. »Also gut.« Sie folgte ihm durch die offen stehende Tür.

Im Gastraum war nur ein Tisch besetzt. Bei dem Wetter saßen die Leute lieber draußen und kamen nur herein, um sich von dem üppigen Büfett zu bedienen, das auf dem Tresen aufgebaut war. Oliver hatte Eriks Zeichnung über dem etwas erhöhten Wandplatz nicht abgenommen, und aus irgendeinem Grund empfand Luisa das als tröstlich. Erschöpft kletterte sie auf die Bank, lehnte sich behaglich zurück. Geschafft! Sie war stolz wie Bolle.

»Ein großer Cappuccino. Und was noch?« Oliver sah sie fragend an. »Du siehst aus, als könntest du mehr als Kaffee vertragen.«

Wie aufs Stichwort gab Luisas Magen ein lautes Grummeln von sich.«

»Frühstücksbüfett?«, fragte er.

Sie warf einen Blick darauf. »Ich glaube nicht. Eher nur eine Kleinigkeit.«

»Nach Kleinigkeit hörte sich das gerade aber nicht an«, meinte er. »Lass mich mal machen.« Er verschwand in der Küche und kehrte nach kurzer Zeit mit einem gut gefüllten Tablett zurück. »Voilà, das Wohlfühl-Frühstück!« Er stellte einen Cappuccino und ein Glas frisch gepressten Orangensaft vor ihr ab. Dann folgte eine bis zum Rand gefüllte Schüssel, aus der es süß und orientalisch duftete.

»Das kann ich unmöglich alles essen«, protestierte Luisa. »Was ist das überhaupt?«

»Die Königin der Frühstücke. Fein gewürztes Porridge mit einem Topping aus karamellisierten Pflaumenwürfeln, gekrönt von knackigen Walnüssen. Lass es dir schmecken.«

Skeptisch beäugte Luisa den Schüsselinhalt. Porridge, so fand sie, war doch dieser fade Brei für Kranke, Zahnlose und Engländer. Aber das, was Oliver da gezaubert hatte, entsprach dieser Vorstellung nicht einmal annähernd. Sie probierte. Der Haferbrei war warm und cremig, süß und aromatisch zugleich. Die mit Zimt gewürzten Pflaumen schmeckten unglaublich intensiv, und die Nüsse sorgten für den richtigen Biss. Im Nu hatte Luisa die Schüssel leer gelöffelt. Ein wohlig-warmes Gefühl breitete sich in ihrem Magen aus.

Oliver holte die Schüssel ab und schmunzelte dabei in sich hinein. »Nachschlag?«

Luisa schüttelte den Kopf. »Es war köstlich. Aber mehr geht nicht rein. Höchstens noch ein zweiter Cappuccino.« Sie leerte den Orangensaft und beobachtete ihn aus dem Augenwinkel. Er schob ein Tablett mit schmutzigem Geschirr in die Durchreiche, wo es von einer Küchenhilfe entgegengenommen wurde. Dann kehrte er hinter den Tresen zurück und begann, am Kaffeeautomaten Milch aufzuschäumen. »Wie war der Surfkurs bei Heiko noch so? Gestern war es ja ordentlich windig am Steinhuder Meer.«

»Die Profis haben sich gefreut. Aber für uns Anfänger war das nicht gerade ideal.« Sie erzählte ihm, wie Heiko diverse

Kursteilnehmer aus misslichen Lagen hatte retten müssen und dass er den Kurs früher abgebrochen hatte. »Ich glaube, ich versuche es eher mit Segeln«, schloss Luisa. »Sag mal«, meinte sie nachdenklich, »dass du frei hast, ist wohl eher die Ausnahme, oder? Mir kommt es so vor, als wärst du beinahe ständig hier.«

Er lachte. »Du hast es erfasst. Meine Freizeit hält sich in Grenzen. Aber das macht mir nichts aus, weil ich meine Arbeit liebe. Außerdem ist das ›Chez Oliver‹ mit der Zeit so etwas wie mein Wohnzimmer geworden.«

»Aber du kochst nicht alles selbst, oder? Du kannst ja schlecht kochen, Getränke zubereiten und servieren gleichzeitig.«

»Nein, natürlich nicht. Auch wenn ich es liebe, in der Küche zu stehen – der Kontakt zu den Gästen ist mir ebenso wichtig. Unser Koch und ich sind Gott sei Dank auf einer Wellenlänge, was die Menüauswahl betrifft. Achmed ist echt ein Glücksgriff und eine Bereicherung.«

»Einen guten Koch zu finden, ist sicher nicht einfach«, meinte Luisa.

»Das kannst du laut sagen. Solltest du einen kennen, der als Krankheits- oder Urlaubsvertretung einspringen kann, dann immer her mit ihm. Wir benötigen außerdem noch eine Servicekraft und eine Küchenhilfe.« Mit schnellen Griffen bestückte er ein Tablett mit Heißgetränken, lief nach draußen und verteilte sie an drei verschiedenen Tischen. Luisa merkte, dass sie ihm gern dabei zusah, wie er geschäftig umhereilte und mit routinierten Bewegungen servierte, abräumte und kassierte. Immer ein Lächeln und einen Spruch auf den Lippen.

»Sonntags hat Zoe morgens frei. Das Frühstücksgeschäft muss ich momentan also allein wuppen«, sagte er, als er zurück an den Tresen kam. »Aber das ist in Ordnung, weil die meisten Leute sich am Büfett bedienen.«

Luisa nickte. »Und morgen ist Ruhetag, oder?«

»Schon, aber wirklich frei habe ich da nicht. Die Zeit nutze ich für den Bürokram.«

»Verstehe.« Luisa war beeindruckt. »Ich hoffe, du hast es wenigstens nicht weit von deinem Wohnzimmer nach Hause.«

»Nein, ich muss bloß …« Konzentriert goss er Milchschaum auf einen Cappuccino und garnierte ihn mit Kakaopulver. »Ich muss bloß ein paar Straßen weiter.« Er langte über den Tresen und stellte die Tasse vor ihr ab. »Und du? Wohnst du nicht in der Oststadt? Ich meine, Erik hat da mal was erwähnt. Ihr hattet zusammen eine Praxis für Kleintiere, richtig?«

»Genau. Hunde, Katzen, Kaninchen, Meerschweinchen und Co.«

»Ganz schöne Strecke, falls du von dort hierher gejoggt bist.«

»Fünf Kilometer«, sagte Luisa stolz.

»Respekt.« Er lieferte erneut Getränke aus und räumte auf dem Rückweg ihren Tisch ab. »Und dein Freund, dieser Filmfreak, war der auch mit surfen?«

»Er ist nicht mein Freund«, rutschte es Luisa heraus. »Wir kennen uns erst seit Kurzem. Und schuld daran ist ein Brief von Erik.« Sie stockte. Normalerweise trug sie ihr Herz nicht auf der Zunge. Aber Olivers lockere Art versetzte sie in Plauderlaune. Sich mit ihm zu unterhalten, fühlte sich leicht an. Und ehe sie sich's versah, hatte sie ihm die ganze Geschichte erzählt.

»Echt jetzt? Heiko gehört zu der Challenge? Das erklärt einiges.« Oliver beugte sich grinsend über den Tresen und wackelte mit den Augenbrauen. »Und? Wer soll dein Herzblatt sein? Ist es der Typ im gebügelten Polohemd, der dich mit Filmzitaten bezirzt und auf gute Weine steht, oder der Draufgänger im hautengen Neopren, der dich aus den Fluten des Steinhuder Meeres rettet?«

»Super Zusammenfassung, Susi.« Luisa kicherte. Als Zwanzigjährige hatte sie die Flirtshow »Herzblatt« regelmäßig im Fernsehen verfolgt. Oliver konnte die hauchende Stimme von Susi aus dem Off perfekt imitieren. »Dein Freund Heiko ist definitiv raus«, sagte sie.

Er presste sich theatralisch die Hand gegen die Brust und ging ein Stück in die Knie. »Gott sei Dank!« Dann strahlte er sie mit einem Lächeln an, das seine Augen zum Leuchten brachte. Luisa wurde warm ums Herz. Sie entschied, dass diese Bank im »Chez Oliver« neben dem silbernen Kaffeeautomaten von heute an ihr Stammplatz sein sollte. Man benötigte schließlich Ankerpunkte im Leben. Warum also nicht eine gemütliche Ecke, über der eine von Eriks Zeichnungen über sie wachte, in die morgendliche Laufroutine einbauen? Zumal Oliver den weltbesten Cappuccino machte. Und ein lockerer Plausch mit ihm wirkte eindeutig stimmungsaufhellend. Sie mochte ihn. Sie konnte über nahezu alles mit ihm reden. Zwar würde er Erik nicht ersetzen können, aber er hatte das Potenzial, ihr neuer bester Freund zu werden.

»Der Filmfreak ist aber noch im Rennen?«, erkundigte er sich.

Luisa bejahte. »Wir sind übermorgen im ›Apollo‹ verabredet.«

»Wo auch sonst.« Er grinste. »Ihr sitzt im Dunkeln nebeneinander, seine Hand tastet nach deinem Knie … Für erste intime Momente ist das Kino perfekt.«

»Das klingt, als wären wir noch im Teenageralter«, sagte Luisa vermeintlich entrüstet. »Also wirklich.«

»Für die erste Fummelei im Kino ist man nie zu alt. Außerdem wähnt er sich dort auf vertrautem Terrain. Er schleppt dich quasi in seine Höhle.«

»Unsinn!« Sie lachte.

»Klar«, konterte er. »Ich habe den Typen beobachtet. Dem hast du sehr gefallen. Glaub mir – subtile Annäherung im Schutz seiner vertrauten Welt, das ist sein Plan.«

»Klingt verdächtig nach Doc Grießbach.« Sie verzog spöttisch die Mundwinkel.

»Touché.« Er sah sie mit nachdenklicher Miene an. »Aber die zentrale Frage, Luisa, ist doch: Möchtest du das auch?«

10

Das »Apollo«-Kino in Linden war Kult. Das Lichtspielhaus existierte seit 1908, und Luisa empfand den Besuch dort jedes Mal wie eine Zeitreise. Der plüschige Kinosaal verströmte das Flair längst vergangener Zeiten. Es roch nach muffigen Polstern, altem Teppich, und über allem hing der zuckrige Duft nach Popcorn. In den Anfängen waren hier am Klavier begleitete Stummfilme gezeigt worden, im Zweiten Weltkrieg hatte das Kino einen Bombentreffer überstanden, in den frühen Achtzigern war es durch einen Brand nahezu zerstört und wiederaufgebaut worden. Das »Apollo« war ein Stehaufmännchen, auch dank der Sturheit der Lindener, die ihr Kino niemals hatten aufgeben wollen. Heute liefen hier neben dem aktuellen Mainstream auch Nischenfilme im Originalton, und es gab Sondervorstellungen. So wie die Neo-Noir-Serie, für die Fabian Kestner schwärmte.

»Lass dich überraschen«, hatte er gemeint und Luisa nicht verraten wollen, welchen Film sie sich ansehen würden. Luisa war gespannt. Sie hatte sich bewusst nicht informiert. Bei einem Film aus den sechziger Jahren rechnete sie damit, dass er womöglich noch in Schwarz-Weiß produziert worden war, knüpfte sonst aber keine Erwartungen daran. Wichtig war schließlich nur, dass sie und Fabian einander näherkamen. Die Frage, die Oliver aufgeworfen hatte, ging ihr nämlich nicht mehr aus dem Kopf.

Olivers Prophezeiung von der subtilen Annäherung erfüllte sich bereits im Vorraum des Kinos. Fabian Kestner legte seine Hand zwischen ihre Schulterblätter und dirigierte sie mit sanftem Druck in Richtung Kinosaal.

Dort las Luisa endlich den Namen des Films. »›Alphaville. Lemmy Caution gegen Alpha 60‹. Jean-Luc Godard. Science-Fiction, oder?«

»Ganz genau.« Fabian lächelte. »Es geht um eine totalitäre

dystopische Gesellschaft, in der Gefühle verboten sind. Godard verknüpft Motive aus Science-Fiction mit Film-Noir-Elementen.«

»Interessant«, murmelte Luisa abwesend. Seine Finger, die sie nur noch federleicht berührten, verursachten ein aufregendes Kribbeln auf ihrer Haut. Zudem musste sie sich darauf konzentrieren, ihre über den Rand hinaus gefüllte Popcorntüte zum Platz zu balancieren.

Sie ließ sich in den plüschigen Sessel sinken, schob sich genüsslich eine Handvoll Popcorn in den Mund und blickte sich um. Der Saal war nur spärlich besetzt. Unter der Woche verirrten sich anscheinend nicht viele Leute in die Sondervorstellung.

Als das Licht ausging, stellte sich sofort dieses gewisse Inselgefühl bei Luisa ein. Zwar befanden sie sich inmitten anderer Leute, aber die saßen weit genug entfernt, um von der Dunkelheit verschluckt zu werden. Für eine Filmlänge verweilten sie auf ihrem eigenen kleinen Terrain. Nur Fabian und sie. Ihre Unterarme auf der Lehne lagen so dicht beieinander, dass sich die Härchen berührten. Das Kitzeln erzeugte bei ihr eine Gänsehaut. Oliver hatte recht. Das Kino eignete sich hervorragend für erste intime Momente. Sofort hatte sie wieder seine belustigte Stimme im Ohr: »Seine Hand tastet nach deinem Knie …«

Würde er das tun? Nein, dafür war Fabian zu integer. Wobei, Händchenhalten … Unauffällig rieb sie sich die vom Popcorn klebrige Handfläche an ihrer Jeans sauber.

Fabian lehnte sich zu ihr herüber. »Es soll ja Leute geben, die ›Alphaville‹ nur mit dieser New-Wave-Band aus den Achtzigern verbinden.«

»Wahrscheinlich haben die sich nach dem Film benannt.« Luisa mochte die Musik der Band um Marian Gold und hatte deren Namen bisher nicht mit einem Film in Zusammenhang gebracht. Aber man lernte ja nie aus.

»Auf der Berlinale 1965 bekam der Film übrigens den Goldenen Bären«, sagte Fabian begeistert. »Und dieses Kleinod wird uns nun auch noch im französischen Originalton gezeigt.«

»Was?« Luisa setzte sich abrupt auf. Popcorn landete auf ihrem Schoß. »Dann verstehe ich doch kein Wort.«

Er wischte ihren Einwand beiseite. »Im Original wird eine künstliche, manipulierende Sprache gesprochen. Bei der deutschen Synchronisation wurde das leider nicht übernommen. Du wirst es intuitiv verstehen.«

Luisa bezweifelte, dass er das auch von einem japanischen oder koreanischen Film behauptet hätte. Dass es außer ihnen nur eine Handvoll Leute in die Vorstellung verschlagen hatte, ergab plötzlich viel mehr Sinn. Wenigstens kam der vor dem Hauptfilm gezeigte Kurzfilm, ein in unruhigen Strichen gezeichneter Comic, ohne Worte aus. Und die intimen Momente schließlich auch.

»Godard verarbeitet in diesem Meisterwerk natürlich das zentrale Thema in seinem Schaffen – die Liebe«, dozierte Fabian, während der Kurzfilm lief.

Das konnte Luisa im Hauptfilm nur in Gestalt von apathisch wirkenden Mädchen erkennen, die immer gleiche Wortformeln von sich gaben. Sie lungerten in dem Hotel herum, in das der von Eddie Constantine verkörperte Lemmy Caution eingecheckt hatte. Ungeniert boten sie ihm ihre Körper an, was der pockennarbige Agent barsch und teils handgreiflich ablehnte. Eine roboterhaft wirkende Frau mit riesigen, dramatisch geschminkten Augen zeigte ihm später die Stadt. Anscheinend suchte er jemanden. Wen und warum, erschloss sich Luisa jedoch nicht. Als die Frau ihn in ein Hallenbad führte, wo ein Mann während einer bizarren Zeremonie von Synchronschwimmerinnen exekutiert wurde, stieg Luisa endgültig aus. Sie warf Fabian einen verstohlenen Seitenblick zu. Er starrte gebannt auf die Leinwand und bewegte lautlos die Lippen. Von subtiler Annäherung keine Spur.

Unruhig rutschte sie auf ihrem Platz hin und her. »Ich gehe mal eben zur Toilette«, flüsterte sie ihm zu, woraufhin er nur kurz nickte, ohne den Blick von der Leinwand zu lösen.

Im Waschraum ließ Luisa sich Zeit. »Spaß haben, lieber Erik, sieht eindeutig anders aus«, schimpfte sie. Sie hatte einen romantischen Filmabend erwartet, stattdessen verbrachte sie ihre Zeit neben einem Film-Nerd, der nur Augen für den alten Schinken aus den Sechzigern hatte statt für sie und der nicht müde wurde, sie mit langweiligen Hintergrundinformationen zu versorgen. Sie war sich sicher, dass er auch nach Filmende weiterschwafeln würde.

Fünf Minuten später passierte sie eilig den von Schaukästen und Filmplakaten gesäumten Durchgang zur Limmerstraße. Erleichtert blieb sie stehen und schöpfte tief Luft. Es fühlte sich an, als sei sie gerade selbst aus dem düsteren Alphaville entkommen. Sie hatte behauptet, einer Freundin ginge es nicht gut, sie müsse sich ganz dringend um sie kümmern. Fabians Aufmerksamkeit klebte dabei so sehr an der Leinwand, dass er ihren Abgang vermutlich kaum wahrgenommen hatte.

Luisa sah auf die Uhr. Es war noch nicht einmal neun. Sie fühlte sich aufgekratzt und hatte keine Lust, den angebrochenen Abend zu Hause zu verbringen. Oliver kam ihr in den Sinn. Sein Bistro war von hier aus fußläufig zu erreichen. Und Soulfood war jetzt genau das Richtige. Schließlich hatte sie bei ihrer Flucht sogar das Popcorn zurückgelassen.

»Du hast den Typen sitzen lassen?« Oliver bekam das Feixen nicht mehr aus dem Gesicht. Luisa thronte auf ihrem neu gekürten Stammplatz und drückte den Rücken durch.

»Jean-Luc Godard und sein dystopisches Alphaville können mir echt gestohlen bleiben, und sein größter Fan erst recht. Das schreit förmlich nach Soulfood.«

»Die Küche ist leider schon zu«, sagte Oliver. »Aber ich kann dir einen Cocktail mixen.«

Luisa nahm das Angebot an. »Ich ertränke meine Enttäuschung in Alkohol. So muss das sein.«

»Als Student habe ich mal in einer Bar gearbeitet. Du siehst also einen Profi vor dir.« Nach kurzem Überlegen, bei dem sein Blick zu den verfügbaren Alkoholika wanderte, mixte er die Zutaten zusammen, füllte Eis in den Shaker, hob ihn über die Schulter und schüttelte kräftig.

»Total professionell«, meinte Luisa anerkennend. Sie musste lächeln, weil er unbewusst die Zunge zwischen die Lippen klemmte.

»Voilà!« Schwungvoll stellte er den mit einer Sternfrucht garnierten Cocktail vor ihr ab. »Ich taufe ihn ›Luisas Soul Cocktail‹.«

»Wow! Eben erst erfunden? Extra für mich?«

»Nur für dich.« Er sah sie an, als wollte er noch etwas hinzufügen, wurde aber von einem Gast unterbrochen, der zahlen wollte.

Luisa nippte vorsichtig an dem Kunstwerk. Es schmeckte fruchtig und cremig zugleich. Dabei schien der Cocktail jedoch mehr Saft als Alkohol zu enthalten. Im Nu hatte sie ihn ausgetrunken. Sie hob ihr leeres Glas. »Kannst du mir noch so einen machen?«

»Den Cocktail musst du unbedingt in deine Karte aufnehmen, der ist echt der Knaller!« Luisa hatte inzwischen drei davon intus.

Oliver stellte einen Teller Cracker auf den Tisch. »Du solltest besser doch noch eine Kleinigkeit essen.«

Luisa lächelte. Er war so fürsorglich, dieser Mann. Ein echter Freund. Dass sie der letzte Gast war, fiel ihr erst auf, als Zoe die Schürze abnahm und in ihre Jacke schlüpfte. »Ich geh dann jetzt. Bis morgen«, verabschiedete sie sich. Kurz darauf klappte die Tür hinter ihr zu.

»Ich muss auch los«, sagte Luisa. »Was schulde ich dir?«

Oliver winkte ab. »Das verrechnen wir beim nächsten Mal.«

»In Ordnung.« Luisa rutschte von ihrem Platz und marschierte in Richtung Ausgang. Sie schlingerte leicht. Anscheinend hatten die Cocktails doch mehr Alkohol enthalten als gedacht.

»Warte«, rief Oliver. »Ich mache eben noch die Kasse, und dann bringe ich dich nach Hause.«

»Unsinn, ich nehme die Bahn. Ich habe deine Gesellschaft schon lange genug strapaziert«, entgegnete sie.

»Glaubst du, ich lasse dich in dem Zustand um diese Uhrzeit allein auf die Straße?«

»Ich kann sehr gut auf mich aufpassen. Und wenn einer schuld ist, dass ich angetüdelt bin, dann ja wohl du.«

»Eben.« Er drückte sie auf einen Stuhl. »Du wartest schön hier, und dann fahre ich dich heim.«

»Na gut, aber nur weil ich sooo müde bin.« Gähnend lehnte sie sich zurück und genoss die Stille, die nur von Olivers leisem Rumoren in der Küche untermalt wurde.

»Hallo, aufwachen!«

Luisa schreckte hoch. Offenbar war sie eingenickt.

Oliver berührte sie sanft an der Schulter. »Wir müssen durch die Hintertür.«

Sie folgte ihm durch die Küche in einen geräumigen Innenhof, wo neben Fahrradständern und Wäscheleinen der Transporter mit dem Logo des »Chez Oliver« parkte. Vereinzelt fiel Licht aus den Fenstern der umliegenden Wohnblocks.

»Das ist ja eine richtig grüne Oase hier!« Staunend blickte Luisa sich um. Die Mitte des Innenhofs bildete eine Grünfläche, auf der eine Kastanie mit ausladender Krone stand. Luisa wusste, dass Hannovers Innenhöfe früher ein Eigenleben besessen hatten. Handwerker hatten darin ihre Werkstätten gehabt, und in so manchem Hinterhof konnte man frühmorgens an der Hintertür einer Bäckerei seine Brötchen kaufen. Ein Plattenweg teilte die Rasenfläche und führte auf eine alte Kate zu, ein Gärtnerhaus vermutlich, die etwas heruntergekommen aussah. Neben der Haustür standen bepflanzte Blumenkübel. An der Hauswand lehnte ein Mountainbike. »Wohnt da jemand?«, fragte Luisa, aber Oliver hatte sie anscheinend nicht gehört.

Er öffnete die Beifahrertür des Transporters und machte eine einladende Geste. »Das Taxi ist bereit.«

Luisa kicherte. »Dabei hat mir meine Mama eingebläut, nicht zu Fremden ins Auto zu steigen«, sagte sie, während sie sich auf den Beifahrersitz schob.

»Wer weiß, vielleicht bin ich ja der Würger von Linden und du mein nächstes Opfer«, erwiderte er gespielt düster und drückte die Tür hinter ihr zu. Er ging um das Auto herum und setzte sich hinters Steuer. »Okay, das Taxameter läuft. Wohin darf ich die Dame bringen?«

Luisa nannte ihm die Adresse.

Nach einer Viertelstunde Fahrt bog er in ihre Auffahrt ein. Mit schweren Lidern betrachtete Luisa die dunklen Fenster der Villa. Am liebsten wäre sie im Auto sitzen geblieben. Sie hatte keine große Lust auf das leere Haus. Aber es half ja nichts.

»Danke fürs Herfahren«, sagte sie, öffnete die Tür, blieb aber sitzen.

»Jederzeit gern«, sagte Oliver. Er beugte sich vor und sah durch die Windschutzscheibe. »Schönes altes Haus. Und die Praxis ist unten?«

»So ist es. Mein Arbeitsweg führt lediglich die Treppe hinunter.«

»Klingt praktisch«, meinte er.

»Wohl wahr. Wobei es manchmal ganz schön wäre, abends abzuschließen und woandershin nach Hause gehen zu können.«

Er nickte. »Wenn nach Feierabend ein Notfall vor der Tür steht, kann man den wahrscheinlich schlecht wegschicken.«

Luisa winkte ab. »So häufig kommt das auch nicht vor, und die Vorteile überwiegen.«

»Deine Tochter und du, ihr wohnt als Einzige hier?«

»Momentan wohne ich allein unter dem Dach. Aber ich renoviere gerade die Wohnung im ersten Stock, um dort einzuziehen. Willst du mal sehen?«

Er blickte auf die Uhr. »Aber nur kurz.«

»Ehrlich gesagt bin ich gerade etwas ideenlos, wie ich alles einrichten soll«, sagte Luisa. Sie schloss die Wohnungstür auf und führte ihn in den Flur.

»Schön geräumig.« Er schaute sich um. An Eriks Porträtfoto, das sie abgenommen und gegen die Wand gelehnt auf den Boden gestellt hatte, blieb sein Blick hängen.

Luisa trat neben ihn. »Das war früher seine Wohnung«, sagte sie leise. »Es hat eine Weile gedauert, aber jetzt bin ich so weit, dass ich hier einziehen kann.«

»Ist er der Grund, weshalb du bei Doc Grießbach bist?«

»Allerdings. Meine Vollmeise habe ich allein ihm zu verdanken.« Sie lachte aufgedreht. »Manchmal sehe ich sogar seinen Geist und unterhalte mich mit ihm. Schräg, oder?«

»Total schräg«, stimmte er ihr zu. »Sag Bescheid, falls er hier irgendwo rumlungert und ich aus Versehen versuche, mich auf seinen Schoß zu setzen.«

»Mache ich.« Sie führte ihn in das leere Wohnzimmer. »Nur herrscht hier gerade ein Mangel an Sitzgelegenheiten. Die Wahrscheinlichkeit ist also nicht besonders groß, dass du …« Sie stockte. »Ach du grüne Neune.« Fassungslos blickte sie sich um.

Nahezu alle der heute frisch tapezierten Raufaser-Bahnen hatten sich gelöst und waren von den Wänden gefallen. Luisa trat auf die Schutzfolie, mit der sie und Rosie das Parkett abgedeckt hatten, und starrte auf einen der Tapetenhaufen, die sich am Fuß der Wand gebildet hatten. »Wie soll ich das nur Rosie erklären?«

Oliver hob mit spitzen Fingern ein Stück Raufaser auf und ließ es wieder fallen. »Die da verabschiedet sich auch bald«, meinte er und deutete auf eine bereits wellige Bahn. Wie aufs Stichwort rauschte die Tapete abwärts und blieb zu Luisas Füßen liegen.

»Vielleicht hätte ich doch jemanden beauftragen sollen, der sich damit auskennt«, sagte sie matt. »Kennst du zufällig einen Maler und Tapezierer, der am besten gleich morgen Zeit hat?«

»Auf die Schnelle wird das nichts«, meinte Oliver. »Handwerker haben heutzutage monatelange Wartezeiten.«

»Ich weiß«, sagte Luisa. »Deshalb wollte ich es ja auch selbst machen. Das bisschen Tapezieren und Streichen kann ja nicht so schwer sein. Dachte ich zumindest.«

»Ich würde dir helfen, wenn ich die Zeit dazu hätte, aber das Bistro hat mich voll im Griff.«

»Lieb gemeint. Irgendwie kriege ich das schon hin.« Sie lächelte schief. »Die Grießbach sieht es jedenfalls als Fortschritt an, dass ich es endlich geschafft habe, Eriks Wohnung auszuräumen. Jetzt muss ich sie nur noch in Besitz nehmen und zu meiner Höhle machen.« Bei »meiner Höhle« malte sie mit den Fingern Anführungszeichen in die Luft. »Nur kann ich mir meine Möbel hier drin einfach nicht vorstellen. Zum Beispiel das Sofa. Soll das hier stehen oder vielleicht lieber hier?« Sie deutete auf die eine, dann auf die andere Wand.

Oliver kratzte sich am Kinn. »Am besten ausprobieren.«

»Jetzt gleich?« Der Powernap im Bistro hatte Luisa mit neuer Energie versorgt. Sie war voller Tatendrang.

Er grinste. »Klar. Ich habe heute Nacht nichts Besseres vor, als mit dir Sofas zu rücken.«

Luisa liebte ihr rotes Sofa. Es hatte unzählige Popcorn-Filmabende überstanden, Katzenjammertage mit seinem Kuschelfaktor erträglicher gemacht, und außerdem konnte man es prima von Tierhaaren reinigen. Das Sofa musste mit nach unten.

»Du musst leider woanders weiterschlafen.« Luisa hob Herbert von der Sitzfläche, auf der er sich zusammengerollt hatte. Der Kater streckte sich und schnupperte neugierig an Olivers Hosenbeinen. »Darf ich vorstellen: Herbert. Mein derzeit einziger Mitbewohner«, sagte Luisa.

Oliver ging in die Hocke und streichelte den Kater, woraufhin Herbert in lautes Schnurren ausbrach und seinen Kopf an seiner Hand rieb. »Er mag mich«, sagte er und lächelte zu ihr hoch. »Was ist das für ein haariger Riese?«

»Die Rasse heißt Maine Coon«, antwortete Luisa. »Herbert bringt beinahe zehn Kilo auf die Waage.«

»Imposant.« Oliver tat so, als wollte er sich imaginäre Ärmel aufkrempeln, und trat an das eine Ende der Couch. »Dann lass uns loslegen.«

Das sperrige Sitzmöbel zu zweit die Treppe hinunterzuwuchten, wurde durch Herberts Mitwirken nicht gerade leichter. Der Kater hatte nichts Besseres zu tun, als Luisa immer wieder zwischen die Beine zu laufen. Nach zweimal absetzen und einer abgeplatzten Stelle an der Treppenhauswand trugen sie die Couch schließlich über die Schwelle und setzten sie im Wohnzimmer ab.

»Puh!« Luisa blies sich eine Haarsträhne aus der Stirn. Dann trat sie ein paar Schritte zurück und ließ den Anblick auf sich wirken.

Während sie in der kleinen Dachwohnung beinahe den halben Raum eingenommen hatte, wirkte die Zwei-Meter-Couch hier nahezu mickrig.

»Der Fernseher soll wahrscheinlich hier stehen, oder?« Oliver richtete das mit Folie eingepackte Gerät an der Wand aus, an der sich die Anschlüsse befanden. Gemeinsam rückten sie das Sofa an die gegenüberliegende Wand.

Luisa ließ sich auf das Polster fallen. »Ich weiß nicht.«

Oliver, der neben ihr Platz genommen hatte, klopfte anerkennend auf die Sitzfläche. »Aber es sitzt sich hervorragend.«

Schweigend beobachteten sie, wie Herbert zwischen Tapetenrollen, Farbeimer und Pinsel hindurchstreifte, wobei zerknüllter Malerkrepp in seinem Fell hängen blieb.

»Hast du schon wieder alles aufgesammelt?« Luisa bückte sich, hielt das vorbeilaufende Tier fest und entfernte das klebrige Knäuel von seinem Bauch. »Vielleicht muss doch eine größere Couch her«, sagte sie und ließ Herbert weiterziehen. »Allerdings, wenn der Tisch davor stehen würde …« Sie sprang auf und sah Oliver bittend an. »Könnten wir den vielleicht auch noch …?«

Den niedrigen Tisch mit der Glasplatte herunterzutragen, stellte sich als unkompliziert heraus. Oliver klemmte sich das Gestell kurzerhand unter den Arm, während Luisa die Glasscheibe trug.

»Fehlt eigentlich nur noch ein adäquates Getränk«, fand Luisa, nachdem sie das Ergebnis begutachtet hatten. Sie rannte erneut nach oben, lud eine Flasche Rotwein, zwei Gläser und einen Korkenzieher auf ein Tablett. Kurz zögerte sie, dann schnappte sie sich das bunte Glas mit dem Teelicht, zündete es an und trug alles nach unten.

»Auf deinen Neuanfang.« Oliver hob das Weinglas und stieß es leise klirrend gegen ihres. Nur das Teelicht beleuchtete den Raum, was Luisa das Gefühl gab, mit Oliver auf einer Insel zu sitzen. Beinahe wie im Kino.

»Mit Kerzenlicht ist es doch gleich viel gemütlicher.« Sie nippte an ihrem Glas. Der Wein breitete sich warm in ihrem Magen aus.

Sie sprachen nicht. Nur das Tapsen von Herberts Pfoten auf der Abdeckfolie war zu hören.

»Ich sollte langsam los.« Oliver machte Anstalten aufzustehen.

»Bleib doch noch.« Luisa zog ihn am Arm zurück auf die Couch. Sie wollte nicht, dass er sie in dem kahlen Raum mit den herabfallenden Tapeten auf dem zu kleinen Sofa allein ließ. »Erzähl mir noch was von dir. Das ist nur gerecht. Du weißt schließlich schon jede Menge über mich.«

»Was willst du denn wissen?«

»Zum Beispiel, weshalb du zur Grießbach gehst«, rutschte es ihr heraus.

Oliver schwieg, griff nach dem Weinglas und trank einen Schluck.

»Entschuldige«, sagte Luisa schnell. »Wenn du nicht drüber reden möchtest …«

»Ich hatte einen Burn-out«, unterbrach er sie. »Das hat mich komplett aus der Bahn geworfen. Und dann kam auch noch die Scheidung dazu.« Er stellte das Glas ab und schob es in die Tischmitte. Nach einem kurzen Räuspern wechselte er das Thema. »Was war er eigentlich für dich – Erik, meine ich? Als ihr das erste Mal zusammen ins ›Chez Oliver‹ kamt, hatte ich den Eindruck, dass ihr zusammen wart. Aber dann war schnell klar, dass er nicht auf Frauen steht.«

Luisa überlegte nicht lange. »Erik war einfach Erik. Für

mich und Hannah war er Familie und umgekehrt auch.« Sie lachte leise. »Am Ende hat er mich sogar noch überredet, ihn zu heiraten. Jetzt bin ich seine Witwe. Noch so ein schräges Ding.«

Er sah sie von der Seite an. »Wenn er nicht schwul gewesen wäre? Wärt ihr dann ein Paar geworden?«

Luisa streifte ihre Sandalen ab und zog die Beine an. »Darüber habe ich noch nie nachgedacht. Er war wie ein großer Bruder, mein bester Freund sowieso. Wir haben uns blind verstanden, sowohl privat als auch beruflich. Und für Hannah war er irgendwie auch der Ersatzvater.« Sie lehnte sich zurück. Langsam wurde sie schläfrig; der Wein tat seine Wirkung. »Hannah ist gerade in Amerika, ich vermisse sie sehr«, murmelte sie.

»Wenn sie Erik als Vater angesehen hat, muss sie ebenfalls eine harte Zeit hinter sich haben«, sagte Oliver. »Und ihr richtiger Vater? Hat sie Kontakt zu ihm?«

Luisa schüttelte den Kopf. »Sie hat ihn nie kennengelernt. Und auch nie nach ihm gefragt.« Dann fiel ihr ein, dass sie dieses Thema nachweislich komplett falsch eingeschätzt hatte. Schließlich hatte Hannah sehr wohl nach ihrem Vater gesucht und ihn ja auch gefunden. Dass sie John bald treffen würde, verursachte ein leises Ziehen in Luisas Bauchgegend. Bisher hatte Hannah sich nicht wieder gemeldet. Luisa nahm sich vor, ihr morgen früh eine Nachricht zu schicken, ob alles okay sei. Sie war dankbar, dass Oliver nicht weiter nachbohrte und zum eigentlichen Thema zurückkehrte.

»Kein Wunder, dass ihr so eng miteinander wart, Erik und du. Ich meine, das entwickelt sich doch sicher automatisch, wenn man den ganzen Tag zusammenarbeitet und nach Feierabend nur die Treppe hochmuss.«

»Wir haben nicht jeden Abend aufeinandergehockt, wenn du das denkst. So war das nicht. Aber es herrschte eine Art Urvertrauen zwischen uns. Und das war irgendwie von Anfang an so. Schon damals in der Uni, als wir uns zum ersten Mal begegnet sind.«

»Dann kanntet ihr euch aus Studienzeiten?«, fragte Oliver.

»Er war mein Mentor – und das ist er quasi die ganze Zeit geblieben. Später, als er die Praxis eröffnet hatte, bin ich bei ihm eingestiegen. Da lag es einfach nahe, dass ich mit Hannah auch hier einziehe. Wir hatten eine perfekte Symbiose, wenn du so willst. Und am Ende, als klar wurde, dass er den Krebs nicht bezwingen kann, hat er mich zur Heirat gedrängt, damit ich das Haus halten kann.«

»Wegen der Erbschaftssteuer?«

Luisa bejahte. »Ohne Trauschein hätte ich das Haus verkaufen müssen, um sie zu begleichen.« Sie stupste ihn mit dem Ellbogen an. »Du Fuchs, jetzt habe ich doch wieder nur über mich gesprochen.« Luisa ließ sich tiefer ins Polster sinken. Die Lider wurden ihr schwer. »Weißt du …«, sagte sie schläfrig. »Was mir am meisten fehlt, ist seine Freundschaft. Ich konnte einfach über alles mit ihm reden. Genauso wie jetzt mit dir. Ich glaube, du könntest es sein … mein neuer bester Freund.«

Hatte sie die letzten Worte nur gedacht oder laut ausgesprochen? Die Augen fielen ihr zu, ihr Kopf sank zur Seite. Sie spürte noch, wie Oliver ihr das Weinglas aus den Fingern nahm. Dann schlummerte sie weg.

11

Luisa wachte auf, weil etwas Weiches ihre Wange streifte. Langsam öffnete sie die Augen und blickte direkt in Herberts pelziges Gesicht. Stöhnend richtete sie sich auf. Ihr Mund war trocken und ihre Augen verklebt. Sie trug noch immer ihre Sachen vom Abend, und sie hatte sich eindeutig nicht abgeschminkt. Sie musste auf dem Sofa eingeschlafen sein. Ein heißer Schreck durchfuhr sie. Oliver! Schlagartig war sie wach und setzte sich auf.

Sein noch halb gefülltes Weinglas stand vor ihr auf dem Tisch. Anscheinend hatte er sie auf die Couch gebettet und war nach Hause gefahren. Ein Blick aus dem Fenster bestätigte ihren Verdacht. Sein Auto stand nicht mehr in der Einfahrt. Sie entdeckte einen Zettel auf dem Tisch.

Wollte dich nicht wecken.
Bis bald
Oliver

Sie blickte auf die Uhr. Kurz vor vier. In drei Stunden musste sie aufstehen. Doch dann fiel ihr ein, dass sie ja Urlaub hatte.

Sie folgte Herbert nach oben in ihre Wohnung, wo sie ihn mit Futter versorgte. Dann schminkte sie sich ab und sank ins Bett. Ein letzter Blick auf ihr Handy: zwei Nachrichten von Fabian.

»Der Film war großartig. Schade, dass du wegmusstest.«

»Ich hoffe, es geht deiner Freundin wieder besser?«

Sie überlegte, ob sie ihm antworten sollte, schaltete das Handy dann aber aus. Sie würde ihn morgen anrufen.

Als sie das nächste Mal aufwachte, war es schon nach neun. Während sie unter der Dusche stand, tauchten verschwommene Bilder vom halb renovierten Wohnzimmer in ihrer Erinnerung auf, Oliver, der neben ihr im Kerzenlicht auf dem Sofa saß, Tapeten, die sich von der Wand lösten … Luisa stöhnte auf. Rosie würde gleich vorbeikommen, um mit der Renovierung weiterzumachen. Wie sollte sie ihr nur beibringen, dass all ihre gestrigen Bemühungen umsonst gewesen waren? Als sie mit einem Kaffee am Frühstückstisch saß, piepste ihr Handy. Eine Nachricht von Oliver.

»Schon gefrühstückt?« Dazu ein Foto mit frischen Croissants und ihrem Lieblingshalstuch, das sie gestern im Bistro abgenommen hatte.

»Bis auf Kaffee noch nichts«, schrieb sie zurück.

Fünfzehn Minuten später klingelte es, und Oliver kam die Treppe herauf. Er hatte sich das Tuch wie einen Turban um den Kopf geschlungen.

»Guten Morgen, Madame. Oliver Grünewald mein Name, Backwaren- und Tuchlieferservice.« Er drückte ihr eine Tüte mit noch warmem Inhalt in die Hand.

»Komm rein, du Spaßvogel.« Lachend deutete Luisa auf seinen Kopfschmuck. »Das mit dem Turbanwickeln lernen wir aber noch.«

Er wand sich das Tuch vom Kopf und reichte es ihr. »Fürs erste Mal fand ich das schon ziemlich gelungen.«

»Und? Lieferst du nur, oder leistest du mir beim Frühstück Gesellschaft?«, fragte Luisa.

Er blickte auf die Uhr. »Für einen Kaffee hätte ich gerade noch Zeit. Dann muss ich einkaufen und danach im Bistro die Küche vorbereiten.« Er sah sie prüfend an. »Geht's dir gut? Ich hoffe, du hast dir gestern nicht den Rücken verlegen. Entschuldige, dass ich einfach gegangen bin. Aber ich konnte dich nicht wach kriegen.«

»Oje«, sagte Luisa kleinlaut. »Ich hatte wohl ein bisschen viel Alkohol. Ich bin gegen vier aufgewacht und habe mich ins Bett verzogen.« Sie deckte den Tisch, legte das Gebäck in einen Korb und stellte Butter und Marmelade dazu. Am Ende aßen sie die Croissants jedoch ohne Aufstrich.

»Köstlich«, schwärmte Luisa mit vollem Mund und ließ

die Füllung aus Marzipan und Zwetschgenmarmelade im Mund zergehen. »Wenn du so weitermachst, esse ich mich noch kugelrund.«

»Das ist der Plan.« Er griente breit. »Luisa als Rubensengel. Da stehe ich total drauf.«

»Wirklich?«, neckte Luisa ihn. »Langsam bekomme ich den Eindruck, dass du und Erik mehr gemeinsam hattet als gedacht. Er mochte Engel in allen Farben und Formen. Eine ganze Sammlung hatte er davon, und an Weihnachten war das Haus geradezu engelverseucht.« Ihr Lachen misslang. Auf einmal war ihr nicht mehr zum Scherzen zumute.

»Alles in Ordnung?« Oliver sah sie besorgt an.

Luisa nickte. »Letzte Weihnachten, nach Eriks Tod, hat Hannah seine Engel im Haus verteilt. Als ich nach Feierabend aus der Praxis kam, war es für einen Moment so, als sei er nicht gestorben. Erik und seine Engel, habe ich gedacht und die Augen verdreht. Erst dann habe ich realisiert, dass er die Figuren ja gar nicht aufgestellt haben konnte. Das war einer dieser Momente, in denen die Trauer einen mit voller Wucht erwischt.« Luisa klaubte mit spitzen Fingern Krümel vom Tisch. »Ich bin durchs Haus getobt, hab die Engel wieder eingesammelt. Und dann bin ich mit einer Traube voller Engelfiguren Hannah in die Arme gelaufen und hab sie angeherrscht, was sie sich dabei bloß gedacht hat. Das sei Familientradition, hat sie geschrien, und dass ich gemein sei. Ein Wort ergab das andere … Na ja, am Ende bestand der weihnachtliche Auftakt aus Türenknallen und Funkstille.«

»Kann ich mir vorstellen.« Oliver legte seine Hand auf ihren Arm.

»Dass ich so ausgeflippt bin, tut mir immer noch leid«, sagte Luisa leise. »Ich habe auf Hannahs Gefühlen herumgetrampelt, anstatt zu akzeptieren, dass die Engel aufzustellen ihre Art war, mit dem Verlust umzugehen. Übrigens war das der Auslöser dafür, dass ich doch zur Grießbach gegangen bin, obwohl ich erst nicht wollte.«

Eriks Engelsammlung, in Seidenpapier eingewickelt und

in Kartons verstaut, stand mittlerweile auf dem Speicher. Luisa nahm sich vor, sie demnächst zu sichten und ausgesuchte Exemplare an Weihnachten aufzustellen. Familientradition im kleineren Stil. Und sie würde Rosie fragen, ob sie sich welche aussuchen wollte. Rosie hatte Eriks Engel immer gemocht.

Als hätten ihre Gedanken die Freundin herbeigezaubert, klingelte es an der Tür. Kurz darauf stand Rosie in ihrer Arbeitskluft in der Küche. »Ich bin zu allen Schandtaten bereit«, verkündete sie. »Oh, du hast Besuch.« Überrascht riss sie die Augen auf. »Wir kennen uns, oder?«

Er nickte. »Aus dem ›Chez Oliver‹.«

»Oliver hat mir mein Tuch gebracht, das ich gestern im Bistro vergessen hatte«, erklärte Luisa verlegen. »Möchtest du auch ein Croissant?«

Rosie ignorierte die Frage und setzte sich. »Ich dachte, du warst mit Fabian Kestner im Kino.«

»Das war, gelinde gesagt, eine Katastrophe. Ich habe mich mitten im Film mit einer Ausrede aus dem Staub gemacht. Und irgendwie bin ich am Ende noch im ›Chez Oliver‹ gelandet.«

Rosie war die Enttäuschung anzusehen. »Dann hat er sich also als Graupe erwiesen?«

»Graupe?«, fragte Luisa.

»Die kenne ich eigentlich nur als Suppeneinlage«, mischte Oliver sich ein.

»Genau«, sagte Luisa. »Omas Graupensuppe.«

Verwirrung schlich sich auf Rosies Gesicht. »Sagt man das nicht so? Moment …« Sie kramte in den Taschen ihrer Kleidung nach dem winzigen Wörterbuch, das sie stets bei sich trug. Rosie lebte seit mehr als vierzig Jahren in Deutschland und hatte jahrelang als Übersetzerin gearbeitet. Ihr Deutsch war ausgezeichnet. Dennoch gab es ab und zu Situationen, in denen sie nicht sicher war, ob sie ein deutsches Wort richtig gebrauchte. Sie blätterte in den zerfledderten Seiten, bis sie die richtige Stelle gefunden hatte. »Hier ist es«, verkündete sie. »Graupe, umgangssprachlich. Totalausfall, Verlierertyp, Blindgänger, Nullnummer, Trottel, Schwachmat.«

Mit zuckenden Mundwinkeln beugte sich Luisa über das Büchlein, wo Rosies Daumen das Wort markierte. »Du hast recht. In dem Zusammenhang kannte ich das allerdings nicht.«

Rosie hob das Kinn und sah Luisa triumphierend an. »Tja, meine Liebe. Da kannst du auch noch was lernen. Die Graupen werden aussortiert und auf den Graupenstapel gelegt. Wie bei Cinderella.«

Luisa grinste. »Du meinst Aschenputtel. Nur waren es da keine Graupen, sondern Linsen. Aber davon abgesehen: Genau so machen wir das.«

Rosie nahm sich ein Croissant. »Und jetzt erzähl! War dein Date wirklich so schlimm?«

»Du hattest recht. Der Typ ist ein Film-Nerd vom Feinsten.« Sie tippte auf ihr Handy. »Allein heute Morgen hat er mir schon drei weitere Filmtipps geschickt und gefragt, wann wir uns wiedersehen.«

»Oho«, machte Rosie. »Dann hat er sich in dich verguckt.«

»Scheint so.« Luisa verzog zerknirscht das Gesicht. »Ich rufe ihn nachher mal an.«

Rosie wackelte mahnend mit dem Zeigefinger. »Unsere Luisa wird noch zur Herzensbrecherin«, sagte sie zu Oliver.

Der lachte. »Absolut. Erst recht, wenn der Graupenstapel wächst.«

»Weiß er etwa Bescheid?«, fragte Rosie an Luisa gewandt.

»Wenn du Eriks Männer-Challenge meinst, dann ja«, antwortete Oliver für sie.

»Soso …« Rosie bedachte ihn mit einem langen Blick.

Oliver erhob sich. »Ich muss dann los.«

Luisa brachte ihn zur Tür. »Danke noch mal. Für das Tuch, das leckere Frühstück … und gestern und überhaupt alles.«

Spontan machte sie einen Schritt auf ihn zu und umarmte ihn. Er drückte sie kurz an sich, brummte ein »Gern geschehen« in ihr Haar und löste sich schnell wieder. »Man sieht sich.« Er tippte sich an eine imaginäre Hutkrempe und eilte ohne weitere Umschweife die Treppe hinunter.

Luisa blieb im Treppenhaus, bis die Haustür hinter ihm zufiel. Ihn zu drücken, hatte sich gut angefühlt. Anders als Eriks bärige Umarmungen, aber gut. Und er hatte nach frisch Gebackenem und Marzipan geduftet. Daran könnte ich mich glatt gewöhnen, dachte Luisa und merkte, dass sie lächelte.

Als sie in die Küche zurückkehrte, kaute Rosie verzückt an dem letzten Croissant. »Die sind megalecker. Ich glaube, ich muss bald auch mal wieder ins ›Chez Oliver‹.« Sie wischte sich die klebrigen Finger an ihrem Blaumann ab. »Können wir weitermachen? Ich habe Lust, mit Farbe zu kleckern.«

»Äh«, machte Luisa. »Ich denke nicht, dass wir heute mit dem Streichen anfangen können.«

»Das glaube ich nicht!« Fassungslos starrte Rosie auf die Wände, auf denen sich die noch verbliebenen Tapetenbahnen wellten.

»Ich fürchte, wir müssen alles noch mal machen«, gestand Luisa. In dem Moment klingelte ihr Handy. »Fabian Kestner«, murmelte sie. »Da muss ich jetzt wohl durch.« Sie zog sich in den Flur zurück und ging ran.

»Guten Morgen, schöne Frau«, meldete er sich.

»Hallo«, erwiderte Luisa und biss sich auf die Lippe. »Entschuldige noch mal, dass ich gestern mitten in der Vorstellung weg bin.«

»Freundinnen-Krisen gehen nun mal vor«, meinte er. »Obwohl du definitiv was verpasst hast.«

Warum war er nur so schrecklich nett? Er hatte einen furchtbaren Filmgeschmack, und ihm fehlte eindeutig der Sinn für Romantik, aber dennoch war er ein lieber Kerl, dem augenscheinlich etwas an ihr lag. Gerade deshalb musste sie jetzt aufrichtig sein. Luisa holte tief Luft. »Neo-Noir von Godard ist sicher künstlerisch wertvoll, aber wenn ich ehrlich bin, leider nichts für mich.«

Sekundenlange Stille folgte.

»Verstehe«, presste er schließlich heraus. Er klang enttäuscht.

»Sonst war es aber wirklich nett mit dir«, beeilte Luisa sich zu sagen. »Und wir können gerne mal was trinken gehen oder in einen Film, den wir beide mögen. Nur falls du mehr erwartest …« Sie stockte.

»Verstehe«, sagte er wieder. »Aber vielleicht … ist dies ja der Beginn einer wunderbaren Freundschaft?«

»Ja, vielleicht.« Luisa lächelte.

»Und falls du mal wieder eine Vase ersteigern willst, komm gerne im Auktionshaus vorbei.«

»Mache ich.« Erleichtert beendete Luisa das Gespräch und kehrte ins Wohnzimmer zurück. »Erledigt«, verkündete sie. »Wir können …«

»Pst!«, zischte Rosie. Sie stand mit geschlossenen Augen in der Mitte des Zimmers, hatte den Kopf schief gelegt und schien zu lauschen. Langsam breitete sie die Arme aus und gab ein leises Summen von sich. »Mit den Energien in diesem Haus stimmt etwas nicht.« Rosie ließ die Arme sinken und öffnete die Augen. »Ganz klar. Du bist komplett blockiert, sobald es um die Einrichtung geht, und jetzt fallen auch noch die Tapeten von den Wänden.« Sie trat näher an Luisa heran und sah sie eindringlich an. »Hier sind negative Kräfte am Werk. Wir sollten eine energetische Reinigung durchführen. Dringend. Vorher rühre ich keinen Finger mehr.«

12

Rosie kniete in der Mitte des Wohnzimmers und hielt ein trockenes Kräuterbündel in die Flamme der Kerze, die sie in einer mit Sand gefüllten Schale aufgestellt und mit einem Mandala aus bunten Steinen und Blüten umgeben hatte. Während sie sich aufrichtete, wedelte sie die Flamme aus. Dann drehte sie mit dem nun rauchenden Bündel grazil eine Pirouette. Sie war barfuß, ihr Körper steckte in ethnobunter Flatterkleidung, die sie in mehreren Schichten trug. Ihre Haare, wie immer von einem Tuch aufgetürmt, sahen aus, als wären sie elektrisch aufgeladen.

Mit majestätisch gehobenem Kinn begann Rosie, alle Ecken der Wohnung abzuschreiten. Rauchgeruch waberte auf Luisa zu und verursachte ein Kratzen in ihrem Hals.

Sie hatte es aufgegeben, Rosie davon überzeugen zu wollen, dass Tiefengrund womöglich Wunder gegen sich lösende Tapeten wirken konnte. Die Freundin hatte darauf beharrt, dass dunkle Energien ausgeräuchert werden mussten. Um des lieben Friedens willen ließ Luisa sie gewähren – und bereute es bereits jetzt.

Salbei, so hatte Rosie erläutert, würde die Atmosphäre klären und alles Negative vertreiben. Dem süßlichen Geruch nach zu urteilen, hatte Rosie aber noch andere Kräuter in das Bündel geflochten, womöglich solche mit bewusstseinserweiternder Wirkung. Es würde Stunden, nein, Tage dauern, bis sich der Gestank verflüchtigte.

Luisa lehnte sich an die Türzarge und verschränkte die Arme vor der Brust. Nicht dass Rosie noch das Haus abfackelte. Wie lange brauchte man eigentlich, um ins Bad zu rennen, einen Eimer mit Wasser zu füllen und wieder zurück?

Rosie zündete ein weiteres Bündel an und drückte es ihr in die Hand. Hustend hielt Luisa die glimmenden Kräuter weit von sich. Durch Rauchschwaden sah sie, wie Rosie den mitgebrachten Gettoblaster anwarf. Das eiförmige Monstrum, das vermutlich aus den Neunzigern stammte, hatte sie gleich neben ihrem Mandala-Kunstwerk platziert. »Running up that hill« von Kate Bush erklang. Rosie folgte dem treibenden Rhythmus in wilden Zuckungen.

»Steh nicht herum, mach mit!« Während sie quer durch das Zimmer tanzte und mit dem Räucherbündel wedelte, sang Rosie laut und schief mit.

Luisa konnte nicht anders. Die Unbefangenheit ihrer Freundin war zu ansteckend. Sie streifte ihre Schuhe ab, lief zur Zimmermitte und drehte die Musik noch lauter. Ausgelassen tanzten sie zu Kate Bushs heller Stimme durch die gesamte Wohnung. Das Parkett vibrierte unter ihren Füßen, hinter Rauchschwaden erahnte Luisa Eriks Silhouette, die ebenfalls ungelenke Pirouetten drehte. Aber das bildete sie sich wie immer nur ein.

Bei den letzten Klängen löschte Rosie das Kräuterbüschel in der Schale mit Sand. Luisa tat es ihr gleich. Danach rissen sie alle Fenster auf, klaubten jede ein Stück Tapete vom Boden und wedelten den Räuchergestank hinaus.

Schließlich ließ sich Rosie keuchend auf das Sofa fallen. »Also, wenn das nicht geholfen hat, dann weiß ich auch nicht weiter.«

Luisa schaltete die Musik aus und warf sich neben Rosie auf das Polster. »Das sollte ich öfter machen.«

Rosie blinzelte. »Ausräuchern?«

»Nein. Bei lauter Musik wild durchs Zimmer tanzen.« Luisa schob die Hände unter den Kopf und blickte nachdenklich an die Zimmerdecke. »Weißt du was? Die Renovierung überlassen wir doch lieber Leuten, die sich auskennen.«

»Gute Idee.« Konzentriert blickte Rosie auf ihre nackten Füße und wackelte mit den Zehen. »Manchmal bringt das Räuchern nicht nur Klarheit, sondern auch Einsichten.«

Luisas Handy piepste. Auf dem Display erschien eine Nachricht von Bertram. »Martin und ich haben in Portugal traumhafte Bilder gemacht! Du musst gucken kommen und mit uns einen Portwein vernichten.«

»Glückes Geschick.« Ein Grinsen breitete sich auf Luisas Gesicht aus. Sie hielt Rosie das Handy vor die Nase.

»Oh«, machte Rosie. »Bertram ist mir gestern begegnet.« Sie senkte die Stimme. »Ich habe da was ausgeplaudert, fürchte ich.«

»Aha«, entgegnete Luisa ahnungsvoll. »Sicher platzen die beiden vor Neugier.«

Bertram und Martin wohnten in Linden Mitte, in einer schmalen, von Bäumen gesäumten Straße mit Kopfsteinpflaster. Die Häuserreihen, an denen sie vorbeiradelte, wiesen hübsche Erker, Giebel und Balkone auf. Luisa schloss ihr Rad an den schmiedeeisernen Zaun. Wie hatten die beiden es nur geschafft, eine Wohnung in einer der begehrtesten Wohngegenden Hannovers zu ergattern?

»Man hat so seine Kontakte«, hatte Bertram damals auf der Einweihungsparty gesagt und es sogar geschafft, bescheiden zu erröten.

»Das einzige Manko ist der fehlende Aufzug«, hatte Martin hinzugefügt. »Ansonsten kann man es hier schon aushalten.«

Luisa schmunzelte bei der Erinnerung. Während sie in den dritten Stock hinaufstieg, zog sie eine Flasche Wein aus ihrem Rucksack.

»Sehr schön! Den köpfen wir gleich zum Essen.« Martin lehnte lässig in der offenen Wohnungstür. Seine Beine wirkten durch die längs gestreifte Hose noch länger, er war barfuß, die Fußnägel schwarz lackiert. Sein Bart kratzte an Luisas Wange, als er sie umarmte. »Bertram wirbelt noch«, sagte er und führte sie in die Küche.

»Es gibt bloß etwas Fingerfood, nichts Großes.« Bertram stand vor der Kochinsel, die unter Schüsseln, Platten und Brotkörben kaum noch zu sehen war. Er wischte sich die Hände an dem Küchentuch ab, das über seiner Schulter hing, und eilte auf Luisa zu. »Lass dich knuddeln!« Luisa versank in seinen weichen Armen. Sekundenlang wiegte er sie wie ein überdimensionales Plüschtier, dann hielt er sie auf Armeslänge von sich und musterte sie prüfend. »Dünn wie ein Vögelchen. Ich traue mich ja gar nicht, dich feste zu drücken.«

»Jetzt sei doch nicht immer so direkt«, wies Martin ihn zurecht. An Luisa gerichtet, ergänzte er: »Er meint es nicht so.«

Bertram winkte ab. »Als wäre Luisa das nicht gewohnt von mir. Und es ist sehr wohl so gemeint. Na ja, heute werden wir dich ein bisschen aufpäppeln.« Er drückte seinem Mann eine Käseplatte in die Hand und scheuchte sie hinaus. »Setzt euch doch schon mal ins Esszimmer.«

»Lassen wir den Maestro sein Werk vollenden«, meinte Martin mit einem Augenrollen. »Ich kümmere mich um die Technik.«

Während er im Wohnzimmer den riesigen Flachbildfernseher einschaltete und in der Mediathek nach den Urlaubsfotos suchte, setzte Luisa sich auf das Sofa und ließ den Blick durch das Zimmer schweifen. Wie bekamen die beiden es nur hin, dass man sich in ihrer Wohnung sofort wohlfühlte? Jeder Raum hatte seinen eigenen Charme, die teils modernen und teils alten Möbel fügten sich perfekt in das Gesamtbild ein oder stachen gekonnt hervor. Alles wirkte hell und luftig, aber gleichzeitig gemütlich. Das musste doch auch in ihrer Wohnung möglich sein.

Ihr Blick fiel auf den Sessel gegenüber. Bei seinem letzten Besuch hatte Erik dort gesessen und über das Glück philosophiert. »Die Glücksformel muss jeder für sich selbst finden«, hatte er gesagt. Und dass man Spaß an den kleinen Dingen haben sollte. »Ohne Spaß vergeudest du dein Leben.« Darin waren sich alle einig gewesen. Und dass man die befreienden Momente, in denen man vor lauter Lachen versuchen muss, wieder Luft zu bekommen, selten allein erlebte. Luisa spürte Traurigkeit in sich aufsteigen. Sie riss ihren Blick von dem leeren Sessel los.

Martin schenkte zwei Gläser ein, reichte ihr eins und setzte sich neben sie auf die Sofalehne. »Auf Erik«, sagte er leise.

Der gute Martin hatte die Situation mal wieder erfasst. Luisa stieß wortlos mit ihm an. Sie beschloss, den Abend zu genießen, auch wenn es schmerzte, dass Erik nicht mehr dabei war.

»Kommt ihr?« Bertram rauschte an ihnen vorbei durch die Schiebetür ins Esszimmer. Hektisch ordnete er die üppig bestückten Fingerfood-Platten an, zupfte die Servietten zurecht und zündete ein paar Kerzen an. Zufrieden ließ er den Blick über sein Tisch-Arrangement schweifen. »Perfekt.« Er klatschte in die Hände.

»Das Deko-Monster hat Befriedigung erfahren, halleluja!«, witzelte Martin.

Bertram tat beleidigt. »Wenn ich nicht wäre, würdest du glatt von der blanken Tischplatte essen.«

»Das sieht toll aus!«, lobte Luisa und setzte sich. Sie bewunderte Bertram dafür, wie konsequent er darauf bestand, dass man es sich jeden Tag so schön wie möglich machen sollte. Sie selbst wusste nicht mehr, wann sie den Tisch zuletzt schön gedeckt und dekoriert hatte. Meistens nahm sie ihre Mahlzeiten im Stehen ein. Und wenn sie am Tisch saß, stand höchstens ein Teelicht in der Mitte, das sie aber nie anzündete.

»Du hast dir also endlich einmal Urlaub gegönnt?«, fragte Martin, während sie zulangten.

Luisa nickte. »Ich habe die Renovierung von Eriks Wohnung in Angriff genommen. Die Möbel sind schon verkauft.«

»Die schönen Antikmöbel«, jammerte Bertram.

Martin warf ihm einen warnenden Blick zu. »Soll Luisa etwa alles so lassen, wie es war? Du würdest doch auch nicht einfach so in die Wohnung deines verstorbenen Freundes einziehen.«

»So habe ich das doch nicht gemeint«, erwiderte Bertram. »Es ist nur … Erik hat seine Sachen so geliebt.«

»Ich mag antike Möbel ja auch, aber das, womit Erik sich umgeben hat, war mir irgendwie *too much*«, meinte Martin. »Du hast selbst einmal gesagt, dass es etwas düster wirkt.«

»Stimmt«, gab Bertram zu. Er wandte sich an Luisa. »Wie willst du die Renovierung angehen?«

Luisa zuckte mit den Schultern. »Mir fehlt für die Neugestaltung das Talent, fürchte ich. Aber Rosie hat angeboten, mir zu helfen.«

»Ach Gott, Rosie!« Bertram verdrehte die Augen. »Da muss ich mich dann wohl oder übel darum kümmern, sonst wird das nichts.«

»Ich hatte gehofft, dass du das sagst.« Luisa machte eine ausladende Bewegung, die den gesamten Raum umfasste. »In eure Wohnung würde ich sofort einziehen. Ihr habt einfach ein Händchen für so was. Ich kann mir noch nicht einmal vorstellen, wie meine bisherigen Möbel in Eriks Räumen wirken würden«, sagte sie.

»Nicht Eriks, sondern deine Räume«, betonte Martin. »Und was das Händchen betrifft, da muss ich an Bertram verweisen. Ich bin nur für die Finanzen zuständig.«

Wie erwartet war das Wasser auf Bertrams Mühlen. »Okay, überredet. Ich komme demnächst bei dir vorbei und schaue mir an, was man daraus machen kann.« Er blickte sie an. »Aber versprich mir, dass Rosie kein Mitspracherecht erhält.«

Luisa grinste. »Keine Bange. Womit du allerdings klarkommen musst, ist eins ihrer Vintage-Möbel. Sie hübscht mir Eriks Schreibtisch auf.«

Er winkte ab. »Der wird das erste Statement Piece, kein Problem. Sieh nur zu, dass sie sich mit ihrem Blümchenlook zurückhält.«

»Apropos Rosie.« Martin beugte sich mit verschwörerischer Miene über den Tisch. »Sie hat mir von einer ominösen Männerliste erzählt, die Erik dir vermacht haben soll. Also … Ist da was dran, oder ist die Gute einfach nur verwirrt? Das war zwischen Tür und Angel. Ich hatte leider keine Zeit, genauer nachzuhaken.«

Womit wir beim Thema wären, dachte Luisa. Sie räusperte sich. »Ach so, die Liste. Ja, da ist wohl was Wahres dran.«

»Ha!« Bertram schlug sich auf den Oberschenkel. »Ich

wusste es!« Er hielt Martin die ausgestreckte Rechte hin. Der grub mit säuerlicher Miene in seiner Hosentasche, förderte eine glänzende Münze daraus zutage und gab sie ihm. Mit einem triumphierenden Lächeln stopfte Bertram sie in seine Gesäßtasche. Das Fünfmarkstück, das die beiden als »Wett-Heiermann« bezeichneten, wanderte seit Jahren vom einen zum anderen.

Nachdem er die Wettmünze verstaut hatte, wandte sich Bertram mit vor Neugier glühenden Wangen an Luisa. »Und jetzt wollen wir Fakten hören!« Er schielte auf ihren Rucksack. »Du hast die Liste nicht zufällig dabei?«

»Als würde ich die ständig mit mir herumtragen. Außerdem ist es keine Liste. Eher einzelne Steckbriefe.«

»Schade«, meinte Bertram enttäuscht.

»Wenn ich du wäre, hätte ich die längst abfotografiert. Falls mir einer von denen zufällig über den Weg läuft. Man weiß ja nie.« Martin blickte so unschuldig drein, dass Luisa lachen musste.

»Du kennst mich einfach zu gut.« Sie holte ihr Handy hervor und suchte die Bilder der Steckbriefe in der Foto-App.

Es dauerte keine zwei Sekunden, da standen die beiden hinter Luisa, starrten über ihre Schulter und rangelten miteinander um die beste Sicht auf ihr Mobiltelefon.

»Dass so ein Handydisplay auch immer so klein sein muss«, murrte Bertram.

»Na, da lässt sich ja Abhilfe schaffen«, sagte Martin.

Wenig später fand sich Luisa zwischen den beiden auf dem Sofa wieder. Martin hatte ihr Handy mit dem Fernseher gekoppelt, und jetzt erschien der erste Steckbrief in mindestens sechsfacher Vergrößerung auf dem Flachbildschirm.

Martin gab einen überraschten Laut von sich. »Das ist doch unser Steuerberater!«

»Tom Wennemann.« Bertram richtete sich kerzengerade auf. »Den hatte ich Erik empfohlen.«

Also war es kein Zufall, dass die Kanzlei auf Werbeagenturen spezialisiert war, wie Luisa beim Stöbern auf der Website festgestellt hatte.

»Unser alter Steuerberater geht in Rente und macht definitiv Ende des Jahres dicht. Erik wollte frühzeitig ein paar Kanzleien anfragen, war dann aber bald zu krank. Ich muss mich also endlich um einen Nachfolger kümmern«, sagte sie. »Und bei der Gelegenheit schaue ich mir den Knaben gleich mal an.«

Bertram bedachte Martin mit einem triumphierenden Blick. »Gut, dass ich mich damals durchgesetzt habe. Du wolltest ja zu dem alten Ziegenbart, wie hieß er noch gleich?« Er winkte ab. »Egal. Tom Wennemann, der Schnuckel, ist für Luisa perfekt.«

Martin hob die Hand. »Nicht so voreilig. Erst gucken wir uns noch die anderen Kandidaten an.«

Eine Stunde später hatten die beiden Luisa dazu gebracht, haarklein zu berichten, was bisher geschehen war. Jeder einzelne Kandidat war ausgiebig beäugt, rezensiert und analysiert worden. Und nebenbei hatten sie zwei Flaschen Wein geleert. Die halb vertilgten Fingerfood-Platten standen inzwischen auf dem Wohnzimmertisch. Bertram hielt Luisas Handy und scrollte wild zwischen den Steckbriefen hin und her. »Ich finde, am besten passt Cedric Kamphusen. Allein schon wegen der flauschigen Alpakas«, meinte er. »Den solltest du als Nächstes kennenlernen.«

»Mein Reden«, stimmte Luisa zu. »Der ist tierlieb und naturverbunden. Und wenn man sich einen Dreitagebart dazudenkt, sieht er aus wie der Schauspieler, der diesen Tatort-Kommissar spielt.« Luisa schnippte mit den Fingern. »Der Name fällt mir gerade nicht ein.«

»Robert Karow vom Tatort Berlin, genau!« Bertram war begeistert. »Der Mann hat Charakter!«

»Aber solltest du nicht weiterhin auslosen?«, warf Martin ein. »Alles andere fände ich unfair.«

Bertram straffte sich. »Du hast recht. Außerdem ist es viel spannender.« Er sah Luisa mit glänzenden Augen an. »Was meinst du? Ziehen wir dein nächstes Date? Gleich hier und jetzt?«

Luisa dachte an Rosie. Wäre sie sauer, dass sie nicht dabei gewesen war? Andererseits – sie hätte Eriks Challenge schließlich nicht ausplaudern müssen. »Papierschnipsel und Hut?«, fragte sie.

»Warte, ich hab eine Idee!« Bertram sprang auf und verschwand im Flur. Er kehrte mit einem Halstuch zurück und verband Luisa damit die Augen. »Martin, du scrollst durch die Fotos. Und sobald Luisa Stopp sagt, hältst du an«, bestimmte er.

»Los geht's«, sagte Martin.

Luisa zählte in Gedanken bis zehn. »Stopp!«, rief sie und streifte sich das Tuch von den Augen.

Vom Bildschirm blickte ihr Tom Wennemann entgegen.

»Also doch erst die Steuer«, sagte Luisa.

Bertram verzog das Gesicht. »Okay. Du vereinbarst einen Termin mit ihm und sprichst über langweilige Steuerangelegenheiten. Und dann?«

»Dann erwähnt sie Eriks Challenge und fragt ihn nach einem Date«, sagte Martin trocken.

»Ach Gott, Martin. Nun sei doch nicht so phantasielos.« Bertram hob die Augen zur Decke. Dann legte er den Kopf schief und fixierte eine Stelle auf Eriks Mindmap. »Sensibler Mann mit Verantwortungsbewusstsein und Abenteuerlust.« Er sah seinen Mann und Luisa fragend an. »Welche Art Abenteuer hat Erik da wohl gemeint?«

»Sein Hobby wahrscheinlich.« Luisa deutete auf ein Kreuzsymbol, das von einem nicht ganz geschlossenen Kreis umgeben war. »Das ist kein Ankreuzfeld auf einem Wahlzettel, sondern das Geocaching-Logo.«

»Ist das nicht diese Schnitzeljagd, bei der man versteckte Schätze aufspüren muss?«, wollte Martin wissen.

»Ganz genau. Man sucht anhand von GPS-Koordinaten. Das wollte ich schon immer mal ausprobieren. Und da brauche ich natürlich jemanden, der mir zeigt, wie es geht.«

»Kluges Mädchen«, bemerkte Bertram.

Luisa blickte erneut auf den Bildschirm. Tom Wennemanns Foto nahezu lebensgroß zu sehen, empfand sie beinahe als einschüchternd. Der Mann konnte glatt als Model durchgehen. Sein leicht gebräuntes Gesicht unter den dunkelblonden, akkurat geschnittenen Haaren wurde von einem Paar graublauer Augen beherrscht, die sie direkt anzusehen schienen. Ein leichtes Lächeln umspielte seine Lippen. Er trug Business-Kleidung in dezentem Grau, und im Hintergrund waren Lamellenvorhänge zu sehen. Die Aufnahme stammte sicher von der Website seiner Steuerkanzlei. »Was, wenn er mich nicht attraktiv findet?«, fragte sie zweifelnd.

»Pah!«, rief Martin entrüstet. »Du wirst ihn umhauen! Und wenn nicht, dann wechseln wir den Steuerberater.«

»Aber so was von!«, stimmte Bertram zu.

»Und wenn er längst liiert ist?«

Bertram winkte grinsend ab. »Dann gibt es ja noch den Alpaka-Mann.«

»Und diesen Yogalehrer«, fügte Martin hinzu.

»Musst du immer das letzte Wort haben?«, beschwerte sich Bertram pikiert.

»Nur der Vollständigkeit halber«, gab Martin ungerührt zurück.

»Also echt …« Weiter kam Bertram nicht, denn sein Mann drückte ihm einen dicken Schmatzer auf den Mund.

13

Tom Wennemann hatte sein Steuerbüro in der Nordstadt, nahe der Christuskirche. Mit klopfendem Herzen drückte Luisa die Tür des Bürogebäudes auf und trat ein. Sie hatte kurzfristig einen Termin ergattert, weil ein anderer Mandant abgesagt hatte. »Atmen, Luisa«, sagte sie zu ihrem Spiegelbild im Aufzug, der sie in die dritte Etage beförderte. Nervös glättete sie ihre Haare. Vielleicht hätte sie doch besser die Bahn genommen. Und sich statt in Jeans und Top in einen schicken Fummel geworfen. Aber dafür war es jetzt zu spät. Tom Wennemann würde mit ihrem Alltags-Ich vorliebnehmen müssen.

Sie bereute diese Entscheidung in dem Moment, als die Tür sich öffnete und er sie in sein Büro bat. Tom Wennemann sah aus, als sei er soeben von einer Karibikreise zurückgekehrt. Sein Teint war eine Nuance dunkler als auf dem Foto, wodurch seine hellen Augen noch mehr hervorstachen. Der gepflegte Dreitagebart verlieh ihm etwas leicht Verwegenes. Der Mann war einfach zu gut aussehend, um noch Single zu sein. Was stimmte nicht mit ihm?

Er setzte sich ihr gegenüber und lächelte. »Sie benötigen also einen Steuerberater für Ihre Praxis.«

Luisa nickte benommen. Seine melodische Stimme und die Art, wie er sprach, machten etwas mit ihr. Mechanisch zog sie den Ordner mit den Steuerunterlagen aus ihrem Rucksack. »Unser bisheriger Steuerberater geht in Kürze in Rente. Da kein Nachfolger in Sicht ist, muss er seine Kanzlei schließen.«

»Verstehe.« Er blätterte in den Unterlagen. Luisa entdeckte keinen Ring an seinen schlanken Fingern mit den gepflegten Nägeln. Dass der Ringfinger länger war als der Zeigefinger, ließ auf erhöhte Risikobereitschaft schließen. Das hatte Luisa mal gelesen.

»Frau Loewe?«

Luisa schreckte aus ihrer Handbetrachtung auf. »Ja?«

»Soll auch die Buchhaltung übernommen werden?«

»Ja ... ja, natürlich«, stotterte sie.

Sie einigten sich darauf, dass Tom Wennemann den alten Steuerberater kontaktieren würde. »Dann können wir die Übergabe direkt erledigen, sodass Sie einen möglichst nahtlosen Übergang haben«, erklärte er ihr.

Damit gab es eigentlich nichts mehr zu besprechen. Schon erhob er sich und reichte ihr die Hand. »Wenn Sie also keine weiteren Fragen haben ...« Unauffällig linste er auf seine Armbanduhr. Wahrscheinlich stand der nächste Klient bereits in den Startlöchern.

»Äh ...« Luisas Blick irrte durch das Büro und blieb an einer blanken Plakette mit Käfersymbol hängen. Wie hießen diese Dinger noch mal? Und war da ein kleines Panda-Stofftier an die Erkennungsmarke gekettet? Ihr Gehirn brauchte länger als gewöhnlich, um die richtigen Worte zu formen. »Geocaching!«, platzte sie endlich heraus.

Er sah sie fragend an. »Bitte?«

Sie deutete auf das Spielzeug. »Das hat mit Geocaching zu tun, oder?«

»Ach so!« Sein Gesicht hellte sich auf. »Sie meinen den Travelbug.«

Zum ersten Mal hatte Luisa das Gefühl, dass er sie mit einem Interesse ansah, das über das Berufliche hinausging. »Entschuldigen Sie, dass ich so neugierig bin. Aber ... wie funktioniert das eigentlich genau? Diese Travelbugs werden von einem Versteck zum nächsten transportiert, oder?«

»Genau. Manche haben sogar eine Aufgabe oder ein bestimmtes Ziel.« Er nahm den Travelbug vom Schreibtisch. »Dieser Pandabär heißt Rodriguez und möchte nach Feuerland reisen. Und neulich hatte ich eine Schlumpf-Figur, die mit anderen Schlümpfen fotografiert werden sollte. Ich habe extra einen Spielzeugladen besucht, um ein adäquates Foto zu machen.« Er lachte. »Das muss ziemlich albern klingen.«

»Nein, überhaupt nicht«, sagte Luisa. »Im Gegenteil, jetzt haben Sie mich erst recht neugierig gemacht. Geocaching wollte ich nämlich immer mal ausprobieren, nur scheint mir das nicht so einfach zu sein. Anscheinend steckt viel mehr dahinter als schnödes Dosensuchen. Ich habe sogar schon überlegt, ob ich mir ein GPS-Gerät anschaffen soll.«

Er winkte ab. »Handy und Geocaching-App reichen da vollkommen.« Wieder sah er auf die Uhr.

»Normalerweise bin ich nicht so direkt«, beeilte Luisa sich zu sagen. »Aber ich frage mich gerade ... Also, ich würde am liebsten mal mit jemandem mitlaufen, der sich mit Geocaching auskennt und mir zeigt, wie es geht. Ob Sie vielleicht ...?«

Verstehen breitete sich auf seinem Gesicht aus, dann Zustimmung. »Klar, natürlich. Ich muss Sie allerdings warnen: Was mich besonders interessiert, sind Lost Places. Sie müssen sich also darauf einstellen, zwischen längst vergessenen Ruinen herumzulaufen.«

»Ich liebe verwunschene Orte!«, rief Luisa begeistert – und meinte es auch so.

14

Die Morgensonne fiel durch das Fenster und verlieh dem »Chez Oliver« einen goldenen Schimmer. Luisa joggte inzwischen jeden zweiten Morgen nach Linden und frühstückte in dem Bistro. Die Strecke meisterte sie immer lockerer, sie hatte sogar schon überlegt, für den Hannover-Marathon zu trainieren, um im nächsten Frühjahr die Zehn-Kilometer-Runde zu laufen. Wie immer saß sie auf ihrem Stammplatz und genoss ihren Cappuccino. Oliver hantierte hinter dem Tresen und schmunzelte, während sie ihm von Rosies Räucherritual erzählte. »Ich habe stundenlang gelüftet, aber es riecht immer noch wie in einer Shishabar«, schloss sie, was ihn erneut zum Lachen brachte.

»Wie bei Doc Grießbach«, meinte er. »Vermutlich räuchert sie die schlechten Energien ihrer Patienten nach jeder Sitzung aus.« Er wedelte imaginären Rauch vor sich her. »Hinfort mit euch, ihr depressiven Stimmungen!«

Luisa grinste. »Bei der Tee- und Plauderstunde geht es inzwischen mehr um die Challenge als um Trauerarbeit.«

»Und wie lautet ihre Analyse?«, fragte Oliver.

»Die überlässt sie mir und macht sich eifrig Notizen. Als ich ihr von dem Kino-Date berichtet habe, wusste sie sofort, welchen Film wir gesehen haben.« Sie ahmte die Sprechweise der Psychotherapeutin nach. »Jean-Luc Godard, 1965, Hauptrolle Eddie Constantine. Ein Klassiker.«

»Echt? Vermutlich wäre sie Film-Nerd Fabians Traumfrau.«

»Mein Fall ist er jedenfalls nicht«, meinte Luisa. »Da ist Kandidat drei weitaus vielversprechender.« Sie berichtete ihm von Tom Wennemann und der Verabredung zum Geocaching.

»Ein Lost Place. Mitten im Wald«, wiederholte Oliver skeptisch. »Dein Ernst? Wer weiß, was dieser Typ vorhat. Im Grunde weißt du so gut wie nichts über ihn.«

»Keine Sorge. Er ist Steuerberater«, sagte Luisa, leicht irritiert über seinen Stimmungswechsel.

»Vielleicht betreibt er als Ausgleich zu seinem langweiligen Job nicht nur Geocaching, sondern ist auch ein passionierter Frauenmörder«, meinte Oliver. »Lockt dich ins Unterholz und –«

»Jetzt übertreib aber nicht«, unterbrach Luisa ihn lachend. Sie zog ihr Handy aus der Tasche. »Ich habe die Geocaching-App gleich bei ihm im Büro installiert.« Sie tippte auf das Symbol und rief den Cache auf, den sie mit Tom Wennemann suchen wollte. »Dieser Lost Place liegt irgendwo im Deister«, sagte sie. »Und das sind die Koordinaten für den Parkplatz, an dem wir uns treffen wollen.«

Oliver beugte sich über Luisas Handy und zog die Übersichtskarte größer. »Sag ich's doch. Weit und breit keine Zivilisation.« Mit düsterer Miene blickte er auf das Display. »Du solltest wenigstens einen Hund mitnehmen. Als Bodyguard.«

»Ich habe aber nur Herbert.« Luisa konnte sich das Schmunzeln nicht verbeißen.

»Dann nimm Ginger mit. Sie ist zwar schon ein altes Mädchen, aber sie kann auch bedrohlich sein, wenn sie will. Ich schaue am Samstag sowieso bei meinem Vater vorbei. Da kann ich sie mitnehmen und dir vorbeibringen.«

Luisa bezweifelte, dass Ginger als Bodyguard taugte, aber ihr gefiel der Gedanke, einen Hund dabeizuhaben. So konnte sie gleich austesten, wie es um Toms Tierliebe bestellt war. Und Tiere hatten ein feines Gespür für Menschen. Wenn Ginger ihn mochte, gab das womöglich Aufschluss über Toms Charakter.

»Also gut«, willigte sie ein. »Ich nehme Ginger mit. Zufrieden?«

Oliver wiegte zweifelnd den Kopf. Während er auf seinem Smartphone tippte, bildete sich eine steile Falte auf seiner Stirn. »Wie hieß dieser Cache noch mal?«

»Willst du etwa mitkommen?« Langsam ging ihr seine Fürsorge zu weit. »Nicht dass du noch zum Helikopterfreund mutierst«, neckte sie ihn, woraufhin er sein Smartphone mit mürrischem Gesichtsausdruck einsteckte.

Der Cache, den Tom Wennemann mit ihr suchen wollte, lag nahe Springe im Deister versteckt. Luisa kam als Erste am Treffpunkt an. Sie stellte La Toya ab und ließ den Blick über den Parkplatz am Waldrand schweifen. Kein Mensch weit und breit und auch kein anderes Auto. In dieser Hinsicht schien Oliver recht zu behalten. Aber von seiner negativen Erwartungshaltung würde sie sich garantiert nicht anstecken lassen.

Sie stieg aus, ließ Ginger aus dem Kofferraum und leinte die Hündin an. In freudiger Erwartung auf einen Waldspaziergang wedelte Ginger mit dem gesamten Hinterteil. Luisa bückte sich und tätschelte ihr die Flanke. »Etwas musst du dich noch gedulden. Wir sind zu früh und warten noch auf Tom.«

Sie blickte auf die Uhr. Dass sie auch immer überpünktlich sein musste. Sie vertrieb sich die Zeit, indem sie die Geocaching-App auf ihrem Handy öffnete.

Im Umkreis befanden sich mehrere Caches. Ihrer lag am weitesten entfernt. Luisa las sich die Cache-Beschreibung noch einmal durch.

Im Deister bei Springe wurde früher Sandstein abgebaut. Die Reste dieser Steinbrüche kann man heute noch in Form von verwitterten Ruinen und einem geheimnisvollen Tunnel finden. Wir machen uns auf die Suche nach diesem Tunnel.

Viele Geocacher, die den Fund bereits geloggt hatten, posteten begeisterte Kommentare über die Landschaft, andere schrieben, dass sie den Tunnel vermüllt und beschmiert mit Graffiti vorgefunden hatten. Luisa war gespannt. Von den Sandsteinbrüchen im Deister hatte sie nichts gewusst.

Ginger stupste sie an, und Luisa blickte von ihrem Handy auf. Immer noch keine Spur von Tom Wennemann. »Der wird uns doch wohl nicht sitzen lassen?«, murmelte sie. Im selben Moment klingelte ihr Handy, vor lauter Schreck ließ sie es beinahe fallen.

»Ich muss leider absagen.« Die Stimme des Steuerberaters klang nach ehrlichem Bedauern. »Meiner Mutter geht es nicht gut. Ich muss mit ihr zum Arzt.«

»Ich hoffe, es ist nichts Ernstes?«

»Sie hat Gicht und über Nacht einen heftigen Schub erlitten. Wahrscheinlich muss sie medikamentös neu eingestellt werden.«

»Ich verstehe.«

»Aber aufgeschoben ist ja nicht aufgehoben«, sagte er. »Wir holen das so bald wie möglich nach, ja?«

Luisa nickte, obwohl er es nicht sehen konnte. »Das machen wir.«

»Ich melde mich dann«, sagte er.

»Gute Besserung für Ihre Mutter«, schob Luisa nach, aber er hatte schon aufgelegt. Enttäuscht ließ sie das Handy sinken. Ginger blickte treuherzig zu ihr hoch.

»Sieht so aus, als müssten wir uns allein auf die Suche machen«, sagte Luisa zu der Hündin. Sie war schließlich nicht vierzig Kilometer gefahren, um unverrichteter Dinge abzuziehen. »Wäre doch gelacht, wenn wir zwei beide das nicht auch ohne ihn hinkriegen.«

Die Hündin antwortete ihr mit einem kurzen »Wuff«, als hätte sie jedes Wort verstanden.

Zwar war Luisa sich bewusst, dass man beim ersten Cache vielleicht besser eine einfache Dose heben sollte, aber wer sagte denn, dass man nicht gleich mit einem Lost Place anfangen konnte? Sie musste grinsen. »Lost Place, Cache heben, du klingst ja schon wie ein alter Hase«, sagte sie zu sich selbst.

Mit dem Handy in der einen Hand und der Hundeleine in der anderen, marschierte Luisa los. Nach etwa einem Kilometer auf dem breiten Wanderweg bog sie in einen schmalen Pfad ein. Bald umfing der Wald sie wie ein lebendiges Wesen. Sie hörte nur noch ihre eigenen Schritte, Gingers Tapsen und

Hundehecheln. Ein Specht hämmerte in der Ferne, ein Eichhörnchen flitzte den Stamm einer Buche hoch. Die schon betagte Hündin ruckte zwar an der Leine, aber ihr Jagdtrieb war anscheinend nicht mehr so ausgeprägt, dass sie hinterherwollte.

Nach einer Weile merkte Luisa, dass das GPS-Signal unter dem Blätterdach der Bäume nur instabil empfangen wurde. War sie noch richtig? Doch dann wurde der Wald lichter, sie hatte wieder Empfang. Und wenige Schritte weiter vorne türmten sich zwei riesige Felsen auf, der Raum dazwischen sah aus wie ein Tor. Davon hatten andere Geocacher berichtet. Beeindruckt blieb Luisa stehen und schoss ein Foto. Wäre sie nicht auf der Suche nach dem Cache, hätte sie den unscheinbaren Pfad nie eingeschlagen, und auch der spektakuläre Blick, der sich hinter dem Felsentor auftat, wäre ihr entgangen. Ein lichter Buchenwald lag vor ihr. Stellenweise ragten schroffe, steile Felsformationen aus dem Boden. Irgendwo hier musste der geheimnisvolle Tunnel sein, in dem auch der Cache zu finden war.

In einer Senke fand sie den Eingang zum Tunnel. Ein eckiges Loch in einem Hügel, eingefasst von quaderförmigen Steinen. Äste und Laub knackten unter Luisas Schuhen, als sie über den weichen Waldboden darauf zuging.

»Ginger, komm«, lockte sie die Hündin, aber dem Tier war das dunkle Loch anscheinend zu unheimlich. Sie winselte leise, und auch als Luisa an der Leine zog, bewegte sie sich nicht vom Fleck. »Also gut, du Angsthase, dann warte hier.« Sie band die Leine an einem Baum fest. »Bleib«, befahl sie. »Ich bin gleich zurück.«

Eilig bückte sie sich durch die Öffnung und tauchte ins Innere des Ganges ein. Die Wände waren aus dicken, unregelmäßigen Steinquadern gemauert worden. Es roch feucht und modrig, die Decke war so niedrig, dass Luisa sich nur gebückt fortbewegen konnte. Der Gang führte leicht abwärts, Luisas Schuhe platschten durch Pfützen. Sie war froh, dass sie die Wanderschuhe mit den dicken Sohlen trug. Einige Schritte weiter konnte sie aufrecht gehen, und dann tat sich auch schon der Ausgang vor ihr auf. Luisa trat aus dem Dunkel in einen sonnenbeschienenen Talkessel und atmete auf. Das war doch etwas unheimlich gewesen. Auf der anderen Seite hörte sie Ginger leise bellen.

»Ja doch«, murmelte sie und blickte auf ihr Handy. Die App zeigte an, dass der Cache ganz in der Nähe sein musste. Doch als Gingers Bellen alarmierend anschwoll, eilte Luisa unverrichteter Dinge durch den Tunnel zurück.

Als sie auf der anderen Seite gebückt aus der Öffnung kam, hockte ein Mann neben der Hündin und kraulte das freudig mit dem Schwanz wedelnde Tier. Er trug Radkleidung samt Helm, eine Sportbrille bedeckte seine Augen.

»Hallo!«, rief Luisa, während sie aus der Senke stieg und auf den Mann zuging. »Was machen Sie da?« Ihr Herz hämmerte. Hatte er vorgehabt, den Hund mitzunehmen? Erst als er sich aufrichtete und die Brille abnahm, erkannte sie ihn. »Oliver! Was machst du hier?«

Verlegen rieb er sich den Nacken. »Mountainbike fahren.« Er deutete auf das Rad, das weiter oben an einem Baum lehnte.

»Aha.« Sie verschränkte die Arme vor der Brust. »Und da bist du rein zufällig hier vorbeigerollt?«

»Es gibt einige interessante Trails im Deister.« Er strich sich eine verschwitzte Haarsträhne aus der Stirn. Offenbar war er wirklich mit dem Rad unterwegs gewesen. »Wo ist denn dein Begleiter?« Er sah forschend zum Tunnel hinter ihr.

Luisa atmete tief durch. Er hatte es also nicht lassen können, ihr nachzustellen. »Tom musste leider absagen. Und der Cache ist irgendwo auf der anderen Seite«, sagte sie. »Ich war gerade dabei, danach zu suchen, als Ginger wie verrückt zu bellen anfing.«

Er verzog missbilligend das Gesicht. »Abgesagt, soso. Hat der Typ kalte Füße gekriegt?«

»Seine Mutter ist krank. Er kümmert sich um sie«, sagte Luisa spitz. Warum nur hatte sie das Gefühl, Tom Wennemann verteidigen zu müssen?

»Na dann«, sagte Oliver leichthin. »Suchen wir den Cache halt gemeinsam.« Er fummelte sein Handy aus seinem Radtrikot. Die eng anliegende Funktionskleidung erinnerte Luisa an Rosies Nachbar Holger. Nur musste sie zugeben, dass Oliver darin eine bessere Figur abgab. Zwar hatte er einen leichten Bauchansatz, aber das enge Shirt betonte seine breiten Schultern und die muskulösen Arme.

Luisa trat neben ihn und sah auf sein Handy, wo er die Geocaching-App aufrief. »Ich habe das zwar länger nicht mehr gemacht, aber meinen Account nie deaktiviert«, erklärte er.

»Ach so. Jetzt ist mir auch klar, wie du uns finden konntest.« Die Bemerkung konnte sich Luisa nicht verkneifen.

Oliver ging nicht darauf ein. Stattdessen band er Ginger los. »Komm, altes Mädchen«, sprach er ihr gut zu. Und Luisa nahm grimmig zur Kenntnis, dass die Hündin nun ohne Zögern durch den Tunnel vorauslief.

Auf der anderen Seite angekommen, fanden sie den Cache nach kurzer Suche in einer Spalte zwischen zwei Steinen.

»Dieser Ort nennt sich übrigens Kukesburg«, meinte Oliver, als er die schwarze Filmdose öffnete und ein zusammengerolltes Logbuch zutage förderte.

»Eine Burg? In der Cache-Beschreibung steht, dass hier ein Sandsteinbruch war.«

»Stimmt, aber Sandstein wurde erst viel später abgebaut. Die Kukesburg soll schon im 3. Jahrhundert vor Christus entstanden sein. Wenn man genau hinsieht, kann man Reste der alten Wallanlagen erkennen.« Er trug sich in das Logbuch ein und reichte es an sie weiter. »Der Legende nach sollen in der Burg einmal Riesen gehaust haben, die nach und nach gestorben sind. Der letzte übrig gebliebene Riese soll dann vor lauter Einsamkeit und Frust die Burg auseinandergerissen und die Steine durch die Gegend geschleudert haben.«

Luisa verstaute das Logbuch wieder in der Dose und steckte sie in die Felsspalte zurück. »Die Story hast du dir doch gerade ausgedacht«, sagte sie. Wobei – Gefallen fand sie daran schon. Aber das sagte sie ihm nicht. Dafür war sie viel zu sauer auf ihn. Sie drehte ihm demonstrativ den Rücken zu und machte sich wieder auf den Weg zur anderen Seite.

»Die Legende erzählt man sich hier schon lange«, hörte sie Oliver hinter sich sagen. »Und der Tunnel soll auch nicht von Steinbrucharbeitern angelegt worden sein, sondern ebenfalls aus frühgeschichtlicher Zeit stammen.«

»Hm«, machte Luisa, die nun schon zum vierten Mal die Pfütze an der tiefsten Stelle des Ganges passierte und trotz Wanderstiefeln langsam nasse Füße bekam.

»Das sollte ich wieder öfter machen«, stellte Oliver fest. »Cachen war ich zuletzt mit meinem Sohn, als der noch klein war.«

Er hatte einen Sohn? Luisa wurde klar, wie wenig sie eigentlich von ihm wusste. Und aus irgendeinem Grund ärgerte sie das noch mehr.

»Aha«, sagte sie missmutig.

Er sah sie von der Seite an. »So einsilbig? Was ist los?«

Luisa blieb stehen und sah ihn direkt an. »Hör mal«, sagte sie. »Schön und gut, dass du mit mir den Cache gesucht hast und mir Legenden erzählst. Aber ehrlich gesagt wurmt es mich gewaltig, dass du hier einfach so auftauchst, weil du offenbar auf mich aufpassen willst.« Sie betonte das Wort »aufpassen« auf übertriebene Weise. »Als wäre ich ein kleines, naives Mädel, das sich mit dem stadtbekannten Sittenstrolch verabredet hat. Ich meine …«

Er hob beide Hände und sah sie entwaffnend an. »Okay, ist angekommen. Du hast recht. Kommt nie wieder vor.« Seine Mundwinkel zuckten.

Luisa stemmte die Hände in die Hüften. »Was ist daran bitte lustig?«

»Gar nichts«, sagte er, sein Mienenspiel meinte allerdings etwas anderes.

Einen Moment lang sahen sie einander an. Irgendwo schrie ein Vogel, Ginger hechelte, dann prustete Oliver los. »Sittenstrolch, aber echt. Das hätte glatt von meinem Vater kommen können.«

Jetzt musste auch Luisa lachen. »Erik hatte ein Faible für vom Aussterben bedrohte Wörter. Anscheinend hat das auch auf mich abgefärbt. Er verwendete zum Beispiel Worte wie …«, sie dachte nach, »Halunke.«

»Beelzebub«, konterte Oliver.

»Vokuhila«, rief Luisa.

»Wuchtbrumme.« Oliver kicherte. »Oder Vatermörder.«

»Was ist das denn?«, fragte Luisa.

Oliver fuhr sich mit dem Finger unter den Kragen seines Trikots und tat so, als wollte er den Stoff weiten. »So nannte man früher diese gestärkten Stehkragen, die man manchmal noch zum Smoking trägt. Mein alter Herr ist heute noch der Meinung, dass dieses Kleidungsstück bei festlichen Gelegenheiten seine Berechtigung besitzt.«

Auf halbem Weg zurück zum offiziellen Wanderweg nahm Oliver sein Mountainbike und schob es neben sich her. Bis sie den Weg erreichten, waren sie zu dem Schluss gekommen, dass vom Aussterben bedrohte Wörter wie Heiermann, Klimbim, Muckefuck, Gummitwist, Gesichtserker, Hupfdohle, Fisimatenten, Groschen und Mumpitz allein deshalb eine Daseinsberechtigung besaßen, weil sie so schön putzig klangen.

»Putzig. Noch so ein Wort.« Als Olivers Handy klingelte, wich sein Grinsen einem Stirnrunzeln. »Wenn man vom Teufel spricht.« Er nahm das Gespräch an. »Paps, was gibt's?« Während er zuhörte, wurde er schlagartig ernst. »Ich bin gerade im Deister, Rad fahren. Es wird also etwas dauern, bis ich da bin. Können Sie so lange bei ihm bleiben?«

»Probleme?«, fragte Luisa leise.

Er nickte. »Danke, Frau Meyer. Ich komme, so schnell ich kann.«

Einen leisen Fluch murmelnd, steckte er das Handy weg. »Mein Vater, dieser alte Esel, ist von der Leiter gefallen. Musste unbedingt heute noch die Dachrinne sauber machen.« Er blickte Luisa an. »Ich bin mit der Bahn hier. Kannst du mich eventuell …?«

Luisa unterbrach ihn: »Klar fahre ich dich hin. Und in meinen Kombi passt dein Rad auch noch rein.«

Als sie Mardorf erreichten, kam ihnen die Nachbarin, die Oliver angerufen hatte, bereits entgegen. »Er ist in der Küche. Ich hoffe, du kannst ihn überreden, zum Arzt zu gehen. Ich habe ihn, so gut es geht, versorgt, aber ob das Bein gebrochen oder nur verstaucht ist, kann ich nicht beurteilen.«

Oliver drückte ihr die Hand. »Danke, Frau Meyer, ich kümmere mich jetzt.«

Die alte Dame nickte Luisa zu und verabschiedete sich. »Seit Anita nicht mehr da ist, stellt er nur noch Unsinn an.« Kopfschüttelnd drückte sie das Gartentörchen zum Nachbarhaus auf und verschwand hinter der Hecke.

Olivers Vater wohnte in einem kleinen Häuschen aus den fünfziger Jahren mit spitzem Giebel und weiß getünchter Fassade. Luisa folgte Oliver über einen gepflasterten Weg in den Garten, der von einem ausladenden Kirschbaum beherrscht wurde. An den Seiten blühten üppige Rhododendren in Pink und Violett. An der Dachrinne lehnte eine Leiter, bei deren bloßem Anblick Luisa bereits schwindelig wurde.

»Wie alt ist denn dein Vater?«, fragte sie Oliver.

»Vierundsiebzig«, antwortete er und folgte ihrem Blick die Leiter hinauf.

Ginger flitzte voraus zur Hintertür, drückte sie mit der Schnauze auf und schlüpfte ins Haus. Luisa und Oliver folgten ihr und traten vom Garten in eine kleine Küche.

Olivers Vater sah aus wie eine ältere Kopie seines Sohnes. Derselbe Schalk in den Augen, dieselbe leicht lockige Haarpracht, nur in Grau. Er saß auf der Eckbank und kraulte Ginger, die sich mit den Vorderpfoten an ihm hochstemmte, die Ohren. Sein linkes Bein lagerte auf einem Stuhl. Die Nachbarin hatte ihm eine Kühlpackung auf den Knöchel gelegt und ein dickes Kissen in den Rücken geschoben. »Hallo, Sohn«, begrüßte er Oliver. »Ist alles nicht so schlimm, wie es aussieht.«

»Was musst du in deinem Alter auch noch auf Leitern steigen«, schalt ihn Oliver. »Mensch, Paps, ein Anruf. Dann hätte ich das doch erledigt.«

»Papperlapapp«, brummte der Alte. »Das kriege ich immer noch allein hin. Außerdem hast du genug andere Sachen zu tun.«

Oliver deutete auf das lädierte Bein. »Sieht man ja, wohin das geführt hat. Beim nächsten Mal brichst du dir glatt den Hals. Ist eine saubere Dachrinne denn wirklich so wichtig, dass du unbedingt da raufklettern musstest?«

Der Alte ging nicht darauf ein. »Stell mir lieber deine bezaubernde Begleiterin vor. Wo bleibt deine gute Kinderstube?«, raunzte er Oliver stattdessen an. Er versuchte, sich aufrechter hinzusetzen, und verzog das Gesicht. Offenbar bereitete ihm nicht nur das Bein Schmerzen. Wahrscheinlich war er auf dem Rücken gelandet und hatte noch andere Blessuren davongetragen.

»Hallo, Herr Grünewald. Luisa Loewe.« Sie gab ihm die Hand.

»Nenn mich Helmut«, erwiderte er. »Du bist die Tierärztin, die das Steinhuder Meer gedüngt hat, nicht wahr?« Offensichtlich hatte er sich mit seinem Sohn ausgiebig über ihr Malheur amüsiert. »Dann guck mal, was Sache ist, Luisa. Menschen sind schließlich auch nichts anderes als Säugetiere.«

Luisa zog sich einen Stuhl heran, setzte sich und nahm den hochgelegten Fuß in Augenschein. Der Knöchel war geschwollen und blau angelaufen. Mehr Sorgen machte ihr aber, dass der alte Mann nur flach atmete.

»Bist du auf dem Rücken gelandet?« Vorsichtig tastete sie seinen Oberkörper ab, woraufhin er scharf die Luft einzog. »Tut das Einatmen weh?«

Er keuchte. »Sicher nur eine kleine Prellung, das wird wieder.«

»Da wäre ich mir nicht so sicher«, murmelte Luisa. Sie drehte sich zu Oliver um. »Wir rufen doch besser einen Krankenwagen. Ich vermute, dass Rippen gebrochen sind. Und das Bein könnte auch eine Fraktur haben.«

»Unsinn«, brummte der Alte. »Ich hab nichts.«

»Keine Widerrede!« Oliver zog sein Handy aus der Tasche und rief den Notarzt an.

»So ein Drama um nichts«, murrte Helmut. »Ich war beinahe fertig mit der Rinne. Wäre gut, wenn du den Rest noch erledigen könntest. Und die Leiter muss in den Schuppen«, wies er seinen Sohn an.

Oliver nickte ergeben. »Kann ich dich kurz mit ihm allein lassen?«

»Klar, mach du nur.« Sie sah ihm hinterher, bis die Gartentür hinter ihm zufiel.

Helmut lehnte sich ächzend zurück. »Wurde aber auch Zeit, dass Oliver in Liebesdingen wieder durchstartet. Nach diesem Burn-out-Unsinn und der Scheidung hab ich schon gedacht, er kommt überhaupt nicht mehr auf die Beine.«

Luisa lächelte dünn. »Wir sind nicht zusammen. Eigentlich kenne ich Oliver nicht einmal besonders gut.«

»Dann war ich wohl etwas voreilig. Dabei finde ich, dass ihr beide ein hübsches Paar abgeben würdet.« Er zwinkerte ihr zu. »Vielleicht kannst du dich für meinen Sohn und seinen kauzigen Vater ja doch noch erwärmen.«

Luisa spürte, wie sie rot anlief. Vor lauter Verlegenheit beugte sie sich zu Ginger hinunter und streichelte die Hündin. »Ich fürchte, das wird nichts. Oliver und ich sind wirklich nur befreundet«, bekräftigte sie.

Vom Flur her ertönte ein Poltern. Luisa sah durch den Türspalt, wie Oliver mit einem Werkzeugkoffer bewaffnet vorbeihuschte. Hatte er sie etwa gehört?

Die Notärztin bestätigte Luisas Verdacht. »Das sollte geröntgt werden. Wir nehmen ihn besser mit.«

Als der alte Herr unter Protest auf die Trage gelegt wurde, trat Oliver neben sie. »Also, wenn du lieber nach Hause möchtest … Ich kann bestimmt im Krankenwagen mitfahren. Oder ich nehme das Auto von Paps.«

»Unsinn«, entgegnete Luisa. »Ich fahre dich natürlich hin.

Irgendjemand muss schließlich bei Ginger bleiben. Oder möchtest du sie hier allein lassen?«

»Frau Meyer könnte sie nehmen, aber die hat eine Tierhaarallergie. Das möchte ich ihr nicht zumuten, zumal wir ja nicht wissen, für wie lange«, meinte er.

»Wir nehmen sie mit, und ich fahre dich«, entschied Luisa.

»Also gut.« Er griff nach der Hundeleine und pfiff Ginger heran. »Dann mal los.«

Luisa hielt ihn zurück. »Du solltest ein paar Sachen für deinen Vater einpacken, für den Fall, dass er im Krankenhaus bleiben muss.«

»Ja, richtig.« Oliver wirkte leicht überfordert. »Warte kurz.« Er verschwand im Treppenhaus und kehrte bald darauf mit einer Reisetasche zurück.

Eine halbe Stunde später drehte Luisa mit Ginger eine Runde um den Teich im Park der Klinik in Neustadt am Rübenberge. Hunde durften nicht mit hinein, und so hatte sie sich bereit erklärt, mit ihr draußen zu warten.

Ihr Handy piepste.

»Ich hole uns Kaffee, kommst du zum Eingang?«

Kaum hatte sie am Hauptportal auf einer Bank Platz genommen, trat Oliver aus dem Gebäude, zwei dampfende Pappbecher in den Händen.

»Danke, dass du hier bist und dich kümmerst.«

»Kein Ding.« Luisa nahm einen der Becher entgegen. »Ich weiß noch sehr gut, wie es ist, stundenlang allein im Krankenhaus zu hocken.«

Er setzte sich neben sie, stützte die Ellbogen auf die Knie und drehte den Becher langsam zwischen den Fingern. »Es war sicher hart, das durchzustehen. Ich meine, nicht nur für Erik, sondern auch für dich.«

»Er war bis zuletzt zuversichtlich, dass die Therapie doch noch anschlägt. Oft hat er mich getröstet, obwohl es doch eigentlich umgekehrt hätte sein sollen.«

»Und Doc Grießbachs Tee- und Plauderstunden helfen dir, wieder klarzukommen?«

Luisa riss ein Milchdöschen auf und kippte den Inhalt in ihren Becher. »Mir tut es gut, auch wenn ich anfangs nicht hinwollte. Wer gibt schon gerne zu, dass er einen Psychodoc braucht?«

»Ging mir ähnlich.« Er trank einen Schluck Kaffee.

»Wie kam es zu deinem Burn-out?«, fragte Luisa.

»Das klassische Ding. Studium in Rekordzeit abgeschlossen, schnell Karriere in der IT-Branche gemacht, immer auf der Überholspur gelebt. Irgendwann war ich dauerhaft erschöpft, innerlich leer – das ist schwer zu beschreiben. Ich konnte einfach nicht mehr.«

»Dann bist du eigentlich Programmierer?«, fragte Luisa überrascht.

»Softwareentwickler, ja. Nachdem ich wieder halbwegs auf den Beinen war, habe ich aber schnell gemerkt, dass ich das nicht mehr machen will.«

»Du hast dein Leben also komplett umgekrempelt«, stellte Luisa fest. »Ich finde das mutig.«

Er lachte trocken. »Beruflich mache ich jetzt das, was mir Freude bereitet. Aber meine Ehe hat die Veränderungen leider nicht überlebt.« Er fuhr sich mit der Hand über das Gesicht. »Patrizia und ich haben viel zu früh geheiratet. Eigentlich hatten wir uns schon auseinanderentwickelt, als unser Sohn geboren wurde. Ich denke, die Verantwortung für ein Kind und Patrizias Vorstellung von einem gehobenen Lebensstandard haben am Ende dazu beigetragen, dass ich mich überfordert gefühlt hatte. Ich wollte immer allen gerecht werden. Trotzdem hat mich die Scheidung noch ein weiteres Mal umgehauen.«

Luisa nickte. »Damit fiel auch noch die Stabilität der Partnerschaft weg.«

Oliver grinste. »Das hätte jetzt glatt von der Grießbach kommen können.«

»Was vermutlich daran liegt, dass ich mir ähnliche Aussagen anhören durfte«, erwiderte Luisa lachend. Sie wechselte das Thema. »Wie alt ist euer Sohn?«

»Paul ist vierzehn. Seit Patrizia mit ihm nach Dortmund gezogen ist, sehe ich ihn leider nur noch selten.«

»Sicher vermisst du ihn.« Luisa sah ihn von der Seite an.

»Klar. Aber momentan ist er bei seiner Mutter einfach besser aufgehoben.« Er leerte seinen Kaffee, zerdrückte den Becher und warf ihn in einen Abfallkorb. »Ich gehe besser rein und checke die Lage.«

»Ginger und ich warten hier.« Luisa sah ihm nach, bis die automatische Glastür hinter ihm zuschnappte. Er trug noch immer seine Radklamotten, wodurch er aus irgendeinem Grund so aussah, als sei er selbst ein Patient.

Was für ein Tag. Erst Tom Wennemanns Mutter und jetzt auch noch Olivers Vater. Sie kramte ihr Handy aus der Tasche. Tom hatte eine Nachricht geschickt.

»Tut mir leid, dass es heute nicht geklappt hat. Das Geocaching holen wir auf jeden Fall nach.«

Luisa musste lächeln. Er schien ernsthaft Interesse daran zu haben, ihr sein Hobby näherzubringen. Hatte er womöglich auch Interesse an ihr? Sie schickte ihm das Foto von der Felsformation und eins von Ginger im Wald.

»Wir hatten trotzdem eine schöne Zeit.«

Dass sie den Cache bereits ohne ihn gehoben hatte, behielt sie für sich.

»Geht es Ihrer Mutter besser?«, schrieb sie stattdessen.

Er antwortete sofort.

»Dank der Schmerzmittel geht es wieder einigermaßen. Ansonsten wurde sie medikamentös neu eingestellt.«

Luisa schickte ihm ein Daumen-hoch-Zeichen.

Als sie aufblickte, stand Oliver vor ihr. »Gut, dass wir die Tasche dabeihaben. Das war eine super Idee von dir.«

»Dann muss dein Vater hierbleiben?«

Er nickte. »Wie du vermutet hast. Mehrere Rippen sind angeknackst, Prellungen am Rücken und Steißbein, und das Bein ist gebrochen. Kein glatter Bruch, sondern etwas komplizierter. Wie es aussieht, muss er damit unters Messer.«

»Oje, das tut mir leid«, murmelte Luisa.

Er ging vor Ginger in die Hocke und kraulte sie. »Dann wohnst du in der nächsten Zeit wohl bei mir, mein Mädchen.«

Es war bereits dunkel, als Luisa ihn und die Hündin nach Linden fuhr. »Lass uns einfach an der Haltestelle raus«, sagte Oliver, als das »Chez Oliver« in Sicht kam.

»Unsinn. Das letzte Stück kann ich euch auch noch bringen.«

»Kommt gar nicht in Frage«, sagte er bestimmt. »Wir haben dich heute schon über Gebühr in Anspruch genommen.«

»Schon in Ordnung. Sag mir einfach, wo ich hinfahren soll.«

Er fügte sich. »Dahinten rechts, bitte.«

Sie bog in die schmale Nebenstraße ein und ließ den Wagen langsamer rollen. »Und jetzt?«

»Da vorne.«

Luisa hielt vor dem Eckhaus mit der blauen Fassade und den Stuckverzierungen, auf das er zeigte. »Sieht nett aus. In welchem Stock wohnst du?«

»Zweiter«, antwortete er knapp. Er stieg aus, öffnete die Heckklappe, hob sein Mountainbike aus dem Kofferraum und lehnte es an die Hauswand. Dann ließ er Ginger vom Rücksitz auf die Straße. »Danke noch mal. Für alles.« Er beugte sich durch den Türspalt und lächelte sie an. Er sah müde aus.

»Hab ich doch gern gemacht.« Sie wartete, bis er mit Ginger zur Haustür gegangen war und seine Taschen suchend nach dem Schlüssel abklopfte. Sie winkte ihm noch einmal zu, dann gab sie Gas. Ehe sie um die Ecke bog, sah sie im Rückspiegel, dass er noch immer vor der Tür stand und zurückwinkte.

15

»Hat hier jemand gekifft?« Bertram stand im halb renovierten Wohnzimmer und rümpfte die Nase.

»Raumparfüm«, behauptete Luisa. »Rosie hat neulich was ausprobiert.« Sie durchquerte das Zimmer und stellte ein Fenster nach dem anderen auf Kipp. Sie hatte keine Lust, ihm Rosies Räucherritual zu erläutern. Zum Glück bohrte Bertram nicht weiter nach, denn es klingelte.

»Das wird Leonie sein«, sagte er und folgte Luisa zur Wohnungstür. »Sie ist gelernte Raumausstatterin und eine Virtuosin in ihrem Metier. Du wirst begeistert sein.«

Leonie entpuppte sich als kernige Ein-Meter-sechzig-Frau mit kurzen, grellrot gefärbten Haaren. Sie hielt sich nicht lange mit Small Talk auf, sondern schritt resolut alle Zimmer ab, drehte sich in jedem einmal um die eigene Achse und feuerte Blicke in alle Richtungen, als wäre sie ein lebendes Lasermessgerät. Im Nullkommanichts hatte sie den Grundriss der Wohnung zu Papier gebracht.

»Pass auf, Luisa. Wir machen es dir hier so richtig schön«, plapperte Bertram aufgeregt, was Leonie mit einem knappen »Jo« bestätigte.

»Wenn du es hinbekommst, dass die Raufaser nicht von den Wänden fällt, würde mir das schon reichen«, sagte Luisa. »Ansonsten einfach alles weiß streichen.«

Bertram winkte ab. »Das möchtest du nicht wirklich. Weiß ist unkommunikativ, geradezu lebensfeindlich.«

Leonie zog eine Farbkarte aus ihrer Mappe. »Farben haben immer eine Wirkung. Sie sollten möglichst nach der Funktion des jeweiligen Wohnbereichs ausgewählt werden. Orangetöne etwa sollen den Appetit anregen und eignen sich daher gut für Küche und Esszimmer. Kleine Zimmer sollte man außerdem eher in hellen Farben streichen, während große Räume durchaus mal starke Farben vertragen können. Warme Töne wie Rot, Orange und Gelb lassen Räume kleiner und gemütlicher wirken, während kühle Grau-, Blau- und Grüntöne eher Größe vermitteln. Wobei Weiß natürlich ein neutraler Klassiker ist. Du könntest zum Beispiel nur einzelne Wände farbig streichen, um Bereiche besonders zu betonen.«

»Das würde mir gefallen«, sagte Luisa begeistert.

»Für das Wohnzimmer könnte ich mir zum Beispiel einen sanften Cremeton und ein warmes, kräftiges Grün als Akzentfarbe vorstellen.« Leonie schob die entsprechenden Farbkarten nach oben. »Wobei das natürlich zu den Möbeln passen sollte.«

In der nächsten halben Stunde holte Leonie mit gezielten Fragen die Infos aus Luisa heraus, welchen Einrichtungsstil sie sich wünschte und welche Kriterien erfüllt werden müssten, damit sie sich in ihrem neuen Heim wohlfühlen konnte. Nachdem sie sich auch Luisas alte Wohnung angesehen hatte, machte sie Vorschläge, wie man die vorhandenen Möbel anordnen und mit neuen kombinieren könnte.

»Dein Sofa ist natürlich etwas mickrig«, warf Bertram ein. »Und die Farbe, ich weiß nicht. Du solltest dir ein neues gönnen.«

»Aber ich mag mein Sofa«, widersprach Luisa. »Es ist zwar schon älter …«

»Dann stell es doch in den Flur.« Rosie schneite herein. »Die Wohnungstür stand offen«, erklärte sie und gesellte sich ohne Umschweife zu ihnen.

»Gar keine schlechte Idee«, meinte Leonie. »Da ist genug Platz, und man kann sich zum Schuheanziehen setzen.«

»Die Rosentapete würde da auch super hinpassen – du weißt schon, die in meinem Wohnzimmer. Davon habe ich bestimmt noch ein paar Rollen«, ergänzte Rosie begeistert.

Luisa linste zu Bertram hinüber, der bereits Luft holte, um etwas zu erwidern. »Die Idee gefällt mir«, sagte sie schnell und nahm ihm damit den Wind aus den Segeln. »Rote Rosen hinter rotem Sofa – das ist doch ein echtes Statement.«

Leonie stimmte ihr zu. »Es muss ja nicht der gesamte Flur damit tapeziert werden, sondern nur die eine Wand. Genau wie beim Farbakzent im Wohnraum.«

»Und ins Wohnzimmer stellst du dir eine richtig kuschelige Sofalandschaft zum Relaxen«, bestimmte Bertram. »Das sollte doch im Budget drin sein, oder?«

Luisa druckste herum. »Den Erlös aus dem Verkauf von Eriks Möbeln wollte ich zwar in die neue Einrichtung investieren, aber möglichst nicht alles. Hannahs Studium und das Auslandsjahr verschlingen doch mehr, als ich gedacht hatte.«

»Das kriegen wir schon hin«, sagte Leonie. »Bis auf die Wände muss renovierungstechnisch eigentlich nicht viel gemacht werden. Das Parkett sieht gut aus, das können wir so lassen. Und was die Möbel betrifft …« Sie wandte sich an Rosie. »Bist du das mit den Vintage-Möbeln?«

Rosie bejahte, und zusammen mit Luisa einigten sie sich darauf, dass Rosie zusätzlich zu dem Schreibtisch ein Sideboard im selben Stil für die Essecke aufarbeiten sollte.

»Perfekt!«, urteilte Leonie. »Ich melde mich dann mit ein paar unverbindlichen Ideen und einem Kostenvoranschlag. Dann entscheiden wir, was du davon umsetzen möchtest. Und sollte es dein Budget sprengen, finden wir eine Lösung.« Sie räumte ihre Mustermappen zusammen und verabschiedete sich.

»Ich muss dann auch los, Luischen.« Bertram winkte zum Abschied und folgte Leonie.

»Das Räucherritual hat gewirkt!« Rosie strahlte. »Jetzt kannst du dich ganz auf die Challenge konzentrieren. Am besten losen wir gleich den nächsten Kandidaten aus.«

Aha, dachte Luisa, deswegen bist du hier. Dass die letzte Entscheidung ohne sie gefällt worden war, machte Rosie wohl doch mehr aus, als sie zugeben wollte. »Du kannst es kaum erwarten, was?«, fragte sie mit einem Zwinkern.

»Du etwa nicht?« Rosie senkte die Stimme. »Es bleiben ja nur noch zwei Männer übrig. Also machen wir es kurz.« Sie präsentierte ihr zwei zusammengefaltete Notizzettel, nahm einen in jede Hand und streckte Luisa beide Fäuste entgegen. »Links oder rechts?«

Luisa zögerte. Das Geocaching-Date mit Tom Wennemann stand noch aus. Aber wer wusste schon, wann er Zeit dazu fand? Es konnte nicht schaden, bis dahin den nächsten Kandidaten auszutesten. Und die Chance, den gut aussehenden Landschaftsgärtner mit der Alpaka-Zucht zu erwischen, stand eins zu eins. Das musste heute einfach klappen. Sie tippte gegen Rosies linke Faust, woraufhin diese die Hand öffnete. Luisa klaubte den zusammengefalteten Zettel von ihrer Handfläche und öffnete ihn.

»Frieder Ganesha Funke«, las sie leicht enttäuscht vor. Sie sah sich den Steckbrief auf ihrem Smartphone an. Rein optisch lag ihr der Yogalehrer am wenigsten von allen. Rosie hingegen schmachtete das Foto begeistert an.

»Endlich ein Mann mit Sinn für das Spirituelle«, meinte sie. »Das sieht man schon an seinem Blick.«

Skeptisch betrachtete Luisa das Foto und zog es größer. »Findest du? Mir ist er ehrlich gesagt etwas zu … sphärisch.«

»Das ist es ja gerade.« Rosie lächelte verzückt. »Sein Zweitname steht für Erfolg und Weisheit, und das markante Kinn deutet auf eine aktive Libido hin. Am besten buchen wir noch heute einen Schnupperkurs bei ihm.«

Luisa hob die Augenbrauen. »Wir?«

»Du wirst auf mich als Expertin, was die Asana-Praxis angeht, doch nicht verzichten wollen? Yoga habe ich schließlich jahrelang praktiziert.«

»Asana-was?«, fragte Luisa.

»Siehst du!«, trumpfte Rosie auf. »Du brauchst mich.« Sie fischte ihr Smartphone aus den Tiefen ihrer Gewänder. »Ich rufe da gleich mal an. Du musst dich um nichts kümmern. Und diesmal halte ich mich auch zurück. Versprochen.«

Luisa bezweifelte, dass Rosie dieses Versprechen würde einhalten können. Das entsprach einfach nicht ihrer Natur. Andererseits hatte Luisa die Website des Yoga-Studios besucht, in dem Frieder Ganesha Funke unterrichtete. Pastellfarbene Räume mit weisen Yogi-Sprüchen an den Wänden, durchtrainierte Yoginis im Lotossitz, als Deko die unvermeidliche Buddhafigur neben der orangefarbenen Salzkristallleuchte – das war so gar nicht ihre Welt. »Also gut«, stimmte sie zu. »Bringen wir es hinter uns.«

16

Das Studio »Yogaflow« in der Nordstadt bot neben klassischen Yoga-Kursen auch Meditation, Mantra-Singen und Ayurveda an.

»Wie aufregend!« Rosies Wangen waren gerötet. Sie kicherte albern. »Yogis sind unglaublich gelenkig, was in gewissen Situationen absolut von Vorteil sein kann.« Sie senkte die Stimme. »Ich sage nur Tantra …«

»Klingt, als hättest du damit bereits Erfahrungen gesammelt.«

»Du hast ja keine Ahnung«, trällerte Rosie mit lüsternem Unterton und folgte Luisa zu den Umkleiden. In der Kabine zog sie sich ein leuchtend orangefarbenes Wickelshirt über ihre lilafarbene Yogahose und passte sich damit nahtlos in das Farbkonzept des Studios ein. Luisa schlüpfte in ihre üblichen Leggings und ein Funktionsshirt, das sie auch zum Joggen anzog.

»Die Schuhe brauchst du hier aber nicht«, sagte eine drahtige Yogini, deren Alter Luisa nicht einschätzen konnte. Sie hatte die in einem Aubergineton gefärbten Haare zu einem strengen Dutt gebunden, ihr Körper in den hautengen Yoga-Klamotten wies nicht ein Gramm Fett auf.

Luisa steckte Sportschuhe und Socken wieder ein.

»Macht ihr den Kurs bei Ganesha mit?«, fragte die Frau.

»Genau.« Rosie nickte eifrig.

»Da habt ihr aber Glück. Quereinsteiger nimmt er normalerweise nicht so ohne Weiteres.«

»Wir schnuppern heute erst mal rein«, versicherte Rosie ein wenig zu hastig und warf einen nervösen Seitenblick auf Luisa.

»Na, dann bis gleich«, flötete die Yogini, schnappte sich ihre Yogamatte und verließ die Umkleide.

»Quereinsteiger?«, zischte Luisa. »Ich dachte, du hast einen

Anfängerkurs gebucht!« Sie folgte Rosie, die es auf einmal eilig hatte, in den Übungsraum, wo die anderen Teilnehmer bereits auf ihren Matten saßen. Im vorderen Bereich lag eine leere Matte quer zu den anderen, sie war anscheinend dem Übungsleiter vorbehalten.

»Die sehen alle so aus, als würden sie bereits seit zwanzig Jahren zusammen Yoga machen«, meinte Luisa verhalten. Sie holten sich Matten und rollten sie in der letzten freien Reihe aus.

Rosie setzte sich und zuckte mit den Schultern. »Was sollte ich machen? Anfängerkurse gibt er nicht. Also musste ich bezüglich unserer Yoga-Erfahrung ein wenig schummeln.« Ihr Kopf ruckte nach links, als eine weitere Person den Übungsraum betrat. »Wenn man vom Teufel spricht«, wisperte sie aufgeregt.

Frieder Ganesha Funke schloss mit leichter Hand die Tür hinter sich und verweilte noch einen Augenblick auf der Schwelle. Seine mittelgroße, asketische Gestalt steckte komplett in fließender, sandfarbener Baumwolle, wobei der hängende Schritt seiner Haremshose ihn kurzbeiniger erscheinen ließ, als er wahrscheinlich war. Sein Shirt hatte einen weiten, ausgefransten Ausschnitt, der einen Teil seiner glatt rasierten Brust preisgab. Seine honigbraunen Haare fielen ihm lässig bis auf die Schultern. Er ließ den Blick über seine Schäfchen schweifen, und ohne dass er etwas sagen musste, verebbten die Gespräche. Alle wandten sich ihm zu.

»Na, das nenne ich mal Charisma«, murmelte Rosie. Sie setzte ein breites Lächeln auf, als er quer durch den Raum auf sie zukam. Der Mann ging nicht einfach, sondern rollte die Füße in einer Weise ab, die man vermutlich als achtsames Gehen bezeichnete.

»Namaste.« Mit vor der Brust zusammengelegten Händen verneigte er sich erst vor Rosie und dann vor Luisa. »Ihr seid die beiden Neuen?« Seine Stimme klang so weich, als hätte er Kreide gegessen, zugleich erfüllte sie jeden Winkel des Raums. Alles an ihm wirkte klar und freundlich. Mit einer geschmeidigen Bewegung glitt er in den Schneidersitz und sah sie mit sanftem Lächeln an. Seine Augen in dem kantigen Gesicht mit den hohen Wangenknochen hatten einen beinahe sphärischen Türkiston. Wieder keine Bildbearbeitung. Frieder Ganesha sah in natura doch attraktiver aus, als Luisa ihn vom Foto in Erinnerung hatte, was nicht ohne Wirkung blieb. Rosie schmachtete ihn schamlos an, alle anderen Kursteilnehmerinnen ebenfalls. Luisa konnte unter ihnen nicht einen Mann entdecken.

»Welchen Background bringt ihr beiden mit?«, fragte er nun.

»Ich habe mit Yoga vor etlichen Jahren begonnen, bin inzwischen aber etwas eingerostet«, säuselte Rosie. »Wobei, die Grund-Asanas verlernt man ja nicht.«

Interessiert musterte er sie. »Wie lange ist das her?«

Rosie errötete. »Ich war 1980 im Ashram bei Swami Muktananda.«

»Ach, wirklich?« Frieder Ganesha wirkte beeindruckt.

»In South Fallsburg bei New York. Es war …«, Rosie senkte mit dramatischer Miene den Blick, »eine besondere Zeit in meinem Leben.«

»Das glaube ich dir sofort. Und seither praktizierst du?«

Rosie nickte wieder. »Mit Unterbrechungen, wie gesagt.«

»Und du?«, fragte er Luisa. Sein Lächeln irritierte sie. »Ich vermute mal, 1980 warst du noch zu jung für den Ashram.«

»Da war ich noch gar nicht geboren.« Luisa lächelte unwillkürlich zurück. »Und Yoga habe ich ehrlich gesagt …«

Rosie unterbrach sie. »Ihr bisheriges Studio musste leider schließen, daher muss sie sich umorientieren. Wie lange warst du da noch mal, Darling?« Ihr Blick war geradezu bohrend.

Luisa zögerte. »So genau weiß ich das gar nicht mehr«, sagte sie dann.

»Welcher Stil wurde dort geübt?«

Gab es verschiedene Yoga-Stile? Luisa sah hilfesuchend zu Rosie.

»Hatha Yoga, nicht wahr?«

Luisa nickte ergeben. »Hatha, genau.«

»Dann wird euch vieles sicher bekannt vorkommen. Versucht einfach, so gut es geht mitzumachen.« Damit federte Frieder Ganesha aus seinem Sitz in die Höhe und nahm unter den entzückten Blicken seiner Teilnehmerinnen vorne Platz.

»Ashram?« Luisa warf Rosie einen skeptischen Seitenblick zu.

Rosie kreuzte die Beine und setzte sich aufrecht hin. »Hatte ich dir das gar nicht erzählt?« Ein entrücktes Lächeln umspielte ihre Lippen. »Damals war ich knackige zwanzig und hatte nicht nur meine spirituelle, sondern auch meine sexuelle Erweckung.«

»Pst«, machte die Frau, die vor ihnen saß, was Rosie zum Verstummen brachte.

»Wir beginnen mit einer Stille-Übung, und danach chanten wir das Om«, verkündete Frieder Ganesha, womit Luisa ihre Befürchtungen, die sie zuvor als Klischee abgetan hatte, bestätigt sah. Sie fügte sich jedoch ihrem Schicksal und schloss gehorsam die Augen.

»Konzentriere dich ganz auf den Moment und lass die Gedanken ziehen«, sagte Frieder Ganesha. Seine Stimme wurde untermalt von einem leisen Rascheln, als die Schiebetür zum Übungsraum auf- und wieder zugeschoben wurde. Auf leisen Sohlen schlich ein Nachzügler hinter Luisa vorbei, rollte eine Matte aus und ließ sich darauf nieder.

Stille breitete sich aus. Frieder Ganesha gab noch Anweisungen für eine Reihe von Atemübungen, die zur Einstimmung und Entspannung dienen sollten. Bald darauf war nur noch das tiefe Luftholen der Teilnehmer zu hören. Wie sie es hinbekommen sollte, dass sich der aufrechte Sitz leicht anfühlte, war Luisa allerdings ein Rätsel. Sie öffnete ihre Augen einen Spalt weit und spitzte zu Rosie hinüber. Die saß perfekt ausgerichtet auf ihrer Matte und wirkte komplett entrückt.

Luisa schloss ihre Lider wieder und atmete. Doch die Entspannung wollte sich nicht einstellen. Zu allem Überfluss schlief ihr auch noch der linke Fuß ein, ganz zu schweigen von ihrem verkrampften Rücken. So leise sie konnte, wechselte Luisa die Überkreuzung ihrer Beine, woraufhin der Fuß unter Kribbeln wieder zum Leben erwachte. Dafür begann prompt der andere einzuschlafen. Als sie das Gefühl hatte, nicht eine Minute länger in dieser Stellung ausharren zu können, meldete sich Frieder Ganesha wieder zu Wort.

»Nun chanten wir gemeinsam das Om. Drei Mal. Du kannst laut intonieren oder nur still für dich selbst.«

Als sein klarer Bariton gleich einer Glocke erklang, setzten die Stimmen der anderen nach und nach ein. Der Raum war erfüllt von Harmonien, bis auch Rosie begann, aus voller Brust das Om zu schmettern. Dabei erzeugte sie eine Dissonanz, die Luisa einen Schauder über den Rücken jagte. Musste das so klingen? Sollte man seinen Ton nicht an die Gruppe anpassen? Damit nicht genug, trompetete rechts von ihr nun eine männliche Stimme ebenso unharmonisch los. Das musste der Nachzügler sein. Luisa unterdrückte den Impuls, sich die Ohren zuzuhalten.

Als sie endlich aufstehen und mit den Yogaübungen beginnen durften, fühlte sich Luisa, als hätte sie eine Massage nötig. Sie schüttelte die Beine aus, warf dabei einen Blick in Richtung des Nachzüglers neben ihr und erstarrte. Das konnte nicht sein, oder? Diese Radklamotten kannte sie doch! Sie tippte Rosie an und deutete stumm in die Richtung. Im selben Moment drehte sich der Teilnehmer um.

»*What the hell …*«, entfuhr es Rosie, die vor lauter Überraschung in ihre Muttersprache verfiel. Sie und Holger starrten einander sekundenlang an, jeder mit einem Gesichtsausdruck, als stünde ihnen gerade ein Alien gegenüber und nicht der eigene Nachbar.

»Dieser Mann muss einem auch alles verderben!« Wütend stopfte Rosie ihr Duschgel neben das feuchte Handtuch in die Tasche.

Luisa rubbelte sich die Haare trocken. »Holger und Yoga. Das ergibt in meinem Kopf immer noch kein Match.«

»Aber anscheinend praktiziert er ja schon lange, seit Jahren sogar!« Am ungeheuerlichsten an der Situation schien Rosie zu finden, dass sie von den Yoga-Aktivitäten ihres Nachbarn nichts gewusst hatte. »›Nach dem Radsport dreimal der herabschauende Hund, und ich fühle mich wie ein neuer Mensch‹«, äffte sie ihn nach.

Luisa zuckte mit den Schultern. »Wenn es hilft …«

»Jetzt fall du mir nicht in den Rücken!«

Mit ruckartigen Bewegungen türmte Rosie ihr Haar mit dem unvermeidlichen Tuch zu einem stacheligen Gebilde auf, das ihre Stimmung perfekt widerspiegelte.

»Aber du musst zugeben, dass er keine schlechte Figur abgegeben hat.«

Rosie schnaubte bloß verächtlich. »Und dann diese Partnerübungen«, meckerte sie. »Hättest du die nicht wenigstens mit mir machen können?«

»Wieso? Du und Holger, ihr passt vom Größenverhältnis doch viel besser zusammen. Und die Frau links vorne hatte mich schon gefragt.« Schnell wandte Luisa Rosie den Rücken zu, damit die Freundin ihr ersticktes Lachen nicht bemerkte. Rosie und Holger, Rücken an Rücken auf der Matte wie ein vielarmiges Ungeheuer im Kampf, das war urkomisch gewesen. Sie beugte sich geschäftig über ihre Sporttasche, bis das Lachen abebbte, und wechselte lieber das Thema. »Ich spüre jetzt schon Muskeln, von denen ich nicht wusste, dass ich sie überhaupt habe.« Sie massierte sich den Nacken. »Ich fürchte, der herabschauende Hund hat mir den Rest gegeben. Ich bin reif für die Massagebank. Leider ist keiner der Kandidaten Masseur.«

»Entschuldige, ich habe den Anlass für unseren Besuch vollkommen aus den Augen verloren.« Kurz wirkte Rosie zerknirscht. »Und?«, fragte sie dann. »Wie findest du ihn?«

»Er hat Charisma, das stimmt. Allerdings ein bisschen viel davon. Und vor allem weiß er das selbst auch ganz genau.« Luisa trocknete sich fertig ab und schlüpfte in ihre Sachen.

»Also kein echter Funke«, stellte Rosie fest.

»Nein, kein Funke bei Herrn Funke«, bestätigte Luisa.

»Hab ich mir schon gedacht.« Rosies Blick rückte in die Ferne. »Eure Auren harmonieren nicht miteinander.« Sie seufzte theatralisch.

»Wohingegen du und er …« Luisa zwinkerte Rosie zu. »Er war ja schon sehr interessiert an deiner Ashram-Vergangenheit.« Sie zog den Reißverschluss ihrer Sporttasche zu.

»Vielleicht hat er ja Lust auf ein bisschen Tantra?« Rosie kicherte. »Er scheint älteren Ladys jedenfalls nicht abgeneigt zu sein.«

Luisa wusste, was sie meinte. Ein Großteil der Kursteilnehmerinnen, so schätzte sie, waren in einem ähnlichen Alter wie Rosie. Und wenn es darum ging, Hilfestellung zu geben, dann legte Frieder Ganesha gerne Hand an. Die Damen wiederum schienen es zu genießen. Mehr als einmal hatte Luisa mit Rosie Blicke getauscht, als sich Frieder Ganesha mit den Worten »Ein bisschen wahrhaftiger, meine Liebe« über das hochgereckte Hinterteil einer Teilnehmerin gebeugt hatte. »Das meinst du doch nicht wirklich ernst«, sagte sie.

»Was die tantrische Vereinigung angeht?« Rosie lächelte entrückt. »Wer weiß?« Sekunden der Stille folgten. Dann prustete sie los. »Du hättest dein Gesicht sehen sollen!«

Luisa und Rosie verließen als Letzte die Umkleidekabine. »Damit wir nicht schon wieder auf Holger treffen«, hatte Rosie gesagt und darauf bestanden, noch fünf Minuten zu warten. Doch anscheinend hatte das nichts genutzt. Denn als sie gemeinsam die Kabine verließen, saß Holger an der Smoothie-Bar und nippte an einem spinatgrünen Getränk.

»Der hat doch nicht etwa auf uns gewartet?«, flüsterte Rosie.

Luisa antwortete nicht, denn der Grund für ihr Hiersein trat gerade aus der Herren-Umkleide. Er hatte den Ganesha anscheinend in der Kabine an einem Haken gelassen. Statt der Yoga-Kleidung trug er nun Jeans und ein schlichtes Shirt, hatte die Haare zum Zopf gebunden, und seine Füße steckten nicht wie erwartet in Gesundheitslatschen, sondern in Sportschuhen.

»Na, Feierabend?«, rief Holger und prostete ihm mit seinem Smoothie zu.

Frieder, nun Ganesha-los, nickte. »Jau, wenn ich mich beeile, kann ich drüben noch die zweite Halbzeit sehen.«

Holger leerte eilig sein Glas, knallte einen Schein auf den Tresen und rutschte vom Hocker. »Warte, ich komme mit.«

»Jetzt ein kühles Blondes und 'ne Currywurst«, hörte Luisa Frieder sagen, als er mit Holger das Studio verließ.

»Das glaube ich jetzt nicht!« Rosie eilte zum Fenster und blickte auf die Straße. Luisa stellte sich neben sie und sah, wie die beiden Männer einträchtig nebeneinander auf die nächste Eckkneipe zusteuerten und darin verschwanden.

»Der erste Eindruck kann durchaus täuschen«, zitierte Luisa leise aus Eriks Brief. Wobei sie bezweifelte, dass er damit eine gespaltene Persönlichkeit bei einem seiner Kandidaten hatte andeuten wollen. Egal. Wenn sie Frieder Funkes Charakter jenseits des Ganesha kennenlernen wollte, musste sie ebenfalls die Straße überqueren.

Mit einer mürrisch dreinblickenden Rosie im Schlepptau betrat Luisa kurz darauf die Kneipe.

»Na, großartig«, maulte Rosie. »Siebziger-Jahre-Charme vom Feinsten. Und so, wie das hier riecht, wird auch noch geraucht.« Sie rümpfte die Nase.

Tatsächlich kam sich Luisa vor, als hätten sie ein Zeitreiseportal durchschritten. Es müffelte nach kaltem Rauch und abgestandenem Bier. Die gelb-grünen Butzenscheiben ließen nur wenig Tageslicht durch, was es auch am hellen Tag erforderlich machte, die Lampen mit den Kupferschirmen einzuschalten. Hinter der Bar aus dunklem Holz zapfte eine wasserstoffblondierte Bedienung mit verlebten Gesichtszügen Bier. Nur Holger passte mit seinem bunten Radtrikot, das er nach dem Yoga immerhin gegen ein frisches getauscht hatte, nicht zum Ambiente. Er starrte auf einen großen Flachbildschirm an der gegenüberliegenden Wand, der eindeutig belegte, dass sie nicht um mindestens fünfzig Jahre in die Vergangenheit katapultiert worden waren.

Luisa blieb unschlüssig an der Tür stehen. Bis zum halbkreisförmigen Tresen, der den Großteil der Gaststube einnahm, waren es nur wenige Schritte. Weiter hinten gab es nur noch zwei kleine Tische, auf dessen vergilbten Tischdecken wenig dekorativ angestaubte Seidenblumen arrangiert waren.

Bisher hatte Holger sie nicht bemerkt, und auch Frieder, der neben ihm saß, wandte ihnen den Rücken zu. Noch konnten sie umkehren und so tun, als seien sie nie in dieses Universum vorgestoßen. Doch auf einmal schien Rosie von einer grimmigen Entschlossenheit angetrieben. Mit erhobenem Kopf strebte sie auf die beiden zu, kletterte auf den Barhocker neben Frieder und bestellte mit lauter Stimme einen Tee. Da sie auf dem letzten Barhocker am Ende des Tresens Platz genommen hatte, blieb Luisa nichts anderes übrig, als das ungleiche Duo in die Zange zu nehmen und sich neben Holger zu setzen.

Die Bedienung stellte jeweils ein Weizenbier vor Holger und Frieder ab, dann wandte sie sich mit unbewegter Miene Rosie zu. »Schwarz, Früchte oder Pfefferminz?« Ihre Stimme klang dunkel und rau. Vermutlich stammte ein Großteil des Zigarettengeruchs von ihr.

Rosie entschied sich für Pfefferminztee, Luisa bestellte eine Apfelschorle.

Während ihr Aufkreuzen Holger buchstäblich die Sprache verschlug, reagierte Frieder tiefenentspannt. Zumindest ließ er sich seine Überraschung nicht anmerken.

»Wer spielt denn?«, fragte Rosie.

»Hannover 96 gegen Greuther Fürth«, antwortete Frieder, dessen Blick nun wieder am Bildschirm klebte. Seine Mundwinkel zuckten amüsiert.

Holger hingegen starrte Rosie verkniffen an. »Was soll das bitte werden?«

»Die sollen hier einen ausgezeichneten Tee haben. Außerdem wollen Luisa und ich das Spiel gucken.«

»Seit wann interessierst du dich für Fußball?«

Rosie hob das Kinn. »Schon immer«, sagte sie leichthin.

»Na klar, deswegen musstest du ja auch erst mal fragen, wer spielt«, spottete er.

Rosie antwortete nicht, nippte stattdessen an ihrem Tee und deutete mit einem Kopfnicken auf Holgers Bierglas. »Direkt nach dem Yoga erst mal ein ordentliches Bier. Na bravo.«

Holger nahm demonstrativ das Glas, trank ein paar Schlucke und leckte sich den Schaum von der Oberlippe. »Das ist alkoholfrei. Und so ein Weizenbier ist isotonisch«, giftete er zurück.

»Wo er recht hat, hat er recht«, stimmte Frieder zu. Wieder zuckten seine Mundwinkel. Augenscheinlich unterhielt er sich prächtig.

Als Luisa ihre Schorle bekam, löste Frieder den Blick vom Fernseher und streckte ihr über Holgers Schoß hinweg sein Glas entgegen. »Prost.«

Überrascht stieß Luisa mit ihm an. Er zwinkerte ihr zu, schwenkte dann nach rechts zu Rosie.

»Cheers.« Rosie stupste ihre Tasse gegen sein Weizenglas.

Minutenlang schauten sie schweigend das Spiel. Luisa musterte Frieder verstohlen von der Seite. Dieser Mann war ein Chamäleon. Seltsamerweise fügte er sich auch in diese Umgebung nahtlos ein. Er wirkte vollkommen entspannt, schien die skurrile Situation nicht einmal merkwürdig zu finden, sondern einfach nur amüsant. Luisa hingegen war weit davon entfernt, sich zu amüsieren. Sie würde austrinken und dann von hier verschwinden. Und Frieder Ganesha Funke auf den Graupenstapel legen. Denn auch jetzt spürte sie nicht den kleinsten Funken. Kein Kribbeln, kein Flattern im Magen, nichts. Sie fand ihn interessant, als Menschen. Mehr allerdings nicht. Sie versuchte, Rosies Blick einzufangen, um ihr zu bedeuten, dass sie gehen wollte, aber die starrte wie die anderen auf den Fernseher.

»Rosie«, raunte Luisa ihr hinter dem Rücken der Männer zu, aber ihre Freundin reagierte nicht. Stattdessen gab sie erneut einen unqualifizierten Kommentar von sich. Was die

Spannung zwischen Holger und ihr exponentiell wachsen ließ.

Als ein Tor für Fürth fiel, stöhnten Holger und Frieder synchron auf. Rosie schnalzte missbilligend mit der Zunge. »Den Ball hätte sogar ich halten können«, behauptete sie.

Es war Holger anzusehen, dass es ihn nahezu unmenschliche Überwindung kostete, nichts darauf zu erwidern. Erst als Rosie auch noch im Brustton der Überzeugung eine Entscheidung des Schiedsrichters zugunsten von Hannover in Frage stellte, rastete er aus.

»Was soll das? Erst tauchst du beim Yoga auf, und jetzt nervst du mich auch noch beim Fußball! Hast du dir vorgenommen, mir den Tag heute komplett zu versauen?«

»Schon mal auf die Idee gekommen, dass es genau umgekehrt sein könnte? Weil du Luisa und mir nämlich unsere erste Yogastunde verdorben hast?«

Holger schnappte nach Luft. »Na hör mal! Ich gehe schon seit Jahren zum Yoga! Dass du dir ausgerechnet mein Studio aussuchen musstest, ist doch die reine Boshaftigkeit!«

»Pah!«, rief Rosie. »Wenn ich auch nur ansatzweise geahnt hätte, dass du am Ende neben mir auf der Matte sitzt, hätte ich einen großen Bogen um das Studio gemacht. Aber hier geht es ausnahmsweise mal nicht um dich, oh großer Holger, der sich einbildet, der Nabel der Welt zu sein, sondern um Frieder Ganesha. Und um Luisa. Weil Erik nämlich …« Sie verstummte erschrocken.

Luisa stöhnte unwillkürlich auf. »Lass uns lieber gehen«, sagte sie und rutschte von ihrem Hocker. Sie legte einen Schein auf den Tresen und schob ihn der Blondierten zu. »Stimmt so.«

Frieder, der den Schlagabtausch mit erkennbarem Unbehagen verfolgt hatte, stellte sich ihr jedoch in den Weg. »Wir beide sollten uns mal unterhalten.« Rosie, die bereits Luft holte, brachte er mit einer Geste zum Schweigen. »Nur Luisa und ich.«

Obwohl die Situation an Peinlichkeit kaum zu überbieten war, folgte Luisa ihm in einen Nebenraum, der sich als alter

Festsaal entpuppte. Abgeschabtes Parkett und Wandpaneele, über denen Schützenscheiben und Geweihe hingen, bestimmten das Ambiente.

Die Geräusche aus der Gaststube verstummten abrupt, als Frieder die Tür hinter ihr schloss. Er nahm zwei Stühle von einem Stapel, stellte sie einander gegenüber und nahm rittlings auf einem davon Platz. Das belustigte Glitzern in seinen Augen lebte wieder auf. »Du bist also Eriks Luisa«, sagte er nun wieder im sanften Yoga-Ton. »Ich hatte schon so eine Ahnung, war mir aber nicht sicher.«

Er deutete auf den leeren Stuhl, woraufhin Luisa sich mit weichen Knien setzte. Die Schläfer-Theorie, die sie mit Doc Grießbach entwickelt hatte, kam ihr wieder in den Sinn. Waren die Männer doch eingeweiht?

»Erik, äh … Also er hat …«, stammelte sie.

Frieder schmunzelte. »Ich vermute mal, es handelt sich um eine Challenge?«

Als Luisa bejahte, schlug er mit der flachen Hand auf die Stuhllehne. »Dann hat Erik den Plan also wirklich umgesetzt! Nur dass er ausgerechnet mich mit einbezieht …«

»Du wusstest davon?«

»Oh ja.« Er zog eine Grimasse. »Das Ganze war nämlich ursprünglich meine Idee.«

Es dauerte eine Sekunde, bis die Worte Luisas Verstand erreichten. »Wie bitte?«

»Holger hat Erik mal zum Yoga mitgebracht. Das war nicht so seins, aber wir waren uns gleich sympathisch und sind ab und zu was trinken gegangen. Erik hatte sich wohl in mich verguckt, und das hat er mir eines Abends gestanden. Wir hatten ordentlich was intus, haben über Gott und die Welt sinniert, und nachdem wir das mit uns geklärt hatten, hat er mir von dir erzählt.«

»Aha«, meinte Luisa tonlos. Eriks sentimentale Redseligkeit im betrunkenen Zustand war legendär. Sie konnte sich die Szene derart gut vorstellen, dass sie Eriks Stimme im Ohr hatte, während Frieder weiter berichtete.

»… wie großartig du seist und dass er dich glatt heiraten würde, wenn du nicht ausgerechnet eine Frau wärst. Und dass dir endlich mal der Richtige über den Weg laufen sollte. ›Sie hat sich in ihr Leben mit mir eingekuschelt wie in eine warme Decke. Aber das kann es auf Dauer nicht sein‹, meinte er. Und dass er dir am liebsten so richtig in den Hintern treten würde, damit du endlich wach wirst und deine Komfortzone verlässt. Wir haben rumgesponnen und uns diese Challenge ausgedacht.« Er lachte. »Ich hätte nie gedacht, dass er sich am nächsten Morgen überhaupt noch daran erinnert. Außerdem ist das bestimmt schon drei Jahre her. Wir haben uns bald danach aus den Augen verloren, wie das halt so ist. Als Holger mir Monate später erzählte, dass er sehr krank war und gestorben ist, tat es mir furchtbar leid, dass wir keinen Kontakt gehalten hatten. Ich mochte ihn wirklich gern.«

»Wahrscheinlich kam ihm die Idee mit der Challenge wieder in den Sinn, als er wusste, dass er gehen musste«, sagte Luisa leise.

»Das denke ich auch«, stimmte er ihr zu. Dann räusperte er sich. »Hör mal, Luisa. Du bist eine tolle Frau, gar keine Frage. Aber was ich dir anbieten kann, ist vermutlich nicht das, wonach du suchst.« Er beugte sich vor und nahm ihre Hände. »Es sei denn, du möchtest ein paar spannende tantrische Momente mit mir erleben, denn dafür stehe ich gerne zur Verfügung. Ansonsten bin ich überzeugter Single, und das wird sich in absehbarer Zeit auch nicht ändern. Erik hätte das eigentlich wissen müssen.«

Luisas Wangen flammten auf. Sie bemühte sich um einen möglichst coolen Tonfall. »Dafür müsste bei mir zumindest ein Funke übergesprungen sein, Herr Funke«, sagte sie. »Aber leider …« Sie entzog ihm ihre Hände und erhob sich. Auf tantrische Liebesrituale mit ihm hatte sie nun wirklich keine Lust.

»Schade.« Er lachte leise und musterte sie unverhohlen von oben bis unten. Sie meinte, ein lüsternes Glitzern in seinen Augen zu sehen.

Luisa pfefferte den Mann innerlich energisch auf den Graupenstapel und ließ ihn im Festsaal zurück.

»Rosie, wir gehen«, verkündete sie, zog die perplex wirkende Freundin vom Hocker und aus der Kneipe hinaus. Wütend stapfte sie die Straße entlang, so schnell, dass Rosie kaum hinterherkam. Sie konnte es nicht fassen, dass sie ernsthaft auf eine Challenge hereingefallen war, die Erik und Frieder im bierseligen Zustand an der Theke verzapft hatten. Wenn es den Ausdruck Schnapsidee nicht längst gegeben hätte, er wäre an diesem Tag erfunden worden. »Schluss, aus, vorbei!«, teilte sie Rosie mit. »Ich verschwende keine Sekunde mehr an diese hirnverbrannte Challenge!«

17

Als Luisa das »Chez Oliver« betrat, erhob sich Ginger von ihrem Kissen neben dem Tresen und kam schwanzwedelnd auf sie zu. Nachdem Luisa sie ausgiebig gekrault hatte, folgte die Hündin ihr bis zu ihrem Stammplatz und legte sich dort unter den Tisch.

Oliver stellte unaufgefordert einen Cappuccino vor ihr ab. »Gehst du gleich eine Runde mit ihr?«

»Klar«, sagte Luisa. Es hatte sich eingebürgert, dass sie nach ihrer Laufrunde und zusätzlich hin und wieder am Nachmittag mit Ginger Gassi ging, um Oliver zu entlasten.

»Danke dir.«

»Wie geht es deinem alten Herrn?«, fragte Luisa.

»Er wird morgen aus dem Krankenhaus entlassen. Die Nachbarin kümmert sich um ihn, aber Ginger kann ich ihr nicht auch noch aufhalsen. Ein paar Wochen muss sie also wohl oder übel noch bei mir bleiben.«

»Das kriegen wir schon hin. Ich kann sie auch mal nehmen.«

»Ja, vielleicht«, murmelte er und räumte einen der Tische ab, den Zoe gerade abkassiert hatte, ehe sie zum nächsten Gast gerufen worden war. »Was machen deine Männer?«, warf er ihr im Vorbeilaufen zu.

»Gar nichts, die Challenge ist Geschichte!«

Er kehrte hinter die Theke zurück, las den Bon mit der Getränkebestellung, die als Nächstes dran war, und begann, Bier zu zapfen. »Wieso das denn?«

»Weil ich das Ganze tatsächlich einem der Kandidaten zu verdanken habe.« In knappen Worten erzählte sie ihm von der Yogastunde bei Frieder Ganesha und dem nachfolgenden Desaster in der Fußballkneipe. Doch mehr als ein müdes Lächeln entlockte sie Oliver nicht.

»Moment.« Er zog sein brummendes Handy aus der Gesäßtasche und eilte damit in die Küche.

»Was ist deinem Herrchen denn über die Leber gelaufen?« Luisa bückte sich und kraulte Ginger die Ohren. Als sie sich aufrichtete, kam Oliver gerade zurück.

»Wo waren wir?«, fragte er zerstreut. »Ach ja, der Yogalehrer. Hat es gefunkt, oder ist das ein Kandidat für den Graupenstapel?«

Hatte er ihr eigentlich zugehört? »Nein, es hat nicht gefunkt. Aber das habe ich dir eben schon erzählt«, sagte sie.

Er nickte abwesend, hatte schon wieder das Handy am Ohr und verzog sich erneut.

Enttäuscht blickte Luisa ihm nach.

»Möchtest du noch was?« Zoe räumte im Vorbeigehen Luisas leere Tasse ab.

»Danke, nein.« Sie zeigte mit dem Kinn Richtung Küche. »Sag mal, was ist denn heute mit Oliver los?«

Zoe senkte die Stimme. »Keine Ahnung. Das geht schon seit Stunden so. Es gibt wohl Probleme.« Sie wischte den Tisch ab, arrangierte die Karte neu und lief weiter, um eine Bestellung aufzunehmen, während ihr ein anderer Gast zum wiederholten Mal durch Gesten klarmachte, dass er die Rechnung haben wollte. Zoe wirkte zunehmend gestresst. Sie eilte hinter die Theke und legte den Bon mit der Essensbestellung in die Durchreiche. Ihr Blick streifte die nur halb gezapften Biere. »So geht das nicht«, murrte sie, knallte das Tablett in die Ablage und stürmte durch die Schwingtür. »Mann, Oliver, wo steckst du?«, hörte Luisa sie schimpfen. »Draußen ist die Hölle los. Du kannst mich doch nicht alles allein machen lassen! Was ist los mit dir?«

Oliver antwortete etwas, das Luisa nicht verstand. Zoe erschien wieder im Gastraum. »Ich komme«, rief sie dem Mann zu, der nach der Rechnung verlangte, während sie schnell noch das Bier weiterzapfte. Luisa bewunderte sie für ihr professionelles Auftreten, als sie kurz darauf abkassierte, auf dem Rückweg gleich die nächste Bestellung aufnahm und nebenher leere Gläser einsammelte.

Kurz darauf kehrte Oliver hinter die Theke zurück und

kümmerte sich wieder um die Getränke. Er wirkte jedoch nervös und fahrig. Als sein Handy erneut brummte, drückte er das Gespräch weg.

»Probleme?«, fragte Luisa.

Er verzog das Gesicht. »Das willst du nicht wissen.«

»Natürlich will ich das. Schließlich bin ich …« Luisa stockte. Was war sie für ihn? Ihr fiel auf, dass er nahezu alles über sie wusste. Sie hingegen musste ihm jede Information mühsam aus der Nase ziehen. »Worum geht es denn?«, fragte sie. »Vielleicht kann ich ja helfen?«

»Dabei kann mir keiner helfen.«

»Wenn du mir verraten würdest, was Sache ist, dann …«

»Entschuldige«, unterbrach er sie. »Es gibt gewisse Dinge, die sind privat. Die haben im Gastraum nichts zu suchen.«

Das saß. Und sie hatte gedacht, in ihm einen neuen besten Freund gefunden zu haben. Einen, dem man alles erzählen konnte. Hatte sie sich die Vertrautheit zwischen ihnen nur eingebildet?

»Klar«, erwiderte sie. »Ich bin ja auch nur ein x-beliebiger Gast.«

»So war das nicht gemeint«, lenkte er ein. »Ich stehe bloß gerade unglaublich unter Strom.«

Luisas Handy, das sie auf dem Tisch abgelegt hatte, begann zu vibrieren. Tom Wennemanns Foto leuchtete hell auf dem Display auf. Luisa zögerte. Aber je länger seine blauen Augen sie anblitzten, umso mehr bröckelte ihr Vorsatz, die Challenge sein zu lassen.

»Willst du nicht rangehen?«, fragte Oliver.

Luisa griff nach dem Gerät und nahm das Gespräch an.

»Hallo.« Toms gut gelaunte Stimme ließ alle Zweifel verpuffen und zauberte ein Strahlen auf Luisas Gesicht.

»Hallo«, grüßte sie zurück. »Wie geht es Ihrer Mutter?«

»Besser, danke der Nachfrage.« Er räusperte sich. »Tut mir wirklich leid, dass es mit unserem Ausflug nicht geklappt hat. Haben Sie Lust auf einen zweiten Versuch?«

»Unbedingt«, stimmte Luisa zu.

»Wunderbar.« Sie konnte hören, dass er lächelte. »Haben Sie am Wochenende Zeit? Selbe Uhrzeit, selber Ort?«

Sollte sie ihm gestehen, dass sie die Dose im Deister längst gefunden hatte? Luisa entschied sich für die Wahrheit. Schließlich hatte sie sich bereits in das Logbuch eingetragen.

»Dann muss ich Ihnen ja gar nicht mehr zeigen, wie es geht.« Er klang enttäuscht.

Luisa lachte. »Ich hatte bloß Anfängerglück. Und zu zweit macht das Ganze bestimmt viel mehr Spaß.«

»Okay, dann suchen wir uns eben einen anderen Cache aus«, meinte er. Sie verabredeten sich für Sonntagnachmittag und legten auf.

»Neuer Versuch mit dem Steuer-Fritzen?«, fragte Oliver. Er stellte Getränke auf die Bar, von wo Zoe sie übernahm. »Ich hoffe, der versetzt dich nicht wieder.«

Was sollte das denn jetzt? »Er hatte dafür einen triftigen Grund. Seine Mutter war krank«, verteidigte sie ihn. »Und er heißt Tom.«

»Oho – darfst du ihn schon mit Vornamen anreden? Oder müsst ihr dafür erst Brüderschaft trinken?« Der unverhohlene Spott in Olivers Stimme versetzte Luisa in Rage. Aber ehe sie etwas erwidern konnte, brummte erneut sein Handy. Diesmal drückte er das Gespräch nicht weg. »Können wir da keine andere Lösung finden?«, hörte Luisa ihn im Weggehen sagen. »Es geht hier schließlich um meine …« Die Schwingtür zur Küche schlug hinter ihm zu und verschluckte seine restlichen Worte.

Anscheinend hatte er ernsthafte Probleme. Probleme, die er ihr nicht anvertrauen wollte. Aber sie würde nicht nachbohren. Schließlich hatte sie auch ihren Stolz.

»Komm, Ginger, wir gehen.« Luisa schnappte sich die Hundeleine, die an der Garderobe hing, und verließ zusammen mit der Hündin das Bistro.

Ginger schlug wie selbstverständlich den Weg zur Faustwiese ein, als ahnte sie, dass Luisa erneut mit ihr zur Ihme wollte. In Gedanken versunken überquerte Luisa mit ihr die

Grünfläche, die an das Gelände der ehemaligen Bettfedernfabrik grenzte. Auf dem Industriegelände befand sich nun das Kulturzentrum »Faust«, zu dem auch der Biergarten »Gretchen« gehörte. Auf ihren Gassi-Runden gönnte sich Luisa dort hin und wieder ein Glas der hausgemachten Limo oder eine Altbierbowle. Auch Ginger gefiel es anscheinend im »Gretchen«, wo es unter schattigen Bäumen nicht nur für Luisa eine Erfrischung gab, sondern auch immer einen Napf mit Wasser für sie. Hechelnd trabte sie vor Luisa her bis zum Ihme-Ufer. Als sie in den Weg unter den Bäumen einbogen, der direkt am Fluss entlangführte, nahm Luisa die Hundeleine kürzer. Fußgänger mussten sich den Weg mit Radfahrern, Skatern und E-Rollern teilen. Besonders Radkuriere lavierten sich oft pfeilschnell durch jede Lücke. Man musste auf der Hut sein. Luisa konnte schon die pittoreske Ziegelmauer sehen, in der sich der Durchgang zum »Gretchen« befand, als eine bekannte Stimme sie herumfahren ließ.

»Luisa! Huhu!« Rosie rollte vorbei. Sie saß maximal aufrecht auf einem uralten Rad mit Flugrost auf dem Lenker. Der Fahrtwind bauschte ihr Haar auf und ließ ihre Kleidung flattern. Sie schlug einen Bogen, wobei sie mehr eierte als fuhr, und geriet in Schräglage, was dazu führte, dass ihr flatterndes Hosenbein von der Kette gefressen wurde. Rosie schaffte es gerade noch, mit quietschenden Bremsen zum Stehen zu kommen. Dann kippte sie um.

Luisa eilte zu ihr. Sie schlang Gingers Leine um ihren Oberkörper, dann beförderte sie Rosie samt Fahrrad wieder in die Senkrechte. »Mensch, Rosie. Was machst du bloß!«

»Rad fahren. Siehst du doch.« Rosie bückte sich und zerrte an dem eingeklemmten Hosenbein, während Luisa das Rad festhielt.

»Ich wusste gar nicht, dass du überhaupt ein Fahrrad hast.«

»Natürlich!« Rosie klang entrüstet. »Das gehört doch zur deutschen Grundausstattung. Hat mein Jakob immer gesagt.«

»Lass mich mal.« Luisa gelang es, die Hose zwischen Kette und Kettenblatt hervorzuzerren. Danach sah der zerrissene und mit Schmiere verschmutzte Stoff aus, als hätten sich Motten daran satt gefressen. »Ich habe dich aber noch nie fahren sehen.«

»Das heißt nicht, dass ich es nicht kann.« Rosie prustete abschätzig. »Diesem bescheuerten Radfreak werde ich's zeigen!«

Luisa sah überrascht auf. »Holger?« Sie hatte Mühe, Rosie zu folgen, die sich den Lenker gegriffen hatte und das Rad energisch in Richtung Biergarten schob.

»Der Idiot meinte, ich könne nicht einmal fünfzig Meter geradeaus fahren. Und da habe ich mit ihm gewettet, dass ich locker fünfzig Kilometer schaffe.«

Luisa grinste. »Dann hast du also auch eine Challenge?«

»Kann man so sagen«, murmelte Rosie. Sie stellte die alte Möhre in einem der Fahrradständer vor dem »Gretchen« ab. »Ich verdurste. Du auch?«

Bei dem sonnigen Wetter war im »Gretchen« jede Menge los. Sie hatten Glück, einen schattigen Platz unter einem der Schirme zu finden. Rosie blieb mit Ginger sitzen und hielt die Plätze frei. Luisa stellte sich in die Schlange vor der Getränkeausgabe und kehrte mit zwei Altbierbowlen und Wasser für Ginger zurück.

»Ich liebe diesen Biergarten.« Luisa ließ den Blick schweifen. Das Gelände hinter der Ziegelmauer, deren Fenster aus rostigen Blechen mit gelaserten Durchbrüchen bestand, versprühte nostalgischen Industrie-Charme.

Rosie deutete auf eine voll besetzte Plattform, die man über eine Treppe erreichen konnte. »Von da oben kann man sehen, wo die Ihme in die Leine mündet.« Mit dem Holzstäbchen stocherte sie in ihrer Bowle, spießte eine Kirsche auf, schob sie sich in den Mund und spülte mit Altbier nach. »Abgesehen von meiner Challenge – was ist mit deiner?«

»Du meinst wohl Erik Hofmanns und Frieder Ganesha Funkes kollektive Schnapsidee!«, erwiderte Luisa abschätzig.

»Da können die Männer aber nichts dafür.« Rosie spießte ein Stück Pfirsich auf und wedelte damit vor Luisas Gesicht herum. »Am Ende kommt es darauf an, was du daraus machst.«

Da war etwas Wahres dran. Ein Lächeln schlich sich auf Luisas Gesicht. »Tom Wennemann hat vorhin angerufen. Wir sind am Sonntag zum Geocaching verabredet.«

Das Pfirsichstück löste sich vom Spieß und landete klatschend im Altbier. »Na also!« Rosie grinste. »Er hat angebissen. Der Auslöser ist im Grunde doch egal.« Sie hob ihr Glas und stieß mit Luisa an. »Den Alpaka-Züchter guckst du dir aber auch noch an.«

Luisa wiegte unschlüssig den Kopf. Ein Besuch auf dem Hof konnte sicher nicht schaden. Immerhin beherbergte Cedric Kamphusen dort die niedlichsten aller Kameliden. Außerdem galt es herauszufinden, ob er tatsächlich wie dieser Schauspieler aussah. Nachdenklich kaute sie auf ihrer Unterlippe. Gar keine Frage: Tom Wennemann war ein Kribbelkandidat. Zum Geocaching mit ihm war sie aber erst am Sonntag verabredet. Und Alpaka-Cedric hatte sie von Anfang an am meisten gereizt. Außerdem hatte Bertram bereits verkündet, dass er auf den Alpaka-Hof mitkommen wollte. Er würde garantiert nicht lockerlassen. Luisa zog ihr Handy aus der Tasche und schickte ihm ein niedliches Alpaka-GIF. »Operation Alpaka?«

Nur Sekunden später explodierte der Chat förmlich von Emojis, über die Bertram seine Begeisterung zum Ausdruck brachte. »Ich liebe diese flauschigen Dinger!«, schrieb er. »Wann fahren wir?«

»Hast du unter der Woche Zeit?«

»Martin muss auch mit. Ich frage ihn mal.«

Es dauerte keine Minute, da kam die nächste Nachricht: »Der Alpaka-Hof hat nur am Wochenende auf. Freitagnachmittag? Wir holen dich ab.«

Luisa überlegte nicht lange. »Perfekt. Operation Alpaka steigt am Freitag!«

18

Martins und Bertrams stylishes Elektroauto hielt pünktlich vor Luisas Haus. Bertram öffnete die Beifahrertür und hielt Luisa auffordernd die flache Hand hin. »*Give me five*, Luischen!«

Sie beugte sich zu ihm hinunter und klatschte ihn ab.

»Wir schlagen zwei Fliegen mit einer Klappe. Du lernst den schnuckeligen Farmer kennen, und ich darf endlich ein Alpaka knuddeln«, rief er begeistert.

Luisa rutschte auf den Rücksitz. »Wenn die sich überhaupt anfassen lassen. In der Regel mögen Alpakas das nämlich nicht.«

»Wusstest du übrigens, dass die Weibchen sich nach der Paarung umdrehen und ihren Partner anspucken, damit er von ihnen ablässt?« Martin saß grinsend am Steuer und reihte das Vehikel in den Verkehr ein.

»Igitt.« Bertram schüttelte sich. »Diese Information fällt eindeutig in die Kategorie ›unerwünschtes Wissen‹.« Er wandte sich zu Luisa um. »Auf der Website steht, dass man Alpaka-Erzeugnisse kaufen kann. Wenn sich die Tiere nicht anfassen lassen, dann will ich wenigstens eine flauschige Decke.«

Der Besuch bei Cedric Kamphusen versprach spaßig zu werden. Luisa war froh, dass die beiden sie begleiteten. Nur galt es zu verhindern, dass Bertram bei erster Gelegenheit herausposaunte, aus welchem Grund sie bei ihm aufkreuzten. »Kein Wort über Erik und die Challenge«, stellte sie klar.

»Natürlich nicht!« Bertram kräuselte empört die Lippen.

Das Alpaka-Gestüt lag nicht weit entfernt vom Flughafen Langenhagen, mitten im Naturschutzgebiet Kananohe. Nach gut zwanzig Minuten Fahrt bog Martin in eine schmale Straße ab, die an idyllischen Wiesen und Feldern vorbeiführte. Auf einer Koppel grasten Ponys. Ganz in der Nähe musste die

Reitschule sein, in der Luisa vor Jahren einmal mit Hannah gewesen war. Damals hatte die Fünfjährige auf einem kurzbeinigen Shetlandpony ein paar Runden an der Longe gedreht.

Martin sah Luisa über den Rückspiegel an. »Woher kannte Erik diesen Cedric eigentlich?«

»Ich meine mich zu erinnern, dass er mal ein Alpaka behandelt hat«, antwortete Luisa. »In Vertretung für einen Kollegen.«

»Das ergibt Sinn«, murmelte Martin. Er bog in die Zufahrt zum Hof ein.

Der Parkplatz neben den Fachwerkgebäuden war nahezu leer, und auch der gepflasterte Hof wirkte verlassen.

»Dahinten ist der Laden.« Bertram strebte auf eine Holztür mit der entsprechenden Beschilderung zu. Luisa blieb unsicher neben Martin stehen.

»Sieht nicht so aus, als hätten die hier heute Betrieb. Hätten wir uns anmelden sollen?«

»Wir sehen uns einfach ein bisschen um.« Martin senkte die Stimme. »Für den Fall, dass uns dein potenzieller Dating-Kandidat über den Weg läuft, solltest du dir schon mal überlegen, was du sagen willst.«

Luisa nickte nervös. Das hatte sie bereits getan und entschieden vorzugeben, eine Alpaka-Wanderung buchen zu wollen.

Indessen kehrte Bertram zu ihnen zurück. »Der Laden ist wegen Urlaub geschlossen. Das steht auf einem Zettel an der Tür.«

Martins Schultern sanken herab. »Und das war nicht auf der Website vermerkt?«

Bertram guckte schuldbewusst. »Wenn ich ehrlich bin, habe ich hauptsächlich in dem Onlineshop gestöbert.«

»Kann ich Ihnen helfen?« Eine Frau kam über den Hof auf sie zu. Sie mochte Mitte dreißig sein, trug Jeans und ein grünes Top, die dunklen Haare hatte sie zum Pferdeschwanz gebunden. Luisa mochte sie auf Anhieb.

»Wir wollten uns die Alpakas ansehen«, sagte sie.

»Und den Laden«, fügte Bertram hinzu. »Wir wussten ja nicht, dass Sie gerade Urlaub haben.«

»Ich bin Sandra.« Die Frau reichte erst Luisa und dann den beiden Männern die Hand. »Wir sind seit gestern wieder da und gönnen uns noch einen Tag zum Durchschnaufen«, sagte sie. »Aber nachdem Sie extra hergefahren sind, sperre ich gerne auf.«

Im Laden roch es angenehm nach Wolle. Luisa strich über einen Pullover, der neben Jacken und anderen Kleidungsstücken an einem Ständer hing. »Produzieren Sie das alles selbst?«

Sandra schüttelte den Kopf. »Die meisten Sachen werden im peruanischen Hochland hergestellt. Übrigens nach dem Fair-Trade-Prinzip. Das bedeutet, dass die Strickerinnen dieser Pullover auch angemessen bezahlt werden.«

»Sehr lobenswert«, meinte Martin. »Aber was ist denn so besonders an Alpakawolle?«

»Alpakawolle besteht aus Hohlfasern«, erklärte sie. »Dadurch isoliert sie ganz besonders gut, hält im Winter also warm und im Sommer kühl.«

Mit einem entzückten Aufschrei stürzte Bertram sich auf ein Regal mit flauschigen Alpaka-Stofftieren.

Luisa grinste. »Die lassen sich auf jeden Fall eher knuddeln als die Originale.«

»Stimmt«, sagte Sandra. »Alpakas sind alles andere als Kuscheltiere. Und es dauert, bis sie einem so weit vertrauen, dass man sie überhaupt anfassen darf.«

Luisa nickte wissend. Sie legte sich einen Schal um den Hals und stellte sich damit vor einen Spiegel. Der Stoff glänzte leicht und fühlte sich ähnlich weich und edel an wie Seide. »Wie lange arbeiten Sie schon mit den Tieren?«, fragte sie.

»Mit Alpakas arbeite ich schon länger«, sagte Sandra. »Hier auf dem Hof seit gut eineinhalb Jahren. Ich …«

Ein halbwüchsiges Mädchen mit wilden blonden Locken stürmte in den Laden. »Sandra, bist du hier?« Schwer atmend kam sie vor ihr zum Stehen. »Bellas Cria kommt!«, rief sie. »Aber da stimmt was nicht. Kannst du mitkommen?«

»Jetzt beruhige dich erst mal, Lilli«, sagte Sandra. »Was genau stimmt nicht?«

Die Kleine rang verzweifelt die Hände. »Ich glaube, es steckt fest.«

Luisa nahm rasch den Schal ab und hängte ihn auf den Ständer zurück. »Kann ich vielleicht helfen? Ich bin Tierärztin.«

»Wirklich?« Das Gesicht des Mädchens hellte sich auf.

»Na, wenn das kein glücklicher Zufall ist!«, rief Sandra. »Können Sie einmal nach dem Tier sehen?«

Martin und Bertram kamen hinter einem Regal hervor. »Was ist los?«

»Es gibt wohl Probleme bei der Geburt eines Fohlens«, sagte Luisa.

Sie folgten Sandra und Lilli zu einer Koppel hinter dem Haus. Nahezu die gesamte Alpaka-Herde hatte sich um eine weiße Stute versammelt. Ab und zu beschnupperte eins der Tiere das Hinterteil der Gebärenden und gab ein leises Summen von sich. Der Kopf sowie ein Bein des Fohlens ragten bereits aus dem Geburtskanal, das Muttertier schien jedoch keine Wehen mehr zu haben.

»Sieht aus, als steckte das zweite Bein fest«, sagte Sandra.

Luisa nickte. Ihr war etwas mulmig zumute. Sie wusste zwar, dass Alpaka-Crias mit Kopf und den beiden Vorderbeinen voran geboren werden mussten und was bei einer Fehllage zu tun war, hatte aber noch nie selbst Hand angelegt. Sie bemühte sich, ihre Nervosität zu verbergen. »Haben Sie Gleitgel oder Vaseline? Und ein Desinfektionsmittel wäre auch noch gut.«

»Im Schrank, im Stall«, sagte Sandra zu dem Mädchen. Lilli spurtete los. »Bring das Halfter auch noch mit!«, rief Sandra ihr hinterher. »Und ein sauberes Handtuch.«

Zehn Minuten später hatte Sandra der Stute das Halfter angelegt, hielt sie fest und redete beruhigend auf sie ein.

»So, mein Mädchen, jetzt geht's los«, sagte Luisa. Vorsichtig schob sie ihre Hand am Hals des Fohlens entlang in den Geburtskanal, um die Lage des Beins festzustellen. Sie ertastete das gekrümmte Fesselgelenk. »Der Fuß ist nach hinten umgeknickt«, stellte sie fest. Sie schob die Hand ein Stück weiter, fand den Fuß. Jetzt musste sie die Zehennägel umfassen, damit diese das Muttertier beim Umschlagen nicht verletzten. Doch das war in dem engen Geburtskanal gar nicht so einfach. Endlich gelang es ihr, den Fuß langsam in die Vorwärtslage zu bewegen. »Ich hab's.« Keuchend zog sie den Arm aus dem Tier und trat zurück. Nun waren beide Füße des Fohlens zu sehen, aber es war offensichtlich, dass die Wehen ausgesetzt hatten. »Wir müssen ihr helfen«, sagte sie zu Sandra. Vorsichtig trat sie neben die Stute und strich ihr kräftig über den Bauch, um die Wehen wieder in Gang zu bringen. Es half tatsächlich. Luisa spürte, wie die Gebärmutter kontrahierte. Beide Beine ragten nun lang gestreckt aus der Mutter, das Fohlen hing schlaff nach unten und bekam bereits blaue Lippen. Die ganze Prozedur hatte es arg mitgenommen. »Fassen Sie ihr an den Bauch«, wies Luisa Sandra an. »Und sagen Sie mir Bescheid, wenn die nächste Wehe kommt.« Damit nahm sie ihre Position hinter der Stute wieder ein.

Auf Sandras Kommando packte Luisa das Fohlen mit beiden Händen am Hals und zog es vorsichtig Stück für Stück an sich heran, bis die Schultern sichtbar wurden. »So, den Rest müsste sie allein schaffen.«

Tatsächlich glitt das Cria mit der nächsten Wehe komplett heraus, plumpste auf den Boden und blieb dort schlaff liegen.

»Oh Gott, ist es tot?«, hörte Luisa Bertram fragen.

»Keine Bange«, beruhigte sie ihn. »Das berappelt sich gleich.«

»Ganz genau«, sagte Sandra, die sich neben Luisa eingefunden hatte. Gemeinsam beobachteten sie, wie die Mutter sich umwandte und ihr Cria kurz beschnupperte. Anscheinend unbeeindruckt wandte sie sich von ihm ab und begann, in

Seelenruhe Gras zu fressen. Das Cria wurde unterdessen von der Herde umringt, neugierig beschnuppert und angestupst.

»Was für eine Rabenmutter!«, rief Bertram entrüstet. »Will sie es nicht trocken lecken?«

Sandra lachte. »Das ist ganz normal. Die Stute hat wahrscheinlich nur einen Mordshunger. Und Alpakas lecken ihre Fohlen auch nicht trocken, dafür ist die Zunge nämlich zu kurz. Deshalb bringen sie ihr Cria immer bis zum Nachmittag zur Welt, damit es von selbst trocknen kann«, erklärte sie. »Optimalerweise an einem schönen sonnigen Tag wie heute.« Sie nahm das Handtuch, kniete sich neben das Cria und rubbelte es kräftig ab. »Das trocknet nicht nur, sondern macht die Kleinen fit«, sagte sie.

Nach dieser Behandlung sah das Fohlen gleich viel flauschiger aus, es hob den Kopf und strampelte mit den Beinen. Luisa kontrollierte, ob die Nabelschnur ordnungsgemäß abgerissen war, und desinfizierte die Stelle.

»Sieht alles gut aus«, sagte sie zu Sandra, die ihr gegenüber auf dem Boden kniete. »Die Nabelschnur wird in den nächsten Tagen von selbst abfallen. Es ist übrigens ein Hengstfohlen.«

»Ich weiß.« Sandra lächelte Luisa an. »Vielen Dank für deine Hilfe.« Unwillkürlich war sie vom Sie ins Du gewechselt, aber alles andere hätte sich in diesem Augenblick auch seltsam angefühlt.

»Na, da komme ich ja genau richtig«, ertönte eine Männerstimme hinter Luisa. Ein Leuchten breitete sich auf Sandras Gesicht aus. »Cedric!«

Wenig später hockte Luisas letzter Dating-Kandidat neben Sandra und begutachtete das Fohlen. »Cedric Kamphusen.« Er reichte Luisa über das Cria hinweg die Hand.

»Luisa Loewe«, sagte sie automatisch und merkte zu spät, dass er die mit Fett eingeriebene Hand drückte, die eben noch im Alpaka gesteckt hatte. »Entschuldigung«, sagte sie erschrocken.

»Macht nichts.« Er wischte sich die Hand einfach an der

Jeans ab. In seinem braun gebrannten Gesicht vertieften sich die Lachfältchen, seine Augen, die irgendwo zwischen braun und grün changierten, blickten sie warm an. Er sah dem Tatort-Kommissar überhaupt nicht ähnlich. Aber das machte nichts.

»Stell dir vor! Luisa ist Tierärztin und war zufällig im Shop, als es losging. Das Cria lag nicht optimal, da musste sie etwas nachhelfen«, sagte Sandra.

»Lilli hat mich schon ins Bild gesetzt.« Er legte den Arm um Sandra und drückte sie an sich. »So eine Geburt ist doch immer wieder ein kleines Wunder«, meinte er. Beinahe andächtig blickten die beiden das Fohlen an, das erste Anstalten machte, sich aufzurappeln.

Sie gehören zusammen, realisierte Luisa in diesem Moment. Die beiden strahlten eine solche Harmonie aus, dass es gar keine andere Möglichkeit gab, und die Liebe zueinander war nahezu spürbar.

Luisa räusperte sich. »Wir sollten das Cria und die Mutter jetzt besser in Ruhe lassen.« Sie richtete sich auf und klopfte sich Grashalme von der Hose.

»Natürlich.« Sandra blickte in die Runde. »Ich weiß ja nicht, wie es euch geht. Aber ich könnte einen Kaffee gebrauchen.«

Sie gingen zum Haupthaus hinüber, wo Sandra Luisa als Erstes ins Badezimmer geleitete. Während sie sich Hände und Arme gründlich abschrubbte, reichte ihr Sandra durch den Türspalt ein sauberes T-Shirt. »Ich hoffe, das passt.«

»Danke.« Luisa nahm das Kleidungsstück entgegen.

»Wir sind dann gegenüber in der Küche«, sagte Sandra und schloss die Tür.

Das Shirt war etwas zu weit, aber Luisa war dankbar, aus ihrem vollkommen verdreckten Top herauszukommen. Sie wusch sich das verschwitzte Gesicht, fuhr sich durch die Haare und ging in die Küche, aus der es bereits verführerisch nach Kaffee und frisch gebackenem Kuchen duftete. Luisa bemerkte, dass sie einen Bärenhunger hatte.

Die mit hellen Holzmöbeln eingerichtete Wohnküche strahlte eine gediegene Gemütlichkeit aus. Sandra und Cedric werkelten im Küchenbereich, der vom Essbereich abgetrennt war. Dort saßen Martin und Bertram an einem langen Holztisch.

»Ich bin immer noch ganz fertig«, meinte Bertram gerade und wischte sich imaginären Schweiß von der Stirn.

»Du klingst, als hättest du selbst Hand angelegt«, spottete Martin amüsiert.

»Mental habe ich die ganze Zeit mitgefiebert«, rechtfertigte sich Bertram. »Luisa – du bist eindeutig die Heldin des Tages«, begrüßte er sie.

»Da stimme ich absolut zu.« Cedric kam mit einer Thermoskanne zum Tisch und schenkte jedem eine Tasse Kaffee ein.

Luisa setzte sich neben Martin auf einen Stuhl. »Das war doch selbstverständlich.«

»Jedenfalls hatten wir echt Glück, dass du zufällig zur Stelle warst«, sagte Sandra. Sie stellte einen Topfkuchen auf den Tisch und schob sich neben Cedric auf die Eckbank. Sofort legte er wieder den Arm um ihre Schultern und blickte sie liebevoll an. »Deine erste Alpaka-Geburt als frischgebackene Ehefrau.«

»Ach …« Bertram riss die Augen auf.

Sandra lachte. »Wir sind gestern erst aus den Flitterwochen zurück.« Sie strahlte ihren Mann an. »Was meinst du? Sollen wir Luisa zur Alpaka-Wanderung einladen? Als Dankeschön für die Geburtshilfe?«

»Klar, warum nicht?« Er sah seine Frau fragend an. »Gleich am Sonntag? Dann könnten deine Jungs mit.«

Sandra wandte sich an Luisa. »Hast du Zeit und Lust, am Sonntag mit meinen Jungs zu wandern?«

»Jungs?«, fragte Luisa.

»Carlos und Zorro. Meine beiden Alpaka-Hengste. Die habe ich auf den Hof mitgebracht. Sie sind quasi schuld daran, dass Cedric und ich uns kennengelernt haben. Nämlich im Alpaka-Handling-Seminar, das Cedric einmal im Jahr gibt.«

»Die beiden Hengste mussten sich erst in die Herde integrieren. Ich denke aber, sie sind jetzt so weit, dass sie mitwandern können«, fügte Cedric hinzu.

»Also, was sagst du?«, fragte Sandra. »Hast du spontan Zeit? Und natürlich gerne zu zweit.«

Luisa nickte begeistert. Zwar wusste sie nicht, was Tom Wennemann dazu sagen würde, dass sie die Verabredung zum Geocaching soeben in eine Alpaka-Wanderung umgemünzt hatte, aber das würde sie ihm schon beibringen.

»Verheiratet!« Bertram rang theatralisch beide Hände. Er saß auf dem Beifahrersitz und verschwand beinahe unter dem riesigen Alpaka-Kuscheltier, das er mit einem ordentlichen Rabatt erstanden hatte. »Dabei hätten Cedric und du so ein schönes Paar abgegeben.«

Luisa lächelte. »Cedric und Sandra sind das schöne Paar. Alles gut.« Im Grunde war sie erleichtert, einen weiteren Kandidaten auf Rosies Graupenstapel legen zu können, auch wenn Cedric Kamphusen alles andere als eine Graupe im eigentlichen Sinne war.

»Bleibt also nur der Steuer-Prinz«, meinte Martin. »Aber ob du mit einem Bürohengst glücklich wirst?«

»Gegensätze ziehen sich ja bekanntlich an.« Bertram schielte an dem Stofftier vorbei zu Luisa nach hinten. »Hast du nicht gerade eine Alpaka-Wanderung für zwei bekommen? Das könnte man vielleicht sogar mit Geocaching verbinden.«

»Das ist der Plan«, erklärte Luisa.

»In Gegenwart von Tieren offenbart sich die Natur des Menschen«, rezitierte Martin.

»Wie wahr«, sagte Luisa. »Von wem ist der Spruch?«

»Habe ich vergessen.«

»Egal!«, fuhr Bertram dazwischen. »Wenn die Alpakas ihn anspucken, weißt du gleich, dass mit ihm etwas nicht stimmt.«

Luisa lachte. »Klar, sie spüren es, wenn er insgeheim ein

gestörter Frauenmörder ist oder – schlimmer noch – keine Tiere mag.«

»Dann spucken sie ihn garantiert an«, meinte Martin.

Oliver kam ihr in den Sinn. Ob sie Ginger erneut zum Geocaching mitnehmen durfte, würde sie ihn garantiert nicht fragen. Überhaupt musste er nicht über jede ihrer Verabredungen Bescheid wissen. Seine Bedenken, dass Tom Wennemann sie mit zweifelhaften Absichten in den Wald locken wollte, waren ohnehin lächerlich.

Nachdem Martin und Bertram sie zu Hause abgesetzt hatten, beschloss Luisa, nicht lange zu fackeln, und rief den Steuerberater an.

»Eine Alpaka-Wanderung?« Tom klang skeptisch und amüsiert zugleich. »Sind das nicht die Viecher, die einen anspucken? Oder waren das Lamas?«

Grinsend verlagerte Luisa das Handy ans andere Ohr. »Lamas und Alpakas spucken beide. Alpakas allerdings eher selten, und dann meistens auf ihre Artgenossen. Als Mensch sollte man nur vermeiden, in der Schusslinie zu stehen.«

»Na dann«, antwortete er leicht abwesend. Sie hörte das Klappern seiner Tastatur. »Abschalten, entspannen, Glücksmomente erleben«, las er gleich darauf den Slogan vor, der auf der Website des Alpaka-Hofs prangte. »Hört sich vielversprechend an.«

»Danach können wir ja noch einen Cache heben«, sagte Luisa.

»Okay«, stimmte er zu. »Soll ich dich abholen, und wir fahren gemeinsam dorthin?«

»Klingt nach einem Plan.« Luisa gab ihm ihre Adresse durch und legte mit einem zufriedenen Lächeln auf. Ihr gefiel die Leichtigkeit, mit der er vom steifen Sie zum vertrauten Du gewechselt war. Sie näherten sich einander an. Luisa spürte ein freudiges Kribbeln im Bauch.

Am Sonntag wartete Luisa zur verabredeten Zeit vor dem Haus, als Tom Wennemann auch schon in die Einfahrt bog.

Er fuhr einen silbernen Opel, der schon einige Jahre auf dem Buckel hatte. Auf der Heckklappe prangte ein Aufkleber mit der Aufschrift »Cacher-Mobil«.

Er hielt direkt neben ihr, beugte sich über den Beifahrersitz und öffnete von innen die Tür. Luisa stieg mit flatterndem Magen ein.

»Und das gehört komplett dir?«, fragte er mit Blick auf das Haus.

Luisa bejahte. »Unten ist die Praxis, oben wohnen wir.« Sie räusperte sich. »Ich renoviere gerade die Wohnung im ersten Stock, wo früher Erik, mein verstorbener Partner, gewohnt hat. Und meine Tochter will in die Dachwohnung ziehen.«

Er gab einen überraschten Laut von sich. »Erik Hofmann, na klar! Er war ein paarmal bei mir in der Kanzlei. Das ist schon eine ganze Weile her, aber ich erinnere mich an ihn. Er wollte eine Beratung zur Erbschaftssteuer. Dass er gestorben ist, tut mir schrecklich leid.«

»Danke.« Ein Kloß bildete sich in Luisas Kehle. Dass Erik ihn ausgerechnet deswegen aufgesucht hatte, warf sie aus der Bahn.

Mitfühlend blickte er sie an. »Das ist sicher nicht einfach für dich. Ich meine, jetzt alles allein wuppen zu müssen. Wenn du also Hilfe benötigst, beim Umzug zum Beispiel …«

»Nett von dir. Zurzeit hilft es mir schon sehr viel weiter, wenn du die Steuersachen übernimmst.« Luisa zwang sich zu einem Lächeln. »Lass uns lieber das Thema wechseln.«

Er startete den Motor und fuhr los. Minutenlang hingen sie stumm ihren Gedanken nach. Dann sagte er: »Ein eigenes Haus ist etwas Tolles. Ich wohne in einer kleinen Einliegerwohnung in meinem Elternhaus. Solange ich allein lebe, reicht mir das. Außerdem kann ich meiner Mutter so unter die Arme greifen. Mein Vater lebt schon seit einigen Jahren nicht mehr.« Er warf ihr einen Seitenblick zu. »Und deine Eltern? Wohnen sie in der Nähe?«

Luisa lachte auf. »Kaum in Rente, haben sie sich ein Häuschen auf Mallorca gekauft und verbringen dort ihren Lebensabend. Ich sehe sie öfter über Skype als in echt.«

»Nicht schlecht«, meinte er anerkennend. »Das könnte ich mir für später auch vorstellen. Einfach das deutsche Schmuddelwetter hinter mir lassen und irgendwohin ziehen, wo es einen Strand gibt.«

Aber bestimmt nicht allein, dachte Luisa und warf einen verstohlenen Blick auf sein markantes Profil. Sie hätte zu gerne gewusst, warum dieser attraktive Mann noch Single war. »Darf ich dich etwas Indiskretes fragen?«, rutschte es ihr auch schon heraus.

Er lächelte. »Nur zu.«

»Hat es einen bestimmten Grund, dass du allein lebst?«

»Ich habe eine langjährige Beziehung hinter mir. Wir wollten heiraten, aber kurz vorher hat sie kalte Füße gekriegt. In der Zeit starb mein Vater, und da lag es nahe, erst einmal wieder in mein Elternhaus zu ziehen, um meine Mutter zu unterstützen.« Er überlegte kurz. »Das ist jetzt bald vier Jahre her. Ich hatte zwar die eine oder andere Verabredung, aber die Richtige war einfach nicht dabei. Ab einem gewissen Alter wird man wahrscheinlich wählerisch.«

Sie hatten den Alpaka-Hof erreicht, und er konzentrierte sich auf die Parkplatzsuche. »Ganz schön was los hier«, meinte er mit Blick auf die vielen Autos, die den Parkplatz verstopften.

Als sie auf den Hof kamen, lehnte Lilli an einem der Gatter und schwenkte kräftig beide Arme. »Hallo, Luisa! Luis geht es richtig prima!«

»Luis?«

Die Kleine lachte. »Das Hengstfohlen. Wir haben es nach dir benannt. Weil du ihm ja auf die Welt geholfen hast.«

»Cool«, murmelte Tom neben ihr. »Du hast mir ja gar nicht erzählt, dass du hier die Hofheldin bist.«

Luisa zwinkerte ihm zu. »Was glaubst du, warum ich umsonst eine Alpaka-Wanderung ergattert habe?«

Die Teilnehmer der Wanderung hatten sich am Gatter der Weide versammelt. Hinter dem Zaun stand Cedric Kamphusen zwischen den Tieren.

»Alpakas sind Herden- und Fluchttiere«, erklärte er. »Sie fühlen sich nur unter Artgenossen sicher. Deshalb führen wir die Wanderung immer mit mehreren Tieren durch.« Ein weißes Alpaka, das etwas abseits am Zaun stand, erregte Luisas Aufmerksamkeit. Sie trat vorsichtig näher und ließ sich von den großen, dunklen Kulleraugen gefangen nehmen. In ihr wuchs der Drang, die Arme auszustrecken und sich an das wollige Tier mit dem süßen Gesicht und der krausen Pudelkrone zu schmiegen. Das Alpaka blickte sie sanft und gleichzeitig eindringlich an, so als könnte es ihre geheimen Gedanken erraten. Luisa war dermaßen versunken, dass sie Sandra erst bemerkte, als diese sie antippte.

»Vorsicht. Wer einem Alpaka zu tief in die Augen schaut, ist für immer verloren.« Sie grinste. »Altes peruanisches Sprichwort.«

»Ich fürchte, der Peruaner hat recht.« Luisa riss sich widerwillig los.

Sandra begrüßte nun auch Tom und drückte ihm die Hand. »Schön, dass es so kurzfristig mit der Wanderung geklappt hat.« Sie deutete auf einen sandfarbenen Hengst mit frechem Gesicht und verwegener Wuschelfrisur. »Zorro ist heute dein Tier. Und du, Luisa, führst seinen Bruder Carlos. Das ist der Weiße dahinten mit den braunen Flecken und den schiefen Zähnen.«

»Deine Jungs, richtig?«

»Genau.« Sandra blickte Tom an. »Und du bist Luisas Freund?«

Er schüttelte lächelnd den Kopf. »Ehrlich gesagt, bin ich ihr Steuerberater. Aber was nicht ist …«, ergänzte er charmant. Luisa spürte, wie die Röte in ihre Wangen schoss. War das eine Absichtserklärung?

Cedric winkte Sandra zu sich auf die Weide. »Meine Frau wird euch jetzt noch etwas über Alpakawolle erzählen und was man daraus so machen kann«, sagte er. Die Art, wie er Sandra ansah, löste in Luisa ein Gefühl der Sehnsucht aus. Verstohlen blickte sie zu Tom, der sich mit den Unterarmen auf das Gatter gestützt hatte. Anscheinend gebannt verfolgte er, wie Sandra verschiedene Wollqualitäten herumreichte. In seiner Kanzlei hatte er Anzughose, Hemd und Krawatte getragen. Jetzt, in Outdoor-Hosen und blauem Shirt, das zur Farbe seiner Augen passte, gefiel er Luisa noch viel besser. Seine Arme waren kräftig gebräunt, was vermutlich dem Geocaching geschuldet war. Der typische Büromensch, der sich nur selten in der Natur bewegte, war er jedenfalls nicht.

Als hätte er Luisas Blick gespürt, drehte er den Kopf und lächelte ihr zu. Und da war es. Das verräterische Kribbeln. Der berühmte Funke. Luisa erwiderte sein Lächeln. Sie lehnte sich neben ihn auf den Zaun und hörte sich an, was Sandra über Qualität und Eigenschaften der Alpakawolle zu sagen hatte.

»Gerne dürfen Sie nach der Wanderung in unserem Shop stöbern, wenn Sie mögen. Der nächste Winter kommt bestimmt, und nichts wärmt die Füße besser als Socken aus Alpakawolle.« Damit schloss Sandra ihren Vortrag.

Als Nächstes zeigten sie und Cedric den Teilnehmern, dass sie immer von vorn auf die Tiere zugehen und ruckartige Bewegungen vermeiden sollten, um sie nicht zu verschrecken.

»Lasst eurem Alpaka etwas Raum, haltet Abstand.«

Dann verteilten sie die Tiere. Luisa bekam die Leine von Carlos, Tom die vom verwegenen Zorro in die Hand gedrückt.

»Haltet die Leine locker und geht einfach entspannt neben euren Tieren her«, wies Sandra sie noch einmal an, und dann marschierten sie auch schon los.

Die Leute redeten kaum, und wenn, dann nur leise. Alpakas mochten keine lauten Geräusche und ruckartigen Bewegungen, das hätte sie verschreckt. Deshalb waren sie auch angewiesen worden, ihre Handys lautlos zu stellen. Es herrschte eine entspannte, beinahe andächtige Stimmung. Tatsächlich strahlten die Alpakas nichts als Ruhe und Gelassenheit aus. Die Herde folgte dem Leittier, einem braunen Wallach mit dichter Wolle, der aussah wie ein Bär. Carlos und Zorro, die zum ersten Mal mitwanderten, bildeten den Schluss und zockelten einfach hinter ihren Artgenossen her.

Nach kurzer Zeit hatte Luisa nicht mehr den Eindruck, dass sie Carlos führte, sondern umgekehrt. Sie spürte, wie sie sich immer mehr entspannte. Bei strahlendem Sonnenschein durch die Natur laufend, ein knuffiges Alpaka an der Leine, da fiel es ihr leicht, zur Ruhe zu kommen. Zumal es sich weniger um eine Wanderung als um einen gemächlichen Spaziergang handelte. Die Tiere bewegten sich mit Leichtigkeit. Ihre Köpfe schienen über den Körpern zu schweben. Mit aufgestellten Ohren blickten sie sich neugierig um. Sie hatten es alles andere als eilig, und der Mensch passte sich ihrem Tempo an.

Luisas Blick blieb an Tom hängen, der mit Zorro an der Leine vor ihr lief. Sie mochte seinen Gang. Er bewegte sich, als hätte er Cowboystiefel an. Im Geiste sah sie ihn an einem Gatter lehnen, den Stetson lässig in den Nacken geschoben, während er sie auf einem Grashalm kauend musterte. Hastig blinzelte Luisa das Bild weg. Anscheinend war ihr Hirn so relaxt, dass sie von Phantasien heimgesucht wurde, die eindeutig in die Mottenkiste gehörten. Die Art, wie Tom sich bewegte, war bloß seinen leichten O-Beinen geschuldet. Jawohl. Sie schmunzelte. Mister Perfect war doch nicht makellos. Gut so.

Während sie noch innerlich kicherte, drehte sich Tom zu ihr um. Luisa verfing sich in seinem Blick. Im nächsten Moment wurde sie jäh nach vorne gerissen.

Sie fand sich zwischen piksenden Disteln und Brennnesseln wieder. Über ihr rupfte Carlos seelenruhig Gras. Das musste besonders saftig sein, weshalb er einen Satz über den Graben gemacht hatte, in dem sie gelandet war.

»Hast du dir was getan?« Tom kniete am Grabenrand und streckte ihr die Hand entgegen.

Luisa rappelte sich auf. »Autsch.« Eine Distel pikste sie in die Seite. Ihr rechter Handballen war aufgeschrammt, aber sonst schien sie unversehrt zu sein. Sie ergriff Toms Hand und ließ sich von ihm nach oben ziehen. Der Schwung beförderte sie in seine Arme.

»Dein Kopfsprung war filmreif.« Er zog einen Grashalm aus ihren Haaren.

Die Alpaka-Karawane hatte gestoppt. Sandra und Cedric kamen auf sie zu. »Bist du in Ordnung?«

»Nur ein paar Schrammen«, sagte Luisa. Sie fühlte sich benommen, wobei sie nicht wusste, ob das vom Sturz oder von Toms Nähe herrührte.

Er ließ sie los, trat einen Schritt zurück und nahm ihre Hände. »Lass mal sehen.« Sanft strich er mit dem Daumen über ihren Handballen, was ihr trotz der brennenden Wunde einen wohligen Schauer über den Rücken jagte.

»Das tut mir so leid«, sagte Sandra. Sie nahm von Cedric einen Verbandskasten entgegen, säuberte die Wunde und klebte ein Pflaster darauf. »Kannst du weitergehen? Oder willst du lieber zurück?«

Luisa schüttelte den Kopf. »Geht schon.«

Sandra bedachte den immer noch grasenden Carlos mit einem finsteren Blick. »Und jetzt zu dir, du Springinsfeld!«

Es dauerte eine Weile, bis sie den Alpaka-Hengst dazu gebracht hatte, zurück auf den Weg zu springen. »Fehlt nur noch, dass es ihm die anderen nachmachen«, murmelte sie.

Während der nächsten Viertelstunde verlief die Wanderung ohne Zwischenfälle. Bis Zorro sich mitten auf den Weg legte, um ein Nickerchen zu machen.

»Ach, komm schon!«, rief Tom und tat genau das, was man ihnen geraten hatte, niemals zu tun. Er zerrte am Strick und versuchte, den Hengst auf die Beine zu bringen. Zorro reagierte mit einem unwilligen Brummen und legte die Ohren an, aber Tom zog nach Kräften weiter. »Du sturer …« Das nächste Wort blieb ihm im Hals stecken, denn ein Batzen Alpakaspucke landete mitten auf seinem Shirt.

Luisa schlug die Hand vor den Mund, konnte das Lachen jedoch nicht ersticken.

Sandra bahnte sich den Weg an der Karawane entlang zu ihnen. »Alter Griesgram«, tadelte sie Zorro. Sie reichte Tom ein Taschentuch, mit dem er sich den grünbraunen Rotz notdürftig vom Shirt wischte.

Er rümpfte die Nase. »Das Zeug stinkt wie Hölle!«

»Den Geruch kriegst du erst nach mehrmaligem Waschen heraus«, sagte Sandra. »Ich habe da so meine Erfahrungen.«

»Kann ich mir vorstellen«, knurrte Tom. Nachdem er noch einmal an dem Fleck gerochen hatte, zog er sich kurzerhand das Shirt über den Kopf und faltete es grob zusammen.

Sandra musterte ihn grinsend. »Zum Glück ist es heute ja warm.«

Da Zorro sich inzwischen zum Weitergehen entschlossen hatte, drückte sie Tom die Leine in die Hand und ging wieder nach vorn zu Cedric.

Luisa bemühte sich nach Kräften, Toms nackten Oberkörper zu ignorieren. Aber es gelang ihr nicht. Immer wieder blieb ihr Blick an den geschwungenen Buchstaben hängen, die sich zwischen seinen Schulterblättern aneinanderreihten. Tom Wennemann trug auf seinem Rücken allen Ernstes ein Tattoo namens Jessica.

Zum Glück hatte Tom eine Tasche mit Sportsachen im Auto, aus der er nach der Wanderung ein halbwegs frisches Shirt fischte und überstreifte. »Jessica« verschwand unter Funktionswirkware in Himmelblau. Luisa atmete auf. Sie hatte sich schon neben dem halb nackten Tom im Auto sitzen sehen, den Blick stur geradeaus gerichtet, ein verräterisches Kribbeln im Gesicht. Bestimmt wären sie auch noch von der Polizei angehalten worden, die kontrollierte, ob ein Exhibitionist am Steuer saß.

Nachdem er das mit Alpakaspucke besudelte T-Shirt in eine Plastiktüte gestopft und im Kofferraum verstaut hatte, lehnte sich Tom ans Auto und sah sie an. »Bereit für den Cache?«

Luisa nickte abwesend. Ihre Gedanken wirbelten durcheinander. Wer war Jessica? Die Ex-Verlobte? Sein Meerschweinchen? Oder gar seine Mutter?

In dem Moment klingelte sein Handy. Die Melodie kam Luisa vage bekannt vor.

»Hallo, Mama«, sagte Tom mit leicht genervtem Unterton. Angestrengt presste er das Handy gegen sein Ohr und stieß einen langen Seufzer aus. »Okay. Ich halte auf dem Rückweg an einer Tankstelle. Es kann aber dauern.« Er beendete das Gespräch und stopfte sein Telefon in die Gesäßtasche.

»Deine Mutter?«, fragte Luisa überflüssigerweise.

Er versuchte sich an einem Lächeln, aber es wollte nicht recht gelingen. »Typisch Rentnerin. Manchmal weiß sie nicht mehr, welcher Wochentag gerade ist. Jedenfalls ist ihr eben aufgefallen, dass ihr die Milch ausgegangen ist.«

»Verstehe.« Luisa merkte, wie unangenehm ihm das Thema war. »Liegt der Cache, den du suchen willst, hier in der Nähe? Oder müssen wir woandershin fahren?«, fragte sie daher.

Er öffnete die App auf seinem Handy. »Es gibt zwar auch welche hier in der Nähe, aber ich möchte dir einen ganz besonderen zeigen. Wir fahren ins Moor.«

Das Bissendorfer Moor sei das am besten erhaltene Hochmoor in Niedersachsen, erzählte er ihr auf der Fahrt, und dass der Cache an einem Aussichtsturm versteckt sei. Nachdem er ihr den Namen genannt hatte, rief Luisa den Cache in der App auf und las die letzten Logeinträge. Besonders spektakulär schien das Versteck nicht zu sein. Meistens war die Dose schnell gefunden worden. Sie lehnte sich in dem Sitz zurück und genoss die Stille, die sich zwischen ihnen ausbreitete. Die Haut an ihren Schultern prickelte von zu viel Sonne, die Schürfwunde am Handballen pochte. Trotzdem fühlte sie sich wohl. Sie überlegte, ob sie ihn nach Jessica fragen sollte, und holte schon Luft, als Tom das Radio einschaltete.

Der eingängige Rhythmus eines Schlagers schallte lautstark aus den Boxen. Toms Finger klopften fröhlich zum Takt auf das Lenkrad. Es war nicht so, dass Luisa Schlagermusik hasste. Sie konnte es bloß nicht leiden, wenn gestandene Frauen mit Kleinmädchenstimme schlicht gestrickte Textzeilen sangen und mit niedlichen Kieksern abschlossen.

»Kannst du das bitte leiser machen?«, schrie sie, um das Wummern zu übertönen. Er regelte den Sound auf ein erträgliches Maß herunter.

»Sorry, ich finde, Schlager muss man einfach laut hören.« Er bog in einen Feldweg ab. »Wir sind gleich da.«

Sie parkten am Waldrand und folgten dem Wanderweg durch einen Mischwald. Zwischen den Bäumen schimmerte schwarzes Moorwasser. Der Wald war jedoch licht genug, dass sich in den Tümpeln der blaue Himmel spiegelte. Luisa hielt ihr Handy und folgte dem Pfeil auf dem Display.

»Da entlang.« Sie schlug einen Pfad ein, der von Gräsern und hüfthohem Farnkraut gesäumt war. Hier war der Weg so schmal, dass Tom hinter ihr gehen musste. Ihre Schritte auf dem weichen Waldboden klangen dumpf. Ganz in der Nähe hörte Luisa das Klopfen eines Spechts. Sie blieb stehen und suchte die Bäume ab.

»Die Eiche da drüben, unter dem dicken Ast.« Tom trat dicht hinter sie und deutete auf die Stelle, wo ein Buntspecht sich an den Stamm gekrallt hatte. Die Finger seiner anderen Hand lagen locker an ihrer Hüfte. »Solche Momente erinnern mich immer an meinen Vater«, sagte er. »Als Kind ist er oft mit mir in den Wald gegangen. Er kannte alle Vogelarten.« Sein Atem kitzelte Luisas Nacken.

»Sicher vermisst du ihn«, entgegnete sie mit belegter Stimme.

»Inzwischen geht es. Aber am Anfang …« Er lachte leise. »In der ersten Zeit habe ich sogar manchmal mit ihm gesprochen. Ich hatte den Eindruck, dass er irgendwie noch da ist – verrückt, oder?«

Luisa bekam eine Gänsehaut. Überrascht drehte sie sich halb zu ihm um. »Nein, überhaupt nicht.« Sie suchte seinen Blick, aber er schaute weiterhin in die Wipfel der Bäume.

Der Vogel hämmerte noch einmal gegen das Holz, dann flog er davon. Tom löste seine Finger von ihr, schob sich an Luisa vorbei und ging voran. Der Moment war vorüber.

Nachdenklich betrachtete sie seinen breiten Rücken. Wegen seines Aussehens neigte manch einer womöglich dazu, Tom für oberflächlich zu halten. Aber in der attraktiven Hülle steckte ein sensibler Mann, der seinen Vater vermisste. Erneut schien sich Eriks Hinweis zu bewahrheiten. Der erste Eindruck konnte täuschen.

Nach einer Weile erreichten sie den Waldrand und traten zwischen den Bäumen hervor. Ein mit Rindenmulch ausgestreuter Weg führte zu dem hölzernen Aussichtsturm, in dessen Nähe der Cache versteckt sein sollte. Sie fanden die Dose am Fuß des Turms neben einem der Betonfundamente. Es war schwül, Stechmücken schwirrten im kniehohen Gras. Tom trug ihre Namen ins Logbuch ein und verstaute den Cache wieder an seinem Platz. Fluchend schlug er nach einem der Blutsauger. »Besser, wir halten uns hier nicht länger auf.«

Sie stiegen zügig auf den Turm. Unter dem hölzernen Dach war es schattig, eine leichte Brise wehte. Luisa ließ den Blick über die weite, baumlose Landschaft schweifen, die sich vor ihnen erstreckte, und blieb an einer Wasserfläche hängen. »Ist das dahinten ein kleiner See?«

Tom lehnte sich neben ihr auf die Brüstung. »Der Muswillensee. Um den rankt sich sogar eine Sage.«

»Echt?« Luisa stützte sich ebenfalls auf die Brüstung. »Lass mich raten. Es handelt sich um den Fußabdruck eines Riesen. Vermutlich stammt er von ebenjenem Riesen, der die Burg am Deister auseinandergerissen hat, die Kukel… Küken…« Sie schnippte mit den Fingern. »Wie hieß die Burg noch mal?«

»Welche Burg?« Er blickte sie verständnislos an.

Mist. Die Legende hatte ihr ja Oliver erzählt. Sie drängte den Gedanken an ihn beiseite. Der hatte hier und jetzt nun wirklich nichts verloren. »Egal«, sagte sie. »Beim Cache im Deister stand was über Riesen und eine Burg in der Beschreibung.«

»Ach so.« Er schmunzelte. »Dass ein Riese ein Loch in die Erde getrampelt hat, würde mir auch gefallen. Aber die Sage geht so: Im Moor soll einmal ein Schloss gestanden haben, in dem ein Räuber wohnte. Die Schätze, die er bei seinen Überfällen erbeutete, hortete er darin. Aber eines Tages hatten die Leute die Nase voll von seinen Raubzügen. Sie marschierten gemeinsam zum Schloss, machten den Räuber dingfest und nahmen ihm seine Beute wieder ab. Nur eine Kiste mit Gold, die er im Keller versteckt hatte, konnten sie nicht finden. Dem Richter hat der Räuber dann geschworen, dass sich der Goldschatz nicht mehr in seinem Schloss befände. Und wenn das nicht wahr sei, solle es augenblicklich im Moor versinken.«

»Und?«, fragte Luisa.

Tom sah sie an. »Das Schloss versank tatsächlich, und an der Stelle, wo es gestanden hatte, entstand ein finsterer See.« Er wies auf die schmale Wasserfläche, die sich nur vage zwischen den Grasbüscheln andeutete. »Die Schatzkiste soll immer noch da unten liegen und von einem großen schwarzen Hund bewacht werden. Einmal, so heißt es, ist ein Taucher in den See gestiegen, um den Schatz zu bergen. Er tauchte nie wieder auf. Nur sein Blut stieg an die Oberfläche.«

Luisa schüttelte sich. »Gruselig.« Sie stupste ihren Ellbogen gegen seinen. »Das hast du dir aber nicht gerade erst ausgedacht, oder?«

Tom griente. »Wikipedia. Ich wollte dich beeindrucken.«

Er lehnte so nah neben ihr auf der Brüstung, dass sich ihre Schultern berührten. Sie spürte, dass er sie ansah. »Halt mal still«, sagte er, »du hast eine Spinne im Haar.«

»Wo?« Hektisch fuhr Luisa auf und tastete ihren Kopf ab. Bei Spinnen, die auf ihr herumkrabbelten, hörte die Tierliebe auf. »Groß oder klein?«

»Handtellergroß. Mindestens.« Sacht fuhr er mit den Fingern durch ihre Haare. »Hab ich dich, du Biest«, murmelte er und hielt ihr ein stecknadelkopfgroßes Tierchen vors Gesicht. Dann pustete er die Spinne von seiner Fingerkuppe. Sein Atem streifte ihre Wange. Sein Blick hielt ihren fest. Im nächsten Moment beugte er sich zu ihr herunter und küsste sie. Es war ein sanfter Kuss. Sie brachte ihre Arme nach oben und legte die Hände auf seine Schultern. Tom zog sie an sich, doch gerade als der Kuss intensiver wurde, klingelte sein Handy.

Während er sich von ihr löste und nach dem Gerät tastete, rätselte Luisa erneut, um welches Lied es sich bei dem Klingelton handelte. Verdammt, sie kam nicht drauf.

19

Bertram setzte sich auf ein beigefarbenes Sofa und wippte prüfend auf und ab. »Zu hart«, befand er.

»Zu weich«, meinte Rosie, nachdem sie ebenfalls Platz genommen hatte.

»Wir hätten Proviant einpacken sollen«, sagte Luisa und ging weiter. Seit Stunden wanderten sie durch das Möbelhaus, um eine adäquate Sitzgelegenheit für ihr neues Reich auszusuchen. Sie war von der Auswahl komplett überwältigt. Es waren einfach zu viele. Wie sollte man sich da entscheiden? Schon als sie auf der Rolltreppe zur Sofa-Abteilung hinaufgeschwebt waren, hatte sich der Verdacht in ihr breitgemacht, das Möbelhaus könnte sich als ein schier unendliches Labyrinth ohne Wiederkehr entpuppen. Man entdeckte eine Couch, saß Probe, machte sich vertraut. Aber sobald man um die nächste Ecke bog, betrat man neue Räume, eröffneten sich neue Möglichkeiten. Und neue Polster. Der Glanz des letzten Sofakandidaten verblasste, oder er kam nicht mehr in Betracht. Es war beinahe so wie bei Eriks Männern.

Luisa ließ sich auf ein Ledersofa sinken, das der Chippendale-Garnitur aus dem Auktionshaus zum Verwechseln ähnlich sah.

»So eins kommt keinesfalls in Frage.« Rosie klopfte mit den Fingerknöcheln dagegen. »Diese Nieten zerstören Strickwaren.«

»Außerdem stinkt es.« Luisa rümpfte die Nase. Zu dem ohnehin schon penetranten Neumöbel-Muff gesellte sich beißender Ledergeruch. Wie hielten Möbelverkäufer das bloß den ganzen Tag lang aus, ohne Kopfschmerzen zu bekommen? Zudem litten sie bestimmt unter Mangelerscheinungen, weil ihnen das Tageslicht fehlte. Luisa wünschte sich nach draußen auf eine sonnenbeschienene Wiese mit grasenden Alpakas.

»Wir sollten strategisch vorgehen.« Bertram setzte sich neben sie. »Welcher Couch-Typ bist du? Liegst du oder sitzt du lieber, brauchst du ein Kissen im Rücken oder eine klare Kante? Eher Wohnlandschaft oder klassisches Ecksofa? Und wie viele Personen müssen Platz finden, wenn du all deine Freunde oder die bucklige Verwandtschaft zu Besuch hast?«

»Unempfindlich gegen Katzenhaare, Krallen und Popcorn und gemütlich sollte es sein. Mehr verlange ich nicht«, sagte Luisa.

Bertram holte den Grundriss der Wohnung aus seiner Mappe und fächerte Leonies Farbmuster auf. »Anthrazit oder Graublau? Oder ein kräftiges Petrol?«, sinnierte er.

»Ein schönes Muster wäre doch nett«, mischte sich Rosie ein. »Blumen zum Beispiel.«

»Sofas mit Blümchenmuster machen unentspannt«, behauptete Bertram. »Das Blumen-Thema haben wir außerdem schon im Flur abgehandelt.«

»Ich kann mich auf meinem geblümten Sofa sehr gut entspannen«, konterte Rosie.

Luisa erhob sich leise und ließ die Streithähne sitzen. In ihrem Eifer bemerkten sie nicht einmal, dass sie um die nächste Ecke floh. Und da stand es. Es war Liebe auf den ersten Blick. Ein schlichtes Ecksofa in genau der richtigen Größe. Luisa schlüpfte aus ihren Schuhen und ließ sich auf der breiten Liegefläche nieder. Herrlich. Da hatte Herbert genug Platz, um sich neben sie zu legen. Sie wippte ein paarmal auf und ab. Nicht zu hart und nicht zu weich. Perfekt.

»Hier bist du!« Rosie kickte ihre Sandalen von den Füßen und krabbelte neben ihr auf das Polster. »Rück mal.«

Luisa machte für sie Platz, indem sie die Beine leicht aufstellte. Sie seufzte wohlig. »Ich hätte jetzt gern etwas Tee und Gebäck.«

Rosie faltete lang ausgestreckt die Hände über ihrem Bauch. »Zu zweit liegt es sich hier richtig gut.«

Bertram fand ebenfalls noch Platz. »Perfekt zum Kuscheln. Zum Beispiel mit Steuer-Tom.«

»Womit wir beim Thema Nummer eins wären«, stieg Rosie ein. »Wie läuft es denn mit ihm?«

»Das würde mich auch brennend interessieren«, sagte Bertram und rückte näher an Luisa heran.

Sie zuckte mit den Schultern. Nachdem der Kuss auf dem Aussichtsturm abrupt vom Anruf seiner Mutter unterbrochen worden war, die ein Einmachglas nicht aufbekam und außerdem auf den versprochenen Einkauf wartete, hatte er Luisa nach Hause gebracht. Allerdings nicht, ohne sie noch einmal zärtlich zu küssen und sich gleich für den nächsten Abend mit ihr in seinem Lieblingsrestaurant zu verabreden. Das Weinlokal im Herzen der Südstadt war genau Luisas Fall gewesen. Sie hatten sich angeregt unterhalten und nach dem Essen einen urbanen Geocache ganz in der Nähe geloggt. »Gut. Es läuft gut.«

Rosie richtete sich halb auf und stützte sich auf ihre Unterarme. »Geht es vielleicht etwas konkreter?«

»Wir schreiben uns regelmäßig, waren zusammen essen und geocachen«, erwiderte Luisa. »Wir nähern uns an, haben ähnliche Interessen, und ja … Es kribbelt ganz ordentlich.«

Bertram geriet ins Schwärmen. »Schätzchen, ich wüsste ganz genau, was ich mit so einer Sahneschnitte alles anstellen würde. WhatsApp schreiben und Dosen suchen gehören eindeutig nicht dazu. Oder hat er dich beim Geocaching schon auf dem Waldboden vernascht?«

»Genau«, stimmte Rosie zu. »Wollt ihr nicht langsam auf das nächste Level?«

Luisa antwortete nicht. Bis auf Küssen und Händchenhalten war noch nichts zwischen ihnen passiert. Ihr gefiel es, dass Tom sie nicht gleich zu mehr drängte, aber das musste sie Bertram und Rosie ja nicht auf die Nase binden. »Wir gehen es halt langsam an«, sagte sie.

»Ein bisschen mehr Leidenschaft, bitte«, forderte Rosie.

Bertram betrachtete Luisa mit forschendem Blick. »Wie würdest du das Kribbeln einordnen? Eher Kleinwagen oder Lamborghini?«

»Der Vergleich hinkt aber gewaltig.« Luisa lachte.

»Finde ich nicht«, meinte Rosie. »Ein Kleinwagen mit fünfzig PS löst beim Beschleunigen keine besonderen Gefühle aus. Ein Lamborghini schon.«

Bertram zielte mit dem Finger auf Rosie. »Ganz genau!«

Luisa bemühte sich, nicht zu lachen. Selten hatte sie die beiden so einig erlebt. »Mittelklassewagen«, sagte sie.

»Okay ...« Rosie kräuselte die Lippen.

»Immerhin. So ein Modell hat schon ordentlich was unter der Haube und bietet außerdem eine gewisse Bequemlichkeit«, wiegelte Bertram ab.

»Auch wieder wahr«, lenkte Rosie ein. »Ein Lamborghini ist das pure Abenteuer, aber der sichere Hafen ...«

Luisas Handy, das sie neben sich auf das Polster gelegt hatte, leuchtete auf. Bertram beugte sich neugierig vor, um die Nachricht zu lesen, die auf dem Sperrbildschirm aufploppte. »Uh! Er will morgen Abend für dich kochen.«

»Also, eigentlich geht euch das überhaupt nichts an!« Luisa schnappte sich das Handy und rutschte damit von der Liegefläche. Während sie eine Antwort tippte, konnte sie nicht verhindern, dass sich ein Lächeln auf ihrem Gesicht breitmachte.

20

Tom wohnte im Südosten Hannovers, in einer gutbürgerlichen Wohnsiedlung mit Einfamilienhäusern aus den siebziger und achtziger Jahren. Als Luisa La Toya in eine Parklücke manövrierte, fiel ihr erst in letzter Sekunde ein, dass sie ja eine Anhängerkupplung hatte. Hektisch trat sie auf die Bremse. Beinahe hätte sie die Front des Wagens hinter sich eingedrückt. Was war bloß los mit ihr? Sie wäre besser mit dem Rad gefahren, die Bewegung hätte ihre Aufregung bestimmt eingedämmt. Aber mit dem neuen kurzen Kleid hatte sie nicht auf den Sattel steigen wollen – wobei die Riemchensandalen, die sie trug, auch nicht gerade das ideale Schuhwerk zum Autofahren darstellten. Sie zog den Schlüssel ab, klappte die Sonnenblende herunter und kontrollierte ihr Make-up im Spiegel. Dass sie das letzte Mal sorgfältig zurechtgemacht und mit Aussicht auf eine leidenschaftliche Nacht zu einem Date gegangen war, war gefühlt hundert Jahre her. Da durfte man schon mal nervös sein.

Der Eingang zu Toms Wohnung lag abseits der Straße. Luisa musste seitlich am Haus vorbei. Ihre Absätze klackerten über den Plattenweg, als sie ein Fenster passierte. Hinter den Gardinen flackerte ein Fernseher. Vermutlich das Wohnzimmer seiner Mutter. Luisa beschleunigte ihren Schritt und wechselte unwillkürlich auf die Zehenspitzen.

Sie suchte noch nach dem Klingelknopf, da riss er auch schon die Haustür auf.

»Du siehst toll aus.« Tom begrüßte sie mit dem offenen Lächeln, das sie von Anfang an für ihn eingenommen hatte, und drückte ihr einen Kuss auf den Mund. Er trug eine Schürze mit der Aufschrift »Küchenmeister« und roch frisch geduscht. Über den winzigen Flur lotste er sie in eine Wohnküche, in der laut Schlagermusik lief. Eilig griff er nach einer Fernbedienung, regelte die Lautstärke herunter und suchte einen anderen Sender. Eine Popballade erklang, was eindeutig besser zu dem romantischen Candle-Light-Dinner passte, zu dem er sie eingeladen hatte. »Setz dich doch schon mal«, sagte er.

Er hatte stilvoll eingedeckt, mit Platzsets, Stoffservietten und Blumen. Hohe Weingläser funkelten im Kerzenlicht. Der Mann legte sich richtig ins Zeug. Etwas befangen ließ sich Luisa am Tisch nieder, der den Bereich vor dem Küchentresen einnahm. Dahinter werkelte Tom konzentriert an Pfannen und Töpfen.

Sie schaute sich neugierig um. Der Raum ging direkt in ein kleines Wohnzimmer über, das mit Ledersofa, Fernseher, Computerecke und halb vertrocknetem Gummibaum den Charme einer Junggesellenbude verströmte. Ein bunter Druck an der Wand über dem Sofa brachte ein wenig Farbe in die Wohnung, die ansonsten weiß gestrichen war.

»Weiß ist geradezu lebensfeindlich.« Schlagartig begriff Luisa, was Bertram damit gemeint hatte. Entweder fehlte Tom ebenso wie ihr das Talent für eine gemütliche Raumgestaltung, oder es war ihm egal, weil er sich sowieso nie lange hier aufhielt. Immerhin besaß er ein Bücherregal, und soweit Luisa erkennen konnte, enthielt es neben Fachliteratur eine Reihe Romane sowie eine kleine DVD-Sammlung. Das Zimmer war penibel aufgeräumt, was man von der Küche nicht gerade behaupten konnte. Hier herrschte das blanke Chaos.

»Es gibt Calenberger Pfannenschlag«, sagte Tom. »Natürlich vom Metzger meines Vertrauens. Meine Mutter kauft dort schon seit Jahren ein.« Er hielt eine flache Dose hoch wie eine Trophäe.

Luisa konnte bloß nicken. Sie hatte das traditionelle hannoversche Gericht noch nie probiert. Skeptisch beäugte sie die Dose mit der Aufschrift »Hausmacher-Wurst, Calenberger Art.«

»Was genau ist da eigentlich drin?«

»Gekochtes Rinder- und Schweinefleisch, Hafergrütze und Gewürze«, antwortete Tom munter, während er gekonnt eine Zwiebel hackte.

»Und was gibt es dazu?«

»Salzkartoffeln, Gewürzgurken und obendrauf ein Spiegelei – was auch sonst.« Er blickte von der Pfanne auf. »Oh Gott. Ich Idiot. Du bist doch nicht etwa Vegetarierin?«

Luisa zögerte. Sie begrenzte ihren Fleischkonsum schon seit Jahren auf ein Minimum, aber dass sie komplett vegetarisch lebte, konnte sie nicht wirklich behaupten. »Ich esse Fleisch, aber eher selten«, sagte sie. »Wenn ich mir ein gutes Stück gönne, dann meistens im Restaurant. Und Calenberger Pfannenschlag habe ich ehrlich gesagt noch nie probiert.«

Er wirkte erleichtert. »Es sieht zwar etwas gewöhnungsbedürftig aus, aber du wirst es mögen.«

Luisa stellte sich an den Küchentresen und linste auf den Herd. Tom schabte die Zwiebelwürfel vom Brett in die Pfanne, dünstete sie an und gab den Inhalt der Dose dazu. Die graue Wurstmasse sah aus wie etwas, das schon einmal gegessen worden war. Hoffentlich konnte sie beim Essen ihr Kopfkino ausblenden. »Kann ich dir irgendwie helfen?«, fragte sie.

»Du könntest den Wein aus dem Kühlschrank nehmen und aufmachen«, sagte Tom. »Ich habe den Weißwein gekauft, den du neulich so gerne mochtest.«

»Okay.« Luisa umrundete den Tresen und schob sich neben ihn. Unter lautem Brutzeln schob Tom den Inhalt in der Pfanne hin und her. Das Fleischbrät hatte eine leichte Bräunung angenommen, schwamm jetzt allerdings im Fett. Optik und Konsistenz stellten für Luisa eindeutig eine Herausforderung dar, aber es duftete vielversprechend. Und Fett war ja immer auch ein Geschmacksträger.

»Der Kühlschrank ist hinter mir, der Öffner in der Schublade daneben«, erklärte Tom.

Der Platz zwischen Herd und Kühlschrank war nicht für zwei Personen gemacht. Luisa gelang es gerade so, die Kühlschranktür einen Spalt weit zu öffnen. Sie musste in die Hocke gehen, um die Flasche herauszunehmen. Beim Aufstehen stieß sie prompt mit dem Hintern gegen seinen.

»Entschuldige.« Sie drehte sich um, erwischte mit der Flasche seinen Ellbogen, der Pfannenwender flog ihm aus der Hand und schlitterte über die Arbeitsfläche. »Oh. Sorry. Es ist aber auch eng hier.« Mit erhobenen Händen tänzelte Luisa an der noch geöffneten Kühlschranktür vorbei und warf sie dabei mit einem Hüftschwung zu.

In dem Moment drehte sich Tom um, versperrte ihr den Weg und maß sie mit hungrigen Blicken. Ohne sie aus den Augen zu lassen, nahm er ihr die Flasche ab und stellte sie neben den Herd. Luisa kam sich entwaffnet vor. Sein Blick nahm sie gefangen. Er schlang einen Arm um ihre Taille und zog sie an sich. Mit der freien Hand schob er die Pfanne beiseite und drehte den Herd aus. »Essen können wir auch später«, raunte er ihr ins Ohr.

Luisa bekam eine Gänsehaut.

Sein Kuss war fordernd, nicht zu vergleichen mit der zärtlichen Annäherung auf dem Aussichtsturm im Moor. Als er sie hochhob und vor sich auf die Arbeitsplatte setzte, umklammerte sie seinen Nacken. Sein Atem in ihrer Halsbeuge erzeugte ein Kribbeln auf ihrer Haut. Seine Hand wanderte unter ihren Rock, liebkoste ihre Schenkel. Als sich sein Daumen den Weg unter ihren Slip bahnte, blitzte in Luisas Gedanken die Frage auf, ob an seinen Fingern womöglich noch Zwiebelsaft haftete.

Ernsthaft, Luisa? Spring, dachte sie, lass dich fallen! Doch noch ehe sie den mentalen Schalter umlegen konnte, zog er abrupt seine Hand zurück und hob sie blitzschnell vom Tresen herunter.

»Tommie? Kannst du bitte mal kommen, die Waschmaschine …« Die ältere Dame, die in der geöffneten Tür stand, stockte und starrte Luisa an. Sie hatte die gleichen Augen wie ihr Sohn.

»M-Mama«, stammelte Tom. Eilig arrangierte er seine Schürze so, dass man die Ausbeulung in seiner Lendengegend nicht sah. »Wir … kochen gerade.« Er bückte sich nach dem Pfannenwender, der auf dem Boden gelandet war, und zog dabei Luisas Rock wieder in Position.

Luisas Wangen brannten. Was dachte sich diese Frau dabei, ohne Vorwarnung in seine Wohnung zu platzen? Sie blickte Tom fragend an, aber der war anscheinend in Schockstarre verfallen.

»Ich wusste ja gar nicht, dass du Besuch hast«, sagte seine Mutter mit vorwurfsvollem Unterton. Dann drehte sie sich um und humpelte in den schummrigen Flur. »Mein Badezimmer steht unter Wasser.«

Tom watete zur Waschmaschine, die im Schleudergang vibrierte, und stellte sie aus. Er beugte sich über das Gerät. »Der Schlauch ist ab. Und das alte Ding hat nicht mal Waterstop.«

»Aber sie funktioniert noch einwandfrei«, sagte seine Mutter. Sie warf Handtücher ins schaumige Abwasser, das bereits auf den Flur zu schwappen drohte. Als sie sich bückte und ein vollgesogenes Handtuch durch die Lauge zog, sah Luisa, wie deformiert ihre Fingerknöchel waren.

»Lassen Sie mich das machen.« Sie schlüpfte aus ihren Sandalen und nahm ihr das tropfende Handtuch ab. »Haben Sie einen Eimer und Aufnehmer?«

Kurze Zeit später stand Luisa barfuß neben Tom in der Waschlauge. Sie warf die nassen Handtücher in die Badewanne und wischte mit einem Mopp das restliche Wasser auf.

»Es tut mir so leid.« Toms Mutter rang die Hände. »Normalerweise hätte ich geklingelt, aber ich war so aufgeregt«, sagte sie zu Luisa. Dann wandte sie sich an ihren Sohn. »Kannst du mir deinen Besuch vielleicht mal vorstellen?«

Tom, der die Waschmaschine aus der Ecke gerückt und den Schlauch wieder befestigt hatte, richtete sich ächzend auf.

»Luisa Loewe«, stellte er sie vor. »Luisa, das ist meine Mutter.«

»Hallo, Frau Wennemann«, sagte Luisa automatisch. Sie fühlte sich wie ein Schulmädchen.

»Nennen Sie mich Barbara. Und duzen sollten wir uns auch. Sonst fühle ich mich noch älter als ohnehin schon.«

Die alte Dame lächelte, als Luisa nickte. »Du bist also die Tierärztin. Freut mich, dich kennenzulernen.«

»Ganz meinerseits.« Vorsichtig drückte Luisa die knotige Hand, die Barbara ihr entgegenstreckte.

»Habe ich da eben Calenberger Pfannenschlag gerochen?« Toms Mutter blitzte der Schalk aus den Augen. Und das offene Lächeln hatte er eindeutig von ihr.

Barbara Wennemann sah mit skeptischem Blick in die Pfanne. »Hast du es auch ordentlich angebraten? Du weißt ja, wegen der Röstaromen.« Sie wandte sich an Luisa und senkte verschwörerisch die Stimme. »Das ist das einzige Gericht, das er beinahe so gut hinbekommt wie ich.«

»Möchten Sie – ich meine: du – mit uns essen, auf den Schreck?«, rutschte es Luisa heraus.

»Da sage ich nicht Nein.« Toms Mutter nahm ohne Umschweife am Tisch Platz. »Das ist dir doch recht, Tommie?«

»Natürlich. Es ist ja genug da«, antwortete Tom mit deutlichem Bedauern in der Stimme, während er die Pfanne erneut anheizte.

Barbara Wennemann genoss es augenscheinlich, in Gesellschaft zu essen. Vermutlich kam es nicht so oft vor, dass Tom für seine Mutter kochte. »Meistens ist es umgekehrt«, sagte sie auf Luisas Frage hin. »Jedenfalls am Wochenende. Unter der Woche isst Tommie in der Kanzlei. Da bereite ich mir nur etwas Schnelles zu. Und an Tagen, wo es mit meiner Gicht schlimmer wird, bestelle ich mir was.«

Die erste Gabel Calenberger Pfannenschlag kostete Luisa noch Überwindung, aber dann stellte sie überrascht fest, dass es tatsächlich köstlich schmeckte.

»Jetzt kassierst du aber einen ganz dicken Pluspunkt bei meinem Sohn. Nicht wahr, Tommie?« Barbara Wennemann beugte sich vor und tätschelte Luisas Arm. »Seine Ex-Freundin konnte sich mit seinem Leibgericht auch nach sieben Jahren nicht anfreunden.« Sie winkte ab. »Ich bin froh, dass er ihr nicht länger nachtrauert. Hat lange genug gedauert.«

Damit häufte sie eine zweite Portion Pfannenschlag auf ihren Teller.

Luisa verkniff sich die Bemerkung, dass sie mit ihrer Gicht davon lieber nicht so viel essen sollte.

»Mein Tommie ist nämlich eine treue Seele. Sie hingegen hat sich schnell aus dem Staub gemacht, als es mal etwas schwierig wurde.«

»Mama!« Tom war rot angelaufen. »Das interessiert Luisa bestimmt nicht.«

»Wieso? Meinst du, das schreckt sie ab?«, erwiderte seine Mutter leichthin.

Irritiert wich Luisa ihrem Blick aus. Warum sollte Toms langjährige Beziehung sie abschrecken? Ob seine Verflossene Jessica hieß? Die Frage lag ihr schon auf der Zunge, aber Barbara hatte längst auf andere Themen umgeschwenkt. Und ihr Redestrom ließ sich nur schwer unterbrechen.

»Tommie war so ein Wonneproppen«, schwärmte sie Luisa vor, nachdem sie ihr den Tag seiner Geburt in allen Einzelheiten beschrieben hatte. Tom zog hinter ihrem Rücken mal entschuldigende, mal genervte Grimassen, während sie von seiner Kindheit und am Ende von seinen Jugendsünden erzählte. Aber Luisa merkte auch, dass er sie genau beobachtete. Anscheinend gefiel ihm, wie geduldig sie dem Monolog seiner Mutter lauschte und dass sich zeitweise sogar Ansätze eines Gesprächs zwischen ihnen entwickelten. Auf der anderen Seite war ihm anzusehen, dass er viel lieber da weitergemacht hätte, wo sie vorhin aufgehört hatten. Immer wieder fing Luisa Blicke von ihm auf, in denen die Frage mitschwang, ob sie nach dem Essen bleiben würde. Dabei merkte sie allerdings immer deutlicher, dass sie so weit noch nicht gehen wollte.

Luisa ließ es bei einem Glas Wein bewenden und trank lieber Wasser, um einen klaren Kopf zu behalten und noch fahren zu können. Vielleicht sollte sie Barbara Wennemann oder vielmehr deren altersschwacher Waschmaschine für die Unterbrechung dankbar sein. Sonst hätte sie sich garantiert in Toms Bett wiedergefunden.

Aus dem Augenwinkel nahm sie eine vertraute Bewegung wahr und bekam prompt einen Schluckauf.

»Hicks.«

»Das haben wir gleich, Schätzchen.« Barbara Wennemann füllte Luisas Glas randvoll mit Wasser und schob es ihr zu. »Verkehrt herum trinken.« Ihr Ton duldete keinen Widerspruch.

Gehorsam stand Luisa auf. »Hicks.« Sie nahm das Glas und beugte sich nach vorn, setzte es vorsichtig an. Das Blut pulsierte in ihrem abwärts gewandten Kopf, sie schaffte drei Schlucke, ohne zu kleckern. Nur der Schluckauf ließ nicht nach. Im Gegenteil. Denn selbst aus dieser Perspektive konnte sie Eriks Geistererscheinung sehen. Er hatte auf einem der Hocker am Küchentresen Platz genommen und versuchte ihr mit Handzeichen zu bedeuten, dass sie sich gefälligst locker machen sollte.

Luisa ließ sich auf den Stuhl sinken. »Geht schon wieder. – Hicks.« Ihr Lächeln verkrampfte. Eriks Trugbild auf der einen, Toms Mutter auf der anderen Seite und dazu Tom, dessen Fuß immer wieder ihre nackten Zehen suchte und der ihr Blicke zuwarf, die genau verrieten, was er am liebsten mit ihr anstellen würde. Luisa fühlte sich überfordert. Wie soll man sich da entspannen?, fragte sie Erik in Gedanken. Und Spaß haben sieht auch anders aus.

Sie schloss für einen Moment die Augen, aber Eriks Bild blieb hartnäckig haften. »Hicks.« Wenn es irgendwann so weit war, würde er sie dann auch noch ins Schlafzimmer begleiten?

Gegen zehn Uhr erhob sich Barbara Wennemann und verkündete, dass sie müde sei. »Es war ein wunderschöner Abend«, sagte sie zu Luisa und warf ihrem Sohn ein Lachen zu. »Wahrscheinlich muss ich meinem alten Methusalem von Waschmaschine dankbar sein, denn sonst hättest du mir Luisa womöglich vorenthalten.«

Sie machte einen schwankenden Schritt und hielt sich an der Tischkante fest. »Ich glaube, ich bin beschwipst.«

»Ich bringe dich besser rüber«, sagte Tom und stand auf.

»Was trinkst du auch zwei Gläser? Alkohol ist nicht gut für deine Gicht«, tadelte er seine Mutter.

»Papperlapapp, etwas Spaß wirst du mir doch ab und zu gönnen. Gute Nacht, meine Liebe.« Sie zwinkerte Luisa zu und ergriff den Arm ihres Sohnes. »Ach, übrigens.« Ihr Blick glitt zu Luisas Po. »Fettflecken gehen am besten mit Backpulver raus. Oder Essigessenz.«

Erschrocken inspizierte Luisa ihr Hinterteil. »Ach du grüne Neune«, murmelte sie, während Tom seine Mutter hinausbegleitete.

Luisa blieb zurück. Allerdings nicht wirklich allein. Immer noch hockte Erik am Küchentresen. Jetzt musterte er sie mit unverhohlenem Spott in den Augen.

»Was!«, herrschte sie ihn an. Sie strich über den riesigen Fettfleck, der auf ihren Hintern gelangt sein musste, als Tom sie in seiner Leidenschaft wenig umsichtig auf die Arbeitsplatte gesetzt hatte. Beim Gedanken an die Lamborghini-Gefühle, die er in ihr geweckt hatte, wurde ihr schon wieder heiß. Eilig griff sie nach ihrer Handtasche. Nicht dass sie doch noch schwach wurde.

Auf dem Flur kam ihr Tom entgegen. »Ich muss dann auch los«, sagte sie.

»Okay«, meinte er gedehnt. Die Enttäuschung stand ihm ins Gesicht geschrieben. »Ich dachte eigentlich ...«

Luisa unterbrach ihn. »Es war schön vorhin. Sehr schön sogar. Aber ich bin noch nicht so weit.«

Eine steile Falte bildete sich auf seiner Stirn. »Ist es wegen meiner Mutter?«

»Nein. Es ist nur schon so lange her, dass ich ...« Sie stockte. »Lass es uns langsam angehen, ja?«

Er nickte. Dann zog er sie an sich und gab ihr einen langen Kuss. Als seine Hand zu ihrem Po wanderte, drückte sie ihn lachend von sich weg. »Ich muss jetzt wirklich gehen.«

Tom begleitete sie zum Wagen. Vor der geöffneten Autotür stehend, küsste er sie noch einmal. »Kann ich dich wirklich nicht umstimmen?«

Sie zögerte. Er hatte den Welpenblick wirklich gut drauf, das musste man ihm lassen. Ehe sie sich heillos darin verfing, schüttelte sie den Kopf.

»Na dann«, sagte er, ließ sie aber nicht los. Stattdessen lehnte er seine Stirn gegen ihre. »Nächstes Mal haben wir mehr Privatsphäre«, raunte er.

Sie lächelte. »Vielleicht fängst du erst mal mit dem Wohnungsschlüssel an, den deine Mutter hat?«

»Wenn du mich weiter so verrückt machst, nehme ich ihn ihr noch heute weg.« Er löste sich von ihr und trat einen Schritt zurück. »Tut mir leid. Du hast dir den Abend sicher anders vorgestellt.« Er seufzte. »Eigentlich wollte ich hier längst ausgezogen sein. Aber ich habe es bisher nicht übers Herz gebracht. Seit dem Tod meines Vaters hat sie nur noch mich.«

Luisa nickte verständnisvoll. »Beim nächsten Mal treffen wir uns einfach bei mir, was meinst du?«

»Gleich morgen? Ich könnte nach der Arbeit bei dir vorbeikommen.«

»Okay.« Luisa hauchte ihm noch einen Kuss auf die Lippen und stieg ein.

Während der Fahrt haderte sie mit sich. Spaß haben und locker machen, war das nicht der Plan gewesen? Sie musste Tom ja nicht gleich heiraten. Einen kurzen Moment lang verspürte sie den Impuls zu wenden. Aber dann kam sie sich albern vor. Befand sie sich etwa in einem kitschigen Liebesroman? Einem von der Sorte, in dem die Protagonisten, getrieben von der Erkenntnis, ohne den anderen nicht leben zu können, sehnsuchtsvoll aufeinander zurennen, um sich schließlich wahlweise auf offener Straße oder am Strand in die Arme zu fallen? Ganz sicher nicht. Am liebsten hätte sie Erik um Rat gefragt, aber sein Echo hatte sich längst verdünnisiert. Rosie? Deren Antwort kannte sie bereits. Wäre sie hier, würde sie ihr sofort ins Lenkrad greifen und sie zum Wenden zwingen.

Klar konnte sie mit Tom Spaß im Bett haben. Und der Lamborghini, den er in der Küche an den Tag gelegt hatte,

hatte sich verdammt gut angefühlt. Er war aufmerksam und einfühlsam, bedrängte sie nicht, hatte akzeptiert, dass sie Zeit brauchte. Er kümmerte sich liebevoll um seine Mutter, und abgesehen von seinem grauenhaften Musikgeschmack war er ein echter Traummann. Luisas Mutter wäre begeistert von ihm. Aber war er auch der Richtige für sie?

Oliver fiel ihr ein. In den letzten Tagen hatte er sich kaum im Gastraum blicken lassen, wenn sie Ginger zum Gassigehen geholt hatte. Dabei fehlten ihr seine pragmatische Art, sein Humor und seine Menschenkenntnis.

Luisa bog auf ihr Grundstück ein und stellte den Motor ab. Einem Impuls folgend, rief sie Tom an und verlegte ihre Verabredung ins »Chez Oliver«. Danach schrieb sie Oliver eine Nachricht.

»Brauche deine Expertise.«

Olivers Antwort ließ nicht lange auf sich warten. »Welcher Kandidat?«

»Der Steuerberater.«

»Okay …«

»Morgen, 19 Uhr?«

»Tisch ist reserviert.«

Ganz Gentleman, hielt Tom Luisa am nächsten Abend die Tür zum Bistro auf. Anerkennend nickend sah er sich um. »Nett hier.«

»Ja, nicht wahr?« Luisa steuerte ihren Stammplatz gleich neben dem Tresen an.

»Hallo, Luisa.« Zoe kam auf sie zu. »Oliver hat eigentlich den Tisch am Fenster für euch reserviert. Aber dieser Platz ist auch okay.«

»Hier ist es gemütlicher«, befand Luisa und rutschte auf die Bank.

»Finde ich auch.« Tom setzte sich neben sie. »Und so kuschlig«, ergänzte er leise.

Nervös sah Luisa sich nach Oliver um. Warum wollte er sie weit weg ans Fenster verfrachten, wenn er sich ein Urteil über Tom bilden sollte? Ideen hatte der. Wo steckte er überhaupt? Und warum kam sie sich vor wie ein Teenager, der seinen Eltern den ersten Freund vorstellt?

Tom schlug die Speisekarte auf. »Kannst du etwas empfehlen?«

»Soulfood.« Luisa grinste. »Aber das steht noch nicht auf der Karte.« Sie entdeckte Oliver und winkte ihn zu sich.

»Haben wir uns schon mal irgendwo getroffen?«, wollte Tom wissen, nachdem sie die beiden einander vorgestellt hatte. »Du kommst mir bekannt vor.«

»Nicht dass ich wüsste«, antwortete Oliver. Die beiden Männer hielten sekundenlang Blickkontakt, als würden sie um die Antwort ringen.

»Wahrscheinlich hast du recht«, sagte Tom schließlich. »Wir sehen uns heute zum ersten Mal.«

»Steht Soulfood auf dem Küchenzettel?« Luisa bemühte sich um einen fröhlichen Tonfall. Sie hatte das Gefühl, die Stimmung auflockern zu müssen.

Oliver hob die Augenbrauen. »Brauchst du das denn?«

»Soulfood kann nie schaden«, entgegnete Luisa im Brustton der Überzeugung. »Ich hätte Lust auf dein Süßkartoffelcurry. Das solltest du auf die Speisekarte setzen. Und dazu ein Glas von dem leckeren Riesling.«

»Hört sich fantastisch an.« Tom legte den Arm um Luisa, zog sie an sich und drückte ihr einen Kuss auf die Wange.

»Dann also zweimal?« Oliver sah Tom fragend an.

Der nickte. »Ich bin gespannt auf deine legendären Kochkünste. Luisa schwärmt davon schon die ganze Zeit.«

»Dein Calenberger Pfannenschlag war aber auch nicht schlecht.« Luisa kicherte.

»Hausmannskost ist meine Art von Soulfood.« Tom senkte die Stimme und flüsterte ihr ins Ohr: »Nur die Vorspeise hätte für meinen Geschmack etwas länger dauern können.« Sein Tonfall erzeugte ein Kribbeln in Luisa, und sie merkte, dass sie rot anlief.

»Na dann …« Olivers Miene war undurchdringlich. Er

drehte sich um und strebte eilig auf die Küche zu, wobei er einen Gast, der erkennbar etwas wollte, links liegen ließ. Bildete sich Luisa das nur ein, oder klappte die Schwingtür lauter hinter ihm zu als sonst?

»Netter Typ«, stellte Tom fest. Er zog sein Handy aus der Tasche und platzierte es auf dem Tisch. Prompt leuchtete das Display auf, und mit einem leisen »Pling« erschien eine Nachricht auf dem Sperrbildschirm. »Entschuldige, da muss ich kurz …« Er entsperrte das Handy und tippte eine Antwort.

Zoe brachte den Wein, stellte auch eine Flasche Wasser dazu und einen Teller mit Besteck. Mit einem Seitenblick auf Tom nickte sie Luisa zu und hob im Weggehen den Daumen.

Als Oliver das Essen servierte, klingelte Toms Handy. Luisa erkannte den Rufton sofort.

»Mama, was gibt's?«

Oliver stellte die Teller mit dem dampfenden Curry vor ihnen ab, wobei er spöttisch den Mund verzog und zu Tom hinüberlinste.

»Ja, mache ich später«, versprach Tom und beendete das Gespräch. »Ich soll dich grüßen«, sagte er zu Luisa, als sein Handy erneut klingelte. Diesmal war es ein anderer Klingelton. Toms Miene verdüsterte sich. »Die Kanzlei. Scheint wichtig zu sein. Sorry.« Eilig erhob er sich und ging mit dem Gerät am Ohr auf die Straße.

Jetzt noch? Luisa sah ihm hinterher und stocherte lustlos in ihrem Essen herum. Sie nahm einen Bissen, aber im Gegensatz zu sonst wollte sich das Wohlgefühl nicht einstellen. Das hatte sie sich definitiv anders vorgestellt. Luisa warf ihre Serviette auf den Tisch. Dann konnte sie die Zeit ebenso gut für einen Toilettengang nutzen.

Als sie vom WC zurückkehrte, saß Tom wieder am Tisch und redete mit Oliver. Die beiden schienen sich besser zu verstehen, als es zunächst den Eindruck gemacht hatte. Aber dann sah sie Toms angespanntes Gesicht.

»Ich schwöre dir, wenn du Luisa wehtust …«, hörte sie Oliver zischen, als sie sich näherte. Tom sah über seine Schulter und bemerkte sie. Sein Gesicht hellte sich auf.

»Da bist du ja«, rief er, stand auf und lotste sie an sich vorbei auf die Bank.

»Alles in Ordnung?«, fragte Luisa. Sie sah erst Tom, dann Oliver fragend an.

Beide nickten.

Oliver griff nach den Tellern. »Ich stelle das kurz in den Ofen. Ist ja inzwischen kalt.« Mit unbewegter Miene verschwand er in der Küche.

Tom tippte erneut auf seinem Handy, dann sah er Luisa bedauernd an. »Tut mir furchtbar leid. Aber ich muss dringend in die Kanzlei – ein Notfall.« Er drückte ihr einen Kuss auf den Mund. »Nicht böse sein, ja? Ich melde mich.«

Überrumpelt sah Luisa ihm nach. Was für einen Notfall konnte es in einer Steuerkanzlei schon geben? Noch dazu um diese Uhrzeit?

»Wo ist er hin?« Oliver stand mit dem nun wieder dampfenden Essen vor ihr und schaute sich suchend um.

»Er musste dringend weg«, presste Luisa hervor.

»Ach, hat seine Mutti ihn zu sich beordert?« Grinsend stellte er die Teller ab. »Komme sofort«, rief er einem Gast zu, der ungeduldig auf sich aufmerksam machte und demonstrativ auf seine Uhr tippte.

Luisa brodelte innerlich. Sie wartete, bis Oliver den Gast abkassiert hatte. Als die Schwingtür erneut hinter ihm zuklappte, sprang sie auf und stürmte in die Küche.

»Was hast du zu ihm gesagt?«

»Gar nichts.« Seelenruhig richtete er eine Bestellung auf einem Teller an, wischte ein paar Tropfen Soße vom Rand und stellte ihn in die Durchreiche, von wo aus Zoe ihn übernahm.

»Du hast ihm gedroht, das habe ich genau gehört! Was zum Teufel hast du dir dabei gedacht? Ich wollte lediglich deine Meinung hören, und du hast nichts Besseres zu tun, als ihn zu vergraulen!«

»Ich habe ihn nicht vergrault. Und wenn du ehrlich bist, geht es dir doch gar nicht um meine Meinung.«

»Ach nein?« Sie verschränkte die Arme vor der Brust. »Weshalb bin ich wohl sonst hier?«

»Du möchtest von mir hören, dass er der Traummann ist, nach dem du gesucht hast. Weil du dir selbst nicht traust.«

Sie starrte ihn an. »Weißt du, was ich glaube? Du gönnst mir mein Glück nicht! Und ich dachte, du wärst mein Freund!«

Es folgte sekundenlange Stille.

Dann ging ein Ruck durch Oliver, und die Worte platzten aus ihm heraus. »Der Typ ist ein Blender, Luisa! Hast du dir mal überlegt, warum so ein attraktiver Kerl noch Single ist? Ich meine, hallo? Er hat seine eigene Steuerkanzlei, verdient wahrscheinlich eine Menge Kohle, aber lebt noch bei seiner Mutter?«

»Er wohnt in einer eigenen Wohnung. Und was ist so verkehrt daran, dass er sich um seine kranke Mutter kümmert?«, erwiderte Luisa. »Im Gegensatz zu dir ist er nämlich sensibel, feinfühlig und …«

Er unterbrach sie. »Ernsthaft? Welcher erwachsene Mann hat denn ›Mama‹ von den Spice Girls als Klingelton, wenn Mutti anruft?« Er hob beide Arme und ließ sie kraftlos fallen. »Aber bitte – wenn du unbedingt eine Beziehung zu dritt führen möchtest …«

»Erik hat ihn bestimmt nicht grundlos ausgesucht«, konterte Luisa. »Und seiner Menschenkenntnis vertraue ich immer noch mehr als deiner!«

»Klar, der Surferboy und der Yoga-Guru, mit dem er diesen Unsinn ausgetüftelt hat, passen ja auch wunderbar zu dir«, rief er.

Luisa warf die Hände in die Luft. »Er wollte halt, dass ich Spaß habe. Deshalb hat er auch ein paar Graupen auf die Liste gesetzt. Damit ich das Gefühl habe, den Richtigen selbst ausgesucht zu haben!«

»Dir ist echt nicht mehr zu helfen.« Er schüttelte den Kopf.

»Weißt du was?«, giftete Luisa ihn an. »Freunde unterstützen einander, anstatt alles nur madig zu machen.« Damit drehte sie sich zur Schwingtür um und stürmte hinaus. Im Gastraum stolperte sie beinahe über Ginger, die schwanzwedelnd von ihrer Decke aufgestanden war. »Platz!«, herrschte sie die Hündin an, aber Ginger dachte nicht daran, sondern folgte ihr zu ihrem Tisch, wo sich Luisa Tasche und Jacke griff, mit fliegenden Fingern ein paar Geldscheine aus ihrer Börse fischte und auf den Tisch knallte. Nichts wie weg hier.

Draußen kamen die Tränen. Wut und Enttäuschung bahnten sich ihren Weg. Das Auto sah Luisa nur verschwommen, bemerkte auch den cremefarbenen Schatten, der an ihr vorbei auf die Straße jagte, zu spät. Dann quietschten Bremsen, gefolgt von einem dumpfen Aufprall.

»Sie lief plötzlich auf die Straße«, sagte der Fahrer des Wagens, der Ginger erwischt und zu Boden geschleudert hatte. »So schnell konnte ich nicht ausweichen.«

Luisa hockte sich neben die Hündin. Sie funktionierte wie auf Autopilot. »Sichern Sie die Unfallstelle ab«, wies sie den Fahrer an. »Ich kümmere mich um den Hund.«

Ginger war bewusstlos, ihr Atem ging flach. Luisa drehte sie behutsam in Seitenlage, brachte ihren Hals in die Überstreckung. Während sie ihr Maul öffnete und die Zunge herauszog, damit sie nicht ersticken konnte, redete sie beruhigend auf die Hündin ein.

Auf einmal kniete Oliver neben ihr. Er war schreckensbleich. »Lebt sie noch?«

Luisa nickte. »Wir bringen sie am besten in die Praxis. Hast du eine Decke?«

»Ich hole eine.« Er sprang auf und lief ins Bistro zurück. Kurze Zeit später zogen sie die Hündin vorsichtig auf die Wolldecke und verfrachteten sie in Olivers Transporter.

Während der Fahrt schwiegen sie. Luisa saß neben Ginger und achtete darauf, dass der Kopf des immer noch bewusstlosen Tieres tiefer als der Körper lagerte. Auf halber Strecke rief sie Regine an. »Ich komme gleich mit einem

Notfall in die Praxis«, sagte sie. »Autounfall. Bewusstloser Labradoodle. Ein Hinterlauf ist vermutlich gebrochen, üble Prellungen, womöglich innere Verletzungen. Kannst du mir helfen?«

»Ich komme«, war die knappe Antwort. Auf Regine konnte man sich verlassen. Luisa legte auf und schloss für einen Moment die Augen. Sie strich mit der Hand über Gingers Rücken und spürte, wie die Hündin leicht zitterte.

Zwei Stunden später trat Luisa mit Regine in das Wartezimmer, wo Oliver nervös auf und ab tigerte. Er fuhr zu ihnen herum. »Und?«

»Es geht ihr gut«, sagte Luisa. »Wir haben den Hinterlauf gerichtet – kein komplizierter Bruch, das wird schnell heilen. Aber durch den Aufprall hat sie einen Milzriss erlitten. Wir mussten das Organ entfernen.«

»Oh Gott. Und was heißt das jetzt?«

Regine lächelte. »Sie kommt prima auch ohne Milz zurecht, keine Sorge.«

Er ließ sich auf einen Stuhl sinken. »Wie konnte das nur passieren?«

Luisa ging vor ihm in die Hocke. »Es war meine Schuld. Ich bin auf die Straße gestürmt, und dabei muss sie mit durch die Tür geschlüpft sein. Es tut mir so leid«, sagte sie leise.

Er nickte und fuhr sich mit beiden Händen über das Gesicht. »Wie soll ich das bloß meinem Vater beibringen?«

Luisa erhob sich und sah auf die Uhr. Es war schon nach zehn. »Wer ist überhaupt im ›Chez Oliver‹?«

»Ich habe Zoe gesagt, dass sie abkassieren und für heute schließen soll.« Er blickte sie an. »Wie geht es jetzt weiter?«

»Ginger liegt warm eingepackt in einer Box und schläft ihre Narkose aus. Du kannst sie morgen früh abholen.«

Er zog die Augenbrauen hoch. »Dann wacht sie allein in fremder Umgebung auf. Wäre es nicht besser, wenn ich dableibe?«

»Das Aufwachen ist nicht das Problem«, meinte Luisa.

»Aber sie wird noch ein paar Stunden desorientiert sein. Wir müssen sie unter Beobachtung halten.«

»Genau«, beharrte er. »Deshalb sollte ich da sein.«

»Nehmt sie doch einfach mit nach oben«, warf Regine ein. »Da ist es zumindest gemütlich.« Sie schlüpfte in ihre Jacke und verabschiedete sich.

Luisa rief ihr ein kurzes Danke hinterher, dann schlug auch schon die Praxistür hinter Regine zu. »Okay.« Sie wandte sich wieder Oliver zu. »Dann wuchten wir die Lady vorsichtig die Treppe hoch. Sie wird mir womöglich das Parkett vollkotzen, aber das ist es allemal wert.«

Sie hatte ihm angeboten, in Hannahs Zimmer zu übernachten, aber davon wollte Oliver nichts wissen. Er hockte auf dem Fußboden neben der in Decken eingepackten Ginger und strich ihr immer wieder über den Kopf. »Du kannst ins Bett gehen, wenn du müde bist. Ich komme schon klar.«

Luisa hockte sich neben ihn und fühlte Gingers Puls. Er schlug kräftig und gleichmäßig. »Ich lasse dich doch nicht allein hier sitzen.« Sie erhob sich. »Wie wäre es mit Spiegelei auf Brot?«

»Klingt großartig.«

Sie aßen neben Ginger auf dem Boden sitzend, im schummrig beleuchteten Zimmer, den Teller auf den Knien balancierend. Etwas anderes wäre Luisa auch nicht in den Sinn gekommen. Es fühlte sich richtig an. Erneut stellte sich das Inselgefühl ein, das sie neulich schon gespürt hatte, als sie bei Kerzenlicht auf dem Sofa in Eriks ausgeräumtem Wohnzimmer gesessen hatten. Nur anders diesmal, nicht mehr so unbeschwert. Zu viel Gesagtes und Ungesagtes türmte sich zwischen ihnen.

Luisa gähnte verhalten. »Leider kann ich dir das Sofa zum Schlafen nicht anbieten, es sei denn, wir tragen das Ding wieder nach oben.«

»Kein Problem. Der Sessel tut es auch. Geh schlafen, Luisa«, wiederholte er nachdrücklich. »Du siehst müde aus.«

Sie leerte ihr Glas, stellte es neben seins auf den Boden und schob die leeren Teller zusammen. »Also gut. Aber wenn du irgendwas brauchst oder dir bei Ginger etwas merkwürdig vorkommt ...«

»Dann wecke ich dich«, sagte er.

Luisa war todmüde. Trotzdem wollte sich der Schlaf nicht einstellen. Aufgewühlt, wie sie war, wälzte sie sich von einer Seite auf die andere. Irgendwann musste sie doch weggedämmert sein, denn ein Geräusch schreckte sie auf. Traum oder Wirklichkeit? Sie lauschte in die Dunkelheit. Alles still. Beim Blick auf ihren Wecker stellte sie fest, dass sie nicht länger als eine Dreiviertelstunde geschlafen hatte. Sie tastete vergeblich nach ihrer Wasserflasche, die sie für gewöhnlich auf dem Nachtschrank stehen hatte, schwang sich notgedrungen aus dem Bett und tappte über den dunklen Flur in die Küche. So leise es ging, ließ sie Leitungswasser in ein Glas laufen und trank es in gierigen Schlucken.

Sie spürte seinen Blick, noch ehe sie ins angrenzende Wohnzimmer hinüberschielte. Oliver saß noch immer neben Ginger auf dem Boden. Ein Bein angewinkelt, das andere ausgestreckt, lehnte er an dem Sessel, der seit ihrer gemeinsamen Möbelrückaktion ein einsames Dasein in Luisas sofalosem Wohnzimmer fristete. Mondlicht sickerte durch das Fenster und tauchte seine Gestalt in weiches Licht.

»Hey«, flüsterte Luisa. »Wie geht es Ginger?«

Er antwortete nicht. Sein Blick haftete an ihr, und als sie sich vor die Hündin kniete, war ihr auf einmal sehr bewusst, dass sie ihr altes, verwaschenes und sehr kurzes Nachthemd trug. Gingers Pfoten zuckten. Als Luisa sich über sie beugte und erneut nach dem Puls tastete, rutschte einer der dünnen Träger von ihrer Schulter. Verlegen schob sie ihn zurück, richtete sich auf und zupfte den ausgefransten Saum des Nachthemds zurecht.

Oliver brach sein Schweigen. »Danke übrigens«, sagte er. »Dass du das für Ginger tust.« Seine Stimme klang gedämpft wie hinter Glas.

»Das war das Mindeste«, wehrte Luisa ab. »Ohne mich wäre sie erst gar nicht auf die Straße gelaufen.« Sie räusperte sich. »Übrigens, was ich vorhin im Bistro gesagt habe, tut mir –«

»Nein. Mir tut es leid«, unterbrach er sie. »Das war idiotisch von mir.« Er wies mit dem Kinn auf Ginger. »Im Grunde bin ich genauso schuld daran.«

Sie gab es auf, seinem Blick auszuweichen. Ein Sog ging von ihm aus wie von einer Schlucht, in die hineinzusehen man nicht widerstehen konnte. Und auf einmal verspürte Luisa den Drang zu springen. So musste er sich anfühlen, der Moment, wenn man beim Bungee-Jumping auf dem Brückengeländer stand, bereit, den Schritt ins Leere zu tun.

Was war nur los mit ihr? Vor ihr saß bloß Oliver, ihr neuer bester Freund, der sie mit Soulfood fütterte, mit ihr über aussterbende Wörter lachte, der den besten Cappuccino machte, dem sie alles erzählen konnte, weil sich das Leben dann leicht anfühlte. Und nun wollte etwas in ihr, dass er sie berührte, an Stellen, die ein Freund nicht anfassen sollte.

Ohne den Blick von ihr abzuwenden, zog er beide Beine ein, stützte einen Arm auf und rückte näher. Als er ihr sanft eine Haarsträhne hinters Ohr strich, entfuhr Luisa unwillkürlich ein winziger Laut. Im gedämpften Licht wirkten seine Augen nahezu schwarz. »Ach verdammter Mist, Luisa«, murmelte er.

Dann küsste er sie. Und Luisa hatte das Gefühl, ins Leere zu fallen.

Später nahm sie nur am Rande wahr, wie Ginger auf wackligen Beinen ins Schlafzimmer gehumpelt kam und neben Oliver auf die Decke kroch, die seinen Körper nur halb bedeckte. Sein Kopf lag auf ihrem Bauch, sie spürte seinen gleichmäßigen Atem auf der Haut. Ihre Finger in seinen Haaren vergrabend, versank sie erneut in glückseligem Schlummer.

21

Als Luisa das nächste Mal aufwachte, stand die Sonne schon hoch am Himmel. Sie spürte den Bildern der letzten Nacht nach, ein Lächeln schlich sich in ihre Mundwinkel. »Oliver?« Sie tastete nach ihm, fand aber nur leere Laken. Papier knisterte unter ihren Fingern.

Luisa richtete sich abrupt auf. Ein Zettel klemmte unter dem Kopfkissen.

Danke für diese unglaubliche Nacht. Wollte dich nicht wecken. Musste dringend ins Bistro. Ginger mitgenommen – sieht gut aus. Melde mich.

Er hatte drei Kreuze unter die Nachricht gemalt – drei Küsse?

Luisa schwebte nahezu ins Badezimmer. Auch die Dusche konnte das Trunkenheitsgefühl nicht fortspülen. Klares Denken – Fehlanzeige. Ihr Kopf schien mit rosa Watte gefüllt zu sein.

»Hör auf zu grinsen«, befahl sie ihrem Spiegelbild, was nur dazu führte, dass sie haltlos zu kichern begann.

Im Wohnzimmer standen noch die schmutzigen Teller und halb ausgetrunkenen Gläser neben der verwaisten Hundedecke. Sie hatte Ginger einen Plastikkragen umlegen wollen, fiel ihr ein. Außerdem brauchte die Hündin ein Schmerzmittel. Luisa zog sich an, lief in die Praxis hinunter, packte einen passenden Kragen und die Medikamente in eine Tüte. Dann schwang sie sich auf ihr Fahrrad und fuhr los.

Das »Chez Oliver« hatte geschlossen. Luisa rüttelte an der Tür, bis ihr einfiel, dass das Bistro samstags erst am Abend aufmachte. Hinten im Gastraum meinte sie, eine Bewegung auszumachen. War da jemand? Sie schob ihr Rad durch den Torbogen in den Hof.

Olivers Transporter parkte vor dem Hintereingang. Sie lehnte das Rad an die Wand und schloss es ab. Die Tür, die vom Hof in die Küche führte, ließ sich problemlos öffnen.

»Oliver?« Zögernd blieb Luisa auf der Schwelle stehen. Sie blickte sich um. Auf der Arbeitsfläche hatte jemand begonnen, Kartoffeln in Würfel zu schneiden, dann aber aufgehört. Leere Töpfe und Pfannen. Vom Koch keine Spur. Links neben der Tür trennte ein quer stehendes Regal eine längliche Nische vom Rest des Raumes ab, an deren Stirnseite ein Waschbecken hing. Hinter dem Regal lag Ginger auf einer Decke. Luisa trat ein und ging vor der Hündin in die Hocke. Ginger wedelte schwach mit dem Schwanz. »Na, mein Mädchen? Lass dich mal ansehen.« Luisa kraulte der Hündin die Ohren, dann legte sie ihr die Halskrause um. »Ich weiß, das ist blöd, aber es muss leider sein.«

Gedämpft drangen Stimmen aus dem Gastraum herüber. Dann knallte die Schwingtür, und die Personen betraten die Küche.

»Mir reicht's, und zwar endgültig!« Zoes Stimme klang schrill. »Wie lange wolltest du uns eigentlich in dem Glauben lassen, dass alles in Ordnung ist? Wie lange dich selbst betrügen?«

»Das letzte Wort ist doch noch gar nicht gesprochen«, entgegnete Oliver aufgebracht. Durch eine Lücke im Regal sah Luisa seine Beine. »Morgen habe ich ein Gespräch mit der Hausverwaltung. Ich bin sicher, wir finden eine Lösung.«

Jetzt waren auch Zoes Beine zu sehen, die mit schnellen Schritten auf Olivers zugingen. »Wach auf, Oliver! Die werden den Pachtvertrag nicht verlängern.«

Langsam erhob Luisa sich. Sollte sie sich nicht besser bemerkbar machen? Aber auch als sie aus der Nische trat, nahmen die beiden sie nicht wahr.

Zoe, die mit dem Rücken zu ihr stand, machte eine den Raum umfassende Armbewegung. »Das alles hier ist bald Geschichte. Kapier es endlich! Die Mieterin oben muss ebenfalls raus. Das Haus wird komplett entkernt, hat sie mir gesagt.

Dann bauen die hier schicke Wohnungen und verscherbeln sie für teures Geld. Glaubst du allen Ernstes, die lassen sich von dir umstimmen?«

»Natürlich nicht«, sagte Oliver. »Aber hier unten soll hinterher schließlich auch wieder Gastronomie reinkommen.«

Zoe seufzte. »Du kriegst die Pacht doch jetzt schon nur gerade so zusammen. Mensch, Oliver, nach dem Umbau verlangen die mindestens das Doppelte. Und davon abgesehen …« Sie deutete in den Hinterhof. »Dass du für 'n Appel und 'n Ei in deiner Kate haust, werden die auch nicht mehr dulden.«

Oliver fuhr sich mit beiden Händen übers Gesicht. Er sah auf einmal sehr müde aus. »Und was soll ich deiner Meinung nach tun?«

Zoe trat dicht an ihn heran und legte ihre Arme um seinen Nacken. »Du könntest bei mir wohnen. Zumindest bis du eine neue Bleibe gefunden hast.« Sie drängte sich an ihn und versuchte, ihn zu küssen, aber er drehte den Kopf zur Seite und schob sie von sich weg.

»Komm, lass …«

Zoe prallte zurück. »Und weißt du was?«, zischte sie mit hassverzerrter Stimme. »Ich habe es außerdem satt, nur deine Gelegenheitsmatratze zu sein!« Sie zerrte sich die Servierschürze vom Körper, schleuderte sie auf den Küchenboden und stürmte mit gesenktem Kopf durch die Hintertür hinaus. Oliver hielt sie nicht auf.

Luisa ließ die angehaltene Luft entweichen, trat aus dem Schatten des Regals, und endlich bemerkte er sie.

»Luisa. Was machst du denn hier?« Dann traf ihn die Erkenntnis. »Wie lange bist du schon …«

»Lange genug«, würgte sie hervor und rannte an ihm vorbei nach draußen. Tränen verwischten den sonnendurchfluteten Hinterhof, die Kate, an der das Mountainbike lehnte. Sein Mountainbike. Sie griff nach ihrem Fahrrad.

»Luisa!« Olivers Hand landete auf ihrem Lenker. »Jetzt lauf nicht weg.«

Sie starrte ihn an. »War das heute Nacht auch bloß Gelegenheitssex für dich?« Ihre Stimme kippte.

Sie zerrte an ihrem Lenker, aber er hielt ihn eisern fest.

»Lass los!«, schluchzte Luisa. Er gab sie frei, doch als sie losschieben wollte, blockierte das Rad. Sie hatte es vorhin abgeschlossen. Entnervt schloss sie für einen Moment die Augen. Dann kramte sie mit zittrigen Fingern nach dem Schlüssel.

»Ich habe Zoe nie etwas vorgemacht«, hörte sie Oliver sagen. »Wir hatten einen One-Night-Stand. Mehr wollten wir beide nicht. Außerdem ist das schon eine ganze Weile her, und …«

»Das sieht Zoe anscheinend anders«, unterbrach sie ihn. »Ich weiß echt nicht, ob ich dir glauben kann. Eigentlich weiß ich nicht mal, wer du wirklich bist.«

Ein tiefer Seufzer entwich ihm. Er breitete beide Arme aus. »Willkommen in meiner verkorksten Wirklichkeit. Vor dir steht ein Loser. Einer, bei dem gerade alles den Bach runtergeht. Mein Koch hat gekündigt, Zoe kommt wahrscheinlich auch nicht mehr, eigentlich kann ich direkt dichtmachen, auch wenn der Pachtvertrag noch zwei Monate läuft. Das bedeutet kein Einkommen und bald vermutlich auch keine Bleibe mehr.« Er lachte bitter. »Ich kann meinem Sohn nicht einmal ein vernünftiges Zuhause bieten, weil ich immer noch in dieser Bruchbude lebe.«

Das hätte mir nichts ausgemacht, dachte Luisa. Sprechen konnte sie gerade nicht, zu sehr drückten die Tränen. Er hatte sie angelogen, ihr weisgemacht, dass er zwei Straßen weiter wohnte, ihr nichts von seinen Problemen gesagt. Und wer weiß, was er Zoe vorgegaukelt hatte. Sie wollte nur noch weg. Da, da war der Schlüssel. Luisa beugte sich vor und schloss mit fliegenden Fingern ihr Rad auf.

»Wahrscheinlich ist es besser, wenn du mich vergisst«, hörte sie ihn resigniert sagen.

»Das denke ich auch.« Eine hochgewachsene Blondine trat aus dem Schatten des Torbogens. Neben ihr stand ein schlaksiger Junge, der aussah, wie Luisa sich Oliver als Teenager vorstellte.

Oliver stöhnte auf. »Patrizia. Wie immer ein super Timing. Was macht ihr hier?«

»Meine Mutter besuchen«, antwortete Patrizia. »Du weißt ja, dass sie jetzt im Pflegeheim ist. Und da wir in ein paar Wochen nach Schweden ziehen, gab es noch einiges zu regeln. Mein Bruder muss sich jetzt um sie kümmern, ich bin dann ja zu weit weg. Tja, und bei der Gelegenheit wollten Paul und ich mal deine neue Wohnung ansehen. Dein Sohn glaubt nämlich allen Ernstes, dass er demnächst bei dir leben kann. Ich habe mir gleich gedacht, dass da ein Haken sein muss. Und voilà, ich hatte mal wieder recht.«

»Stimmt das, Papa?« Der Junge ballte die Fäuste. »Du wohnst gar nicht in der Altbauwohnung? Und du hast auch kein Zimmer für mich?«

»Es tut mir leid. Das mit der neuen Wohnung hätte wirklich fast geklappt. Aber dann …«

Die Augen des Jungen füllten sich mit Tränen. »Du hast es versprochen!«

»Na bravo, ganz toll. Du gaukelst dem Jungen vor, dass er bei dir bleiben kann, und weckst Hoffnungen in ihm, die du nicht erfüllen kannst. Werde endlich erwachsen, Oliver«, sagte Patrizia scharf. Sie wandte sich an ihren Sohn und schlug einen sanfteren Ton an. »Sieh mal, du kannst unmöglich hier mit ihm wohnen. Es ist wirklich besser, wenn du mit mir nach Schweden kommst.«

Olivers Sohn starrte seine Mutter entsetzt an. »Ich will da aber nicht hin! Das kannst du vergessen!« Dann rannte er los.

»Paul! Warte!« Oliver stürmte hinterher.

»Na großartig.« Patrizia verdrehte genervt die Augen. Sie machte keine Anstalten, ihrem Sohn zu folgen. Stattdessen kramte sie eine Packung Zigaretten aus ihrer Handtasche und zündete sich eine an. »Möchten Sie auch?« Sie hielt Luisa die Schachtel hin.

Luisa schüttelte den Kopf.

Achselzuckend zog Olivers Ex-Frau an ihrer Zigarette und verstaute die Schachtel in der Gesäßtasche ihrer Designerjeans. »Wenn ich Ihnen einen Rat geben darf«, sagte sie und blies den Rauch in die Luft. »Nehmen Sie Oliver beim Wort und vergessen Sie ihn. Ist besser für Sie, glauben Sie mir.«

Luisa sparte sich eine Antwort. Sie schwang sich auf ihr Rad und trat stehend in die Pedale. Am Bordstein musste sie stoppen, um eine Bahn passieren zu lassen. Auf der anderen Straßenseite redete Oliver auf seinen Sohn ein. »Wir kriegen das irgendwie hin«, las sie ihm von den Lippen ab. Nichts als falsche Versprechungen. Er bemerkte ihren Blick, hielt den ihren einen Moment lang fest. Dann wandte Luisa sich ab und strampelte davon, als wäre der Teufel persönlich hinter ihr her.

22

Das Bett roch noch nach ihm. Luisa riss das Laken herunter, zog die Bettwäsche ab und stopfte alles in den Wäschekorb. Sie fühlte sich wie betäubt. Himmelhoch jauchzend und zu Tode betrübt – sie hatte diesen Spruch immer belächelt. Aber seit heute wusste sie, wie nah Glück und Schmerz beieinanderliegen konnten.

Sie räumte die Teller von letzter Nacht weg, kippte die Reste aus den Gläsern in den Abfluss. Am liebsten hätte sie sich auf ihr Sofa verkrochen, aber das stand ja unten, eingepackt in Folie, und wartete darauf, demnächst in den Flur verfrachtet zu werden. Die Renovierung war bald abgeschlossen. Luisa hatte sich auf den Umzug gefreut, aber jetzt graute ihr nur noch davor, allein in der neuen Wohnung zu sitzen, die eigentlich zu groß für sie war. Was hatte sie sich erhofft? Dass sie durch Eriks Challenge wirklich den Mann fürs Leben fand und der dann auch gleich bei ihr einziehen würde?

»Ich wünschte, ich hätte deinen bescheuerten Brief nie gelesen!«, rief Luisa ins Off. Sie drehte sich um die eigene Achse, um zu sehen, ob Erik irgendwo erschien, aber er zeigte sich nicht. »Feigling!«

Herbert strich ihr um die Beine. Sie nahm den Kater hoch, drückte ihn fest an sich, bis er strampelte und mit einem Fauchen von ihrem Arm sprang. Wiederholt meldete ihr Handy den Eingang einer Mitteilung. Sie ließ sich auf einen Sessel sinken. Zwei Nachrichten von Oliver, drei von Tom.

Was sie von Oliver las, trieb ihr erneut die Tränen in die Augen. Das konnte nicht sein Ernst sein!

Mechanisch öffnete sie Toms Nachricht. Er entschuldigte sich, dass er gestern so überstürzt hatte aufbrechen müssen, und richtete Grüße von seiner Mutter aus. Er schrieb, er habe eine Überraschung und wolle heute Nachmittag bei ihr vorbeischauen. Ob ihr das recht sei? Luisa starrte auf das Eingabefeld, aber ihr Kopf war leer. Statt ihm zu antworten, rief sie Rosie an.

»Wir haben uns gestritten«, brachte Luisa zwischen Schluchzern hervor. »Und dann ist Ginger angefahren worden. Und dann haben wir miteinander geschlafen. Aber dann …«

»Moment«, unterbrach Rosie ihren Redefluss. »Ich verstehe nur Bahnhof. Du hast mit Tom geschlafen?«

»Nein«, heulte Luisa. »Mit Oliver.«

Es dauerte nur zwei Minuten, dann stand Rosie in der Tür und nahm Luisa in den Arm. »Himmel, ich habe dich am Telefon ja kaum verstanden.« Sie schob Luisa von sich. »Du meine Güte, wie du aussiehst.«

»Kannst du mir einen Tee machen?«, flüsterte Luisa.

Rosie nickte grimmig. »Und dann erzählst du mir alles.«

Allein Rosie dabei zuzusehen, wie sie den Tee aufbrühte und mit Rum und einer Prise Zimt verfeinerte, sodass es in Luisas Küche wie Weihnachten roch, sorgte dafür, dass sie sich beruhigte. Nach und nach holte Rosie die ganze Geschichte aus ihr heraus.

»What a disaster«, murmelte sie immer wieder. Und als Luisa geendet hatte, schlug sie mit der flachen Hand auf den Tisch. »Wenn du mich fragst – dieser Oliver ist die größte Graupe von allen.« Sie beugte sich zu Luisa über den Tisch. »Warum er Tom schlechtmachen wollte, ist ganz klar. Er wollte dich für sich. Du solltest ihn auf den Mond schießen und vergessen.«

Luisa nickte. Auch wenn sie gerade nicht wusste, wie das gehen sollte. Also, das mit dem Vergessen.

»Und Tom?«, fragte Rosie. »Mit ihm lief es doch gut, oder?«

Wieder nickte Luisa. »Tom ist lieb und einfühlsam, er drängt mich zu nichts, wir können zusammen lachen, und abgesehen von seinem Musikgeschmack haben wir ähnliche Interessen. Er ist halt ein Mittelklassewagen. Solide und verlässlich.« Luisa stockte. »Das Problem ist nur …«

»Was?«, fragte Rosie.

»Dass Oliver der Lamborghini ist«, heulte Luisa.

»Oh dear!« Rosie nahm Luisa in die Arme und wiegte sie wie ein Kind. »Und jetzt?«

Luisa richtete sich auf und wischte sich mit dem Unterarm über die Augen. »Gar nichts.« Sie griff nach ihrem Handy und hielt es Rosie hin. »Das hier hat er mir vorhin geschrieben.«

»›Die letzte Nacht war ein Fehler. Es tut mir leid. Danke für Gingers Medikamente‹«, las Rosie vor. Kopfschüttelnd gab sie Luisa das Handy zurück.

Sie nahm es und tippte eine Antwort.

»Ich glaube dir kein Wort!«

Mit klopfendem Herzen sah sie, dass Oliver zurückschrieb.

»Es war nur ein One-Night-Stand. Mach kein Drama daraus. Vergiss mich besser.«

»Graupe, sag ich doch!«, hörte sie Rosie sagen, während sie fassungslos auf das Display starrte. Konnte sie sich so in ihm getäuscht haben? Rosie hatte recht. Er war es nicht wert, dass sie auch nur einen weiteren Gedanken an ihn verschwendete. Lamborghini hin oder her. Jeder wusste schließlich, dass sich so ein Hochgefühl sehr schnell abnutzen konnte.

Grimmig tippte sie: »Dann scher dich doch zum Teufel!«

Nachdem sie die Nachricht abgeschickt hatte, löschte sie seinen Kontakt. Danach fühlte sie sich keinen Deut besser.

»Weißt du was?«, sagte Rosie fröhlich. »Wir machen es uns gemütlich und schauen uns trashige Filme an. Du brauchst Ablenkung und etwas Ordentliches zu essen.« Nachdem sie Luisas Vorräte durchforstet hatte, verkündete sie: »Entweder gibt es Spiegelei und zum Nachtisch Marshmallows. Oder wir gehen erst mal einkaufen.«

Luisa sprang auf, riss gleich mehrere Tücher von der Küchenrolle und schnäuzte sich ausgiebig. »Einkaufen. Gute Idee. Am besten mit dem Rad. Ich brauche Bewegung an der frischen Luft.« Sie versuchte ein Lächeln, aber es misslang gehörig. »Mein Soulfood mache ich mir ab sofort selbst.«

Rosie bestand darauf, Luisa zu begleiten. »Ich nutze jede Gelegenheit zum Training«, meinte sie, während sie die alte Möhre aus ihrem Schuppen bugsierte, die sie Fahrrad nannte.

Als sie mit drei prall gefüllten Tüten aus dem Supermarkt traten, war Luisa froh darüber. Denn allein hätte sie die Einkäufe nicht transportieren können. Wobei sie die Auswahl an Wein, Spirituosen, Schokolade und Chips ohne Rosie erst gar nicht eingepackt hätte. »Liebeskummer verlangt sofortige Maßnahmen in Form von Alkohol, Zucker und fettigen Schweinereien«, hatte sie behauptet. »Und gegen das schlechte Gewissen noch etwas Obst.« Damit meinte sie die Wassermelone, die jetzt eine der Tüten zu sprengen drohte. Aus Soulfood war Junkfood geworden. Aber egal. Die Aussicht, den Nachmittag und Abend mit Leckereien, Alkohol und seichter TV-Unterhaltung zu verbringen, gab Luisa Auftrieb.

Rosie hängte die von der Melone ausgebeulte Tüte an ihren Fahrradlenker, stieg auf und schlingerte los. Luisa folgte vorsichtig. Flaschen klirrten aneinander. Auch Luisa hatte Schwierigkeiten mit den Tüten, aber bei ihr hingen sie links und rechts am Lenker und sorgten so für eine gleichmäßige Gewichtsverteilung. Rosie hingegen hatte deutlich Schlagseite. Erst als sie beschleunigte, gewann ihr Strampeln an Stabilität. Sorgen machten Luisa nun die flatternden Hosenbeine, die der Kette immer wieder gefährlich nahe kamen. Als ihr Haus in Sicht kam, atmete Luisa auf. Zu früh, wie sich herausstellte.

Die Baustelle war Luisa vorhin gar nicht aufgefallen. Sie musste daran vorbeigefahren sein, ohne das Loch im Radweg wahrzunehmen, das sich auf der Grenze zwischen Rosies und ihrem Grundstück befand. »Radfahrer absteigen«, befahl ein Schild, und das tat Rosie auch. Sie bremste und sprang gleichzeitig vom Sattel. Weil die Bremse nicht griff, wurde das Rad jedoch nur unwesentlich langsamer. Sich an den Lenker klammernd stolperte Rosie über den Asphalt, bis das Rad die Absperrung durchbrach. Endlich ließ sie los. Das Fahrrad schoss in einen Sandhaufen, Rosie stürzte in die Baugrube.

»Rosie!« Luisa machte eine Vollbremsung, legte ihr Fahrrad eilig auf den Asphalt und rannte zu ihr. »Hast du dir was getan?«

»Keine Ahnung.« Rosie saß in trübem Wasser, das nach Abfluss roch. Ein Zipfel der Einkaufstüte ragte daraus hervor. »So ein Mist.«

Luisa kniete sich an den Rand der Baugrube, beugte sich zu Rosie hinunter und streckte ihr die Arme entgegen. Doch sie kam nicht an sie heran. »Kannst du aufstehen?«

Rosie antwortete nicht. Sie wirkte benommen. Wahrscheinlich stand sie unter Schock.

»Was ist hier denn los?« Auf einmal kniete Holger neben ihr. Er sprang kurzerhand in das Loch, packte Rosie und half ihr hoch. Luisa griff ihr am Rand kniend unter die Achseln und zog, während Holger von unten nachschob.

Durchnässt und mit Schlammspritzern im Gesicht kam Rosie auf dem Asphalt zu sitzen und hielt sich den Kopf, den bereits jetzt eine dicke Beule zierte, die sicher noch weiter anschwellen würde.

»Die Bremse macht es nicht mehr lange«, wetterte Holger aus der Baugrube. »Habe ich doch gleich gesagt!«

Ein Auto hielt warnblinkend am Straßenrand, Tom stieg aus und eilte auf sie zu. Was machte der plötzlich hier? Siedend heiß fiel Luisa ein, dass er ja hatte vorbeikommen wollen.

»Rosie muss zum Arzt«, rief sie ihm zu.

Er verstand sofort. »Am besten fahren wir direkt in die Notaufnahme. Wir nehmen meinen Wagen.«

»Aber ich mache deine Polster ganz nass und dreckig«, klagte Rosie. Sie versuchte, sich aufzurichten. »Gott, ist mir schwindelig«, murmelte sie. »Mir tut alles weh.«

»Hast du irgendwas zum Drunterlegen?«, fragte Luisa.

»Sporttasche im Kofferraum«, sagte er knapp. »Da sind Handtücher drin.«

Auf dem Beifahrersitz lag ein riesiger Strauß roter Rosen. Luisa verstaute ihn kurzerhand auf dem Rücksitz, dann legte sie das Handtuch über den Sitz.

Während sie Tom half, Rosie ins Auto zu verfrachten, machte sich einmal mehr ein Kribbeln in ihrem Bauch bemerkbar. Oliver mochte ein Gefühls-Lamborghini sein. Aber das mit ihm war nur eine Probefahrt gewesen, ein flüchtiger Glücksmoment. Sie und Mittelklassewagen-Tom hingegen bildeten bereits ein Team!

Holger hatte die Melone aus der Grube gefischt. Er schob die schlammverschmierte Tüte über den Rand und krabbelte hinterher. »Wohin damit?«

Luisa bat ihn, die Einkäufe und ihr Fahrrad in ihrem Garten abzustellen.

»Mache ich.« Holger roch an seinem Shirt und rümpfte die Nase. Er stakste zum Auto und beugte sich zu Rosie hinunter. »Ich ziehe mich um, und dann komme ich nach.«

»Unsinn«, protestierte Rosie schwach. »Ich kann sehr gut …«

Die bestimmte Art, mit der Holger ihr verrutschtes Tuch wieder gerade rückte und eine verirrte Haarsträhne darunterstopfte, brachte sie zum Verstummen.

23

»Wie lange dauert das denn noch?« Luisa tigerte nervös im Wartebereich der Ambulanz auf und ab.

»Jetzt setz dich doch endlich«, sagte Rosie. Sie hockte auf einem Plastikstuhl, verlagerte zum wiederholten Mal ihr Gewicht und verzog vor Schmerz das Gesicht. »Ich bin weder bewusstlos noch spritzt Blut aus einer Arterie. In dem Fall käme ich wahrscheinlich schneller dran.«

Luisa blickte auf die Uhr. »Wir warten bald eine Stunde.« Sie setzte sich neben Tom, der sofort ihre Hand nahm. Sie lächelte ihn an. »Danke für deine Hilfe. Aber du musst eigentlich nicht hierbleiben.«

»Kein Problem.« Er drückte ihr einen Kuss auf den Mund.

»Im Grunde könnt ihr beide nach Hause«, mischte Rosie sich ein. »Ich nehme nachher einfach ein Taxi.«

»Kommt gar nicht in Frage!« Luisa nahm ihre Wanderung wieder auf.

Rosie wedelte genervt mit einer Hand in Luisas Richtung. »Entweder setzt du dich jetzt, oder du machst dich wenigstens nützlich – zum Beispiel, indem du uns einen Kaffee besorgst.« Sie blickte Tom an. »Oder wärst du vielleicht so nett?«

Grinsend erhob er sich. »Zu Befehl, Ma'am.«

Als er um die nächste Ecke gebogen war, klopfte Rosie energisch auf den Stuhl neben sich, bis Luisa sich setzte. Sie senkte verschwörerisch die Stimme. »Er hat ein Ringkästchen dabei. Ich hab vorhin gesehen, wie er es schnell aus seiner Jacke geholt und in seine Hosentasche gesteckt hat.«

Luisa schüttelte mit skeptischer Miene den Kopf. »Du hast dich bestimmt verguckt.«

»Nein!«, antwortete Rosie nachdrücklich. »Was glaubst du, warum er die Blumen dabeihat. Rote Rosen, das sagt ja wohl alles. Er will dir einen Antrag machen, ganz sicher! Und wenn ich du wäre …« Sie schwieg bedeutungsschwanger.

»Aber das ist verrückt. Wir kennen uns doch noch gar nicht. Wir haben noch nicht einmal … du weißt schon!«

Rosie zuckte mit den Schultern. »Mein Jakob hat mich schon nach vier Tagen gefragt. Darling, hat er gesagt, wenn man sich sicher ist, fackelt man nicht lange.« Sie lächelte. »Ich habe es nie bereut, Ja gesagt zu haben und mit ihm nach Deutschland gegangen zu sein. Dein Tom erinnert mich schon die ganze Zeit an ihn. Allein diese Augen …«

»Rosemary Lange?« Ein Pfleger kam mit einem Rollstuhl auf sie zu.

»Da setze ich mich ganz sicher nicht rein! Und überhaupt, mir geht es schon besser. Ich habe bloß ein paar Prellungen.« Rosie stemmte sich hoch, aber sie konnte kaum auftreten.

»Ich kann Sie auch huckepack nehmen.« Der junge Mann grinste. Geschickt manövrierte er den Rollstuhl hinter sie und half ihr, sich zu setzen.

Ehe sie davongerollt wurde, krallte Rosie ihre Finger in Luisas Arm und sah sie eindringlich an. »Erik hat ihn nicht umsonst ausgesucht, Luisa. Vergiss den Lamborghini.«

Luisa blieb allein im Warteraum zurück. Der Sturz musste Rosies Wahrnehmung beeinträchtigt haben. Tom hatte ihr also Blumen mitgebracht – das hieß überhaupt nichts. Allerdings waren rote Rosen von allen Sorten die verbindlichsten. Und hatte er ihr nicht etwas von einer Überraschung geschrieben?

Nervös linste Luisa zu Tom hinüber, der neben ihr saß und an seinem Kaffeebecher nippte. Seit er zurück war, beobachtete sie ihn genau. Seine Hand wanderte immer wieder prüfend zu seiner Hosentasche. Und die kleine Auswölbung könnte tatsächlich zu einem Ringkästchen gehören.

Luisa hoffte, dass sie sich irrte. Sollte Tom wirklich vorhaben, ihr einen Antrag zu machen, war das eindeutig zu früh. Und überhaupt konnte man auch ohne Trauschein glücklich sein.

Endlich kam Rosie auf Krücken den Flur entlanggehumpelt. Ihr linkes Bein war verbunden, ebenso ihr Kopf. »Beule,

Prellungen, Bein verstaucht«, verkündete sie. »Ich werde es also überleben. Wir können gehen.«

»Moment, ich muss noch etwas loswerden.« Tom räusperte sich. »Dies ist nicht wirklich der passende Ort, aber wenn ich es jetzt nicht tue, dann platze ich.«

Nicht jetzt, nicht hier, war Luisas einziger Gedanke. Doch als Tom vor ihr auf die Knie sank, blieb Luisa wie zementiert sitzen. Wo blieb der Fluchtreflex, wenn man ihn brauchte?

»Luisa«, sagte Tom sanft. »Du hast mein Leben vollkommen auf den Kopf gestellt. Und obwohl wir uns erst seit Kurzem kennen, bin ich mir sicher, dass ich den Rest meines Lebens mit dir verbringen will. Deshalb frage ich dich …«

Eilige Schritte versetzten das Krankenhauslinoleum in Schwingung. »Stopp!« Oliver rannte über den Flur auf sie zu, gefolgt von Nachbar Holger.

Schlitternd kam Oliver zum Stehen und rang nach Atem. »Stopp«, wiederholte er. »Das ist doch irre, Luisa.«

»Mach keinen Fehler, Mädchen«, mischte sich nun auch Holger ein.

Rosie humpelte auf ihn zu. »Halt dich da raus, Holger. Das hier ist wahre Liebe. Von so was hast du keine Ahnung!« Aufgebracht tippte sie ihm gegen die Brust.

»Pah! Der ist doch nur hinter Luisas Geld her!« Holger blickte Luisa über Rosies Schulter hinweg an. »Tom Wennemann ist ein Spieler. Der Loser steckt bis zum Hals in Schulden.«

Rosie lachte schrill auf. »Wer hier wohl der Loser ist, der Geld braucht! Die Sache ist nämlich genau andersherum!« Sie feuerte einen missbilligenden Blick in Richtung Oliver ab.

Tom stellte das Ringkästchen auf den Boden und richtete sich auf. »Solche Verleumdungen muss ich mir wirklich nicht bieten lassen!«

»Ach nein?«, rief Oliver. »Dann war der Typ am Pokertisch im Hinterzimmer vom ›Grünen Hirsch‹ wohl bloß dein Doppelgänger?«

»Ich warne dich, mein Freund!« Mit hochrotem Gesicht

und geballten Fäusten stürzte Tom sich auf Oliver, der ihm jedoch geschickt auswich. Toms Fausthieb ging ins Leere, aber Oliver reagierte prompt und landete einen Treffer. Tom schlug die Hände vors Gesicht, Blut sickerte zwischen seinen Fingern hervor.

Luisa sprang auf, schob sich zwischen die beiden Männer und drängte sie auseinander. »Spinnst du jetzt komplett?«, fuhr sie Oliver an. Behutsam führte sie Tom zu der Sitzreihe und beugte sich über ihn. »Lass mal sehen«, sagte sie leise und untersuchte sein Gesicht.

»Tut mir leid«, hörte sie Oliver hinter sich sagen. »Ich wollte dich nur vor einer großen Dummheit bewahren. Dieser Kerl …«

»Scher dich zum Teufel, Oliver«, unterbrach sie ihn. Ihr Blick fiel auf das Ringkästchen, das immer noch aufgeklappt auf dem Boden stand. Sie zog den Ring heraus, schob ihn sich mit einem Ruck auf den Finger. Dann drehte sie sich zu Oliver um und hielt ihm ihre Hand entgegen. »Ja, ich will!«, sagte sie trotzig.

»Dir ist echt nicht zu helfen!« Er fuhr ärgerlich herum und stampfte mit wütenden Schritten davon. Luisa sah ihm nicht nach.

24

Das erste Morgenrot erhellte vage den Himmel, als Luisa aus dem Haus joggte, die Straße überquerte und in die Eilenriede eintauchte. Die Luft war so frisch, dass sie fröstelte. Nach den gestrigen Ereignissen hatte sie die ganze Nacht wach gelegen. Unablässig drehte sich das Gedankenkarussell in ihrem Kopf. Der Verlobungsring drückte an ihrem Finger. Sie hatte versucht, ihn abzuziehen, aber er saß zu fest.

Waldstille. Vogelzwitschern. Sie fand ihren Lauftakt, der auch ihre Gedanken im Zaum hielt. Dann schillerte auf einmal die Luft. Erst war er nur eine Ahnung, aber kurz darauf spürte sie deutlich, dass Erik neben ihr lief. Aus dem Augenwinkel nahm sie seinen roten Jogginganzug wahr, der schon Löcher gehabt hatte, den er aber nie hatte hergeben wollen. »Das ist noch echte Wertarbeit, nicht der Ramsch, den man heute angedreht bekommt«, hörte sie ihn sagen. »Und als Toter habe ich das Privileg, nur noch Lieblingssachen tragen zu dürfen«, fügte er hinzu.

Luisa beschleunigte mit grimmiger Entschlossenheit. Sie war inzwischen deutlich fitter als bei Wiederaufnahme ihres Trainings, aber er hielt mit. Natürlich. Schließlich existierte er nur in ihrem Kopf.

»Was muss ich tun, um dich abzuschütteln?«, fragte sie ihn verbissen.

»Willst du das denn?«, fragte er zurück. »Brauchst du nicht eher jemanden zum Reden? Zum Beispiel über diesen zu engen Ring an deinem Finger?«

Luisa warf empört den Kopf zurück. »Den hast du mir doch eingebrockt mit dieser dämlichen Challenge.« Sie erhöhte das Tempo erneut.

Er hob im Laufen den Finger wie ein Oberschullehrer. »Da hast du dich ganz allein hineinmanövriert. Ich habe dich nur ein kleines bisschen angeschubst.«

»Aha«, sagte Luisa. »Du schubst mich, ich falle hin, aber aufstehen muss ich allein.«

Erik antwortete nicht. Und als sie das nächste Mal hinsah, war er nicht mehr da.

»Feigling!«, schrie sie. »Dich aus dem Staub machen, das kannst du!« Ihr Gebrüll scheuchte zwei Amseln auf, die am Wegesrand nach Würmern gepickt hatten.

Luisa kämpfte sich bergan, den Rodelberg hinauf. Als Hannah noch klein gewesen war, war sie hier mit ihr und Erik Schlitten gefahren, einmal sogar auf Plastiktüten den Hang hinuntergerutscht.

Luisa stoppte auf der Kuppe des Hügels und schöpfte Atem. Es tat gut, sich auszupowern. Sie dachte an Tom, an seinen fragenden Blick, als sie vom Krankenhausparkplatz gefahren waren. Trotz geschwollener, verpflasterter Nase hatte er darauf bestanden, sich selbst ans Steuer zu setzen. »Es war ein langer Tag«, hatte sie auf seine unausgesprochene Frage geantwortet. »Bring mich am besten nach Hause.«

Er hatte sie mit einem vorsichtigen Kuss verabschiedet. »Du hast mich heute sehr glücklich gemacht, Luisa.« Sein Lächeln war in eine schmerzverzerrte Grimasse übergegangen.

»Kurier dich erst mal aus«, hatte Luisa gesagt. Über gewisse Dinge reden wir später, hatte sie gedacht.

Als er davongefahren war, hatte sie ihm mit gemischten Gefühlen nachgesehen.

Luisa schlug den Weg zurück nach Hause ein. Wie es wohl Rosie ging? Sie hatte die Freundin seit gestern nicht mehr gesprochen. Einem Impuls folgend, nahm sie den Weg über die Bäckerei, an deren Hintertür man um diese Zeit schon frische Brötchen bekam.

Holgers Auto stand in Rosies Einfahrt. Er hatte sich bereit erklärt, Rosie nach Hause zu bringen, damit sie Tom in das Schwesternzimmer begleiten konnte, um nach Verbandszeug für seine Nase zu fragen. Wahrscheinlich hatte er das Auto der Einfachheit halber dort stehen lassen. Luisa schaute auf die Uhr. Es war noch nicht einmal sechs. Sicher schlief Rosie noch. Sie sollte lieber erst duschen und später wiederkommen. Doch als sie gerade weiterjoggen wollte, öffnete sich Rosies Haustür.

Holger trug dieselben Sachen wie gestern. Mit seinen Schuhen in der Hand schlüpfte er nach draußen und drückte leise die Tür ins Schloss. Auf Socken huschte er die Treppe hinab und machte Anstalten, über den Zaun zu steigen, um auf sein Grundstück zu gelangen.

»Guten Morgen, Holger.« Luisa konnte sich das Schmunzeln nicht verbeißen.

Erschrocken fuhr er herum. »Luisa! Äh … Ich wollte gerade …«

»Frühstück?« Sie schwenkte die Brötchentüte. »Ich brauche dringend einen Kaffee und einen Rat.«

Holgers Küche war penibel aufgeräumt. Kein Krümel auf der Arbeitsplatte, kein Spritzer an den Fliesen. Die Fronten der im Landhausstil gehaltenen Schränke wiesen nicht ein Staubkörnchen auf, die Bodenfliesen waren gewischt. Unter dem Fressnapf seiner Katze lag eine Schmutzfangmatte.

Die Katzenklappe ertönte, und schon strich Paula ihm um die Beine. »Da bist du ja, du Streuner.« Er streichelte dem Tier über den Kopf, dann öffnete er eine Dose und schabte den Inhalt in den Napf.

»Ich vermute, Rosie schläft noch?«, fragte Luisa.

Er nickte. »Endlich. Sie konnte lange nicht einschlafen wegen ihrer Verletzungen. Nimmst du Milch in den Kaffee?« Er riss die Kühlschranktür auf, stellte mit hektischen Bewegungen Marmelade, Butter, Käse und Wurst auf den Tisch.

Luisa füllte indessen den Wasserkocher. »Ich will ja nicht indiskret sein. Aber hast du bei Rosie …«

»… übernachtet. Ja«, bestätigte Holger. »Und mehr sage ich dazu nicht.«

Luisa hob mit Unschuldsmiene eine Hand. »Okay …«

Er holte Kaffeedose und Filter aus dem Schrank. »Du setzt dich jetzt mal«, bestimmte er.

»Zu Befehl.« Luisa rutschte auf die Eckbank am Fenster.

Während er den Kaffee im Handfilter aufbrühte, pfiff Holger leise vor sich hin. Und Luisa meinte, den Anflug eines Lächelns in seinen Zügen zu entdecken. Seine Bewegungen waren schwungvoll und fahrig zugleich. Offenbar war ihr in letzter Zeit einiges entgangen.

Paula sprang auf die Bank und machte es sich neben ihr gemütlich. Das leise Schnurren der Katze dämpfte Luisas Gedankengewitter.

»Geht es um deine Männergeschichten?« Holger schenkte ihr Kaffee ein. »Eins sage ich dir gleich vorweg. Dass du gestern Ja gesagt hast zu diesem Tom …«

»Das war überstürzt, ich weiß.«

Holger setzte sich und atmete hörbar aus. »Na, dann bin ich ja beruhigt.«

»Woher wusste Oliver eigentlich, dass wir im Krankenhaus waren?«, fragte Luisa.

»Na, von mir«, sagte Holger. »Das war nämlich so: Nachdem ich dein Rad und die Einkäufe im Garten abgestellt und mich umgezogen hatte, war ich gerade dabei, die Baustelle provisorisch wieder zu sichern – das konnte man ja nicht so lassen. Dieses Loch war übrigens nicht vorschriftsmäßig abgesperrt! Die Verantwortlichen können sich warm anziehen, wenn ich mit denen fertig bin«, wetterte er. »Ich weiß, wovon ich rede. Immerhin habe ich beim ADFC an der Broschüre ›Baustellenabsicherung im Bereich von Geh- und Radwegen‹ mitgearbeitet. Ich weiß auch, wer die Baustelle eingerichtet hat. Den Chef von der Firma kenne ich persönlich. Aber versuch du mal, am Samstag jemanden zu erreichen! Nach einer halben Stunde hatte ich ihn endlich an der Strippe.« Er winkte ab. »Eigentlich hätten wir besser die Polizei rufen sollen, aber …«

»Daran hat keiner von uns gedacht«, unterbrach Luisa seinen Redeschwall. »Aber was war denn nun mit Oliver?«

»Ach ja, richtig.« Holger kratzte sich am Kinn. »Ich war also gerade dabei, die Baustelle wieder abzusperren, da bog

Oliver mit seinem Transporter bei dir auf den Hof, sprang raus, rannte zur Haustür und klingelte Sturm. Ich bin hin und hab ihm gesagt, dass du nicht da bist. Ob ich wüsste, wo er dich findet, hat er gefragt, und dass er dich ganz dringend sprechen müsste.«

»Und da hast du ihm von Rosies Unfall erzählt«, schlussfolgerte Luisa.

»Genau. Ich hab ihm angeboten, ihn ins Krankenhaus mitzunehmen. Und auf der Fahrt hat er mir dann erzählt, dass dieser Tom ein Spieler ist und dir einen Antrag machen will, um dich auszunehmen. Und noch ein paar wirre Dinge, die ich ehrlich gesagt gar nicht wiederholen kann.«

»Aber woher will er das denn wissen? Er kennt Tom doch gar nicht.«

»Soweit ich es verstanden habe, hat Oliver an den ›Grünen Hirsch‹ in der Nordstadt Essen ausgeliefert. Die haben da wohl ein Hinterzimmer, in dem gespielt wird. Poker und solche Scherze. Da soll dieser Tom Stammgast sein. Er sei bekannt dafür, dass er um hohe Geldbeträge spielt und sich bei zwielichtigen Leuten mehrfach Geld geliehen hat.«

»Okay … lassen wir das mal so stehen. Auch wenn es ziemlich an den Haaren herbeigezogen klingt. Aber woher wusste er von dem Antrag?«

»Das habe ich ihn auch gefragt, und da meinte er, dass Tom bei ihm im Bistro aufgetaucht sei und erklärt hat, er habe vor, dich zu heiraten. Oliver solle sich raushalten, er würde dir noch heute einen Antrag machen. Angeblich habe er seine Spielsucht überwunden, das wäre also kein Thema mehr. Und sollte Oliver dir auch nur ein Sterbenswörtchen davon sagen, würde er dem Finanzamt stecken, dass das Catering bei den Pokerabenden schwarz abgerechnet wurde.« Holger sah sie eindringlich an. »Ich kenne solche Typen, Luisa. Die Sucht hat sie voll im Griff. Der macht dir schöne Augen, wickelt dich ein und will im Grunde nur dein Geld. Das habe ich auch Rosie klarzumachen versucht, aber die meinte bloß, dass Oliver derjenige wäre, der Geld braucht, und dass er deswegen Lügen über Tom verbreitet. Der aber über jeden Zweifel erhaben sei, weil Erik ihn ausgesucht hätte.«

»Ehrlich gesagt weiß ich gerade überhaupt nicht mehr, was ich glauben soll.« Luisa stützte den Kopf in die Hände. Der Schlafmangel forderte seinen Tribut. Da konnte Holgers Kaffee auch nichts mehr ausrichten.

Zurück in ihrer Wohnung ging das Gedankengewitter weiter. Ihr war klar, dass sie um ein Gespräch mit Tom nicht herumkam, und auch, dass sie ihm den Verlobungsring zurückgeben musste. Sie mochte ihn. Aber ihre Beziehung musste sich schließlich erst entwickeln. Für eine Heirat war es, wenn überhaupt, definitiv zu früh. Und seit dem Gespräch mit Holger war sie umso mehr verunsichert. Was sollte sie von alldem nur halten?

Sie stellte sich unter die Dusche, ließ das Wasser auf ihre Schultern prasseln. Danach checkte sie ihr Handy. Tom hatte sich gemeldet.

»Sehen wir uns heute? Kuss.«

Keine Nachricht von Oliver. Warum auch? Luisa pfefferte das Handy auf ihr Bett. Sie war zu müde, um noch klar denken zu können. Die sollten sie doch alle in Ruhe lassen. Müde schlüpfte sie unter ihre Decke, spürte noch, wie Herbert sich an ihren Füßen zusammenrollte, dann schlief sie auch schon tief und fest.

Das Klingeln des Handys weckte sie auf. Mit einem unwilligen Brummen tastete Luisa danach, fand es unter einem Kissen und nahm das Gespräch an. »Hallo?« Sie gähnte.

»Hallo, Luisa, hier ist Sandra vom Alpaka-Hof. Habe ich dich geweckt?«

Luisa richtete sich auf. »Nein, nein«, murmelte sie und schaute auf die Uhr. Es war schon nach zwei. »Was gibt's denn?«

»Bella geht es nicht gut. Sie frisst nicht, liegt nur teilnahmslos rum. Kannst du kommen und sie dir ansehen? Ich würde dich nicht fragen, wenn unser Tierarzt nicht im Urlaub wäre, und weil du neulich so toll geholfen hast …« Sie stockte. »Meinst du, das könnte vielleicht mit den Komplikationen bei der Geburt zusammenhängen?«

Schlagartig war Luisa wach. »Ich komme.«

Es war genau so, wie Sandra es beschrieben hatte. Die weiße Alpaka-Stute stand teilnahmslos in einer Ecke der Koppel. Das Hengstfohlen, das jetzt noch flauschiger aussah, lag mit eingeklappten Beinen daneben.

»Der ist aber proper geworden«, sagte Luisa.

Sandra grinste. »Luis ist ein richtiger kleiner Milchvampir und saugt seine Mutter aus wie nichts Gutes.«

»Genau das ist wahrscheinlich das Problem«, meinte Luisa, während sie sich dem Muttertier langsam näherte. »Stuten neigen nach der Geburt oft zu Eisenmangel.«

Sandra legte Bella das Halfter an und hielt sie fest, während Luisa die Schleimhaut im Maul der Stute untersuchte, die normalerweise eine gesunde rote Farbe haben sollte. Bellas Schleimhaut war blass, beinahe weiß.

»Akuter Eisenmangel«, diagnostizierte Luisa. Sie spritzte dem Tier eine Dosis Eisen- und Vitaminpaste ins Maul und erklärte Sandra, wie oft sie dem Muttertier weitere verabreichen sollte. »Damit sollte Bella bald wieder munter sein.«

»Wie geht es Tom?«, fragte Sandra, als sie über die Weide zum Weg zurückstapften. »Ich hoffe, er hat Zorros Spuckattacke gut überstanden?«

Luisa nickte stumm. Auf einmal war alles wieder da. Tränen sammelten sich in ihren Augen.

Sandra blickte sie forschend an. »Was ist los? Habe ich was Falsches gesagt?«

Luisa hielt die Hand mit dem Verlobungsring hoch. »Das ist los.«

»Oh.« Sandra hob die Augenbrauen. »Normalerweise würde ich gratulieren, aber besonders glücklich siehst du nicht gerade aus.«

Luisa schüttelte den Kopf und lächelte kläglich. »Können

wir im Stall vorbeigehen und die Vaseline holen?«, fragte sie. »Ich muss diesen Ring loswerden, ehe mein Finger abstirbt.«

Nachdem sie Luisa geholfen hatte, den Ring vom dick mit der Fettcreme bestrichenen Finger zu ziehen, setzte sich Sandra auf einen Strohballen und klopfte mit der Hand auf den Platz neben sich. »Wenn du jemanden zum Reden brauchst … Ich stehe zur Verfügung.«

»Ist aber eine lange Geschichte«, sagte Luisa. »Und dein Mann spielt darin unfreiwillig eine Rolle.«

Es tat gut, alles von Anfang an zu erzählen, und je länger Luisa die Ereignisse der letzten Wochen Revue passieren ließ, umso deutlicher wurde ihr bewusst, dass Oliver derjenige war, zu dem sie das stärkste Band geknüpft hatte. Er hatte sie zum Lachen gebracht, ihr zugehört und ihr Vertrauen gewonnen. Mit seinem Soulfood hatte er die Lust am Essen wieder in ihr geweckt. Er hatte sich ihre Probleme angehört, ihr so manchen Rat erteilt, manchmal etwas zu frei heraus. Aber gerade das war es, was sie an ihm mochte. Er war warmherzig und großzügig, hatte allem Anschein nach nur das Beste für sie im Sinn gehabt. Auf der anderen Seite hatte er sie glauben lassen, dass er ganz woanders wohnte, und auch seine Probleme mit dem Bistro hatte er ihr nicht anvertraut. Aber was schwerer wog: Hatte er womöglich aus Eifersucht diese Spieler-Geschichte über Tom erfunden?

»Würdest du Tom denn heiraten wollen, wenn sich herausstellt, dass Oliver gelogen hat?«, fragte Sandra.

Luisa zögerte keine Sekunde. »Nein. Und ehrlich gesagt weiß ich nicht einmal, ob ich überhaupt heiraten will. Ich mag Tom. Und ich habe wirklich gedacht, das mit ihm könnte etwas Festes werden. Doch langsam wird mir immer klarer, dass meine Gefühle für ihn einfach nicht stark genug sind.«

»Aber für Oliver hast du starke Gefühle?«, fragte Sandra.

Luisa nickte. »Nur dass es bei ihm offenbar nicht so ist.«

»Wegen seiner Nachricht?« Sandra lachte. »Nach unserer ersten Nacht habe ich Cedric etwas ganz Ähnliches geschrieben.«

»Echt? Aber wieso?«

»Weil ich Angst hatte, dass er mich ablehnt, wenn er erfährt, dass ich unter Depressionen leide. Mein erster Kontakt zu Alpakas war im Rahmen einer Therapie.«

»Verstehe«, sagte Luisa. »Cedric hat sich davon aber offenbar nicht abhalten lassen.«

»Nein, ganz und gar nicht. Er hat mir auf den Kopf zugesagt, dass er mir nicht glaubt. Und dass er nicht lockerlassen wird.« Sandra lächelte. »Ich habe ihm dann alles erzählt. Cedric hat mich gerettet, weil er mich bedingungslos wollte, mitsamt dem Ballast und allen Macken. Meine Krankheit ist dadurch natürlich nicht einfach verschwunden, aber er gibt mir die Stabilität und Sicherheit, die ich brauche. Inzwischen bin ich medikamentös eingestellt, das macht es auch leichter. Und die Arbeit mit den Alpakas tut mir sowieso gut.«

»Aber die Sache zwischen Oliver und mir ist doch ein bisschen verzwickter«, gab Luisa zu bedenken.

Sandra wiegte den Kopf hin und her. »Warum versucht er, Toms Antrag zu verhindern, wenn ihm angeblich nichts an dir liegt? Jetzt mal ganz abgesehen davon, ob die Geschichte über Tom stimmt oder nicht. Wobei ich mich frage, warum Tom dermaßen ausgeflippt ist, dass er ihn sogar angreift.«

Die Frage hatte Luisa sich auch schon gestellt. »Aber Fakt ist ja immer noch, dass Oliver mich wegen seiner Wohnung angelogen hat. Wie soll ich ihm da vertrauen?«

Sandra zuckte mit den Achseln. »Wer gibt schon gerne zu, dass er in einem Hinterhof haust? Und dann auch noch ausgerechnet der Person gegenüber, in die man verliebt ist. Ich finde, du solltest ihm eine Chance geben, sich zu erklären.«

Luisa rieb sich ihren malträtierten Ringfinger. »Erst mal muss ich diese unsägliche Verlobung rückgängig machen.«

»Das solltest du«, bekräftigte Sandra.

»Bei der Gelegenheit kann ich Tom auch gleich fragen, ob was Wahres dran ist an seiner Spielsucht.«

Sandra nickte nachdenklich. »Und was Olivers berufliche Zukunft betrifft, da hätte ich vielleicht eine Idee.« Sie erhob sich und bedeutete Luisa, ihr zu folgen. »Wir sind gerade dabei, einige der leer stehenden Nebengebäude zu Ferienwohnungen umzubauen. Und in der Scheune neben dem Haupthaus soll ein Restaurant-Café entstehen.« Sie zeigte auf ein Gebäude mit spitzem Giebel. Neben der Eingangstür hatte man die Fachwerkfassade teilweise verglast. Dahinter stapelten sich Holzbalken und Rigipsplatten. »In den hinteren Bereich kommt die Küche, und vorne rechts wird der Tresen eingebaut«, erklärte Sandra. »Wir wollen möglichst viel von der alten Bausubstanz erhalten, dem Ganzen aber gleichzeitig einen modernen Touch geben. Was uns allerdings noch fehlt, ist jemand, der den Laden bewirtschaftet. Das können wir unmöglich auch noch stemmen.« Sie sah Luisa an. »Was meinst du? Wäre das nicht etwas für Oliver?«

25

»Mist«, fluchte Luisa, die nun schon zum dritten Mal an Toms Haustür klingelte. Weil sie diese Sache so schnell wie möglich hinter sich bringen wollte, war sie eine Viertelstunde früher als verabredet eingetroffen.

»Luisa?«, hörte sie die Stimme seiner Mutter fragen und fuhr herum.

»Hallo, Frau Wennemann.«

»Du sollst mich doch Barbara nennen.« Die alte Dame kam gebeugt näher. »Tom macht gerade ein paar Besorgungen. Er hat heute von zu Hause gearbeitet. Mit seinem Gesicht konnte er sich im Büro ja nicht blicken lassen.« Sie legte Luisa vertraulich die Hand auf den Arm. »Kannst du mir sagen, was passiert ist? Er wollte partout nicht heraus mit der Sprache. Hat er etwa …« Sie zögerte. »Er hat doch nicht wieder mit dem Spielen angefangen?«

»Mama!« Tom bog mit Einkaufstaschen um die Hausecke.

Barbara Wennemann drehte sich zu ihm um. »Ich habe recht, oder? Du hast wieder Schulden gemacht und Prügel kassiert! Dabei hast du mir hoch und heilig versprochen, dass du damit aufgehört hast!« Zitternd vor Empörung drängte sie sich an ihm vorbei in ihre Wohnung und pfefferte die Haustür hinter sich ins Schloss.

»Dann stimmt es also«, sagte Luisa tonlos.

»Ja«, antwortete Tom knapp. Er stellte die Einkäufe an der Hauswand ab und trat auf sie zu. Sein Gesicht war weiter angeschwollen, über seiner Nase blühte ein Hämatom, die Augen waren gerötet. »Das ist der wahre Grund, weshalb ich immer noch bei meiner Mutter wohne«, sagte er müde. »Aber ob du es glaubst oder nicht …«

Luisas Handy begann zu klingeln. Sie drückte das Gespräch weg.

»Ich war in Therapie und habe wirklich mit dem Spielen

aufgehört. Geocaching hat mir übrigens dabei geholfen. Und ein Stück weit auch die Musik von Jessica. Ich weiß, wie das klingt, aber …«

Luisa ging ein Licht auf. »Jessica, die Schlagersängerin?«

Er nickte. »Sie hat da so ein Lied, das echt meinen Nerv getroffen hat. Darin geht es um ihren Vater. In der Therapie kam heraus, dass ich den Verlust meines Vaters und dass meine Mutter seitdem so furchtbar klammert, durch die Sucht zu kompensieren versucht habe.«

»Und deine Schulden? Wann wolltest du mir davon erzählen? Vor oder nach der Trauung? Hast du mir deshalb so schnell einen Antrag gemacht? Weil du an mein angebliches Vermögen ranwolltest?«

»So ist das nicht.« Er schüttelte den Kopf. »Ich mag dich wirklich, Luisa. Und ja, ich habe dich als Chance gesehen, endlich von meiner Mutter wegzukommen. Aber ich wollte dich nie …« Er hob beide Arme und ließ sie kraftlos fallen. »Egal. Vermutlich spielt das für dich sowieso keine Rolle mehr.«

Wieder klingelte Luisas Handy. »Verdammt noch mal«, fluchte sie und stellte es stumm. »Nein. Das spielt keine Rolle«, sagte sie dann. »Ich bin ohnehin nur hier, um dir den zurückzugeben.« Sie zog den Ring aus ihrer Tasche und legte ihn auf die Fensterbank. »Ich mag dich, Tom. Wirklich. Aber für mehr reicht es einfach nicht. Und das hat nichts mit dem zu tun, was ich gerade erfahren habe.«

Tom nickte stumm. Als sie sich an ihm vorbeischob und zu ihrem Auto eilte, hielt er sie nicht auf.

Kaum hatte Luisa ihr Haus betreten, öffnete sich die Praxistür, und Manuela schoss auf sie zu. »Sag mal, warum gehst du nicht an dein Handy?« Die Tierarzthelferin sah sie vorwurfsvoll an. »Hannah hat angerufen. Sie konnte dich wohl nicht erreichen, und auf Nachrichten antwortest du ja auch nicht. Du sollst sie vom Flughafen abholen.«

»Was? Hannah kommt doch erst nächste Woche zurück.«

Luisa zog ihr Handy aus der Tasche. Ihre Tochter war tatsächlich schon auf dem Rückweg und hatte ihr während des Zwischenstopps in München geschrieben, dass sie um neunzehn Uhr in Hannover landen würde. Sie musste ihren Flug umgebucht haben – aber warum?

Luisa schwante Böses. Hannah konnte manchmal sehr impulsiv sein. Jetzt erst fiel ihr auf, dass ihre Tochter sich in den letzten Tagen überhaupt nicht gemeldet hatte. Und sie war so sehr mit sich selbst beschäftigt gewesen, dass sie es nicht einmal bemerkt hatte. Da hatte Eriks Challenge sie doch glatt zur Rabenmutter gemacht.

Nervös tigerte Luisa in der Ankunftshalle des Flughafens auf und ab. Sie warf einen Blick auf die Anzeigetafel. Das Flugzeug war bereits gelandet. Der Grund, weshalb Hannah ihre Reisepläne kurzfristig geändert hatte, hing garantiert mit dem Besuch bei ihrem Vater zusammen. Da war sich Luisa inzwischen sicher.

Sie blickte auf ihr Handy. Immer noch keine Antwort auf ihre Frage, was, um Himmels willen, denn los sei. Flugmodus, beruhigte sich Luisa. Hannah hatte die Nachricht wahrscheinlich noch nicht gelesen.

Endlich öffneten sich die Glastüren. Ihre Tochter betrat, Koffer voran, die Ankunftshalle. Sie sah müde aus und hatte verquollene Augen, die kurzen Haare standen in alle Richtungen ab. Luisa winkte, und dann fiel Hannah ihr auch schon um den Hals.

Es tat so gut. Nach monatelanger Abstinenz, in der sie sich nur virtuell hatten sehen können, durfte sie ihre Tochter nun endlich wieder in die Arme schließen. »Hallo, mein Schatz«, murmelte sie in ihr stacheliges Haar und atmete Hannahs Duft ein. Obwohl ihre Tochter sie um einen halben Kopf überragte, vergrub sie das Gesicht an Luisas Halsbeuge, so wie früher, als sie noch klein gewesen war. Luisas Augen wurden feucht; sie drückte Hannah fest an sich und merkte betroffen, dass ihre Tochter weinte.

»Mein Vater ist ein ganz großes Arschloch«, würgte Hannah unter Schluchzern hervor.

Auf der Rückfahrt nach Hause beruhigte sie sich langsam wieder und begann stockend zu erzählen. Luisa ließ sie reden. Sie krallte die Finger um das Lenkrad und verbiss sich die derben Verwünschungen, die ihr auf der Zunge lagen. Dass John nicht gerade begeistert sein würde, seine Tochter nach all den Jahren überraschend vor seiner Tür stehen zu sehen, war ihr von Anfang an klar gewesen. Aber dass er sie eiskalt abblitzen lassen würde, damit hatte Luisa nicht gerechnet.

Hannah war auf gut Glück nach Newcastle gefahren und hatte gehofft, ihren Vater am Wochenende zu Hause anzutreffen. An der Adresse, die ihr von dem Kommilitonen aus seiner Studentenverbindung mitgeteilt worden war, hatte sie einen verwahrlosten Bungalow vorgefunden, von dessen verwitterter Holzverkleidung die graue Farbe abblätterte. Im Vorgarten wucherte verdorrtes Gras, unter der Treppe, die auf eine schmale Veranda führte, gammelte Müll in Plastiksäcken vor sich hin. Auf der Veranda standen kaputte Möbel und ein verrostetes Bettgestell. Weil niemand aufmachte, hatte Hannah beinahe eine Stunde lang im Auto gewartet. Gerade als sie aufgeben und zurückfahren wollte, hatte ein Pick-up vor dem Haus gehalten, und ein groß gewachsener Mann mit Basecap war ausgestiegen.

»Ich wusste sofort, dass er es ist«, sagte Hannah. »Ich bin aus dem Auto raus und hab ihn direkt gefragt, ob er John Williams heißt.«

Er hatte sie misstrauisch beäugt und gefragt, wer das wissen wolle.

Das Schlimmste sei die kalte Ablehnung gewesen, die er ausstrahlte, obwohl sie sich sofort in seinen Zügen wiedererkannte.

Luisa wusste, was sie meinte. Jedes Mal wenn sie Hannah ansah, blickte ihr ein Teil von John entgegen.

»Er hat es doch bestimmt auch gesehen. Ich meine, man spürt so was doch«, fuhr Hannah fort. »Ich hab ihm direkt gesagt, dass ich seine Tochter aus Deutschland bin. ›Das wäre zunächst mal zu beweisen‹, hat er bloß gemeint und mich einfach stehen lassen.«

Hannah hatte sich so nicht abspeisen lassen wollen, hatte geklingelt und geklopft, bis er die Tür einen Spalt weit öffnete. Ob sie Geld wolle, hatte er sie angeherrscht. Er habe keins.

»Es war so würdelos«, sagte Hannah jetzt. »Ich kam mir vor wie eine Bettlerin. Ich hab ihm gesagt, dass ich nur mit ihm reden möchte, dass ich ihn kennenlernen will, nichts weiter. Aber er …« Sie kämpfte erneut mit ihren Tränen. »Er meinte nur, dass ich ihn in Ruhe lassen soll, und schlug die Tür wieder zu. Ich war so was von wütend, dass ich voll dagegengetreten und ihn beschimpft habe. Was er sich einbildet, dass er sowieso nie mein Vater war, sondern nur mein Erzeuger und solche Sachen.« Hannah schnäuzte sich. »Danach ging es mir etwas besser.«

»Und er?«, fragte Luisa. »Was hat er gesagt?«

»Nichts. Die Tür blieb zu. Da bin ich eben wieder gefahren. Der Typ ist so was von gestorben für mich!« Sie blickte Luisa an. »Wie konntest du nur mit ihm zusammen sein?«

»Nachdem er mich sitzen lassen hatte, habe ich mich das auch oft gefragt. Er konnte sehr charmant sein, und gut aussehend war er obendrein. Ich war jung, naiv, bis über beide Ohren verliebt und hab seine Versprechungen für bare Münze genommen. Dass er ein Blender und Lügner war, hat sich erst herausgestellt, als ich mit dir schwanger war.« Damals hatte sie sich geschworen, dass ihr so etwas nie wieder passieren würde. Aber anscheinend hatte sie seither nichts dazugelernt und ihr Herz erneut an einen Blender verloren. Die Parallele fiel ihr jetzt erst auf.

»Verstehe«, murmelte Hannah.

Luisa drängte den Gedanken an Oliver beiseite und lächelte. »Aber etwas Gutes hatte das Intermezzo mit John schon. Ich habe dich bekommen. Und du bist ja wohl das Beste, was mir passieren konnte.«

Erschöpft lehnte sich Hannah an Luisas Schulter. »Eins ist

klar. Dich hat er ganz bestimmt nicht verdient. Und dass er ein alter, einsamer, verbitterter Griesgram geworden ist, das gönne ich ihm!«

Dem konnte Luisa nichts entgegensetzen. »Erik würde jetzt sagen …«

»… da hat das Karma zugeschlagen!«, beendete Hannah ihren Satz.

Sie schwiegen. Luisa legte den Arm um ihre Tochter, die sich enger an sie schmiegte, und lenkte einhändig weiter. Es tat ihr unendlich leid, dass Hannah das durchmachen musste. Aber wenigstens wusste sie jetzt, woran sie bei John Williams war, und konnte dieses Kapitel abschließen.

»Mama?«, fragte Hannah. »Können wir kurz bei Eriks Baum vorbeischauen, bevor wir nach Hause fahren?«

Luisa verspürte einen Kloß im Hals. »Klar«, antwortete sie.

Hinter den Bäumen auf dem Waldbestattungshain stand die Sonne schon tief, das Licht fiel golden durch die Zweige. Der dick mit Rindenmulch gepolsterte Boden federte bei jedem Schritt und dämpfte die Laufgeräusche. Hannah hatte allein zu der Eiche gehen wollen, an dessen Wurzeln Eriks Urne bestattet worden war. Und so setzte sich Luisa auf eine der Bänke, die um die hölzerne Stele auf dem zentralen Platz gruppiert standen. Von hier aus konnte man den schönen, kräftigen Baum mit der ausladenden Krone sehen, den Erik sich ausgesucht hatte.

Luisa hatte es immer als spleenig empfunden, wenn Leute in den Wald gingen, um Bäume zu umarmen. Aber dass Hannah nun den Stamm umschlang und ihre Wange gegen die raue Rinde drückte, erschien ihr hier, an diesem Ort, als die normalste Geste der Welt. Der Baum symbolisierte so viel mehr, als ein simpler Grabstein es je vermocht hätte. Er strahlte Kraft und Zuversicht aus, er repräsentierte das Leben.

Werden, wachsen und vergehen. Darüber hatte Erik gern philosophiert. Die Vorstellung, nach seinem Tod eine Rolle im Mikrokosmos Baum zu spielen, hatte ihm gefallen.

»Ich werde zu Baumnahrung«, hatte er gemeint. »Meine Asche liefert den Dünger, und so lebe ich vielleicht in einem der Baumringe weiter.«

Gerade Hannah hatte das als tröstlich empfunden.

Luisa lehnte sich zurück. Sie merkte, wie die Anspannung von ihr abfiel. Hannah würde das überstehen. Sie beobachtete, wie ihre Tochter sich auf den Boden setzte und an den Baumstamm lehnte. Sie erzählte Erik etwas, einmal lachte sie sogar. Und Luisa war sich sicher, dass auf der anderen Seite, von hier aus nicht zu sehen, Erik saß und Hannahs Worten lauschte. Bäume waren gute Zuhörer.

Später, als Hannah längst schlief, fand Luisa auf ihrem Handy eine Nachricht von einem unbekannten Absender.

»Hier ist Xavier. Heiko von der Surfschule hat gemeint, ich soll dich kontaktieren.«

Xavier – es gab ihn wirklich. Und Heiko hatte Wort gehalten. Es war spät. Ein ereignisreicher Tag lag hinter ihr. Dennoch hatte Luisa das dringende Bedürfnis, endlich die Stimme des Mannes zu hören, den Erik geliebt und den er ihr vorenthalten hatte. Sie atmete tief durch. Dann rief sie die unbekannte Nummer an.

26

Am Ende des Telefonats hatte Luisa sich mit Xavier in einem Bäckerei-Café auf der Lister Meile verabredet. Und als er jetzt auf sie zukam, erkannte sie ihn sofort. Schlank, hochgeschossen, gut aussehend. Ein südländischer Typ mit gepflegtem Bart und intelligenten Augen – so wie auf den Zeichnungen, die sie in Eriks Schreibtisch gefunden hatte.

Er begrüßte sie mit einer Umarmung und setzte sich auf den Platz ihr gegenüber. »Genau so habe ich dich mir vorgestellt.«

»Ich bin so froh, dass du dich gemeldet hast«, sagte sie. »Nach gestern Nacht habe ich das Gefühl, als würde ich dich schon ewig kennen.«

»Verrückt, oder?« Xaviers Augen wurden feucht.

Luisa drückte lächelnd seine Hand. Sie hatten mehr als eine Stunde lang miteinander telefoniert. Obwohl sie sich noch nie getroffen hatten, war auf Anhieb eine Art Urvertrauen zwischen ihnen zu spüren gewesen. Xavier hatte ihr erzählt, wie Erik und er sich kennengelernt hatten. Dass Erik immer wieder im Surflokal aufgetaucht war und ihn heimlich beobachtet hatte. Erst nach Wochen hatte er sich getraut und Xavier auf einen Drink eingeladen. Zwischen den beiden hatte es sofort gefunkt. Sie hatten wenige wundervolle Wochen miteinander verbracht, waren sogar zusammen im Urlaub gewesen. Der Urlaub auf Kreta, von dem Erik Luisa nur wenig erzählt hatte. Aber dann hatte Erik aus heiterem Himmel mit Xavier Schluss gemacht.

Das war Anfang April letzten Jahres gewesen, kurz nachdem Erik seine Diagnose bekommen hatte.

»Er hat mir geschrieben, dass er nach Übersee ziehen wird. Tierärzte ohne Grenzen. Dass er sich dafür entschieden hat und ich nicht nach ihm suchen soll. Ich soll ihm nicht nachtrauern, sondern mir eine neue Liebe suchen. Einen Mann, der mich verdient hat. Er hat behauptet, dass er mich nicht so lieben würde wie ich ihn«, hatte Xavier am Telefon gesagt. »Wahrscheinlich wollte er mich nicht mit seiner Krankheit belasten.«

Xavier, der als Schauspieler und Sprecher arbeitete, hatte ein mehrmonatiges Engagement in der Schweiz angenommen, um auf andere Gedanken zu kommen. Erst kurz vor Eriks Tod war er nach Hannover zurückgekehrt, ohne über dessen Krankheit auch nur ansatzweise im Bilde zu sein.

»Ich habe etwas für dich«, sagte Luisa jetzt. Sie holte Eriks Kritzelheft, das die Porträts von Xavier enthielt, und den Brief, den er mit »Für X« beschriftet hatte, aus ihrer Tasche. »Ich glaube, er wollte, dass ich dich finde und dir das gebe.«

Er sah sie fragend an, als müsste er sie um Erlaubnis bitten. Erst als sie ihm aufmunternd zunickte, riss er den Briefumschlag auf.

Luisa erhob sich. »Ich hole mir noch einen Kaffee, möchtest du auch?«

Sie wartete seine Antwort nicht ab. Am Tresen der Bäckerei bestellte sie zwei Cappuccini. Dabei ließ sie sich und vor allem Xavier Zeit, wählte noch ein Stück Kuchen aus, obwohl sie darauf eigentlich keinen Appetit hatte. Während sie auf ihre Bestellung wartete, hatte sie wieder Xaviers Worte von gestern Nacht im Ohr: »Ich habe versucht, ihn zu vergessen, aber wirklich geschafft habe ich es nicht. Ein knappes Jahr, nachdem er Schluss gemacht hatte, ich glaube, da war ich gerade mal zwei Monate zurück in Deutschland, las ich auf einmal seine Todesanzeige in der Zeitung. Das hat mich echt umgehauen.«

Sie hatten zusammen geheult, geschwiegen und schließlich gelacht, als Luisa ihm von Eriks Challenge erzählt hatte. Ihre Erlebnisse der letzten Wochen, auch die Sache mit Oliver, hatte er am Ende noch aus ihr herausgeholt.

Als sie an den Tisch zurückkehrte, faltete er eben den Brief zusammen und wischte sich verstohlen die Tränen weg.

Luisa stellte den Cappuccino vor ihm ab. »Auch eine Challenge?«, fragte sie vorsichtig.

Er lächelte traurig. »Nein, eine Liebeserklärung.«

Luisa atmete auf. Erik hatte seinen Mann fürs Leben gefunden, ehe er starb. Tragischerweise nur zu spät.

Xavier beugte sich über den Tisch und ergriff Luisas Hände. »Aber deine Challenge, die ist noch nicht vorbei.«

»Wie meinst du das?«

Er sah ihr eindringlich in die Augen. »Du liebst diesen Oliver. Also verschwende keine Zeit mehr und lass ihn das wissen.«

Die Botschaft auf dem Zettel, der von innen an die Eingangstür des »Chez Oliver« geklebt worden war, hatte Oliver von Hand geschrieben.

Liebe Gäste,
leider mussten wir schließen.
Ich bedanke mich für eure Treue und die schöne Zeit.
Euer Oliver

Dass es so schnell gehen würde, hatte sie nun doch nicht erwartet. Luisa fiel ihre letzte Begegnung mit Oliver ein. »Mein Koch hat gekündigt, Zoe kommt wahrscheinlich auch nicht mehr, eigentlich kann ich direkt dichtmachen …« Da hatte sie das Ausmaß seiner Worte noch nicht begriffen. Dafür war sie zu schockiert und verletzt gewesen. Sie hatte nur an sich gedacht und war abgehauen, anstatt ihm zuzuhören und ihre Hilfe anzubieten. Mit klopfendem Herzen lief sie durch den Torbogen in den Hof.

Das Mountainbike war weg, die Blumen in den Töpfen ließen die Köpfe hängen oder waren vertrocknet. Kam sie womöglich zu spät? Sie spähte durch eines der Fenster. Die Möbel in der dahinterliegenden Wohnküche waren alt und passten nicht zusammen, das Linoleum auf dem Fußboden wies Risse auf. Der zerkratzte Resopaltisch und die Stühle stammten vermutlich noch aus den siebziger Jahren. Die Regale über der Arbeitsfläche waren leer geräumt. Hier hatte er also gewohnt. Aber dafür hätte er sich nicht schämen müssen. Heutzutage nannte man so etwas Tiny House – reduziertes Wohnen auf engstem Raum. Warum also nicht in einer Hinterhof-Kate in Hannover-Linden? Genau genommen war sie diejenige, die sich schämen sollte. Schließlich lebte sie allein in einem riesigen Haus. Aber das würde sich vielleicht bald ändern. Falls ihr Plan aufging.

Hinter dem nächsten Fenster befand sich das Schlafzimmer. Ein einfaches Bettgestell nahm beinahe die gesamte Breite des Zimmers ein, an der Wand daneben stand ein Schrank. Oberhalb des Bettes prangte ein rechteckiger Schmutzrand an der Wand, dort mochte einmal ein Bild gehangen haben. Und in einer Ecke bewegte sich etwas. Da saß jemand auf dem Boden, die Knie angezogen, das Gesicht in den Armen verborgen. Luisa klopfte ans Fenster. Als der Junge den Kopf hob, erkannte sie ihn. Es war Paul, Olivers Sohn.

Die Tür des kleinen Hauses knarzte beim Öffnen. Paul hatte sich bereits aufgerappelt und kam ihr in dem engen Flur entgegen.

»Hallo«, begrüßte Luisa ihn. »Du bist Paul, oder?«

Er nickte. »Ich suche meinen Vater. Wissen Sie vielleicht, wo er sein könnte?«

»Dasselbe wollte ich dich gerade fragen.«

Die Schultern des Jungen sackten nach vorne. »Ich verstehe das nicht. Ich habe ihm schon zigmal getextet, aber er antwortet einfach nicht. Und wenn ich anrufe, geht nur die Mailbox ran.« Neugierig musterte er sie. »Ich habe Sie doch neulich schon mal gesehen, als ich mit meiner Mutter hier war. Sie und Papa hatten gestritten, oder?«

»Stimmt«, sagte Luisa. »Und eben darum suche ich ihn jetzt. Weil ich einen dummen Fehler gemacht habe.« Sie zog sich einen Stuhl heran und setzte sich. »Und du? Bist du allein hier?«

»Jepp.« Der Junge setzte sich ebenfalls, stützte die Ellbogen auf die Tischplatte und fuhr sich durch die Haare. Eine Geste, die Luisa an Oliver erinnerte. »Meine Mom will nach

Schweden ziehen, angeblich weil sie dort einen tollen Job gekriegt hat. Aber ich weiß, dass sie bloß zu ihrem neuen Macker will. Ohne mich!«

»Verstehe«, sagte Luisa. »Du willst hierbleiben und bei deinem Vater wohnen.«

»Er hat mir versprochen, dass er eine Wohnung für uns findet. Mit einem eigenen Zimmer für mich.« Paul sah sie hoffnungsvoll an. »Wenn er hier ausgezogen ist, dann hat es ja vielleicht doch geklappt mit der neuen Wohnung. Nur warum sagt er mir dann nicht Bescheid? Ich meine – wie soll ich ihn denn finden?«

»Dein Vater hat gerade einige Probleme zu bewältigen. Ich bin mir sicher, er meldet sich. Weiß er denn überhaupt, dass du ihn besuchen wolltest?«

Paul wich ihrem Blick aus. »Nee … also, nicht direkt.«

»Und deine Mutter?«

Er schüttelte den Kopf. »Sie geht einfach davon aus, dass ich mit nach Schweden komme. Was ich will, ist ihr egal«, brauste er auf. »Im ganzen Haus stehen schon Kartons, und heute früh hat sie mir gesagt, dass ich auch langsam mit dem Packen anfangen soll. Aber ich denke gar nicht dran! Ich hab ihr gesagt, dass ich bei einem Freund übernachte, und bin weg.«

»Okay …«, sagte Luisa gedehnt. Schweigen breitete sich zwischen ihnen aus. Sie trommelte mit den Fingern auf die Tischplatte. »Also, ich hätte da eine Idee«, sagte sie und erhob sich abrupt. »Kommst du mit?«

Der Junge sah sie fragend an. »Wohin?«

»Nach Mardorf. Zu deinem Opa.«

Auf der Fahrt sah Luisa Olivers Sohn immer wieder verstohlen von der Seite an. Der schlaksige Vierzehnjährige hatte noch kindliche Züge, auf Stirn und Wangen blühte die Akne. Er bemühte sich zwar, cool zu wirken, aber die Art, wie er seinen Rucksack auf dem Schoß umklammert hielt, erinnerte eher an einen Siebenjährigen mit Riesenteddybär.

»Du bist also abgehauen«, stellte Luisa fest. »Bist du getrampt?«

»Bin mit dem Zug gekommen«, erwiderte er knapp.

»Aha«, sagte Luisa. »Wie lange fährt man von Dortmund nach Hannover? Zwei Stunden? Hattest du denn so viel Geld?«

Er antwortete nicht, blickte stur aus dem Fenster und tat so, als hätte er sie nicht gehört. Entweder besaß der Junge also jede Menge Taschengeld, oder er hatte einen Großteil der Fahrt auf der Zugtoilette verbracht.

»Und du hast nichts davon gewusst, dass dein Vater in dem Tiny House im Hinterhof gewohnt hat?«, fragte Luisa.

»Tiny House!« Er schnalzte abschätzig mit der Zunge. »So kann man diese Bruchbude auch bezeichnen. Ich hab ihn einmal dort besucht, als das Bistro gerade neu eröffnet wurde. Da fand ich es noch cool, dass er auf einem Hinterhof wohnt. Aber mit ihm im selben Bett schlafen … na ja. Er hat gesagt, dass das nur für den Übergang ist, bis er eine neue Wohnung gefunden hat. So lange würde er mich einfach in Dortmund besuchen, wenn er kann.«

»Und?«, fragte Luisa. »Hat er?«

Paul nickte. »Er hat dann immer im Hotel gewohnt. Wir haben uns getroffen und coole Sachen unternommen. Und wenn ich gefragt habe, ob es mit der neuen Wohnung geklappt hat, hat er gemeint, so gut wie.«

»Verstehe.«

»Einmal hat er mir Bilder von einer Altbauwohnung geschickt, die er sich angesehen hat, und ich habe geglaubt, dass er da jetzt wohnt. Aber die hat er wohl doch nicht gekriegt.« Er umklammerte seinen Rucksack nun so fest, dass seine Fingerknöchel weiß hervortraten. Luisa fiel auf, wie blass er war. Offenbar verbrachte er nicht viel Zeit an der frischen Luft.

»Glauben Sie, dass er bei meinem Opa ist?«

»Ich hoffe es und finde es auch naheliegend. Dein Opa kann gerade sowieso Hilfe gebrauchen, nach seinem Unfall.«

»Was für ein Unfall?«

»Nichts Schlimmes«, beeilte Luisa sich zu sagen. »Er ist von der Leiter gefallen und hat sich ein Bein gebrochen.«

»Das hat Papa uns gar nicht erzählt.« Paul schwieg und starrte den Rest der Fahrt aus dem Fenster. Offenbar hatte er einiges zu verdauen. Als das Ortsschild von Mardorf in Sicht kam, räusperte er sich. »Sind Sie seine neue Freundin?«

Luisa lächelte. »Ich heiße Luisa, du kannst Du zu mir sagen. Und nein, ich bin nicht seine neue Freundin.«

»Aber Sie … du wärst es gerne – oder?«

Luisa spürte, wie sie rot anlief. Wenn sogar ein Vierzehnjähriger merkte, was mit ihr los war, sollte sie dringend an ihrem Pokerface arbeiten. »Da wären wir auch schon«, sagte sie ausweichend, als das kleine Fischerhäuschen in Sicht kam. In der Einfahrt parkte ein weißer Lieferwagen.

»Das ist Papas Auto!«, rief Paul. Kaum hatte sie hinter dem Transporter gehalten, sprang er aus dem Wagen, rannte die Treppe zur Haustür hoch und klingelte Sturm.

Luisa blieb sitzen. Ihr Herz schwankte zwischen Euphorie und Angst. Was, wenn Oliver sie nicht sehen wollte?

Sie gab sich einen Ruck und folgte dem Jungen.

»Ja doch!«, motzte jemand. Schlurfende Schritte waren zu hören, dann riss Helmut Grünewald die Tür auf. Auf eine Krücke gestützt, nahm er die komplette Türbreite ein.

»Hallo, Opa«, sagte Paul und linste mit langem Hals über dessen Schulter. »Ist Papa auch da?«

Der Blick des Alten wanderte fragend von seinem Enkel zu Luisa. »Nee, gerade nicht«, sagte er und trat einen Schritt zurück. »Aber immer rein in die gute Stube. Ich hab Kaffee aufgesetzt.«

Kurze Zeit später saß Luisa mit Opa und Enkel in der gemütlichen Küche vor Kaffee und Gugelhupf.

»Frau Meyer kann es nicht lassen, mir jeden zweiten Tag was zu bringen«, brummte der Alte und schob ihnen den Teller mit dem Kuchen zu.

»Lecker!« Paul schnitt sich ein dickes Stück ab und verdrückte es in Sekundenschnelle. »Wo ist Papa denn jetzt?«, nuschelte er mit vollem Mund. »Und warum geht er nicht an sein Handy?«

Helmut stemmte sich ächzend hoch, humpelte zum Küchenschrank und zog eine Schublade auf. »Das hat er ausgeschaltet und hiergelassen.« Er nahm Olivers Handy heraus und legte es auf den Tisch. »Er muss den Kopf freikriegen, hat er gesagt. Sich überlegen, wie es jetzt weitergehen soll.« Der Alte schüttelte den Kopf. »So ein Pech, das mit dem Bistro. Und aus seiner Kate musste er auch noch raus. Da war er ja nur geduldet, hatte nicht mal einen Mietvertrag … na ja. So genau hab ich das nicht verstanden. Ich weiß nur, dass die neuen Hausbesitzer herzlose Aasgeier sind.« Er winkte ab. »Aber jetzt erzählt ihr mal, wie ihr überhaupt hierherkommt.«

Luisa räusperte sich. »Ich habe Paul zufällig am Bistro getroffen. Er suchte seinen Vater, und ich dachte, dass Oliver vielleicht hier sein könnte. Also habe ich ihn hergefahren. Außerdem …« Sie zögerte. »Ich muss dringend mit Oliver reden.«

Helmut musterte sie nachdenklich. »Tja«, sagte er schließlich. »Wenn du Oliver sprechen willst, mein Mädchen, dann musst du auf die Insel.« Er blickte auf die Uhr. »Um diese Zeit fährt nur leider kein Schiff mehr.«

Paul schaute seinen Opa aus großen Augen an. »Papa ist auf dem Wilhelmstein?«

Das Wasser rauschte unter dem Kiel des Auswandererboots. Mit den offenen Segeljollen wurden normalerweise Touristengruppen zu der kleinen Insel auf dem Steinhuder Meer geschippert. Heute hatte Luisa als einzige Passagierin auf einer der hochglanzpolierten Holzbänke Platz genommen. »Ich hab Manni Bescheid gesagt. Er wartet an der Anlegestelle auf dich«, hatte Helmut nach einem kurzen Telefonat gesagt. »Er macht für dich eine Sonderfahrt.«

»Der Name Auswandererboot stammt noch aus Zeiten, als Steinhude am Südufer zu Schaumburg-Lippe gehörte und Mardorf am Nordufer unter preußisch-hannoverscher Verwaltung stand«, dozierte der Skipper jetzt. »Fuhr man damals mit dem Boot vom Südufer zum Nordufer oder umgekehrt, wanderte man quasi in ein anderes Land aus.« Mit schlafwandlerischer Sicherheit steuerte der Alte das Acht-Meter-Schiff über den See und hielt geradewegs auf die Insel zu, auf der sich Oliver vor der Welt verkrochen hatte. So zumindest hatte sein Vater seinen Rückzug bezeichnet. »Versuch dein Glück«, hatte er gesagt. »Wenn du es nicht schaffst, dass er bald wieder festen Boden unter den Füßen hat, dann weiß ich auch nicht.«

Nach zwanzig Minuten legte das Boot in dem kleinen Inselhafen an. Manni schob eine Planke auf den Steg und half Luisa von Bord. »Ich warte hier«, brummte er. »Viel Glück.«

»Danke.« Luisa blickte sich unsicher um.

»Die Insel ist nicht groß. Immer mal drauflos«, empfahl Manni.

Das letzte Schiff war längst weg und hatte die Touristen mitgenommen. Entsprechend ausgestorben lag die Insel da. Auch der Biergarten wirkte verlassen, bis auf eine Bedienung, die leere Gläser einsammelte. Luisa hielt auf die Frau zu. »Entschuldigung. Ich bin eine Freundin von Oliver Grünewald. Können Sie mir sagen, wo ich ihn finde?«

»Da frag am besten mal den Hajo.« Die Frau deutete mit dem Kinn auf einen Hünen in Kochjacke und Piratentuch, der geschäftig hinter einem Verkaufstresen hantierte.

Hajo musterte sie misstrauisch. »Olli ist gerade nicht für jeden zu sprechen. Mit wem habe ich denn das Vergnügen?«

Nachdem sie sich vorgestellt hatte, pfiff er leise durch die Zähne. »Wenn das keine Überraschung ist. Nur weiß ich gerade nicht, ob ich das gut oder schlecht finden soll.«

»Wieso?« Luisa wurde langsam ärgerlich. Was mischte sich dieser Hajo in ihre Angelegenheiten ein?

Er bemerkte das. »Hör zu. Wenn Olli eine Auszeit braucht, kommt er zu mir. Dann gebe ich ihm eins der Gästezimmer und lasse ihn in Ruhe, bis er sein Gleichgewicht wiederhat. Ausnahmen kann es geben. Allerdings scheinst du einer der Gründe dafür zu sein, weshalb es ihn überhaupt hergetrieben hat.« Er verschränkte die Arme vor der Brust. »Also solltest du mir einen triftigen Grund nennen, weshalb du ihn sprechen musst.«

Luisa sah ihm direkt in die Augen. »Olivers Sohn ist von zu Hause ausgebüxt, weil er nicht in Schweden, sondern lieber bei ihm leben will. Sein Vater hat ihm versprochen, dass er das irgendwie hinbekommt, ist aber nicht erreichbar. Ich habe den Jungen allein in der leeren Kate angetroffen. Davon abgesehen habe ich Oliver etwas sehr Persönliches mitzuteilen. Also kannst du mir bitte endlich sagen, wo ich ihn finde?«

»Okay …«, entgegnete Hajo gedehnt. Sein Blick wanderte zu einem Punkt hinter Luisa. »Dann drehst du dich am besten mal um.«

Oliver lehnte an einer Außenwand des Restaurants und sah sie unverwandt an. Ehe Luisa etwas sagen konnte, wuselte Ginger mit wedelndem Schwanz auf sie zu. Sie ging in die Hocke und begrüßte das Tier. »Da bist du ja«, murmelte sie. Die Hündin trug noch immer die Halskrause, ihre Bandagen sahen frisch aus. Offenbar hatte ein Kollege die Nachsorge übernommen.

»Was ist mit Paul? Geht es ihm gut?«

Luisa erhob sich und nickte. »Ich habe ihn zu deinem Vater gebracht.«

»Danke.« Verlegen rieb er sich den Nacken und blickte sie mit zur Seite geneigtem Kopf von unten an. Er war unrasiert, tiefe Schatten unter seinen Augen zeugten von schlaflosen Nächten.

»Können wir uns irgendwo ungestört unterhalten?«, fragte sie.

Oliver leinte Ginger an und übergab die Hundeleine seinem Freund. Dann führte er sie durch den Biergarten über eine Wiese an der Festungsmauer vorbei zur anderen Seite der winzigen Insel. Luisa hatte Mühe, mit ihm Schritt zu halten.

Das Ufer stoppte ihn. Er blieb mit geballten Fäusten stehen und starrte aufs Wasser. »Was willst du, Luisa? Mich zu deiner Hochzeit einladen?«

»Als wüsstest du nicht genau, dass ich nur aus Trotz Ja gesagt habe. Davon abgesehen hattest du recht. Tom ist die größte Graupe von allen.«

Er lachte bitter. »Dann ist Eriks Experiment ja grandios gescheitert. Fünf Graupen und ein One-Night-Stand mit deinem vermeintlich neuen besten Freund.«

»Das war kein One-Night-Stand. Nicht für mich«, sagte Luisa leise. »Und wenn du ehrlich bist, dann …«

Er wandte sich zu ihr um. »Luisa, ich bin dir wirklich dankbar, dass du Paul hergebracht hast. Aber …« Er bückte sich nach einem Stein, hob ihn auf und wog ihn in der hohlen Hand. »Ich hab dir nichts zu geben. Nur Probleme. Ich bin nun mal kein Prinz auf dem weißen Ross, der dich rettet. Bloß die Obergraupe, die nichts auf die Reihe kriegt.« Er holte aus und warf den Stein ins Wasser, wo er mit einem dumpfen Ploppen versank. »Ohne mich bist du besser dran.«

»Das ist ja wohl der größte Mumpitz überhaupt«, sagte Luisa. »Und Klischee hoch drei sowieso. Wer sagt denn, dass ich einen blöden Prinzen will? Also wirklich! Und gerettet hast du mich doch längst, mit deinem Soulfood und deinem Humor und weil du so bist, wie du bist. Und jetzt bin ich hier, um dich zu retten. Jawohl!«

»Da ist aber nichts mehr zu retten!«

Luisa ließ sich nicht beirren. »Ich hab mir das genau überlegt«, sprudelte es aus ihr hervor. »Das Haus, die neue Wohnung, das alles ist doch viel zu groß für mich allein. Und da dachte ich, du und Paul zieht einfach zu mir.«

Stille.

Noch ein Stein flog in den See.

»Was sagst du dazu?« Sie trat näher, berührte seine Schulter und spürte, wie er sich versteifte.

»Wie stellst du dir das vor? Dass ich für lau bei dir wohne und dir auf der Tasche liege?« Er rückte von ihr ab. »Das wird nicht funktionieren.«

Luisa ließ ihre Hand sinken. »Aber du kannst dir doch was Neues aufbauen.«

»Wie denn? Mein Traum ist geplatzt. Das Geld, das ich in das ›Chez Oliver‹ gesteckt habe, kann ich in den Wind schreiben.« Er rieb sich die Stirn. »Der Laden fing gerade an, genug abzuwerfen, dass ich über die Runden komme. Klar könnte ich mir ein neues Lokal suchen, aber finde mal was, wo dir die Fixkosten nicht die Haare vom Kopf fressen!«

»Dafür habe ich ebenfalls eine Lösung«, sagte Luisa triumphierend. »Sandra und Cedric wollen auf dem Alpaka-Hof Wohnungen an Feriengäste vermieten und ein Restaurant für Tagesausflügler aufmachen. Der Umbau ist schon im Gange, aber sie suchen noch jemanden, der das Lokal übernimmt. Das wäre doch …«

Er unterbrach sie. »So einfach ist das, ja?«

»Dass es einfach werden wird, habe ich nicht gesagt. Und es gibt auch keine Glücksgarantie. Aber einen Versuch ist es wert«, beharrte Luisa. »Davon abgesehen: Dass dir unsere gemeinsame Nacht nichts bedeutet, glaube ich dir immer noch nicht.«

»Nimm deine rosa Brille ab, Luisa«, sagte er bitter. »Sieh es als das, was es war. Eine wunderschöne Momentaufnahme, mehr nicht. Ein Ausrutscher.« Er drehte sich zu ihr um. »Vielleicht ziehe ich nach Schweden. Dann kann ich wenigstens meinen Sohn weiterhin sehen.«

Sie starrte ihn an. »Ist das dein Ernst?«

»Es wäre auch für mich ein Neuanfang. Momentan brauche ich meine ganze Kraft, um wieder in die Spur zu kommen. Bitte versteh das.« Damit wandte er sich ab und eilte mit langen Schritten davon.

»Wie kann man nur so stur sein!« Luisa stampfte mit dem Fuß auf wie ein trotziges Kind. »Und außerdem … kapier endlich, dass ich dich liebe, du … du Hornochse!«, schrie sie ihm hinterher.

Die Tränen kamen erst, als Luisa am Pier ankam.

»Ach herrje«, brummte der alte Skipper, half ihr an Bord und machte die Leinen los.

27

»Mama?« Luisa hörte, wie Hannah sich in ihr Schlafzimmer schob. »Willst du nicht langsam mal aufstehen? Rosie und Holger sind da. Wir kochen was.«

Sie öffnete die Augen einen Spaltbreit. Durch die Rollläden sickerte Sonnenlicht ins Zimmer. Ihr Körper fühlte sich taub an, ihre Glieder schwer. Sie wollte einfach nur liegen bleiben, an nichts denken und vor allem nichts fühlen.

Die Matratze senkte sich. Langsam drehte Luisa den Kopf. Über ihre Schulter hinweg sah sie schemenhaft, dass Hannah auf der Bettkante saß.

»Rosie hat mir alles erzählt. Die Sache mit Eriks Challenge und so.« Sie legte den Kopf schief. »Typisch Erik. Er wollte nur das Beste, aber leider …« Sie sprach nicht weiter.

»Eriks Experiment ist ja grandios gescheitert«, echote Olivers Stimme in Luisas Kopf. Sie spürte Hannahs Hand auf ihrer Schulter. »Mama, bitte steh auf. Du musst auch endlich was essen.« Ihre Tochter klang flehend. »Du machst mir langsam Angst, weißt du das?«

Doch Luisa rollte sich nur noch fester zusammen.

»Die Wohnung unten ist superschön geworden«, sagte Hannah schließlich. »Du könntest sie dir wenigstens mal ansehen.« Die Matratze hob sich wieder. Dann hörte Luisa, wie die Tür zugemacht wurde. Auf der anderen Seite ertönten gedämpfte Stimmen. Polternd flog die Tür wieder auf.

»Genug jetzt, du Trauerkloß!« Rosie rauschte zum Fenster und zog mit lautem Ratschen die Rollläden hoch. Luft und Licht fluteten ins Zimmer. Luisa vergrub ihr Gesicht im Kissen. Dann wurde ihr mit einem Ruck die Decke weggerissen.

»Was soll das?«, protestierte sie schwach.

»Zwei Tage sind eindeutig genug.« Rosie beugte sich über sie. »Du meine Güte, du stinkst. Unter die Dusche mit dir.«

Sie zerrte das Laken unter der Matratze hervor, zog und beförderte Luisa damit zum Rand des Bettes. Luisa griff danach und wickelte sich murrend darin ein.

Frühlingsrolle. Gefüllt mit Gemüse und Garnelen. Danach roch es doch, oder? Ihr Magen gab ein Knurren von sich. Es klang wie eine Drohung. Ihr Körper stimmte Rosie zu, ohne dass sie es wollte.

»In zwanzig Minuten ist das Essen fertig«, hörte sie Rosies gedämpfte Stimme durch den Stoff.

Luisa wartete, bis sie wieder allein war, schälte sich aus dem Laken und schlurfte ins Badezimmer. Nach einer ausgiebigen Dusche ging es ihr besser. Auf der Ablage über dem Waschbecken fand sie ihr Handy und schaltete es erstmals seit zwei Tagen wieder ein. Sie fand mehrere Nachrichten von einem unbekannten Absender. Paul, Olivers Sohn, hatte sich irgendwie ihre Nummer beschafft. Er bat mehrmals um Rückruf, und nachdem der nicht erfolgt war, hatte er ihr Sprachnachrichten geschickt.

»Hallo, hier ist Paul.« Pause. »Also, ich hab ja noch Ferien, und deshalb darf ich eine Weile bei Opa bleiben. Papa wohnt hier auch. Aber wir können auf Dauer nicht bleiben, weil zu wenig Platz und so.« Wieder machte er eine Pause. Dann war ein lang gezogenes Schnaufen zu hören. »Er sitzt den ganzen Tag vorm Rechner und sucht nach Stellen in Schweden. In seinem alten Beruf. Nur wegen mir. Dabei will ich das doch alles gar nicht! Kannst du ihn nicht vielleicht umstimmen? Ich will in Hannover bleiben. Schon wegen Mara. Das ist … äh … meine Freundin. Ich hab sie über Discord beim Gamen kennengelernt und sie beim letzten Besuch in Hannover getroffen. Die ist echt cool.« Er räusperte sich. »Also, bitte melde dich doch mal.«

Die nächste Sprachnachricht klang noch verzagter.

»Hallo, Luisa. Hast du dein Handy nicht an? Ich hab voll Schiss, dass Papa Stress hat und depri wird, wenn er wieder als Programmierer arbeitet. Und eigentlich will er auch gar nicht nach Schweden. Opa sagt, er ist bloß stur. Er fragt, wo dieser Alpaka-Hof ist. Also, der Hof mit dem Restaurant. Und ich soll dich dann nicht mehr belästigen, hat er gesagt. Nur die Adresse wär halt gut. Bitte.«

Oliver schien seinen Plan, nach Schweden zu gehen, also ernsthaft durchziehen zu wollen. Paul tat ihr leid, aber sie konnte und wollte sich in dieser Sache nicht mehr emotional engagieren. Trotzdem schickte sie Paul einen Link zur Website des Alpaka-Hofs und wünschte ihm viel Glück. Als sie kurz darauf die Küche betrat, blieb Luisa von den anderen unbemerkt in der Tür stehen und ließ die Szene auf sich wirken.

Holger hatte sich eine Schürze zum Schutz seiner Radklamotten umgebunden und rührte eifrig in einem Topf. »Wer sagt eigentlich, dass Luisa überhaupt einen Mann braucht, um glücklich zu sein?«, meinte er gerade. »Sosehr ich Erik auch gemocht habe. Mit dieser Challenge hat er ihr keinen Gefallen getan.«

»Das sehe ich anders«, widersprach Rosie, die Luisas Gewürzschublade durchwühlte. »Abgesehen von dem Desaster am Ende hatte sie zumindest einmal richtig guten Sex.«

»Rosie!«, rief Holger empört.

»Was? Heute etwa prüde?« Sie ließ eine ordentliche Prise Chilipulver in den Topf rieseln. »Im Bett kannst du schließlich auch ganz anders.« Sie klimperte vielsagend mit den Augen.

»Das interessiert Hannah aber ganz bestimmt nicht!« Holgers Gesicht war dunkelrot angelaufen.

Hannah verteilte Teller und Besteck auf dem Tisch. »Keine Bange. Uns Loewe-Frauen kann so schnell nichts schocken.«

Ein Lächeln stahl sich auf Luisas Gesicht. Familie. Das war es, was sie gerade vor sich sah. »Was gibt's denn zu essen?«, fragte sie.

Hannah fuhr herum. »Mama!«

»Buntes Risotto mit Garnelen.« Rosie musterte Luisa von oben bis unten. »Dann können wir ja endlich.« Ächzend ließ sie sich auf einen Stuhl sinken. Auf ihrer Stirn erinnerte nur noch ein blauer Schatten an die Beule von dem Sturz in die

Baugrube, die Bandage am Arm war einem Pflaster gewichen, und die Beinschiene würde sie auch bald loswerden.

Luisa schlang ihr von hinten die Arme um die Schultern. »Danke«, murmelte sie.

»Ach, hör auf. Ich werde sonst noch emotional«, sagte Rosie. »Setz dich einfach.«

»Du hast übrigens recht«, sagte Luisa zu Holger, nachdem sie ihren ersten Hunger gestillt hatte. »Ich brauche keinen Mann, um glücklich zu sein.« Sie lächelte in die Runde. »Ich habe ja euch.«

In den nächsten Tagen konzentrierte sich Luisa ganz auf den Umzug. Hannah half ihr beim Ausräumen von Schränken und Regalen, erzählte von ihrem Semester in den USA und plante die Umgestaltung der Dachgeschosswohnung. Das Erlebnis mit ihrem Erzeuger, wie sie ihren Vater inzwischen nannte, hatte sie gut weggesteckt, und Luisa genoss es, ihre Tochter wieder um sich zu haben.

Wenn Luisa ihre Morgenrunde joggte, versuchte sie, nicht an Olivers weltbesten Cappuccino und sein Soulfood zu denken. Frühstück wurde sowieso überbewertet. Trotzdem ertappte sie sich immer wieder dabei, wie sie unwillkürlich die Route zum »Chez Oliver« nehmen wollte.

Auch zu Hause war sie stets in Bewegung. Sie entrümpelte, räumte auf, putzte, entsorgte Sachen, füllte Kisten, baute Regale ab, putzte Fenster, vertikutierte und mähte den Rasen, pflanzte Blumen und half Regine in der Praxis, nur um nicht ins Grübeln zu kommen. Sie wollte abends so ausgepowert sein, dass sie todmüde ins Bett fiel. Trotzdem gelang es ihr nie ganz, jeden Gedanken an Oliver zu verdrängen. Vor allem abends, wenn sie so überdreht war, dass sie nicht einschlafen konnte, kamen die Bilder ihrer gemeinsamen Nacht wieder in ihr hoch. Ein Ausrutscher, ermahnte sie sich dann. Mehr war es für ihn nicht gewesen. Sie hatte das Geschehene überinterpretiert, sich ihm geöffnet und anvertraut. Während er mit seinen Problemen hinter dem Berg gehalten hatte. Selbst die Freundschaft zwischen ihnen schien eine Illusion gewesen zu sein. Er wollte weder sie noch ihre Hilfe. Und sie hatte auch ihren Stolz.

»Soll er doch als einsamer Wolf glücklich werden!«, erklärte sie Xavier, mit dem sie sich regelmäßig traf.

Ihn gefunden zu haben, war das einzig Gute, was aus Eriks unglückseliger Challenge hervorgegangen war.

»Seit ich Xavier getroffen habe, sind Eriks Erscheinungen komplett verschwunden«, berichtete sie Dr. Grießbach bei ihrer nächsten Sitzung.

»Prima.« Die Psychotherapeutin machte sich wie immer Notizen. »Was hat sich noch für Sie verändert? Hatten Sie irgendeine Erkenntnis, nachdem Sie Eriks Herausforderungen nun gemeistert haben?«

Dass ich keinen Mann brauche, wollte Luisa sagen, aber etwas anderes bahnte sich seinen Weg über ihre Lippen. »Dass Mittelklasse nicht reicht, weil ich den Lamborghini will?«

Die Grießbach ließ ihr Klemmbrett sinken und musterte sie über den Rand ihrer Lesebrille. »Die Metapher müssen Sie mir jetzt aber erklären.«

»Es geht nicht um das Auto an sich, sondern um das Gefühl beim Beschleunigen.« Sie erklärte der Grießbach Rosies Vergleich mit dem Mittelklassewagen und welche beiden Männer damit gemeint waren.

»Interessant.« Die Psychotherapeutin klang nachdenklich. »Der Lamborghini-Mann heißt also Oliver, wenn ich das richtig verstehe?«

Luisa nickte. Tränen drückten auf ihre Stimme. »Nur dass ich bloß ein Ausrutscher für ihn war.« Und dann brach alles aus ihr hervor, was sie in den letzten Tagen so mühsam verdrängt hatte. Am Ende reichte ihr Doc Grießbach die stets bereitstehende Taschentuchbox.

Nachdem Luisa sich ausgiebig geschnäuzt und einigermaßen beruhigt hatte, blickte die Psychotherapeutin auf ihre Uhr. »Die Sitzungszeit ist um.«

Luisa starrte sie an. »Das ist alles, was Sie dazu sagen?«

Die Grießbach klemmte sich eine Haarsträhne hinters Ohr. Neuerdings trug sie einen schulterlangen Bob in einem satten Aubergine-Ton, das war Luisa gleich als Erstes aufgefallen. »Sie heulen bei mir Rotz und Wasser, ich höre Ihnen zu und stelle Fragen, die Sie auf die richtige Spur führen. So läuft das normalerweise. Jetzt ist die Sprechzeit für heute vorbei, daher sage ich Ihnen das Folgende ganz privat.« Sie beugte sich vor und sah Luisa in die Augen. »Können Sie sich eigentlich gar nicht vorstellen, dass Oliver sich durch Ihr Vorpreschen auf dem Wilhelmstein überrumpelt gefühlt haben könnte?«

Luisa hatte daran tatsächlich noch nicht gedacht. »Okay. Aber was hätte ich sonst tun sollen?«

Die Grießbach zuckte mit den Schultern. »Häppchen servieren und nicht gleich die volle Dröhnung abladen. Versetzen Sie sich doch mal in seine Lage. Wenn es umgekehrt gewesen wäre, hätten Sie das alles einfach so annehmen können?«

»Nein, vermutlich nicht«, gab Luisa zu.

»Eben.« Die Psychotherapeutin legte ihr die Hand auf den Arm. »Geben Sie ihm Zeit, Luisa. Der bekrabbelt sich wieder.«

»Woher wollen Sie das wissen?« Kaum dass Luisa die Frage ausgesprochen hatte, ging ihr ein Licht auf. »Was hat er Ihnen erzählt?«

Doc Grießbach antwortete nicht. Sie erhob sich und blies das Teelicht auf dem Tisch aus. »So, Feierabend. Hinaus mit Ihnen.«

»Nur Andeuten gilt nicht«, maulte Luisa.

»Patientengeheimnis«, flötete die Grießbach und öffnete demonstrativ die Tür.

Als Luisa im Treppenhaus am Fahrstuhl wartete, trat die Grießbach aus der Praxis, schloss ab und stellte sich neben sie. »Dieses alte Ding wird auch immer lahmer«, murmelte sie und blickte auf die Leuchtanzeige, die sich im Schneckentempo nach oben bewegte. Nervös zupfte sie ihre Haare zurecht. Die neue Frisur ließ sie um Jahre jünger erscheinen. Eine Parfümwolke umgab sie, als hätte sie sich soeben mit ihrem gesamten Praxisvorrat an Duftölen übergossen. Die enge Aufzugskabine wäre im Nu mit Aromagasen geflutet. Wahrscheinlich genügte dann ein Funke, um eine Explosion auszulösen, oder zumindest Kopfschmerzen.

»Ich nehme die Treppe«, entschied Luisa.

»Ja, machen Sie das.«

Bildete sie sich das ein, oder klang die Grießbach erleichtert?

Luisa kam zeitgleich mit dem Fahrstuhl im Erdgeschoss an. Die Türen des Lifts glitten auseinander, aber die Grießbach machte keine Anstalten auszusteigen. Sie hing am Hals eines groß gewachsenen Mannes im Polohemd, der sie an sich drückte und leidenschaftlich küsste. Das war doch … Luisa lachte ungläubig auf. Fabian Kestner.

Ehe sich die beiden voneinander lösten, schlüpfte Luisa schnell nach draußen. Sie grinste. Auf jeden Topf passte eben doch ein Deckel.

Auf dem Nachhauseweg dachte sie über die Andeutungen der Grießbach nach. Hatte sie Oliver tatsächlich mit ihren Hilfsangeboten überrumpelt?

»Der bekrabbelt sich wieder«, äffte sie die Psychotherapeutin nach. Konnte man sich undeutlicher ausdrücken? Luisa bereute es, dass ihr die Sache mit Oliver herausgerutscht war. Dieses Thema hatte in der Trauerbewältigungstherapie eigentlich nichts zu suchen. Aber seit sie der Grießbach von Eriks Challenge erzählt hatte, war die schier versessen darauf gewesen, alles darüber zu erfahren. Anscheinend hatte sie sogar die nächstbeste Gelegenheit ergriffen und sich selbst einen der Kandidaten geangelt. Nicht dass Luisa ihr das Glück missgönnte. Aber sie erinnerte sich noch genau an den letzten Ratschlag, den ihr die Grießbach außerhalb der Sitzungszeit erteilt hatte. »Verabreden Sie sich mit denen. Ganz zwanglos natürlich. Alles kann, nichts muss. Und wenn der Mann fürs Leben nicht dabei ist, dann haben Sie wenigstens Spaß gehabt.« Wozu das geführt hatte, wusste sie inzwischen. Von wegen, der bekrabbelt sich wieder. Sie glaubte der Grießbach kein Wort.

Rosie rückte den Schreibtisch weiter nach links und trat einen Schritt zurück. »Perfekt!«

»Wow! Ernesto 2.0, danke!« Begeistert umarmte Luisa die Freundin. Der vormals eher bieder wirkende Sekretär war kaum wiederzuerkennen. Rosie hatte den alten Lack sorgfältig abgeschliffen, das Holz mit weißer Kreidefarbe gestrichen und mit dezenten grauen Blumenornamenten versehen. Die Arbeitsplatte schimmerte in ihrem natürlichen Holzton und bildete dazu einen reizvollen Kontrast. Im selben Stil hatte sie das Sideboard aufgearbeitet, das sich Luisa aus ihrem Fundus ausgesucht hatte.

»Shabby Chic vom Feinsten«, lobte sogar Bertram. »Aber ich finde, nach dieser Geschlechtsumwandlung sollte er besser Ernestine heißen.«

Martin kam ins Zimmer. »Hier seid ihr.« Er klatschte zweimal in die Hände. »Hopp, hopp, ihr Lieben. Luisas Zeug trägt sich nicht von allein runter. Und die Bücherregale müssen auch noch aufgebaut werden.«

Bertram knallte die Hacken zusammen und legte die Hand an die Stirn. »Zu Befehl, *drill instructor* Martin.«

Bald waren die meisten Habseligkeiten aus der Dachwohnung unten, und Holger hatte begonnen, Bett und Kleiderschrank abzubauen. Luisa stieg die Treppe hinab, setzte den Bücherkarton ab und streckte den Rücken durch. Sie brauchte eine Pause.

Geschafft ließ sie sich auf das neue Sofa fallen und blickte sich um. Zwar herrschte in allen Ecken noch Chaos, aber trotzdem strahlte die Wohnung bereits die helle und behagliche Atmosphäre aus, die Luisa sich gewünscht hatte. Die klaren Farben und die Mischung aus skandinavischer Schlichtheit und Rosies verspielten Vintage-Elementen waren ein Volltreffer. Jetzt lag es an ihr, die Wohnung mit Leben zu füllen. Und zum Beispiel all ihre Freunde an dem langen Holztisch mit den gemütlichen Stühlen zu versammeln. Luisa blickte auf die Uhr: Mittagszeit. Perfekt für eine Premiere. »Es gibt gleich Suppe und Baguette«, verkündete sie und trommelte ihre Helfer zusammen.

Als alle an der langen Tafel versammelt waren, wurde es Luisa warm ums Herz. Sie würde wieder Spieleabende veranstalten, so wie früher. Oder ihre Freunde zum gemeinsamen Kochen einladen. Und zum Filmabend. Sie würde auch ohne Mann glücklich sein. Und so ein Sturkopf wie Oliver konnte ihr sowieso gestohlen bleiben. Im Grunde kannte sie ihn nicht einmal. Wie war sie nur auf die Idee gekommen, gleich mit ihm zusammenziehen zu wollen?

Als alles aufgebaut und größtenteils eingeräumt war, ein Umzugshelfer nach dem anderen sich verabschiedet und Hannah sich nach oben in ihr Zimmer verzogen hatte, blieb Luisa allein zurück.

Plötzlich war es ohrenbetäubend still. Luisa streckte ihre Glieder. Ihre Beine fühlten sich an, als hätte sie eine Bergwanderung absolviert. Wie oft war sie die Treppe hoch- und runtergelaufen? Aber nicht nur ihre Muskeln waren müde. Auch mental fühlte sie sich wie in Watte gepackt. Die untergehende Sonne tauchte das Wohnzimmer in einen goldenen Schimmer. Luisa setzte sich auf das Sofa, lehnte sich zurück und blickte aus dem Fenster, bis es dunkel geworden war. Die Anspannung der letzten Tage wich aus ihrem Körper. Immer wieder fielen ihr die Augen zu, doch sie konnte sich nicht aufraffen, ins Bett zu gehen.

Eriks Stimme durchdrang ihren Dämmerzustand. »Der erste Traum in einer neuen Wohnung geht in Erfüllung«, hörte sie ihn sagen.

Luisa spürte, wie er sich neben sie aufs Sofa fläzte. Ein Bein lässig mit dem Knöchel auf das andere Knie gelegt, die Arme weit ausgebreitet auf der Lehne. Er war wieder da. Oder träumte sie bereits? Falls ja, würde sie viel dafür geben, den Traum wahr zu machen. Auch wenn es sie manchmal genervt hatte, dass Erik so viel Platz auf dem Sofa für sich beanspruchte, großes Ego inklusive. Aber als sie den Kopf drehte, saß dort nicht Erik, sondern Oliver. Oliver, der sie mit seinen dunklen Augen ansah, deren Sogwirkung sie sich nur schwer entziehen konnte. Dann war da ein Ruck wie von einem abrupt bremsenden Aufzug. Luisa schreckte hoch. Sie war wohl kurz eingenickt. Olivers Bild verblasste, doch das Gefühl der Sehnsucht hatte sich eingenistet.

Schlaftrunken rappelte sie sich auf. Als sie ihr kurzes, ausgebleichtes Schlafshirt überstreifte, wurde ihr bewusst, wann sie es das letzte Mal getragen hatte. Hastig zerrte sie es sich über den Kopf und zog ein anderes an. Dann entsorgte sie das Shirt im Müll. »Wag es nicht«, sagte sie grimmig. »Wag es nicht, meine Träume zu entern, Oliver Grünewald.«

28

Als Luisa am nächsten Morgen aufwachte, spürte sie etwaigen Traumbildern nach, fand aber keine. Gut so. Sie hätte schließlich von Katastrophen oder Monstern geträumt haben können – oder schlimmer noch, von zu kurzen Nachthemden. Die Wohnung fühlte sich noch fremd an. Aber das würde sich in den nächsten Tagen verflüchtigen, spätestens wenn sie die letzten Kartons ausgeräumt hatte. Als Nächstes stand die Renovierung von Hannahs Wohnung an, und dann wartete der Praxisalltag wieder auf sie.

Nachdem sie den Espressokocher ausprobiert hatte, den ihr Rosie und Holger zum Einzug geschenkt hatten, summte ihr Handy. Es war Sandra. Sie klang besorgt, beinahe panisch. »Dem kleinen Luis geht es gar nicht gut. Kannst du nach ihm sehen? Er hat Durchfall und ist schon ganz apathisch.«

»Ich komme sofort.« Luisa stürzte ihren doppelten Espresso hinunter und schlüpfte in ihre Jacke. Die Kartons konnten warten. Sie wurde gebraucht.

Das zittrige Gefühl, das der Espresso auf nüchternen Magen auslöste, ignorierte sie.

Als Luisa auf den Hof einbog, saß Cedric auf der Bank neben der Tür und winkte ihr zu. Während sie ihren Tierarztkoffer vom Rücksitz nahm, kam er ihr entgegen.

»Sandra ist nebenan.« Mit langen Schritten ging er voraus, am Haupthaus vorbei zu der Scheune, die zum Restaurant umgebaut wurde. Bella und Luis befanden sich vermutlich dahinter auf der Wiese, und durch das Gebäude kam man schneller dorthin. Luisa rannte beinahe, um mit ihm Schritt zu halten. In der flirrenden Hitze, die schon jetzt am Vormittag herrschte, brach ihr der Schweiß aus. »Einmal hinten durch«, sagte er und hielt ihr die Tür auf. »Sorry, aber ich erwarte gleich Gäste. Du kommst allein klar, oder?«

»Sicher, geh du nur.« Luisa betrat die Diele, und die Tür fiel hinter ihr ins Schloss. Eine angenehme Kühle legte sich auf ihre schweißfeuchte Haut. Trotzdem raste ihr Herz, als hätte sie soeben einen Hundert-Meter-Lauf absolviert. Verdammter Espresso. Sie blieb kurz stehen, schnaufte ordentlich durch, bis sich ihr Herzschlag einigermaßen beruhigt und ihre Augen an das Dämmerlicht gewöhnt hatten. Es roch nach frischem Holz und Farbe. Die Ausbauarbeiten waren nahezu abgeschlossen, stellte sie fest. Man hatte die Wände verkleidet und in der Ecke einen halbrunden Tresen eingebaut, an dessen Enden Vitrinen integriert waren. Die dicken Bohlen auf dem Fußboden waren abgeschliffen und versiegelt worden. An den Wänden waren bereits Sitzbänke mit lederbezogenen Polstern und hohen Lehnen montiert.

Luisas Schritte klangen dumpf, als sie auf die Hintertür am anderen Ende des Gastraumes zuging. Von draußen waren Stimmen zu hören. Jemand öffnete die Tür und ließ gleißendes Sonnenlicht herein. Luisa blinzelte. Auf einmal schien der Boden zu schwanken, schwarze Punkte tanzten vor ihren Augen. Sie sackte gegen einen der Balken, die das Dach stützten.

»Luisa?« Ein Schatten löste sich aus der Helligkeit und kam auf sie zu. Er klang wie Oliver. Aber das bildete sie sich bestimmt nur ein. Der Mann nahm ihr den Koffer ab. »Geht's dir nicht gut?« Dunkle Augen blickten sie besorgt an.

»Zu viel Kaffee«, murmelte Luisa.

Sein Arm legte sich um ihre Taille. Dieser Typ roch auch wie Oliver. »Verdammt, Luisa. Hast du etwa noch nichts gegessen?« Er führte sie zu einer der Sitzbänke. »Bin gleich wieder da.«

Luisa ließ sich auf das Polster sinken und lehnte sich zurück. Litt sie unter Halluzinationen, oder hatte Rosie eine Prise Hasch in das Espressopulver gemischt?

Die Tür klappte, dann war er wieder bei ihr, stützte sie und hielt ihr ein Glas Wasser an den Mund. »Trink«, befahl Oliver.

Luisa gehorchte.

Sandras besorgtes Gesicht tauchte neben ihm auf. »Was machst du bloß für Sachen?« Knisternd packte sie Traubenzucker aus und gab ihn ihr. Das half, um sie wieder in die Spur zu bringen.

Luisa richtete sich auf und blickte sich suchend nach ihrem Koffer um. »Ich wollte ja eigentlich nach Luis sehen.«

Sandra drückte sie zurück auf die Bank. »Luis geht es gut. Wir wollten dich nur herlocken, damit ...« Sie schaute zerknirscht drein. »Sorry. Wenn ich gewusst hätte, dass du mit leerem Magen losrast, hätte ich es nicht so dringlich gemacht.« Im Weggehen warf sie Luisa noch ein entschuldigendes Lächeln zu. Dann schob sie sich rasch durch die Hintertür nach draußen.

Luisa sah Oliver fragend an. »Wovon redet sie? Und was machst du überhaupt hier?«

Er rieb sich verlegen den Nacken. »Paul und mein Vater sind schuld. Die haben mich vor ein paar Tagen nämlich in ähnlicher Weise hergelockt. Mein Vater hatte angeblich ein Fahrrad ersteigert, das wir hier abholen sollten. Da er es mit seinem Bein noch nicht kann, musste ich fahren. Und rein zufällig fand das Verkaufsgespräch hier drinnen statt. Vorher hatten sie nämlich alles mit Sandra und Cedric abgesprochen.« Er blickte sich um. »Paul und mein alter Herr wussten genau, dass ich mich in das Lokal verlieben würde. Und Sandras Konzept hat mich auf Anhieb überzeugt.«

»Okay ...«, sagte Luisa gedehnt. Langsam wurde ihre Sicht klarer. Das Schwindelgefühl war weg. Sie fühlte sich stabil, wenn auch hungrig. Jetzt erst fiel ihr ein runder Tisch mit zwei Stühlen auf, die aussahen wie aus dem »Chez Oliver«. Der Tisch war aufwendig gedeckt, sogar mit einem kleinen Gesteck aus Wiesenblumen geschmückt. Und von irgendwoher duftete es nach frischem Gebäck, das dringend aus dem Ofen musste. Sie schnupperte. »Kann es sein, dass hier gerade etwas anbrennt?«

»Ah, Mist!« Oliver schnellte hoch und rannte zu einer Tür neben dem Tresen, die offenbar in die Küche führte. Wenig später kehrte er mit einem Teller voller Croissants zurück. »Etwas scharf gebacken, aber hoffentlich noch essbar«, sagte er, stellte den Teller auf den Tisch und zündete eine Kerze an.

»Egal«, sagte Luisa. »Solange da die köstliche Marzipanfüllung drin ist.« Sie wartete nicht, bis er sie dazu aufforderte. Ohne Umschweife nahm sie an dem Tisch Platz, schnappte sich ein warmes Gebäckstück und biss hinein. »Wundervoll«, nuschelte sie mit vollem Mund. »Genau das habe ich jetzt gebraucht.«

Er setzte sich ihr gegenüber. Auf einmal wirkte er nervös. »Die waren eigentlich zur Besänftigung gedacht. Oder als Entschuldigung dafür, dass ich mich verhalten habe wie der letzte Idiot.« Er fing ihren Blick ein. »Ich habe mit aller Macht versucht, dich mir aus dem Kopf zu schlagen. Mir eingeredet, dass das zwischen uns wirklich nur ein Ausrutscher war. Und dich weggestoßen. Alles nur aus Sturheit und weil ich zu stolz war, Hilfe anzunehmen.« Er senkte den Kopf. »Ich bin die dämlichste Obergraupe von allen. Ein Hornochse, ein …«

»… Doofmann«, sagte Luisa.

»Dämlack«, ergänzte er.

»Vollhorst«, konterte Luisa.

»Bis über beide Ohren in dich verliebter Schwachkopf«, sagte er sanft. Dann schob er Kerze und Teller beiseite, nahm Luisas Gesicht in beide Hände und küsste sie. »Ich hab dich so vermisst«, murmelte er in einer Atempause, in der er sie an sich zog und schließlich erneut küsste, bis ihr vor lauter Lamborghini-Gefühlen schon wieder schwindelig war.

Epilog

An Eriks Geburtstag herrschte strahlender Sonnenschein. Luisa hatte einen Picknickkorb gepackt und wartete mit Hannah vor dem Haus auf Bertram und Martin, die sie zur Feier des Tages abholen wollten. »Wir sind zu dem Schluss gekommen, dass wir nicht auf Eriks Geburtstagspicknick verzichten werden, bloß weil er nicht mehr unter uns weilt«, hatten die beiden ihr erklärt.

Pünktlich zur Kaffeezeit hielt das Elektroauto in Luisas Einfahrt. Martin stieg aus, umarmte Luisa und Hannah, dann verstaute er den Picknickkorb im Kofferraum. Bertram blieb im Auto sitzen und begrüßte sie mit huldvollem Winken. Auf seinen Knien lag eine riesige Tortenschachtel, darauf ein Kranz aus Wildblumen. Als alle eingestiegen waren, drehte er sich zu Luisa um. »Wo ist Oliver? Wollte er nicht auch mit?«

»Er ist noch auf dem Alpaka-Hof und kommt direkt zum Waldbestattungshain.«

»Zieht er denn bald bei dir ein?«, wollte Martin wissen. »Wo er doch andauernd bei dir übernachtet.«

Luisa lächelte. »Im Moment ist alles gut so, wie es ist.«

Dass Sandra und Cedric ihm angeboten hatten, in eine der Ferienwohnungen zu ziehen, war für Oliver ein zusätzlicher Anreiz gewesen, das Hof-Restaurant zu übernehmen. Er wohnte dicht bei seinem Arbeitsplatz, und die Beziehung zu Luisa konnte sich langsam entwickeln. »Vielleicht habe ich ja nervige Marotten, wegen denen du mich nach ein paar Wochen am liebsten auf die Straße setzen würdest«, hatte er gemeint. »Außerdem fühlt sich Paul dort pudelwohl. Den kriege ich kaum mehr von den Alpakas weg.«

»Ich verstehe«, hatte Luisa geantwortet. »Frei nach Doc Grießbach: Nicht gleich die volle Dröhnung, sondern häppchenweise.«

»Bestes Geburtstagswetter«, stellte Bertram fest, als sie am Friedwald ankamen. Er schob sich seine Elton-John-Sonnenbrille auf die Nase und balancierte die Tortenschachtel auf einer Hand, während er sich mit der anderen bei Luisa unterhakte. »Aber dass Erik unbedingt an einem Ort beerdigt werden wollte, wo es nicht mal einen Gedenkstein gibt und keine Blumen, daran habe ich noch zu knabbern.«

Martin schloss zu ihnen auf. »Wir müssen es akzeptieren, das hat er schließlich so gewollt.«

»Genau«, pflichtete Hannah ihm bei. »Ich finde Eriks Baum außerdem viel cooler.«

Zu viert betraten sie den Wald. »Ich muss mich jedes Mal wieder neu orientieren«, maulte Bertram.

»Der Baum steht doch immer an derselben Stelle«, sagte Martin belustigt und schüttelte den Kopf. »Du und dein Orientierungssinn.«

Dank ihrer ausladenden Krone spendete Eriks Eiche Kühle und Schatten, was an einem heißen Tag wie diesem eine Wohltat darstellte. Luisa stellte den Picknickkorb ab. Sie trat an den Baum heran und strich mit den Fingerspitzen über Eriks Namen, der ganz oben auf der am Stamm befestigten Tafel eingraviert war. Seit letztem Jahr waren zwei weitere Namen hinzugekommen. »Irgendwie tröstlich, dass er Gesellschaft bekommen hat«, sagte sie.

Martin trat neben sie, legte ihr den Arm um die Schultern und drückte sie kurz an sich. »Die können sich glücklich schätzen, neben ihm begraben sein zu dürfen.«

Luisa nickte lächelnd. Aus dem Augenwinkel sah sie, wie Martin sich verstohlen über die Augen wischte.

»Wo genau war denn jetzt die Stelle noch mal?« Bertram schaute sich unschlüssig um, den Kranz in der einen, die Schachtel mit der Torte in der anderen Hand.

»Etwas weiter rechts, auf Höhe der dicken Wurzel«, dirigierte Hannah ihn. »Aber eigentlich ist das nicht wichtig, finde ich.«

»Mir schon.« Bertram gab Hannah die Torte, kniete sich

hin und wischte mit der Hand trockenes Laub beiseite. Dann legte er den Kranz ab, stellte ein Grablicht in dessen Mitte und zündete es an.

Eigentlich war Grabschmuck nicht erlaubt, aber Luisa ließ ihn gewähren. Diese Regel wurde ohnehin großzügig ausgelegt. Solange Kränze und Blumen komplett biologisch abbaubar waren, beschwerte sich niemand darüber. Und das Grablicht würden sie später wieder mitnehmen. Sie fragte sich, ob sich die Urne, in der Eriks Asche beigesetzt worden war, inzwischen zersetzt hatte und sein Wunsch, auf diese Weise in den Kreislauf der Natur zurückzukehren, erfüllt worden war.

Sie breitete die Picknickdecke aus, holte die Boxen mit dem Fingerfood und die Sektflasche aus dem Korb. Als der Korken knallte, stiegen Rosie und Holger von ihren Rädern. Schmunzelnd sah Luisa zu, wie die beiden zwischen den Bäumen hindurch auf sie zukamen. Holger wie immer in seinen Radklamotten, Rosie in einer knielangen Tunika und Leggings in Regenbogenfarben. Was die Farbigkeit ihrer Outfits betraf, passten die beiden hervorragend zusammen.

»Huhu!« Rosie winkte und hielt eine Thermoskanne hoch. »Ich habe Eistee mitgebracht.«

Mit langen Schritten schloss Xavier zu den beiden auf und wurde lachend von ihnen in die Mitte genommen. Seit Luisa ihn den anderen vorgestellt hatte, war er ohne Umschweife in den Freundeskreis integriert worden.

Später, als alle fröhlich schwatzend auf Decken oder im Gras saßen, an Tassen und Gläsern nippten und sich die mitgebrachten Köstlichkeiten schmecken ließen, schlenderte Luisa unbemerkt davon. Sie setzte sich an den Fuß der Eiche, lehnte sich an den Stamm und schloss die Augen. Die Gespräche und das Lachen der anderen traten in den Hintergrund. Und da spürte sie ihn. Er saß auf der anderen Seite des Baumstamms und spiegelte sie. Langsam schob Luisa ihre Hände nach hinten. Durch das Gras hindurch meinte sie zu spüren, wie sich Eriks Finger mit ihren verhakten.

»Happy Birthday«, raunte sie ihm zu. »Ich hoffe, die Party gefällt dir.«

»Nicht schlecht«, sagte er. »Das Büfett kann sich sehen lassen. Besonders die Torte. Davon kannst du mir gerne ein Stück dalassen, du weißt schon, so wie die Amis das tun, wenn sie dem Weihnachtsmann Milch und Kekse hinstellen.«

»Wird gemacht«, antwortete sie.

»Und Musik könnte nicht schaden«, verlangte er.

»Soll ich Rosie und Holger fragen, ob sie etwas singen?«

»Untersteh dich!«, kam es zurück.

Eine Weile war es still, und als sie schon glaubte, dass er nicht mehr da war, fragte er: »Bist du glücklich, Luisa?«

»Ja«, flüsterte sie.

»Ich hab's gewusst!«, triumphierte er. »Am Ende kommt etwas Gutes dabei heraus.«

»Stimmt«, gab Luisa ihm recht. »Und Spaß hatte ich auch – manchmal jedenfalls.« Sie lachte leise. Dann ließ sie seine Finger los.

Als sie die Augen öffnete, stand Oliver vor ihr und blickte unverwandt zu ihr herunter. Sicher hatte er gesehen, wie sie lautlos die Lippen bewegt hatte, aber das störte sie nicht. Zwischen ihnen bedurfte es keiner Erklärungen mehr. Lächelnd beugte er sich zu ihr herab. Sonnenflecken tanzten in seinen Augen. Sie streckte ihm die Hände entgegen, ließ sich von ihm hochziehen und landete direkt in seinen Armen.

Nachwort

Als mich der Verlag fragte, ob ich einen regionalen Liebesroman schreiben möchte, bat ich erst um Bedenkzeit. Wollte ich nicht lieber gleich einen neuen Krimi nachlegen? Außerdem bin ich eigentlich kein Fan von großen, schnulzigen Momenten, und die meisten Sexszenen finde ich grauenvoll. Aber nicht umsonst spielt die Liebe auch in meinem Krimidebüt eine Rolle. Und die wunderschöne Region Hannover ist doch wie gemacht für Romantik. Langsam stieg eine Idee aus meinem Unterbewusstsein, und Erik betrat die Bühne. Erik, den ich sofort in Gestalt des Schauspielers Lars Eidinger vor Augen hatte, forderte mich unverblümt auf, die Liebesroman-Challenge anzunehmen. Ich tat ihm den Gefallen.

Beim Schreiben war ich dann zum Glück nicht allein: Mit Unterstützung von Anna Buchwinkel, Carla Capellmann, Ella Marcs und ganz besonders von Pia Herzog nahm die Story konkrete Formen an. Danke fürs Mitplotten, Testlesen, Löcherstopfen und Ermutigen – ihr seid die Besten!

Während einer spontan gebuchten Schreibzeit in Tunesien in anregender Gesellschaft von Antje, Carla, Caroline und Lea erfuhr das Manuskript dann einen gehörigen Wachstumsschub. Am Strand mit Blick auf Meer und Dromedar, weit weg vom täglichen Trott, kommt man gleich besser in den Flow. Ebenso haben mich die hohen Wellen auf Teneriffa am Punta del Hidalgo inspiriert, wo ich während eines Urlaubs jeden Morgen mit Blick auf den Gipfel des Teide eine privilegierte Schreibzeit haben durfte. Danke, lieber Heiner, für deine Geduld.

Lieblingsorte in die Handlung einzubauen, macht mir immer besonderen Spaß. Der Biergarten »Gretchen«, das »Apollo«-Kino in Linden und natürlich das Steinhuder Meer sind immer einen Besuch wert. Auch die Spuckattacke des Alpaka-Hengstes auf dem Gestüt in Kananohe, der mir damit unbewusst bei meiner Recherche geholfen hat, soll nicht unerwähnt bleiben.

Der preisgekrönten Lyrikerin Maja Loewe danke ich für die Erlaubnis, einige poetische Zeilen aus ihrem Gedichtband »weil du ein fell aus sternen trägst« zu zitieren, und dafür, dass ich ihren Künstlernamen klauen durfte.

Meiner Lektorin Marit Obsen bin ich dankbar für die unbequemen Fragen, für das akribische Nachbohren und dass sie den Rotstift zielgenau dort angesetzt hat, wo es nötig war.

Zum Schluss möchte ich mich herzlich beim gesamten Team des Emons Verlags für das erneute Vertrauen bedanken sowie für die tatkräftige Unterstützung in allen Bereichen, die es braucht, um aus einem Manuskript ein Buch zu machen.

Ganz besonders dankbar bin ich aber für euch, liebe Leserinnen und Leser. Danke, dass ihr mir einen Teil eurer Zeit geschenkt und bis hierhin gelesen habt. Ich hoffe, der Ausflug in die Welt meiner Romanfiguren hat euch gefallen.

SUSANNE FLETEMEYER
DER TOTE IM ZOO
Kriminalroman
emons: